中國新聞史研究輯刊

二 編

主編　方漢奇

副主編　王潤澤、程曼麗

第 10 冊

筆路藍縷：
北京大學新聞學研究會與中國新聞學的興起

鄧紹根 著

花木蘭文化出版社

國家圖書館出版品預行編目資料

篳路藍縷：北京大學新聞學研究會與中國新聞學的興起／鄧紹
根著 -- 初版 -- 新北市：花木蘭文化出版社，2014〔民103〕

目 2+248 面；19×26 公分

（中國新聞史研究輯刊 二編；第 10 冊）

ISBN 978-986-322-750-2(精裝)

1. 新聞學 2. 中國

890.9208   103012470

ISBN-978-986-322-750-2

中國新聞史研究輯刊
二 編 第 十 冊   ISBN：978-986-322-750-2

篳路藍縷：
北京大學新聞學研究會與中國新聞學的興起

作　　　者　鄧紹根

主　　　編　方漢奇

副 主 編　王潤澤、程曼麗

總 編 輯　杜潔祥

出　　　版　花木蘭文化出版社

發 行 所　花木蘭文化出版社

發 行 人　高小娟

聯絡地址　235 新北市中和區中安街七二號十三樓

　　　　　電話：02-2923-1455 ／傳真：02-2923-1452

網　　　址　http://www.huamulan.tw 信箱 hml810518@gmail.com

印　　　刷　普羅文化出版廣告事業

初　　　版　2014 年 9 月

定　　　價　二編 11 冊（精裝）新台幣 22,000 元

篳路藍縷：
北京大學新聞學研究會與中國新聞學的興起

鄧紹根　著

作者簡介

鄧紹根，江西石城人，中國人民大學新聞史博士，北京大學歷史學博士後，現爲暨南大學新聞
與傳播學院副教授，碩士研究生導師，中國新聞史學會理事，原中國新聞史學會副秘書長。主
要從事中外新聞傳播史論研究教學工作，出版《美國在華早期新聞傳播史 1827～1872》等學術
著作 4 部，先後在《新聞與傳播研究》、《國際新聞界》、《現代傳播》、《出版發行研究》、《當
代傳播》、《新聞記者》、《中國記者》等刊物發表學術性論文 60 餘篇，主持國家及省部級課題 6
項，參與教育部重大課題 2 項。

提　　要

　　1918 年 10 月 14 日，北京大學蔡元培校長、徐寶璜教授和邵飄萍先生，創立北京大學新聞
學研究會，開創了中國新聞史上「四個第一」：它是中國第一個系統講授新聞課程並集體研究新
聞學的新聞學術團體；出版的會刊《新聞周刊》是中國歷史上第一份新聞學刊物；出版的著作
《新聞學》是中國國人自撰的第一本新聞學著作；促使「新聞學」課程走進了北京大學高等教育
的殿堂，成爲中國開設的第一門新聞學大學課程。它培養了中國第一批新聞人才，包括毛澤東、
譚平山、羅章龍、高君宇、楊亮功等在內的一百名左右的會員獲得聽講證書。北京大學新聞學
研究會開啓了中國新聞教育的歷史，完成了中國新聞學由術入學的轉變。「篳路藍縷，以啓山林」
反映出北京大學新聞學研究會在中國新聞教育開端和中國新聞學興起過程中的歷史地位。

本書是暨南大學「暨南啟明星計劃」研究項目
《美蘇新聞教育模式在中國的傳播和實踐研究》
（12JNQM015）階段性研究成果

目次

北京大學新聞學研究會會長蔡元培先生（1868～1940）

北京大學新聞學研究會副會長兼導師徐寶璜先生（1894～1930）

北京大學新聞學研究會導師邵飄萍先生（1886～1926）

新聞學研究會發給證書紀事

中一 得聽講一年之證書者共二十三人

陳公博　何邦瑞　譚植棠　區聲白　倪世積　譚鳴謙　黃欣
嚴顯揚　翟俊千　張廷珍　曹杰　杜近渭　徐思達　楊亮功
章輻胎　傅馥桂　溫錫銳　繆金源　馮嗣賢　蕭鳴穎　歐陽英
丘昭文　羅汝榮

乙一 得聽講半年之證書者共三十二人

李吳禛　陳秉瀚　徐恭典　朱雲光　姜紹讓　來煥文　馬義述
楊立誠　易道尊　毛澤東　羅璈階　鐘希尹　常惠　吳世香
王南邱　鮑貞　韓薆殼　陳光普　朱存粹　華超　朱如霖
舒啓元　劉俊澤　梁穎文　倪振華　楊興棟　曲宗邦　尉士杰
黃琴　吳守屏　高尚德　陳鵬

摘自《揚亮功先生年譜》

1919年10月16日北京大學新聞學研究會第一屆期滿會員名單

1919 年 10 月 26 日北京大學新聞學研究會第一屆期滿會員攝影

1919 年 12 月北京大學新聞學研究會出版的《新聞學》原版封面

前　言

　　2008年4月15日上午，在北京大學110週年校慶前夕，北京大學新聞學研究會在未名湖畔臨湖軒中央廳正式恢復成立，並聘任首批10位海內外知名學者擔任研究會導師。在恢復成立儀式上，北京大學校長、北京大學新聞學研究會會長許智宏宣佈北京大學新聞學研究會恢復成立，並與北京大學新聞與傳播學院院長、北京大學新聞學研究會學術總顧問邵華澤教授　同爲研究會揭牌。恢復成立後的北大新聞學研究會由方漢奇、邵華澤和范敬宜任學術總顧問，程郁綴、徐泓、趙爲民、程曼麗、陳剛、吳廷俊、卓南生等任副會長。寧樹藩、丁淦林、童兵、趙玉明、吳廷俊、尹韻公、劉建明、陳力丹、李少南和卓南生成爲首批受聘的10位導師。中國新聞史學會名譽會長、中國人民大學榮譽教授方漢奇先生在《薪火相傳，推動新聞學研究新高點》致辭中說道：「這是一個在中國新聞事業史上、新聞教育史上一個非常重大的里程碑，北大新聞學研究會的成立。雖然這個研究會當年只活動了兩年兩個月，時間不算很長，但是影響很大，它標誌著中國新聞學研究的開端，標誌著中國新聞教育的開端，在新聞學研究會的活動期間，還出版了中國的第一本新聞學著作，創辦了中國的第一份新聞專業的期刊。而且這個新聞學會是和毛澤東、高君宇這樣的一些無產階級革命家的名字聯繫在一起的。」〔註1〕「北京大學新聞學研究會當時的活動，對中國的新聞教育、新聞學研究和新聞事業的發展等這三個方面都有重大影響，都起了很大的推動作用。」〔註2〕

　　筆者有幸作爲北京大學新聞學研究會恢復成立的親歷者和見證者，參與

〔註1〕　方漢奇：《薪火相傳，推動新聞學研究新高點》，《國際新聞界》，2008年第7期，第82頁。

〔註2〕　方漢奇：《薪火相傳，推動新聞學研究新高點》，《國際新聞界》，2008年第7期，第83頁。

和見證了該會恢復成立過程，並有感而發，激發起北京大學新聞學研究會研究的興趣和熱情，承擔起研究其歷史發展的責任和使命。在北京大學歷史學系、新聞與傳播學院的三年博士後工作中，筆者從《北京大學日刊》爬梳整理出 151 則北京大學新聞學研究會史料，並以北大新聞學研究會成立 90 週年暨中國新聞教育、新聞學研究 90 週年學術研討會籌備組成員的身份承擔了《徐寶璜新聞學論集》和《邵飄萍新聞學論集》整理編輯工作以及增訂《新聞學在北大》會議用書出版工作。

2008 年 10 月 25 日，北大新聞學研究會成立 90 週年暨中國新聞教育、新聞學研究 90 週年學術研討會在北大召開，200 餘名來自全國各地、各高校的新聞界和新聞教育界人士齊聚一堂，共議中國新聞教育和新聞學研究的未來發展。筆者向大會遞交了 2 萬字篇幅的學術論文《從〈北京大學日刊〉看北京大學新聞學研究會的發展始末》，開啟了自己的北京大學新聞學研究會的研究之門，先後發表論文《邵飄萍與北京大學新聞學研究會》（《新聞愛好者》2008 年第 12 期）、《從「新聞學」一詞的源流演變看中國新聞學學科的興起和發展》（《新時期中國新聞學學科建設 30 年》，經濟日報出版社 2008 年）、《北京大學學子的一次新聞學盛宴——1921 年世界新聞教育之父威廉博士北大訪問記》（《新聞與寫作》2008 年第 11 期）、《北京大學新聞學研究會《新聞周刊》初探》（《福建師範大學學報（哲學社會科學版）2009 年第 1 期）、《從〈北京大學日刊〉看北京大學新聞學研究會的發展始末》（《北大新聞與傳播評論》第 4 輯，2009 年）、《師型自足高當世，新聞佳作破天荒——紀念中國新聞學開山鼻祖徐寶璜先生逝世 80 週年》（《新聞與寫作》2010 年第 12 期）、《徐寶璜與北京大學新聞學研究會》（《北大新聞與傳播評論》第 6 輯，2010 年）、《論徐寶璜〈新聞學〉的成書出版過程和歷史地位》（《新聞春秋》第 12 輯，2010 年）等 8 篇學術論文，同時作為合作者編輯出版了《徐寶璜新聞學論集》（北京大學出版社，2008 年）和《邵飄萍新聞學論集》（北京大學出版社，2008 年）。2011 年 6 月，在結束北京大學工作之際，筆者在博士後合作導師蕭東發教授指導下歷時三年負責增訂的《新聞學在北大》（增訂本），由原來的 20 萬字增訂擴充至 50 萬字，大大擴展了第一章老北大的新聞學（北京大學新聞學研究會）各節內容。該書由北京大學新聞與傳播學院作為紀念建院十週年的賀禮在北京大學出版社正式出版，也是自己為修訂《新聞學在北大》而來北大卻以之道別北大的歷史見證。

　　2013 年 12 月 25 日，在北京大學新聞學研究會成立 95 週年暨恢復成立五週年之際，應北京大學新聞學研究會之邀，筆者重返北京大學參加紀念會議，再次向師友們彙報了關於北京大學新聞教育歷史的研究成果《從醞釀、討論到實施：1958 年北大新聞專業合併到人大新聞系》。正是此次北大之行，激發起自己將以往北京大學新聞學研究會研究成果重新系統梳理和深入研究的熱情。於是，在導師方漢奇先生和北京大學新聞與傳播學院程曼麗教授的關心和鼓勵下，自己再次踏上了北京大學新聞學研究會的研究征程。謹此，對多年來一直關心和鼓勵我不斷從事新聞史研究的導師方漢奇先生和北京大學新聞學研究會執行會長程曼麗教授致以最衷心的感謝！特別感謝華中科技大學新聞與信息傳播學院周婷婷副教授饋贈徐寶璜留學密歇根大學成績單等寶貴資料！同時也以該成果銘記家人與自己在北大未名湖畔度過的三年美好歲月，見證自己在新聞史學術研究道路上艱辛求知的歷程！

　　目前筆者奉獻給讀者的《篳路藍縷：北京大學新聞學研究會與中國新聞學的興起》就是這段時間集中研究的階段性系統成果。由於筆者水平有限，時間和精力不逮，研究難免有所疏漏，將這一階段性成果奉獻給讀者，希望能達拋磚引玉之效！

第一章　北京大學新聞研究會成立的時代背景

　　北京大學新聞研究會成立於五四運動時期的 1918 年，是人類歷史上動蕩而不平凡的一年。在世界範圍內，它是世界歷史的轉折點。第一次世界大戰漸近尾聲並以協約國獲勝同盟國戰敗而終結，德國投降，奧匈帝國瓦解，世界政治格局發生根本變化，巴黎和會提上議事日程；但戰爭的硝煙還沒有消散，一場席卷全球的病毒性流感卻奪走了數百萬人生命。在中華大地上，中國正處於風雨欲來風滿樓的五四運動前夜，近代中國社會正逐步向現代化轉型。五四運動時期時中國社會從傳統到現代過程中的一次歷史性跳躍，是中國社會心理變遷最為顯著的時期之一，現代化和革命成為五四運動時期社會心理變遷的趨勢。〔註1〕正是在世界大戰終結，和會將啓、國內內戰頻發，謀求和談、新舊文化思潮的激烈衝突碰撞之中，中國人民迫切需要新聞報刊洞察國內外政治動向和中國命運前途，新聞界在近代中國的現代化轉型過程中克服重重困難開始由政論本位向新聞本位轉型，但新聞業深處困境之中，令民眾大為不滿，迫切希望加強新聞人才的培養，提高新聞職業化水平，新聞教育呼聲不斷，新聞學研究蹣跚起步，推動新聞事業的向前發展，滿足民眾日益增長的新聞需求，北京大學新聞研究會應運而生。

〔註 1〕　王躍：《變遷中的心態──五四時期的社會心理變遷》，長沙：湖南教育出版社 2000 年，第 5 頁。

第一節　近代中國的現代化進程和國人辦報高潮

現代化，一般是指歐洲工業革命以來世界經濟急劇變革、工業化程度不斷提升的過程，也指經濟落後國家以發達國家現代化生產為發展目標，努力追趕的過程。〔註2〕但是，近代中國的現代化屬於後發晚生現代化類型，它在中國淪為半殖民半封建社會且不斷向西方學習的過程中艱難前行，並推動了近代中國新聞業的不斷向前發展。

一、近代中國學習西方「器物」階段與國人辦報興起

關於近代中國學習西方的過程，1922 年，梁啟超在上海《申報》五十年（1872～1922 年）之際，應邀撰寫紀念文章《五十年中國進化概論》中洋洋灑灑地地分析了近代中國向西方學習的過程：

> 近五十年來，中國人漸漸知道自己的不足了。……第一期，先從器物上感覺不足。這種感覺，從鴉片戰爭後漸漸發動，到同治年間借了外國兵來平內，於是曾國藩、李鴻章一班人，很覺得外國的船堅炮利，確是我所不及。對於這方面的事項，覺得有舍己從人的必要，於是福建船政學堂、上海製造局等等漸次設立起來，但這一期內，思想界受的影響很少。〔註3〕

確實，鴉片戰爭標誌著近代中國的開端；但是鴉片戰爭的失敗以及喪權辱國的不平等條約的簽訂，成為中國淪為不殖民地地半封建社會的起點。中國有識之士認識到西方列強的「船堅炮利」威力，開始在「師夷長技以制夷」的口號下開啟了艱難地向西方學習的過程。清政府開明派在「中體西用」原則指導下興起「自強運動」，「提倡西洋製械練兵之術」，從西方引進了一些軍用和民用工業技術，發展了中國近代早期的機器工業，開始了早期現代化的嘗試。但是「從器物上感覺不足」而向西方學習的階段在甲午戰爭失敗的陰霾下宣告失敗。

不過，在向西方進行「器物」層面的學習過程中，報紙作為西方新興「器物」被國人作為學習和引進的對象。雖然中國古代中國新聞事業源遠流長，

〔註2〕　張海鵬：《中國近代通史》第一卷，南京：江蘇人民出版社，2006 年，第 136 頁。

〔註3〕　梁啟超：《五十年中國進化概論》，易鑫頂編：《梁啟超選集》北京：中國文聯出版社，2006 年，第 475 頁。

但是近代中國新聞事業的發展卻是由外國來華傳教士們輸入的。近代中國報業也長期處於外報獨佔階段，「在 19 世紀四十至九十年代的將近半個世紀的時間內，他們先後創辦了近 170 種中、外文報刊，約占同時期中國報刊總數的 95%。」〔註4〕直到 70 年代，中國人打破外報壟斷，迎來了國人辦報的時代。在開埠較早的城市，如香港、廣州、上海、福州等地興起。1873 年 8 月 8 日，艾小梅等人在漢口創辦《昭文新報》，其歷史意義在於為中國人自己辦報做了最早的嘗試，在中國大地上，中國人自己辦的報紙的歷史由此正式開端。〔註5〕此後，上海《彙報》和《新報》、廣州《述報》和《廣報》，香港《循環日報》等開辦起來。其中，《循環日報》創辦者王韜是中國第一個成功的報人，開創了中國「文人論政」的傳統，提出了「變法自強」的立言辦報主張，首創中國報刊政論文體，開拓了中國報刊政論時代〔註6〕。

二、近代中國學習西方「制度」階段與國人辦報兩次高潮

　　富有堅韌毅力探索救國救民真理的近代中國有識之士並沒有氣餒，馬不停蹄地開始了近代中國學習西方的第二個階段，即「從制度上感覺不足」而向西方學習的時期。梁啟超說：「第二期，是從制度上感覺不足。自從和日本打了一個敗仗下來，國內有心人，真像夢中著了一個霹靂，因想道堂堂正正中國為什麼衰敗到這田地，都為得是政制不良，所以拿「變法維新」做一面大旗，在社會上開始運動，那急先鋒就是康有為梁啟超一班人。……都是覺得我們政治法律等等，遠不如人，恨不得把人家的組織形式，一件件搬進來，以為但能蝥這樣，萬事都有辦法了。」〔註7〕

　　甲午戰爭，中國慘敗，被迫簽訂喪權辱國的《馬關條約》，民族危機加重，引發列強瓜分中國的狂潮。中國「屣臥於群雄之間，酣寢於火薪之上」，陷入「瓜分豆剖」的危險境地，面臨「俄北瞰，英西睒，法南瞵，日東眈，

〔註4〕 方漢奇：《中國近代報刊史》上冊，太原：山西人民出版社，1983 年，第 18 頁。

〔註5〕 方漢奇：《中國新聞事業通史》第一卷，北京：中國人民出版社，1992 年，第 471 頁。

〔註6〕 吳廷俊：《中國新聞史新修》，上海：復旦大學出版社，2008 年，第 62 頁。

〔註7〕 梁啟超：《五十年中國進化概論》，《梁啟超選集》，北京：中國文聯出版社，2006 年，第 476 頁。

處四強鄰之中而為中國，岌岌哉！」〔註8〕甲午戰爭驚醒了沉睡已久的國人，「喚起吾國四千年之大夢，實自甲午一役始也。」〔註9〕以康梁為首的維新派振臂奮起，「舉國上下，大夢初覺」。他們挺身而出，發動「公車上書」。他們以西方資產階級的達爾文進化論和天賦人權學說為思想基礎，抨擊封建專制主義制度，主張興民權，建議院，實行君主立憲，在全國推動了轟轟烈烈的維新變法運動。全國各地學會、報館等紛紛成立。據不完全統計，三年內（1895～1898年），全國共設立學會八十七所、學堂一百三十一所、報館九十一所。〔註10〕他們議論局勢，鼓吹新學，抨擊時弊，國內風氣為之大變。

1898年6月11日，光緒皇帝發佈「明定國是」詔，仿行新政，主要政治方面措施有：廣開言路，提倡官民上書言事；准許自由開設報館、學會；撤除無事可辦的衙門，裁減冗員；廢除滿人寄生特權，准許自謀生計。經濟方面的措施有：提倡實業，設立農工商總局和礦務鐵路總局，興辦農會和商會，鼓勵商辦鐵路、礦務，獎勵實業方面的各種發明；創辦國家銀行，編製國家預決算，節省開支。軍事方面的措施有：裁減綠營，淘汰冗兵，改變武舉考試制度，精練陸軍；籌辦兵工廠；添設海軍，培養海軍人才。文教方面的措施有：開辦京師大學堂，全國各地設立兼學中學、西學的學校；廢除八股，改試策論；選派留學生到日本，設立譯書局，編譯書籍，獎勵著作等等。但是，各省督撫對於皇帝的新政事項，一概置之不理或者作些模棱兩可的回答。〔註11〕9月21日，慈禧太后發動政變，軟禁光緒帝，戊戌變法失敗，前後共103天，史稱「百日維新」。

變法雖然失敗，但它在閉塞的中國社會激起巨大的思想波瀾，推動民眾救亡圖存和思想解放運動的發展。尤其在維新變法運動中，維新派將報刊作為其政治宣傳的工具，認識到它的「設報達聰」、「去塞求通」等開民智、開風氣等功能，在全國範圍內掀起了國人辦報活動的第一次高潮。據不完全統

〔註8〕 康有為：《強學會敘言》，《康有為政論集》上冊，北京：中華書局，2005年，第165頁。

〔註9〕 梁啟超：《變法通義》，《飲冰室合集》文集第一卷，北京：中華書局，1989年，第3頁。

〔註10〕 金沖及：《二十世紀中國史綱》第一卷，北京：社會科學文獻出版社，2009年，第16頁。

〔註11〕 胡繩：《從鴉片戰爭到五四運動》下卷，上海：上海人民出版社，1982年，第672頁。

計，從 1895 年至 1898 年，全國出版的中文報刊有一百一二十種，其中 80%
左右是中國人自辦的。以資產階級維新派以及與它有聯繫的社會力量創辦的
報刊，數量最多，影響最大，它們遍及全國沿海和內地的許多城市〔註 12〕。
報刊種類不斷增加，除政論性報刊（如上海《時務報》、澳門《知新報》，長
沙《湘學新報》，天津《國聞報》，廣州《嶺學報》）外，專業性報刊、純商業
性報刊、文藝娛樂性報刊，以及以青年、婦女、兒童等各類社會群體為對象
的報刊、圖畫報刊、白話報刊不斷湧現。維新派衝破了封建統治者的言禁，
促使光緒皇帝下了允許官紳士民辦報的詔書。他們開創了「政治家辦報」的
先河，提升了報人報刊的社會地位。康梁等不僅學貫中西的學者，而且是變
法維新的政治活動家。社會對報紙、報人的看法為之一變，報人、報刊的社
會地位空前提高，辦報的政治家也愈來愈多了。他們把報刊作為開展政治運
動的工具，積極推動維新運動的發展，打破了外報在華的優勢，成為中國社
會輿論的主要力量。「政治家辦報」成為中國近代報紙發展的主流，更加推動
了近代中國報刊的「政論本位」傳統的形成。

　　經過八國聯軍的沉重打擊，在帝國主義列強的聯合干預下，慈禧太后勉強
保住了晚清政權，但她深刻地感受到變法的壓力，財政窘迫也使政府有切膚之
痛，於是宣佈力行「新政」。近代中國的現代化進程第一次正式被政府所主導〔註
13〕。在清末「新政」中，戊戌維新時期法法令大部分得到恢復，且有新發展。
1903 年，清廷增設商部（後改為農工商部），總管農、工、路、礦諸政，隨後
公佈一系列提倡、獎勵工商實業的條例、法令，諸如《商律》、《公司律》、《破
產律》、《公司註冊試辦章程》、《商標註冊試辦章程》、《大清礦務章程》、《獎勵
華商公司章程》、《著作權律》等，推動了工商實業等現代化事業的發展。廢除
了科舉考試制度，設立學堂，提倡出國留學。改革軍制，淘汰綠營防勇，演練
新軍；廢除「報禁」、「言禁」。1906 年，宣佈預備立憲，並派出五大臣出國考
察，但最後上演了「大權統於朝廷，庶政公諸輿論」的「皇族內閣」鬧劇。由
於中國近代通過革命化走向現代化的獨特道路的影響，革命派對於這個接受
《辛丑條約》的苛刻條件、變成「洋人的朝廷」的清政府已經不能等待了。辛
亥革命的爆發束了由清政府主導的難產的、失敗的現代化。〔註 14〕

〔註 12〕　方漢奇：《中國新聞事業通史》第一卷，北京：中國人民出版社，1992 年，第
　　　　　539 頁。
〔註 13〕　張海鵬：《中國近代通史》第一卷，南京：江蘇人民出版社，2006 年，第 145 頁。
〔註 14〕　張海鵬：《中國近代通史》第一卷，南京：江蘇人民出版社，2006 年，第 146 頁。

　　雖然清末「新政」的現代化失敗，但其廢除「報禁」、「言禁」等措施以及保皇黨和革命黨在海外進行的報刊輿論大論戰，使得國人報刊如雨後春筍般紛紛創刊，數量節節攀升，從政變後的谷底逐漸回升，形成近代中國持續清末十年的第二次辦報高潮。據不完全統計，辛亥革命爆發前的十年間，即1901到1911年，全國有將近1100多種報刊問世，平均一年有一百多種，與戊戌變法期間的一年40餘種相比已經不可同日而語。〔註15〕特別是1906年清政府「預備仿行憲政」後，報刊數量增加速度更快。據初步統計，1906年，國內新創辦的中文報刊，第一次超過了百種，達120多種，以後幾年每年均在百種以上，1911年高達200餘種，6年共計800餘種。〔註16〕這次辦報高潮中，新創刊的報刊遍佈全國60多個城市和地區，報刊類型大為豐富，革命報刊逐漸成為第二次國人辦報高潮的主流，各派報刊在激烈的政治鬥爭中發展壯大，報刊的戰鬥作用得到了充分發揮。

　　辛亥革命勝利後，中國現代化才艱難地逐步上昇為諸流向中一個帶有主導性的趨勢。〔註17〕武昌起義後，14個省（全國24個省或地區）先後響應並宣告獨立。1912年元旦，中華民國臨時政府成立，孫中山出任臨時大總統，中國進入民主共和時期。南京臨時政府雖只存在了三個月，但它發佈了一系列發展工商實業的政策法令。同時按照資產階級言論出版自由的理念，建立起與西力先進國家接軌的自由新聞體制。一是將言論出版自由的原則裁入國家的根本大法《中華民國臨時約法》之中，莊嚴宣告：「人民有言論、著作、刊行及集會、結社之自由」。頒佈發了一些有利於新聞事業發展的新法律、法令，如核減新聞郵電費法令等。二是廢止亡清限制言論出版自由的舊法規。南京臨時政府制定的《中華民國臨時約法》以及其他法律、法令的頒行，確立了以言論出版自由為本的新聞法制原則，標誌著自由新聞體制在中國的建成。這一自由新聞體制，與封建文化專制制度是完全對立的，對於強化言論出版自由等資產階級民主觀念，促進中國資產階級新聞事業的發展，具有不可忽視的進步意義。〔註18〕

〔註15〕　李彬：《中國新聞社會史》，北京：清華大學出版社，2008年，第92頁。
〔註16〕　方漢奇、張之華：《中國新聞事業簡史》，北京：中國人民大學出版社，1995年，第133頁。
〔註17〕　羅榮渠：《現代化新論——世界與中國的現代化進程》，北京：北京大學出版社，1993年，第235頁。
〔註18〕　黃瑚：《中國新聞事業發展史史》第2版，上海：復旦大學出版社，2009年，第103頁。

在自由新聞體制保障下，「一時報紙，風起雲湧，蔚爲大觀」。武昌起義後半年，是中國「報界的黃金時代」。「當時統計全國達五百家，北京爲政治中心，故獨佔五分之一，可謂盛矣。」〔註19〕在「政黨政治」潮流的影響下，全國上下成立了312個政黨，其中以北京和上海爲最多，分別爲82個和80個。〔註20〕這些政黨，爲了在國會中爭取更多的席位，無不競相創辦報刊以作爲自己的宣傳工具。這些報刊無不以「輿論之母」、「輿論的代表」、「四萬萬民眾共有之輿論機關」自居，認爲「報館與國務院、總統府平等對待，其性質與參議院均同爲監督公僕之機關」〔註21〕，新聞記者是「不冠之皇帝，不開庭之最高法官」〔註22〕。報界與新聞記者在社會中的地位得到了空前提高。

三、新聞自由體制被扭曲與近代中國學習西方「文化」階段

袁世凱通過軍事實力和政治權謀而成爲民國政府人總統後，一心謀求獨裁專制統治，與追求民主政治的革命派產生尖銳矛盾，導致革命派發動「二次革命」，但因準備不周、實力不濟而失敗。此後，袁世凱過改組政府、解散國會、制定約法等一系列動作，廢棄了辛亥革命留下的政治遺產，完成了北洋軍閥對中央和地方政權的全面控制，使得民國初年的西式民主實驗成爲曇花一現。1913年10月，袁世凱就任正式大總統獨攬大權後，其頭腦中早已有之的帝王思想復又發酵，步步邁向帝制自爲之途。〔註23〕他在思想文化領域推行尊孔復古逆流，注重褒揚以禮義廉恥、四維八德、忠孝節義爲核心的傳統文化，思想界一時處在較爲沉悶的狀態中。1914年9月，袁世凱發佈「祭孔令」，以「道德」爲中國「立國根本」。1914年12月23日，袁世凱在天壇行祭天禮。其復舊之趨勢，直至其謀劃稱帝。袁世凱稱帝的風潮最初是以學理討論的面目出現的。其中尤以袁世凱的法律顧問、美國人古德諾於1915年8月，發表《共和與君主論》鼓吹甚力。同月，籌安會成立，自此帝制運動的進行便如火如荼，愈演愈烈。10月8日，袁世凱公佈《國民代表大會組織法》，

〔註19〕　戈公振：《中國報學史》，北京：三聯書店，1955年，第181頁。
〔註20〕　汪朝光：《中國近代通史》第六卷，南京：江蘇人民出版社，2006年，第2頁。
〔註21〕　《國風日報》，1912年6月4日。
〔註22〕　《大中華民國雜誌》，1912年4月30日。
〔註23〕　汪朝光：《中國近代通史》第六卷，南京：江蘇人民出版社，2006年，第94頁。

帝制運動由「學理討論」轉而進入實施階段。1915 年 12 月 13 日，袁世凱在北京中南海居仁堂得意洋洋地接受文武百官對其稱帝之朝賀，開始以皇帝身份君臨天下。12 月 31 日，袁下令定新朝年號為「洪憲」，決定自 1916 年 1 月 1 日起，將民國紀年改為洪憲元年。

隨著袁世凱的倒行逆施，民初新聞界「繁榮」景象逐漸煙灰湮滅。在他統治地位未穩之時，袁世凱故作尊重新聞自由姿態，在國務院特設新聞記者接待室，每天由國務院秘書長親自出面接待等；稍為鞏固之後，他便以總統、中央政府及各級地方政府的名義發號施令，以鉗制輿論，阻礙新聞業的自由發展。1913 年 5 月 1 日，內務部通令各地報刊不得使用「萬惡政府」、「政府殺人」、「民賊獨夫」等字樣，違者從嚴取締。6 月 17 日，內務部又兩次通令全國各報，不得就「宋案」和善後大借款事進行「謾罵」與「泄露機密」，否則按「報律」議懲，公然將已廢止的亡清《欽定報律》搬回報界。1914 年後，袁世凱政府制訂並頒行對新聞界實施全面管制的專門法律，如《報紙條例》（4 月 2 日）、《出版法》（12 月 5 日）、《修正報紙條例》（1915 年 7 月 10 日）以及《新聞電報章程》、《電信條例》、《著作權法》、《著作權法註冊程序及規費施行細則》等相關的法律、法令，壓迫新聞界的言論出版自由，嚴重地扭曲和破壞民初的自由新聞體制，淪於有名無實的悲慘境地。在扭曲與破壞自由新聞體制的同時，袁世凱創辦御用報刊，充當喉舌，先後出版《國權報》、《金剛報》、《亞細亞日報》等；籠絡、收買報紙和報人，直接或間接接受過政府津貼的報紙達 125 家之多；並對堅持民主革命立場的政黨報刊進行大肆迫害與摧殘。報館、報人經常被警告訓斥、傳訊罰款、搜查封禁、被捕殺害事件時有發生。「二次革命」失敗後，袁世凱政府把國民黨誣指為「亂黨」，凡國民黨系統的報刊一律被扣上「亂黨報紙」的罪名而遭查封。到 1913 年底，全國繼續以版的報紙只剩下 139 家，較之民國元年的 500 家銳減 300 多家，北京的上百族報紙也只剩下 20 餘家，史稱「癸丑報災」。據統計，在 1912 年 4 月至 1916 年 6 月袁世凱統治時期，全國報紙至少有 71 家被封，49 家受到傳訊，9 家被軍警搗毀。全國報紙總數始終維持在 130 家至 150 家，形成了持續 4 年的新聞事業的低潮。新聞記者中至少有 24 人被殺，60 人被捕入獄〔註24〕。

1916 年 6 月，袁世凱敗亡，民國進入了軍閥紛爭與分裂動蕩的年代。首先是北洋軍閥分裂為皖、直、奉三大派系互相爭奪中央政權，導致北京政治

〔註24〕 吳廷俊：《中國新聞史新修》，上海：復旦大學出版社，2008 年，第 158 頁。

動盪不已；其次是中央與地方的分裂，因為中央政權的軟弱而使地方軍閥坐大，各行其是；再次表現為南北分裂，南方各省自成陣營，其中既有孫中山與革命黨人的反軍閥鬥爭，也有地方實力派的自立行動。〔註 25〕黎元洪繼任大總統後，並無實力，與段祺瑞進行「府院之爭」，引發張勳擁清室復辟帝制。1917 年 7 月，段祺瑞組織「討逆軍」討伐，張勳復辟失敗，北洋派重掌北京政治。北京政壇不斷上演了「你方唱罷我登場」的鬧劇，但共和觀念深入人心。

黎元洪一度宣佈被袁世凱政府查禁的報刊解禁，各地曾被禁郵或查封的報刊紛紛恢復出版，被捕的報人先後獲釋出獄，新聞業出現暫時復蘇局面，僅北京報紙曾一度猛增至近百家，到 1916 年底，全國新老報紙達 289 種，比 1915 年增加了 85％。〔註 26〕但是，北洋政府統治仍然襲用袁世凱統治時期頒行的有關新聞事業的法律、法令，並變本加厲頒佈了更加嚴苛的法律法令，如《檢閱報紙現行辦法》等，繼續通過法律手段扭曲和破壞自由新聞體制，鉗制和迫害進步報業，使得剛剛出現的復蘇局面稍縱即逝。1918 年底，全國報紙總數由 1916 年底的 289 種降為 221 種，減少了 23％。〔註 27〕

中國政壇的混亂局面以及思想文化上的「尊孔復古」逆流，讓有些人在一片復舊的沉悶空氣陷入消沉、悲觀絕望的境地。但是經過辛亥革命的洗禮，民主與科學的思想概念正以潤物無聲的方式慢慢滋養著國人的心靈。近代中國有識者仍在思考救國救民的發展道路。他們認識到：「共和立憲而不出於多數國民之自覺與自動，皆偽共和也，偽立憲也，政治之裝品也，與歐美各國之共和立憲絕非一物」；深刻感受到在學習西方過程中，文化機制同社會制度改革有不可分割的內在聯繫，從而引發了要求中華民族的「倫理覺悟」，認定「倫理覺悟」才是「最後覺悟之最後覺悟。」〔註 28〕要在中國實現民主共和政治，必須首先從思想啓蒙著手，廣泛開展一個「改造國民性」的思想運動。特別是 1915 年日本向中國提出喪權辱國的「二十一條」要求，再一次深深刺

〔註 25〕 汪朝光：《中國近代通史》第六卷，南京：江蘇人民出版社，2006 年，第 152 頁。

〔註 26〕 方漢奇：《中國新聞事業通史》第一卷，北京：中國人民大學出版社，1992 年，第 1060 頁。

〔註 27〕 方漢奇：《中國新聞事業通史》第一卷，北京：中國人民大學出版社，1992 年，第 1062 頁。

〔註 28〕 《吾人最後之覺悟》，《陳獨秀文章選編》上，上海：三聯書店 1984 年，第 108 ～109 頁。

激了他們從先前熱衷於舊政黨政治活動轉向從事思想啓蒙運動。近代中國開始了向西方學習的第三階段，即「文化根本上感覺不足」而向西方學習的階段。梁啓超說：「第三期，便是從文化根本上感覺不足。……政治界雖然變遷很大，思想界只能算同一色彩。……革命成功將近十年，所希望的件件都落空，漸漸有點廢然思返。覺得社會文化是整套的，要拿舊心理運用新制度，決然不可能，漸漸要求全人格的覺悟。」〔註29〕

雖然袁世凱及北洋政府統治者不斷破壞和扭曲自由新聞體制，但他們在法律上仍然保有言論出版自由的條款，且經過辛亥革命的洗禮，民眾的自由民主觀念加強，這爲中國新聞業的發展保留了一定的發展空間，且爲即將到來的新文化運動提供了輿論動員平臺。1915 年 9 月，陳獨秀在上海創辦《青年》雜誌，成爲是新文化運動發端的標誌。在《青年》創刊號上，陳獨秀以《敬告青年》爲名發表帶有發刊詞性質的綱領性政論，提出「自主的而非奴隸的」、「進步的而非保守的」、「進取的而非退隱的」、「世界的而非鎖國的」、「實利的而非虛文的」、「科學的而非想像的」的六大主張，歸結爲「科學與人權（民主）並重」，從而打出了作爲新文化運動象徵的民主（時稱「德先生」，即 Democracy 之音譯）與科學（時稱「賽先生」，即 Science 之音譯）的大旗。陳獨秀倡導的科學，指的主要是自然科學的進化論學說，包括近代自然科學法則和科學精神；人權，就是包含平等、自由、民主內容在內的天賦人權說，主要指民主思想和民主政治。

陳獨秀以《新青年》雜誌爲陣地（1916 年 9 月《青年》雜誌第二卷第一期改爲《新青年》），將「改造青年思想，輔導青年修養」宗旨逐漸與現實的社會政治和青年的思想實際結合起來，影響日益擴大，深深地影響青年的思想。時在湖南高等師範英語本科學生舒新城撰文讚揚《新青年》是「青年界之晨鐘」；時在湖北武漢陸軍第二預備學校學習的葉挺曾寫信稱讚：《新青年》是「明燈黑室」「空谷足音」。1917 年初，陳獨秀受北京大學聘請擔任文科學長，將《新青年》遷至北京出版，影響全國。1918 年 1 月，《新青年》改變了以往由陳獨秀個人「主撰」形式，組成由陳獨秀、李大釗、錢玄同、劉半農、胡適、沈尹默等北京大學教授的編輯部，共同研究，以同人雜誌的集體方式輪流主編，成爲新文化運動思想的策源地，北京大學成爲新文化運動的中心。

〔註29〕梁啓超：《五十年中國進化概論》，《梁啓超選集》，北京：中國文聯出版社，2006 年，第 476 頁。

　　《新青年》高舉民主與科學的旗幟，以思想啓蒙爲主旨、以百家爭鳴爲表現形式，發動了一場以反對舊道德提倡新道德，反對舊文學提倡新文學，反對文言文提倡白話文爲主要內容的波瀾壯闊的新文化運動。弘揚民主與科學是新文化運動的主要訴求。因爲民國建立後，民主遭遇到袁世凱及北洋軍閥專制的挑戰，而實行民主共和的重要基礎則是對世界的科學認識，所以高舉民主與科學合解決時弊之要求。《新青年》作者群體或多或少都寫弘揚民主與科學的文章，其中尤以陳獨秀的《本志罪案之答辯書》最具代表性。他說：「要擁護那德先生，便不得不反對孔教、禮法、貞節、舊倫理、舊政治；要擁護那賽先生，便不得不反對舊藝術、舊宗教；要擁護德先生又要擁護賽先生，便不得不反對國粹和舊文學」；因此，「我們現在認定，只有這兩先生可以救治中國政治上、道德上、學術上、思想上一切的黑暗。若爲擁護這兩位先生，一切政府的壓迫，社會的攻擊笑罵，就是斷頭流血，都不推辭。」〔註30〕

　　新文化運動提倡民主與科學，也注重反對封建禮教和綱常名教，激烈批判君爲臣綱、夫爲妻綱、父爲子綱的上下尊卑有序的僵化體制。因爲在忠孝節義體制下，每個人的地位已經命定，封堵住了新思想、新制度產生的可能性，大大阻礙了中國的變革與進步。新文化運動的倡導者都接受了新思想新思潮的影響，都是民主共和的擁護者，他們以「打倒孔家店」爲口號，對封建禮教予以激烈的批判。魯迅給《新青年》寫的第一篇白話小說《狂人日記》最具代表性，深刻揭露封建制度和封建禮教的「吃人」本質，成爲不朽的篇章。

　　新文化運動能產生廣泛的社會反響，與其提倡的白話文運動密不可分。中國漢語文體長期爲文言文所壟斷，口語以及相應的白話文只是不入流的表達方式。這嚴重束縛了人們表達方式的自由，不利於許多文化水準不高的人學習並接受文化知識，有礙於文化的傳播。陳獨秀、胡適等發起文學革命，提倡新文學反對舊文學，提倡白話文反對文言文。1917 年 1 月，《新青年》第 2 卷第 5 號上發表胡適的《文學改良芻議》，提出文學革命主張：一須言之有物，二不模仿古人，三須講求文法，四不作無病之呻吟，五務去濫調套語，六不用典，七不講對仗，八不避俗字俗語，拉開了文學革命的序幕。2 月，陳獨秀發表《文學革命論》一文，提出文學革命的三大目標：推倒雕琢的、阿

〔註30〕陳獨秀：《本志罪案之答辯書》，《新青年》第 6 卷第 1 號，1919 年 1 月。

誒的貴文學，建設平易的、抒情的國民文學；推倒陳腐的、鋪張的古典文學，設新鮮的、立誠的寫實文學；推倒迂晦的、艱澀的山林文學，建設明瞭的、通俗的社會文學，反對「文以載道」和「代聖賢立言」的為封建主義服務的舊文學。魯迅繼《狂人日記》之後，又在《新青年》發表了《孔乙己》、《藥》等小說，錢玄同、劉半農、周作人等是《新青年》文學革命戰線中的前衛者，他們贊同陳獨秀「以白話文為文學之正宗」的主張，給反對文學革命的言論以有力的回擊。以新文化運動推廣白話文使用為開端，白話漸漸成為中國語文的主導表達方式，一場以文體改革為發端的白話文運動，看似文字表達方式的變化，遠不及狂風暴雨般的政治運動那般為人矚目，但卻在中國文化史與文明史上留下了受惠於後人的久遠影響，對在普通大眾中傳播與普及文化起到了重要的積極作用。〔註31〕

新文化運動能產生廣泛的社會影響，也是與以百家爭鳴的理念和表現形式分不開的。陳獨秀、胡適等服膺百家爭鳴的理念並在實踐一以貫之。新文化運動參加者在言論出版自由的理念下，自由發言、自由表達、自由討論。他們創辦啟蒙報刊，以啟蒙報刊為陣地，宣揚新思想、新觀念，與舊思想和觀念開展百家爭鳴，進行廣泛自由討論和思想論戰，不僅譜寫了近代中國思想史的新篇章，而且為啟蒙報刊提供了充分展示的空間，促進了啟蒙報刊的壯大和發展。新文化運動使新聞事業重「新」起航。啟蒙報刊以新內容（民主與科學）、新體制（無黨派）、新風格（民主科學態度）、新形式（白話文和標點符號）不僅推動了新文化運動的深入向前發展，而且促進了自身的健康發展。《新青年》科學辦報態度成為啟蒙報刊創辦者效法的榜樣，一時間，以學生報刊為主體的啟蒙報刊不僅如雨後春筍般湧現，而且健康發展，成為一支支宣傳新思想、新文化的勁旅。〔註32〕據統計五四時期，全國出現各級各類報刊 500 多種〔註33〕。

總之，以陳獨秀、胡適為代表的新文化運動領導者以《新青年》為首的啟蒙報刊為陣地，以徹底的反封建精神，高舉民主與科學的旗幟，以振聾發聵之勢，發排山倒海之聲，打破了數千年封建傳統、陳腐、守舊的權威和教

〔註31〕 汪朝光：《中國近代通史》第六卷，南京：江蘇人民出版社，2006 年，第 256 頁。

〔註32〕 吳廷俊：《中國新聞史新修》，上海：復旦大學出版社，2008 年，第 166 頁。

〔註33〕 方漢奇、寧樹藩：《中國新聞事業通史》第 2 卷，北京：中國人民大學出版社，1996 年，第 39 頁。

條，通過新的表達方式普及到社會和民間，使國人又接受了一次思想的洗禮，啓蒙了他們的民主精神，增進了他們的科學意識，推動了民眾的思想解放，推動了中國社會的進步與中國人思想觀念的更新，爲五四運動和中國民族民主革命的深入奠定了堅實的思想基礎。〔註34〕時任江蘇省某小學國文教員潘公展在給《新青年》通信中高度評價說：「貴雜誌提倡新道德，灌輸新思想，建設新文學，眞不愧爲『新青年』。我自從讀《新青年》不到一年，覺得完全改變了舊日的態度，就是我朋友之中和我一樣被感化的也不少見。《新青年》是今日國中一線的曙光，要熱拔中國的青年，跳過舊家庭舊社會權貴的勢力，重新做他們的『人』，全靠這《新青年》了！」〔註35〕

第二節　中國新聞業由政論時代向新聞時代的轉型與困境

　　近代中國的現代化運動的影響下，中國新聞業進入了一個歷史轉型的拐點，即從政論時代向新聞時代的轉型期，民族商業報刊地位急劇上昇，新聞業發展出現職業化趨向；但是新聞界光明與黑暗並存，發展之路布滿荊棘，腐化墮落現象嚴重。新聞工作者紛紛成立新聞團體，呼籲聯合，探尋自救方案，開始認識到新聞教育的必要性，呼籲新聞教育。

一、中國新聞業由政論時代向新聞時代的轉型

　　在近代中國社會的現代化進程，在新聞業中的突出體現是由政論時代向新聞時代的轉型回歸。民國初期瞬息萬變的國際形勢和國內政治高壓的影響，民眾新聞信息需求增長，報紙作爲新聞紙的觀念在報界逐漸成爲共識，新聞業向溝通情況、提供信息的本質屬性功能回歸。

　　「二次革命」前，近代中國報刊的新聞業務以政論爲主，並形成了中國報業的政論傳統和特色。各大報刊非常重視言論工作，普遍設有社論、社說、論說、時評等政論欄目，有些日報幾乎每版都有評論文章，有的一天內連發多篇論說文章，報刊常常以聘請如椽之筆的主筆發表驚天駭俗的論說文章爲

〔註34〕 汪朝光：《中國近代通史》第六卷，南京：江蘇人民出版社，2006年，第257頁。
〔註35〕 潘公展：《關於新聞學的三件事》，《新青年》第6卷第6號，第573頁。

榮，湧現了想邵力子、章士釗、范鴻仙、葉楚傖、陳布雷等一大批報刊政論家。他們撰寫戰鬥性檄文，發表慷慨激昂、振聾發聵的警世之言，言辭尖銳犀利，聲情並茂。但是，「二次革命」後，袁世凱及北洋軍閥政府對自由新聞體制的破壞以及對新聞事業的摧殘，商業性報紙因怕言論賈禍，往往只發表一些不痛不癢、無關大局的短評，甚至取消社論和論說欄目，而由政黨等各種政治勢力主辦的政治性報刊由盛轉衰，結束了中國歷史上的政黨報刊時代。〔註 36〕近代中國報刊迫於政治壓力，改變了以往重論說、輕新聞傳統，政治言論倒退，開始從政論時代向新聞時代的轉型。

一戰期間，由於西方列強忙於戰爭無暇東顧，放鬆了對中國的經濟掠奪，中國民族資本主義得到一次千載難逢的發展機遇，爲民族資產階級主辦的商業性報刊的空前發展提供了良好的經濟基礎。同時，袁世凱及北洋軍閥政府對中國政黨報刊摧殘殆盡，給商業性報刊贏得了更大的發展空間。上海《申報》、《新聞報》等商業報紙引進和採用現代化機器設備出版報紙，管理制度日趨現代化，廣告收入不斷攀升，經濟效應良好。1916 年，新聞報館更新設備，購置了數臺現代化印刷機。1918 年，申報館整體搬遷進按照現代化報刊流程設計並配備有全套現代化辦報設備的五層新大樓，提升了辦報現代化技術水平，走上了現代化商業大報的發展之路。這些均爲近代中國新聞業由政論時代向新聞時代轉型奠定了堅實的物質基礎。近代中國新聞業由政論時代向新聞時代轉型具體表現在：

第一，新聞採訪活動異常活躍，新聞報導面寬量增

由於一戰的進程、十月革命的爆發以及國內政壇的亂局，各大報紙將主要精力集中在新聞報導上，新聞日益成爲報紙的主要內容，報導範圍不斷擴大，數量不斷增加。其中，軍政消息比重加大，經濟新聞報導加強。電訊分爲專電、外電、通電、公電等名目在版面中占主要地位，其中「本報專電」時效快，最受歡迎。每遇重大軍政事件，《申報》、《時報》等許多報紙往往整版整版地刊載電訊，多的三五十條，少的一二十條，重要的電訊還使用大號黑體字刊出，並在字旁標以黃豆大的黑點或圓圈，以求醒目。爲了做好國內外新聞通訊報導，實力雄厚的報館專門設立「採訪科」，增加本埠訪員和外埠通訊員，爭相聘請駐京特別通訊員，甚至派出專門特派記者前往國外採訪重

〔註36〕黃瑚：《中國新聞事業發展史》第 2 版，上海：復旦大學出版社，2009 年，第 109 頁。

大活動，運用電報發回獨家新聞報導，甚至應用電話採訪。京津漢廣等地重大新聞，當地報紙會立即刊登號外，第二天至多第三天在上海報紙上就能刊登。甚至國際重大新聞，也能迅速刊登。1917 年 11 月 10 日，俄國十月革命爆發的第三天，北京《晨鐘報》、上海《民國日報》等報紙就以大字標題報導十月革命消息。

第二，新聞通訊社異軍突起

1912 年 6 月 4 日，中國報界俱進會在上海召開特別大會，會議專門討論了「設立通信社案」，呼籲「吾國報界急宜設法組織一通信機關，互相通信，俾各報得以低廉之價，得至確之新聞，以供讀者。」提案順利通過並迅速得以實施，專門新聞通訊社紛紛建立。1912 至 1913 年間，上海、北京、廣州、長沙、武漢、哈爾濱、杭州、開封、成都等地都創辦起新聞通訊機構，出現了第一個國人自辦通訊社的高潮。1916 年，袁世凱倒臺後，十數家通訊社在全國各地紛紛創建。僅長沙一地，1916 年 10 月連續行中華通訊社、華美通訊社、亞陸通訊社、大中通訊社等四家通訊社創立。在這些通訊社中，邵飄萍主辦的東京通訊社（1915 年 7 月）和新聞編譯社（1916 年 8 月）最爲成功。前者曾首先向國內讀者報導了袁世凱政府和日本政府秘密商議中的「二十一條密約」的詳細內容，積極推動了國內反對袁世凱鬥爭。新聞通訊社的湧現，爲全國報刊提供了大量新聞報導。

第三，新興的新聞通訊體裁走向成熟

雲譎波詭的國內時局，精彩紛呈的列強動態，各派政治勢力臺前幕後的鬥爭，當時，爲紀實性、解釋性、評述性的有關時事政治方面的新聞通訊提供了廣闊舞臺。近代中國第一個以新聞採訪和新聞通訊寫作而負有盛名的新聞記者黃遠生，是新聞通訊的奠基人。他從 1912 年在《申報》上撰寫的「北京通訊」一問世便深受廣大讀者的歡迎，被後人稱之「遠生通訊」。他採用第一人稱寫法，夾敘夾議，對內幕新聞來龍去脈、前因後果娓娓道來，揭露社會黑幕眞相；由於莊諧並進、翔實生動，幽隱畢達、通俗易懂，發人深省。因此，黃遠生成爲中國報紙從政論時代向新聞時代演變的開拓者。〔註 37〕

第四，一大批名記者脫穎而出

由於各大報紙重視新聞採訪，加強新聞報導隊伍建設，注重新聞通訊，

〔註 37〕吳廷俊：《中國新聞史新修》，上海：復旦大學出版社，2008 年，第 142 頁。

在新聞領域內開展激烈競爭。各大報館不惜重金聘請新聞記者，新聞記者以獲得獨家新聞爲能，報紙以發表精彩通訊取勝，湧現出一大批著名的新聞記者，如黃遠生、邵飄萍、劉少少、徐彬彬、林白水、胡政之、張季鸞等。他們大都受過良好的教育，有一定的新聞修養和辦報經驗，又有較好的中西學問基礎和駕馭文字的能力；他們大多以新聞爲終身職業，堅信新聞救國的理想，具有崇高的新聞職業道德。他們採寫的消息和通訊，產生了重大的社會影響。記者工作受到社會上更多人的重視，記者的身份地位有所提高。

第五，新聞技能的理論化建設加強

黃遠生總結自身新聞採訪經驗，對新聞記者提出了加強自身修養和基本功的訓練的要求。他說新聞記者要做到四能：「①腦筋能想；②腿腳能奔走；③耳能聽；④手能寫。』『所謂』能想』就是『調查研究，有種種素養』；所謂『能奔走』，就是『交遊肆應，能深知各方面勢力所在，以時訪接』；所謂『能聽』，就是『聞一知十，聞此知彼，由顯達隱，由旁得通』；所謂『能寫』，就是『刻畫敘述不溢不漏，尊重彼此之人格，力守紳士之風度』。」〔註38〕

二、民國新聞界的腐化墮落現象

在民國新聞業由政論本位向新聞本位的轉型過程中，各大報紙重視新聞報導，新聞採寫活動異常活躍，一批名記者在國內外新聞戰線上風生水起。當時在北京大學學生羅家倫對新聞界的可喜變化進行了肯定，「近來報紙上第一件『差強人意』的事，就是有許多報都有了高等通信員（這個風氣是黃遠生開的）。有幾封通信都能將政局內幕，詳細揭出，而且有統系，這是很好的（《時報》有幾個通信員專說笑話，實在太空虛一點）。若是他們能夠把世界的情形，也能如此記載，那就「盡美盡善」了！第二件就是國內的情形，有時頗詳。編輯取材，也比前幾年進步。不過進步稍遲，未能如我們心中所預想的。第三件就是今年北京同上海的新聞界聯絡，有渡日考察等事，足以爲他日『國民外交』的援助。」〔註39〕但是，在袁世凱及北洋軍閥政府對自由新聞體制的扭曲和破壞下，新聞界中存在著嚴重的腐化墮落現象。戈公振曾

〔註38〕黃遠生：《懺悔錄》，《東方雜誌》，1915 年 11 月 10 日。
〔註39〕志希：《今日中國之新聞界》，《新潮》創刊號，1919 年 1 月，第 123 頁。

說：「民國以來之報紙，捨一部分雜誌外，其精神遠遜於清末。若與歐美之進步率相比較，則其進步將等於零。」〔註40〕

民國新聞界的腐化墮落現象具體表現在：

第一，報紙報格低下，低俗之風盛行

中國報紙言論退化，格調低下，「其主張則又固陋陳腐，與新式政治如枘鑿不入」。難怪乎有人諷刺說：「有志於新聞業者，若至北京，而為一度精密之考察，則知北京報紙之真相十而八九者，形式與精神均不成為一種報紙（商行為之新聞匠包括在內）。其餘十分之一、二，所謂真正的北京言論家，挾有若干歷史，為北京人士所稱道者，則又根本不識民治為何物，每於現在國家制度之下，加以無限之懷疑，甚且加以多少不滿之情態。」〔註41〕報紙副刊淪為「鴛鴦蝴蝶派」和「禮拜六派」天下，版面充斥著風花雪月、打情罵俏。這種副刊的淪落，歸根結底是辛亥革命後政壇亂相，使得許多人陷入悲觀絕望情緒之中，尋求精神安慰。

第二，報人不顧人格，賣身投靠

新聞界有些報人喪失獨立人格，淪為御用文人或政客「文丐」，不僅丟棄了新聞工作者應有的職業道德，而且連起碼的骨氣都沒有。他們將辦報當成賣身投靠、營私牟利的手段，「北京報紙之經理人與編輯人，以營業為前提者十而八九也。此種商行為之報紙，固不足認為有代表輿論之價值。」有些報館變成了騙錢館，有的甚至掛報館的招牌，開鴉片館，傷天害理；不少報紙黃色文字充斥版面，變成誨淫海盜的「教科書」。1915年，袁世凱洪憲稱帝，北京各報都套紅以示慶賀；並把民國五年（1916年）改印成洪憲元年；有的報人則自稱「臣記者」。北京報界失去了失去了「全國輿論之中心」地位，被時人嘲笑說：「吾人敢大膽下一斷案曰，中國一切現象之最腐敗最無聊者，莫北京之報紙，若中國人之最混沌最無感覺者，莫北京之新聞記者。」〔註42〕

〔註40〕戈公振：《中國報學史》，北京：三聯書店，1955年，第198頁。
〔註41〕戊午編譯社：《北京新聞界之因果錄》，《中國近代報刊發展概況》，北京：新華出版社，1986年，第166頁。
〔註42〕戊午編譯社：《北京新聞界之因果錄》，《中國近代報刊發展概況》，北京：新華出版社，1986年，第165頁。

第三，報館因陋就簡，根本不成體統

在上海、北京、廣州等地屢屢出現「有報無社」的「馬路小報」〔註 43〕和「有社無報」的「鬼報」〔註 44〕。許多北京報館的編輯們，「手執大剪一把，將外埠報紙割裂無數，再斟酌前後而連屬之，勾之以紅筆，黏之以漿糊，不一小時而兩大張之日報成矣。……三者之妙用神，斯辦報之能事畢矣。三者何？剪子、漿糊與紅墨是也。」時人嘲諷說：「大凡北京報紙之爲經理者，多受某方或某有力者之津貼而來，子女車馬之欲所供，不逮所求，那有閒錢更在內容材料上去計較，雇一編輯不過三四十元，論值問貨，烏能得新聞家哉。彼爲經理者，其目的又專在津貼之有無，而不在報紙之好壞。但能招牌常掛，門前義務報每日送到，則報紙之內容是黑是白，報之前途爲毀爲譽，要皆非經理所欲問。然而過北京報館之門，見白牌黑字編輯部云云者，固不能謂之非報館也。」〔註 45〕

1918 年 11 月 5 日，曾經在復旦公學編輯過《復旦雜誌》的北京大學學生羅家倫撰寫的文章《今日中國之新聞界》更能反映當時報界的腐化墮落現象。他說：「現在中國新聞界的情形，異常複雜，即欲批評，亦無從說起。」〔註 46〕他對當時新聞界最不滿意事情有三：第一，新聞記者缺乏常識。「我第一件對於現在新聞界最不滿意的，就是新聞記者缺少常識。一般新聞記者，除了最少數是受過完全教育的，或是真有志向學的而外，其餘約分二類。一類是『斗方名士』同『末路官僚』；一類就是墮落的青年。兩類人大都只會做幾篇『策論式』的論說，甚至中學教育都未曾受完，就來『搖筆縱談天下事』了。」〔註 47〕第二，全國報紙缺乏正確的評論。他說：「還有一件事，也是因爲新聞記者缺乏常識所發生的，就是各報無精確的評論。我天天看報，覺得一切評

〔註 43〕 所謂「馬路小報」，是出版前夕，在旅館開一房間，作爲零時主筆房，靠剪報等方式胡亂對付一些文字，不負責任的隨便拉廣告，交付印廠，以報費收入，充作印刷、紙張之需，印刷多少包與印刷者、廣告費作爲執筆者潤筆，發行所則在四馬路拐角報販攤上。

〔註 44〕 所謂「鬼報」：是租一間房，掛一個報社的招牌，拿上幾張白紙，到街上的印刷廠，利用別家報館印刷過廢棄的報紙，換個報頭，印二、三份報紙，一份貼在報館門前，一份送給警局備案，藉此向津貼辦的軍閥官僚交差要錢。

〔註 45〕 戊午編譯社：《北京新聞界之因果錄》，《中國近代報刊發展概況》，北京：新華出版社，1986 年，第 167 頁。

〔註 46〕 志希：《今日中國之新聞界》，《新潮》創刊號，1919 年 1 月，第 117 頁。

〔註 47〕 志希：《今日中國之新聞界》，《新潮》創刊號，1919 年 1 月，第 118 頁。

論都是不痛不癢的調頭。大約可以分為三派：一種是『道學派』，一種是『詼諧派』，一種是『莫名其妙派』。除了這三種之外，欲求一精確獨到痛快淋漓的評論，真是『百不一見』。『莫名其妙派』不但看報的人看了莫名其妙，就是記者寫的時候，恐怕連自己也莫名其妙。」〔註 48〕第三，新聞界沒有新聞道德。他說：「近來的新聞界，似乎對於『新聞道德』也缺了一點。我說的『新聞道德』，並不是一定說新聞記者敲竹槓的問題。新聞記者敲不敲竹槓，是沒有證據，我不敢說的。我所說的新聞界沒有道德，一件就是『逢社會之惡』。他國新聞界是開導社會的，我國新聞界是逢迎社會的。真可歎！近來社會不願意有世界眼光，新聞記者也就不談國外的事。社會不好學，新聞記者就絕口不談學問；社會喜歡詐作惡，新聞記者就去搜輯許多小新聞，來做他們的參考；社會好淫樂，新聞記者就去徵訪無數花界伶界的消息，來備他們的遺忘。」〔註 49〕

三、全國報界組織成立和中外新聞交流加強

在政論時代向新聞時代的轉型過程中，中國新聞界面對自身發展困境，不僅求諸於內，加強專業性新聞組織建設，由地方向全國範圍發展，開展自救活動，謀求組織合作，並強烈意識到新聞教育的重要性；而且求諸於內，不斷加強對外交流合作，並以昂揚的姿態登上世界新聞舞臺，融入世界新聞組織的大家庭。

民國成立前，報界地方組織紛紛成立，如天津報界俱樂部、上海日報公會、廣州報界公會、北京報界公會等。1910 年 9 月 4 日，中國報界俱進會在南京成立，全國 20 個省市的 41 家報館派代表參加。大會通過《中國報界俱進會章程》，確立「結合群力、聯絡聲氣，以督促報界之進步」的宗旨，章程規定：該會每年開一次常務會，輪流在各地召開。常務會應行決議及商榷之事件，主要是關係全國報界共同利害的問題、須用本會全體名義執行之對外事件、對於政治上外交上之言論範圍，以及修改章程事宜。這是中國近代新聞史上第一個全國性新聞工作者團體〔註 50〕。

〔註 48〕　志希：《今日中國之新聞界》，《新潮》創刊號，1919 年 1 月，第 120 頁。
〔註 49〕　志希：《今日中國之新聞界》，《新潮》創刊號，1919 年 1 月，第 121 頁。
〔註 50〕　方漢奇、李矗主編：《中國新聞學之最》，北京：新華出版社，2005 年，第 100 頁。

　　1912 年 6 月 4 日，中國報界俱進會在上海召開特別大會，吸收 20 餘家報紙爲新會員，推朱少屏爲主席，修改章程，改名「中華民國報界俱進會」。會議討論了加入國際新聞協會案、不認有報律案、自辦造紙廠案、設立新聞學校案、設立通信社案、設立廣告社案、組織記者俱樂部案。雖然「加入國際新聞協會」，經朱少屏與《新聞報》汪漢溪向外國記者詢問萬國報界聯合會的地點及加入手續，被告知萬國報界聯合會並不存在。但此事仍然引起了各地報館的濃厚興趣，反映了中國新聞界邁出國門，加強與境外同業的聯繫和交流成爲其時報界的普遍願望〔註51〕。在該次大會上，朱少屏、王壽、廖舒籌、何文彬等 4 人聯合提議的「設立新聞學校案」，闡述了建立新聞學校的原因、意義、介紹了西方新聞教育與報業的關係和做法，全文如下：

　　　　吾國報業之不發達，豈無故耶？其最大原因，則在無專門之人才。夫一國之中，所賴灌輸文化，啓牖知識、陶鑄人才，其功不在教育之下者，厥唯報業。乃不先養專才，欲起而與世界報業相抗衡，烏乎得？且報業之範圍，固不僅在言論，凡交通、調查諸大端，悉包舉於內，而爲一國一社會之大機關。任大責重，豈能率爾操觚？吾國報業，方（仿）諸先進國，其幼稚殊不可諱。一訪事、一編輯、一廣告布置、一切發行之方法，在先進國均有良法寓其間，以博社會之歡迎，以故報業學堂之設。不寧唯是，且有專家日求改良，以濟其後焉。吾國報業，既未得根本之根本籌劃，欲求何道？土廣民廣，既甲於世界，若就人口及地位標準，以設報館（先進國報館取屬人主義，滿若干人口，應設報館一，取屬地主義者，有若干地面，應設報館一），則尚邈乎其遠。通埠雖稍有建設，而勢尚式微，今後若謀進步，擴張之數，正未可量。而能勝此重負，幾何不先有以養育之？僅此寥寥有數人才，流貫交通有數之點，其有補於國家社會之處，固屬有限。對於各本業專學之前途，究如何有操勝之權，亦未能必也。某也目光所及，擬根本改良，爰公同提議組織報業學堂，敬候公決。〔註52〕

6 月 7 日～6 月 9 日，上海特別大會連續召開三次會議，經過熱烈討論，

〔註51〕趙建國：《分解與重構：清季民初的報界團體》，北京：三聯書店，2008 年，第 146 頁。

〔註52〕戈公振：《中國報學史》，北京：中國新聞出版社，1985 年，第 213 頁。

通過了「設立新聞學校案」、「設立通信社案」、「設立廣告社案」、「組織記者俱樂部案」。通過的「設立新聞學校案」全文如下：

> 吾國報館日來異常發達。查各國大學，均有新聞一科，若訪員、若編輯、若廣告、若發行，各有專門學。我報界欲與歐西媲美，非設此項學堂不可。經公決：由報館俱進會設立新聞學校一所。公推朱少屏草擬章程。〔註53〕

　　朱少屏等人解釋了設立「新聞學校」進行新聞教育的二大原因。其一，中國報業的發展，需要培養專業的人才；其二，中國報界與西方有較大的差距，解決辦法就是進行新聞教育，培養人才。雖然由於當時各種因素的限制，未能實現，但它充分反映出新聞教育已是中國新聞界的普遍共識，具有重要的歷史意義。這主要體現於它首次以一個組織的名義向全國進行召喚，捅破了「新聞教育」的窗戶紙，使大家從「學」的層面上開始重視新聞教育，國人開始真正系統認識到辦報有學、新聞有學；還在於廓清了人們的一種認識：接受「報業教育者」〔註54〕「遠過於未受專門訓練者」。〔註55〕這也說明中國新聞教育已是春筍萌發，暗潮湧動；中國新聞教育的開展只待東風。

　　中國新聞界在國內加強組織建設的同時，也積極開展對外交流活動，從外部尋求解決新聞業困境的良方。早在1910年，世界新聞記者公會在比利時首都布魯塞爾召開大會，王侃叔因運東通信社的關係，被接納為會員，並作為中國代表參加大會。他又介紹汪康年、朱淇、黃遠生、陳景韓四人入會，這是中國報界最早參加世界性新聞組織的記錄，也是中國報界走向世界的第一步〔註56〕。1912年10月26日，總統府秘書長梁士詒召開中日記者招待會，中日兩國記者十數人應邀出席，濟濟一堂，倡議設立中日記者俱樂部。1913年，兩國記者先後創建北京中日記者俱樂部和東三省中日記者大會，並積極開展交流合作活動。

　　1915年，舊金山世博會期間，應美國密蘇里新聞學院威廉院長的邀請，中國新聞界派出代表團參加了有他主辦的世界報界大會（*The Press Congress of the World*）。7月5日，世界報界大會成立大會在舊金山隆重開

〔註53〕方漢奇：《中國新聞事業編年史》上卷，福州：福建人民出版社，2000年，第639頁。
〔註54〕李建新：《中國新聞教育史論》，北京：新華出版社，2003年，第34頁。
〔註55〕戈公振：《中國報學史》，北京：中國新聞出版社，1985年，第213頁。
〔註56〕王洪祥：《中國新聞史》，北京：中央民族大學出版社，1988年，第287頁。

幕，共有 29 個國家和美國 46 州的 956 名代表參加。中國新聞界派出北京
報界公會代表朱淇、《香港華字日報》代表李心靈、《循環日報》代表楊小
鷗、英文《北京日報》代表馮穗、廣州《時敏報》代表等五人參加大會。
但由於路途遙遠，開幕當天中國代表團未能及時與會，由歐陽祺暫代參加。
在這次盛會上，威廉院長作為大會主席眾望所歸當選為世界報界大會會
長，中國報界代表李心靈被選舉為八大董事之一。李心靈和朱淇分別當選
世界報界大會副會長。李心靈還代表中國報界向大會提出了舉辦第三屆世
界報界大會的口頭申請，「余深願第三屆會議即在敝國京都，不但敝國報界
歡迎，余深信敝政府亦當極意歡迎。」〔註 57〕7 月 10 日，大會閉幕。中國
代表團出席 1915 年世界報界大會，是中國新聞界首次派代表出席國際新聞
會議〔註 58〕，表現出中國新聞界參與世界新聞事務融入世界新聞舞臺的積
極姿態。通過該會，中國與世界新聞界建立起交流和合作的橋梁，預示著
對外交流合作活動的蓬勃生機。

　　1917 年 11 月 24 日，應日本新聞界的邀請，上海日報公會組織「上海新
聞記者赴日視察團」前往日本考察新聞業，成員有《申報》伍特公、張竹平、
《新聞報》汪漢溪、《時報》包天笑、《神州日報》余大雄、《時事新報》馮心
支、《中華新報》張群、曾松翹、《民國日報》吳葭生、《新申報》沈泊塵等被
推舉為主要成員，余大雄任考察團團長。他們訪問長崎、神戶、大阪、東京
等地的新聞社及通信社，所到之處受到熱烈歡迎。他們滿載而歸後，北京報
界熱烈響應，迅速組成由《京津時報》社長、《大同報》代表等 23 家新聞媒
體成員為代表的北京報界赴日視察團於 1918 年 4 月 10 日赴日考察 20 餘天。
他們與日本報界、工商各界進行了廣泛的交流。在大阪，赴日視察團歷訪大
阪時事、朝日、每日三家新聞社，參觀了科學工業博覽會、商業博覽會、造
幣局等，並出席大阪三家新聞社及中國商務總會的歡迎會。抵達東京後，視
察團參觀日本銀行及三越綢緞店，出席春秋會的歡宴會，歷訪憲政會本部、
國民黨政友會及日本眾議院。〔註 59〕視察團對日本工商業、市政推崇有加，

〔註 57〕《萬國報界公會開會紀》，《申報》，1915 年 8 月 19 日。
〔註 58〕鄧紹根、王明亮：《中國新聞界首次派出代表出席國際新聞會議——中國與
　　　　1915 年世界報界大會》，《新聞與寫作》2010 年第 11 期，第 72 頁。
〔註 59〕趙建國：《民國初期記者群體的對外交往》，《江漢論壇》，2006 年第 8 期，第
　　　　44 頁。

極力主張中日必當互通有無，認為兩國新聞界自此「益發揮提攜之精神，而開一國民握手之新世元」〔註60〕

　　1918 年 6 月 23 日，《巴黎時報》駐京記者蒂博斯發起中法新聞記者聯合會。時隔不久，中外記者聯合會宣告成立。北京報界聯合會倡議組織萬國報界俱樂部，邀請在京的全體中外記者入會。次年 2 月 15 日，萬國報界俱樂部在東長安街東安飯店舉辦成立大會，60 餘名中外新聞記者出席，中外記者聯繫加一部加強。同年，原定在悉尼召開第二屆世界報界大會召一再展期，中國新聞界密切關注世界報界大會改期消息，反映出融入世界新聞大舞臺的強烈渴望。

　　1919 年 1 月，巴黎和會召開，南北和談進行之際，廣州《七十二行商報》與《新民國報》提議，由廣州報界公會致電上海日報公會發起，通電全國報界：「歐戰結束，南北息兵，世界與國內和平問題，關係國家存亡，人民利害。全國新聞界應不分畛域，泯除黨見，研求正議，一致主張。外為和會專使之後盾，內作南北代表之指導。」〔註 61〕這份通電，反映了報界承擔指導國民輿論的強烈的民族意識和愛國熱情，得到海內外報紙的熱烈響應。4 月 15 日，中華民國報界聯合會在上海召開成立大會。參加的報館有 83 家，其中北京 15 家，上海 13 家，廣州 9 家，南京 7 家，漢口 5 家，天津 1 家，福建 3 家，湖南 2 家，安徽 2 家，山東 1 家，廣西 1 家，四川、雲南、貴州共 6 家。其餘揚州、武進、桐鄉及海外的小呂宋、檳榔嶼、仰光、曼谷、檀香山、維多利亞、雪梨、舊金山等地，均派有代表出席，共有代表 84 人。大會推舉上海《民國日報》總編輯葉楚傖為主席。會議通過對外宣言案、對時局宣言案、對借款宣言案，維持言論自由案，減輕郵電各費案，陰曆年終報紙不停版案、拒登日商廣告案、組織國際通信社案、籌設新聞大學案、勸告勿登有惡影響於社會之廣告與新聞案、加入團際新聞協會案等十四項決議案。大會討論通過並宣佈章程：（一）為謀世界及國家社會之平和的進步，得征集全國言論界多發之共同意見，以定輿論趨向；（二）保持言論自由，聯合同人情誼，企圖事業便利，以謀新聞事業之進步。規定每年春季召開常年大會一次。

　　1912 年 6 月和 1919 年 4 月，兩個全國新聞工作者組織——中國報界俱進會和中華民國報界聯合會，積極討論「設立新聞學校案」、「新聞大學案」等

〔註60〕　《感念離京之記者團》，《盛京時報》，1918 年 4 月 28 日。
〔註61〕　戈公振：《中國報學史》，京：三聯書店，1955 年，第 285 頁。

新聞教育方案，甚至在在廣州召開中華民國報界聯合會第二次大會（1920 年5 月）上再次討論《籌設新聞大學案》。雖然它們僅是方案和計劃，後來也沒有具體的落實實施，由於現實條件的限制而被擱淺，但至少說明中國新聞界已經意識到新聞教育重要性和開展新聞教育的迫切性。中國新聞界不斷在全國大會上呼籲開展新聞教育的過程中，有識之士已經開始了艱辛的新聞學術準備和尋找新聞教育方案的探索過程。

第三節　中國新聞學研究的起步和新聞教育的初步認識

　　20 世紀初至辛亥革命以後，中國新聞學研究歷經了報業活動到報業理論的學術開拓和學術初立的衍變，進入了萌芽期。」〔註62〕新文化運動時期，中國新聞學研究得到初步發展，由術入學，新聞學專著開始出版。新聞學著作則是從引進和翻譯外國人著作開始的。在引進和翻譯日本松本君平《新聞學》、美國記者休曼《實用新聞學》等新聞學著作過程中，中國新聞界逐漸樹立起「新聞是學」、「新聞有學」的學科觀念和新聞教育理念，並對新聞教育有了初步認識。

一、日本松本君平與《新聞學》

　　戈公振在舊中國最具權威的新聞史專著《中國報學史》中認為：「民國元年，全國報界俱進會曾提議建立新聞學校，是為我國知有報業教育之始。」〔註63〕但從「我國知有報業教育」的角度，我們打開塵封已久的新聞報導，發現歷史實情並非如此。在全國報界俱進會召開之前，隨著松本君平專著《新聞學》在中國人群中的傳播和介紹，中國新聞界對新聞教育（報業教育）的初步認識時間比這早得多。

　　1898 年，日本著名新聞記者、教育家松本君平〔註64〕創辦東京政治學校，

〔註62〕　童兵、林涵：《20 世紀中國新聞學與傳播學‧理論新聞學卷》，上海：復旦大學出版社，2001 年，第 98 頁。

〔註63〕　戈公振：《中國報學史》，北京：三聯書店，1955 年，第 259 頁。

〔註64〕　松本君平（1870～1944），日本靜岡縣人，世代以釀酒與農產為本業。1890年留學美國賓夕法尼亞大學，1894 年獲布朗大學文學博士學位。1895 年曾在《費城報》、《紐約論壇報》做記者。1896 年回國後，進入日本的新聞界，任

主要培養政府官員、外交官、議員和新聞記者四類人，爲了培養新聞記者學校開設了三門新聞學課程，進行新聞教育，第一學年是「歐美新聞事業（新聞學原理及各國之沿革）」，第二學年是「新聞學（理論及各國之沿革）」，第三學年是「新聞學（實踐）」。〔註 65〕他負責第一學年「歐美新聞事業的教學課程，爲此根據自己在歐美考察和新聞工作的經驗編寫課程新聞教義。1899年 12 月，他將新聞學課程講義《新聞學》整理交由博文館出版，成爲日本歷史上第一本新聞學著作。

　　松本君平《新聞學》，又名《歐美新聞事業》，共 36 章，系統地介紹了新聞學的基本知識、歐美新聞事業與社會的關係。其最大的篇幅是關於報館各機構的職能以及各新聞從業人員在報紙管理、採訪、寫作、編輯等方面工作的敘述；同時也介紹了歐美一些主要國家新聞事業的現狀。〔註 66〕松木君平的《新聞學》一書是他留學及考察歐美新聞事業的結果，明顯受到了美國流派的影響。《新聞學》出版後立即引起中國在日人士的關注，不僅詳加研讀，而且出版翻譯出版，至 1901 年 7 月 30 前，該書已經翻譯完畢，選入《譯書彙編》（1900 年 12 月 6 日，中國留日學生東京主辦的最早刊物之一）第七期廣告中的「已譯待刊書目錄」。〔註 67〕1901 年 12 月 21 日，梁啓超在《本館一百冊祝辭並論報館之責任及本館之經歷》一文曾引用過松本君平《新聞學》「第四種族」觀點，「日本松本君平氏著《新聞學》一書，其頌報館之功德也，曰：『彼如豫言者，驅國民之運命；彼如裁判官，斷國民之疑獄；彼如大立法家，制定律令；彼如大哲學家，教育國民；彼如大聖賢，彈劾國民之罪惡；彼如救世主，察國民之無告苦痛而與以救濟之途。』」〔註 68〕此後，如橫濱《新民

《東京日日新聞》記者，後創立《大日本》雜誌。1897 年 5 月，隨伊藤博文出訪歐洲，考察歐洲各國「學僚制度」。1898 年創東京政治學校，兼任《靜岡新報》主編。1902 年，當選爲眾議院議員。1910 年創辦青年教團。1917 年曾應邀擔任孫中山廣東軍政府顧問。1927～1929 擔任海軍參事官，出席日內瓦會議，此後退隱政壇，專事青年教團工作和著述活動。1944 年 7 月 29 日，在旅行途中因狹心症猝死，享年 74 歲。

〔註 65〕周光明、孫曉萌：《松本君平〈新聞學〉新探》，《新聞大學》2011 年第 2 期，第 38 頁。

〔註 66〕寧樹藩：《松本君平與〈新聞學〉》，《寧樹藩文集》，汕頭：汕頭大學出版社，2003 年，第 438 頁。

〔註 67〕鄧紹根：《「記者」一詞在中國的源流演變歷史》，《新聞與傳播研究》，2008年第 1 期，第 41 頁。

〔註 68〕梁啓超：《本館一百冊祝辭並論報館之責任及本館之經歷》，《清議報》第 100冊，1901 年 12 月 21 日。

叢報》、天津《大公報》、東京《浙江潮》、上海《國民日日報》等引用過松本君平《新聞學》相關論述。1903 年 10 月，上海商務印書館編譯局將松本君平《新聞學》譯成中文版，成爲中國第一本新聞學著作。雖然該書有一些觀點受到實踐與時代的局限，但對於近代中國新聞學的興起影響深遠。

首先，松本君平《新聞學》促成了「新聞學」概念在中國新聞學術史上的萌芽。1899 年 12 月，松本君平出版《新聞學》日文版後，由於「新聞學」日漢文同文同形關係，中國直接借用日製漢文「新聞學」進入中國近代漢語詞彙之林，成爲新名詞。在《新聞學》日文版中，「新聞學」一詞先後出現 20 次，主要出現在書名、序言、目錄和附錄之中，正文僅三次。另外，從日文版《新聞學》記載情況表明，當時日文和漢語「新聞學」一詞是同文同形的。松本君平撰寫時，已經採用了日文漢字形式的「新聞學」一詞作爲書名，而且該書的作序者也採用了該詞。筆者查閱了明治時期日本新聞史資料十卷，發現「新聞學」在日本當時也是個新詞彙，就是由松本君平在《新聞學》書中首創並使用。從詞源學的角度考察，漢語「新聞學」一詞既不是最早出自於《譯書彙編》第五期（1901 年 6 月 3 日，光緒 27 年 4 月 15 日）的「已譯待刊書目錄」之中；更不是最早出自梁啓超於 1901 年 12 月 21 日發表在《清議報》的文章《本館第一百冊祝辭並論報館之責任及本館之經歷》；而應該最早出自於 1899 年 12 月日本學者松本君平 1899 年日文原著《新聞學》之中。〔註 69〕詞彙是概念物質外殼。漢文「新聞學」一詞的出現說明「新聞學」概念的萌發。

其次，松本君平《新聞學》使得中國新聞界樹立起「新聞是學」學科觀念。1903 年 10 月，上海商務印書館正式翻譯出版松本君平《新聞學》中文版，將中國對「新聞學」一詞以及新聞學學科的認識推向了一個嶄新的高度。松本君平《新聞學》中文本與日文原版最大的不同之處，就是刪去了四個序言（僅存序一《新聞記者論》）和兩個附錄（《東京政治學校設立之宗旨》、《東京政治學校學制一覽》）。正是這種差異，「新聞學」一詞出現的次數減少，包括書名僅爲七次。但是每次出現，都涉及到新聞學學科的一些基本問題。在《新聞學》書名之後，首先出現的「新聞學」一詞就論及新聞學學科的領域

〔註69〕 鄧紹根：《從「新聞學」一詞的源流演變看中國新聞學學科的興起和發展》，《新時期中國新聞學學科建設 30 年》，北京：經濟日報出版社，2008 年，第 49 頁。

問題,「至夫此新現象,如何而搜集之、編輯之、評論之,一切分配各地,俾眾周知之法及講究理論之學,是為新聞學。得分之為三步焉:第一、新聞所自出之地。搜集社會之新聞,編輯適當加以評論,行於所自出之處,以採訪及編輯為主。第二,新聞之分配銷。凡編輯印刷既成之新聞,當討論其分配於讀者方法。第三,新聞之消費。新聞之銷暢,視購讀新聞者之多少。然其法亦宜考究。如欲使新聞暢銷流行,必須使探訪人及編輯者,各儘其職,使其分配不善,則不能達其目的也。」〔註70〕其次,探討了新聞學學科性質,「夫新聞學既已如斯,而欲從事新聞者,首在熟知其性質。然新聞學非法律書,非哲學書,且非歷史,復非字彙。每日揭載各要件,必須捨舊尋新,削繁就簡。與其遲而巧,寧拙而速,是謂新聞之責任。」〔註71〕再次,闡述了新聞學學科的地位,「曠觀當世之精神界,文物燦然。其中為文壇之大主將、大總統者,何人也?必曰新聞學也。雖其所記載者,不必皆有實際、有法律、有道德……。然歐美諸文明國之新聞學者,實可謂文學中之王霸矣。……故新聞學者,不僅載逐日之事實,而凡全社會各種民諸流之行為,俱可以褒貶之、賞罰之,謂之為文壇之霸王,誰曰不宜。」〔註72〕

以現今新聞學由理論、實用和歷史新聞學三部分組成的觀念看,松本君平《新聞學》已初具新聞學形態。它絕大部分內容是報紙工作的實際經驗與實際狀況,帶有濃厚的實用性;但是該書也由理論新聞學的相當內容,本書的序論《近世文明與新聞德澤》、第一章《第四種族之發生》和第三十六章《新聞記者之勢力及使命》集中論述了新聞事業和新聞記者的特性、功能、作用及近世文明之關係問題;在第三十一至三十五章,對歐美(英國、美國、法國、德意志和俄國)新聞事業的介紹,實為歷史新聞學的組成部分。因此,《新聞學》漢譯本「是我國所出版的第一本新聞學著作,這在我國新聞學術史上是一件重要的事情。它給人們提供了比較系統的新聞學知識,它把人們引入了一個比原來寬廣得多的新聞學領地。可以說,這個漢譯本《新聞學》的問

〔註70〕 松本君平:《新聞學》,見《新聞文存》,北京:中國新聞出版社 1987 年,第10 頁。
〔註71〕 松本君平:《新聞學》,見《新聞文存》,北京:中國新聞出版社 1987 年,第11 頁。
〔註72〕 松本君平:《新聞學》,見《新聞文存》,北京:中國新聞出版社 1987 年,第12 頁。

世，標誌著西方新聞學在我國的傳播進入一個新的階段。」〔註73〕

再次，松本君平《新聞學》在中國的傳播，使中國人對新聞教育有了初步認識，樹立起「新聞有學」的新聞教育理念。《新聞學》刊登附錄《東京政治學校學制一覽》和《東京政治學校學課》，介紹了東京政治學校學制的新聞教育情況；在正文中也簡單介紹過歐美諸國的新聞教育情況，「近時歐美諸國，竟以新聞學為一獨立之科學，而一、二之大學校中，至設新聞學為專門科，可以想見其趨勢之盛也。」〔註74〕雖然他認為新聞從業者的業務水平的培養和提高，主要依靠長期的新聞工作實踐，「世嘗有敏捷而高尚者，其初每由排字工，而後卒成有名之新聞記者，豈偶然哉？其經驗耳！雖然，世往往於新聞教育，多不能完全。」〔註75〕但他仍然堅信：「夫未來之新聞記者，青年也。其研究新聞學之必要，則無異於工藝家之於工藝學校，辯護士（即律師）之於法學校也。」〔註76〕因此，他主張「為新聞記者，正不可無新聞博士之地位也。況世之新聞事業，應立專門教育之學問，無容置疑矣。如無專門之業，不得身列其中。」〔註77〕

松本君平《新聞學》對新聞教育的介紹，在中國得到了新聞界人士的反響。1905 年 8 月，由香港《有所謂報》刊載了主編鄭貫公撰寫的《拒約須急設機關日報議》一文，其中介紹了日本新聞學者松本君平建立東京政治學校，撰寫《新聞學》，開辦新聞教育的史實，也對中國因沒有新聞教育而導致記者素質低下的現狀表示出憂慮。

> 考日本自維新以來，改良教育。現東京政治學校之學課，必有新聞學一科。其第一年則講新聞之原理及各國之改革，第二年則研究新聞之理論及各國之沿革，第三年則實踐其新聞學。故外國記者，莫不夙嫻政治，始克勝任。邇者，日本書學博士、東京政治學校校

〔註73〕 寧樹藩：《松本君平與〈新聞學〉》，《寧樹藩文集》，汕頭：汕頭大學出版社，2003 年，第 439 頁。

〔註74〕 〔日〕松本君平：《新聞學》，見余家宏等：《新聞文存》，北京：中國新聞出版社，1987 年，第 14 頁。

〔註75〕 〔日〕松本君平：《新聞學》，見余家宏等：《新聞文存》，北京：中國新聞出版社，1987 年，第 25 頁。

〔註76〕 〔日〕松本君平：《新聞學》，見余家宏等：《新聞文存》，北京：中國新聞出版社，1987 年，第 67 頁。

〔註77〕 〔日〕松本君平：《新聞學》，見余家宏等：《新聞文存》，北京：中國新聞出版社，1987 年，第 105 頁。

長松本君平氏，曾著《新聞學》一書問世。……吾國丁今日教育萌
芽之幼稚時代，求全責備，固無一有記者之人格，即因陋就簡，擇
稍知普通□□或曾游學外國之人，亦不多見。雖有等所謂志士，放
下八股文章，拾得一二新名詞，曉曉於世，捨鳴呼咄咄以外無文學；
捨漫罵刻薄以外無批評。至於恭維討好之言論，骨媚聲柔，尤爲卑
卑不足道，烏知政治學、新聞學爲何物耶？吁！所謂開通家所謂志
士尚如此，安足以言辦報？〔註78〕

總之，通過松本君平《新聞學》在日本出版和中國的傳播，中國新聞界對日本
新聞教育及歐美教育情況有了初步的認識，並萌發了「新聞學」概念，樹立起
「新聞是學」的學科觀念，並對新聞教育了具有了初步認識，建立起「新聞有
學」新聞教育觀念，甚至中國個別新聞界人士在其影響下，東渡日本初步體驗
新聞教育實踐。此後，中國人開始自覺地研究新聞學，進行了一些新聞學資料
的整理工作，如 1908 年上海文海出版社出版章士釗著《蘇報案始末記敘》，對
上海「蘇報案」進行了全面系統記述，爲後人研究這一事件提供了珍貴資料。

二、美國記者休曼與《實用新聞學》

　　民國初期，中國新聞業開始了政論時代向新聞時代的轉型，特別是商業
報紙的發展，近代中國新聞界特別需要借鑒和引進反映西方由政治性報刊向
大眾化商業報紙時代轉型的實用性新聞著作。美國記者休曼的《實用新聞學》
就是在這樣的歷史背景下在中國翻譯出版的。

　　美國記者休曼（*Edwin L. Shuman*）曾任《芝加哥日報》記者、《芝加哥論
壇報》、《芝加哥記錄報》等媒體的記者、編輯。1903 年，他根據自己的新聞
實踐經驗撰寫出版《實用新聞學》（*Practical Journalism*）。全書共 16 章，內容
相當廣泛，介紹了美國報業歷經政論報紙、政黨報紙和大眾化商業報紙演變
歷史、新聞從業人員責任與待遇新聞採訪與新聞寫作、製作與刊登廣告、新
聞法與版權法等內容。該書反映了美國產業革命後自由競爭的大眾化商業報
紙的新聞觀點。〔註79〕1913 年，美國記者休曼《實用新聞學》經史青翻譯在

〔註78〕　鄭貫公：《拒約須急設機關日報議》，見張之華編：《中國新聞事業史文選》，
　　　　　北京：中國人民大學出版社，1999 年，第 51～52 頁。
〔註79〕　徐培汀：《休曼與〈實用新聞學〉》，《新聞文存》，北京：中國新聞出版社，1987
　　　　　年，第 268 頁。

上海廣學會出版，成爲我國最早翻譯出版的西方實用新聞學著作。《實用新聞學》的出版不僅是中國新聞業由政論時代向新聞時代轉型的表徵，而且爲這一轉型提供豐富營養和現實指導。

休曼在《實用新聞學》的許多新聞觀點的論述，給正在經歷政論時代向新聞時代轉型的近代中國的新聞現代化運動具有重要的理論指導意義。如他的政論報刊觀點頗具現實性，認爲：「革命時代之時報紙，大率在鼓吹人民實行革命」，「革命之大功既成，則黨派及政黨之機關報亦成」，「譏誹嘲罵之辭，必不答他人之上我」，〔註80〕認爲政黨報刊的目的就是「或在敷陳——家之義理，或在維繫一派之政見。」這些關於政論報刊的論述切實中國新聞界的現狀，使中國新聞界更加清楚認識到政黨報刊黨同伐異的眞相，提升了政論轉型迫切性。他關於大眾化商業報紙的闡述更具指導性，「人人咸知報紙之天職，爲刊布新聞消息矣」，「最大目的在得錢」，廣告多寡決定「一報之命運」，「報紙流通日廣，刊告白者亦多；所入既豐，而新聞乃益推廣」。〔註81〕以上論述，對追求轉型新聞時代的中國新聞業，提高了經驗和理論指導，樹立起商業報紙的運作理念。尤其他對新聞法規的介紹以及新聞工作與新聞法的密切關係，在自由新聞體制不斷遭受扭曲和破壞，報人沒有人生安全保障的時下，更加具有實用性。有研究者認爲：「在早期新聞學著作中，詳述新聞工作的有關法律，休曼的《實用新聞學》，首開其端。」〔註82〕

休曼《實用新聞學》出版，更加堅定了近代中國新聞界「新聞是學」和「新聞有學」的信念，並將「新聞學」同西方「*Journalism*」對應起來，建立起共同的新聞學術話語體系。原來日本松本均君平《新聞學》的翻譯出版，僅是由於中日文字同文同型的關係，與與西方建立學術對話體系。上海廣學會出版休曼《實用新聞學》過程中，譯者「史青」採用對了「*Journalism*」對譯「新聞學」的做法。縱觀全文，筆者發現，在正文之中，並沒有出現「新聞學」一詞；在封面和扉頁的書名中，「新聞學」一詞各出現一次；但是該書在正文每頁的頁眉上都有「實用新聞學」書名，該書共172頁，「新聞學」在

〔註80〕 休曼：《實用新聞學》，《新聞文存》，北京：中國新聞出版社，1987年，第161頁。

〔註81〕 休曼：《實用新聞學》，《新聞文存》，北京：中國新聞出版社，1987年，第163頁。

〔註82〕 徐培汀：《休曼與〈實用新聞學〉》，《新聞文存》，北京：中國新聞出版社，1987年，第271頁。

頁眉上就出現過 172 次。正是「史青」對「*Journalism*」採用了「新聞學」的譯法，使得本已流行起來的「新聞學」一詞更加得到了中國知識分子的認可和推崇，且隨著該書影響的不斷擴大，「新聞學」一詞更加推廣和普及開起來。〔註83〕漢語「新聞學」一詞與西方英文單詞「*Journalism*」的譯法正式對應起來，並沿用至今，體現了近代中國新聞界對西方新聞學認識程度的加深。

三、中國新聞學的初步研究和成果

雖然松本君平《新聞學》和休曼《實用新聞學》的出版，對近代中國新聞學研究發展奠定了基礎，發揮了重要的重要的指導作用；但是，畢竟它們是外國人撰寫的新聞學著作，更多地反映了外國新聞業的現狀，未必完全符合近代中國新聞業的發展要求。近代中國新聞界中的有識之士爲建立中國新聞學體系開始了艱苦的探索研究，開展新聞學研究，並逐步取得了一些成果。

1915 年 3 月 27 日至 12 月 13 日，朱世溱著述的《歐西報業舉要》在《申報》「著術」欄目中分 53 次連載。朱世溱（1896～1988），江蘇泰興人，1912 年，在南洋公學讀完中學二年級後，進入上學文明書局任校對，年底任商務印書館任《小學月報》編輯助理。1913 年秋，留學英倫。1914 年，進入倫敦私立西南學院就學。課餘考察英國及西歐其他國家的新聞事業，並從事翻譯以濟學費，譯稿投於《申報》等報發表。1915 年，他「博考諸書，纂爲斯篇」《歐西報業舉要》分 53 次連載於《申報》。連載文字共 18 章，計有自序、緒論、報章之事業、新聞、議院報告、戰事通信、通信社、言論、營業、排印、發行、出版自由、戰時之檢稿、英國之報章、日報、晚報、報章與雜誌的比較、雜記等篇目，對西歐，尤其英國報業的歷史和現狀進行全面介紹。

他在「自序」中闡述了他對中國新聞界的批評意見，聲明自己撰書立說的目是爲了讓國人「以資借鏡」。他警醒國人不要認爲於報刊數量增加就是新聞業的進步，而是要冷靜客觀地認識到當前中國新聞界存在的兩大詬病：一是重論說，輕新聞，造成「有黨論，而無輿論」；二是重感情，輕學理，造成「癸丑之事，爲禍之烈」。

〔註83〕　鄧紹根：《從「新聞學」一詞的源流演變看中國新聞學學科的興起和發展》，《新時期中國新聞學學科建設 30 年》，北京：經濟日報出版社，2008 年，第 55 頁。

近數年來，吾國報章爲數較多，或者不察自爲進步，西人聞之，亦相引證以爲眞進步矣。實則所謂進步云者，不過指其數目上之關係，於本體之果眞進步與否，尚爲疑問。吾人對之宜加箴（針）砭，不宜妄稱道也。大抵今之所病：在重論説，而輕新聞。因是所載，止有空論，而不中於事實。覈其紀事，以研究其根據，則復無可憑信夫。報章言論，重在内籀内籀之法，重在觀察、印證。無觀察，則無以爲立論之本；無印證，則無以定是非之分。紀事失當，斯於二者已傷，則言論之無足觀，亦可知矣。抑今之記者縱於紀事，稍疏果能提倡正論，以端一時趨向，介紹學説以新國人知識，雖以寶貴文字，消磨短期之日報中，於治報事爲不經濟然，其立意可以尚矣。顧又不然，此其爲病在有黨論，而無輿論夫。求國利民福之法，學理多端，同志之人互相結合，以求實行其研究之政策者，斯曰：政黨。故政黨以政策爲藩籬，政策以學理爲藩籬者也，使各報能據是以立論黨見，雖深亦復奚咎，乃私利急於國利，福己急於福民；而立黨之初，學理之本，本不甚固，故權利所在藩籬遂破，言論不遵學理一例，訴之感情，國民之大部分非惟不表同意，抑且掩耳而不欲聞。然其後卒釀癸丑之事，爲禍之烈，亦可見矣。要之，吾國報章不能脱此兩病，終無進步之可言，斷非多立一二報社，遂可以自足也。〔註84〕

朱世溱的《歐西報業舉要》體現出鮮明特點：第一，闡明新聞事業與社會發展的關係，提出社會經濟發展，群眾文化程度高，是報紙生存與發展的先決條件；第二，介紹報業發展狀況與闡明新聞理論相結合。，顧名思義主要是介紹西歐各國新聞事業的發展概貌，而作者在客觀介紹各國報業發展情況時，闡述自己對一些新聞理論的看法。第三，介紹西歐報業與分析中國報業狀況相結合。作者在介紹西歐各國報業發展時，常常與中國報業情況作比較，指出中國報業落後的地方，希望報界共同努力，改變落後狀況。〔註85〕朱世溱的《歐西報業舉要》經過《申報》9個月連載，擴大了社會影響，也爲自己增加了社會聲望。1916年3月，爲參加國內討袁戰爭，他放棄轉爲公費生的機會，返回上海，進入《中華新報》任地方新聞編輯。

〔註84〕 朱世溱：《歐西報業舉要》（一），1915年3月27日。
〔註85〕 馬光仁：《上海新聞史》（1850～1949），上海：復旦大學出版社，1996年，第493～494頁。

　　在朱世淶連載的《歐西報業舉要》的同年，植竹書院翻譯出版了日本小野瀬子著《最新實用新聞學》。此後，新聞學著作出版逐漸增多。1917 年，由姚公鶴撰寫的《上海報紙小史》作爲《上海閒話》附錄由商務印書館出版出版，全文 13000 餘字，較爲全面地介紹了從 1872 年《申報》創刊至民國初年 40 多年來上海報刊的發展變化歷史。同年，大中華書局翻譯出版《英國之女記者》。

　　1918 年，中國新聞學研究獲得大發展，新聞學書籍不斷湧現。包天笑於 1917 年 11 月作爲「上海新聞記者赴日視察團」成員前往日本考察新聞業一個多月，回國後撰寫了《考察日本新聞紀略》於 1918 年由商務印刷館出版，爲新聞界瞭解日本報業提供了具體而詳實的材料。同年 6 月，甘永龍將美國《How To Advertise》翻譯爲《廣告須知》由商務印書館正式發行，成爲我國最早出版的廣告學研究專著。〔註86〕同年，任白濤〔註87〕從 1916 年冬開始撰寫的《應用新聞學》已經完稿，但未及出版。至 1918 年，新聞學作爲一門新興學科逐漸開始得到新聞界有識之士的認可。

　　中國新聞學研究早期著述以翻譯出版外國新聞學著作爲主要形式，以介紹外國新聞業發展狀況爲主要內容，處於模仿外國新聞學研究的狀態，如任白濤說言：他在中國新聞界「初未知『新聞學』也。……繼復東渡三島，始知二十世紀之學術界，早有所謂『新聞學』者，插足期間，而流佈三島者，且已累月經年矣。課餘，於坊肆遍搜新聞學一類之書籍，旁稽各種新聞雜誌，終仿杉村氏著《最近新聞紙學》之體例，編製此書」。〔註88〕但它們都是出於中國新聞界現狀不滿進行了新聞學的艱辛探索。雖未能建構起中國自己的新聞學科體系，但是爲中國新聞業從政論時代向新聞時代的轉型提供了理論指導和國外可資借鑒的經驗，爲即將到來的新時代的新聞實踐和新聞教育準備了理論基礎，同時也促使近代中國新聞界中有識之士在他們新聞學研究的基礎上繼續前行。

〔註86〕　陳培愛：《中外廣告史》，北京：中國物價出版社，1997 年，第 53 頁。
〔註87〕　任白濤（1890～1952），河南南陽人，1911 年辛亥革命後，任上海《民主報》、《神州日報》、《時報》、《新聞報》駐汴特約通訊員，積極參與反帝鬥爭。1916 年東渡日本，就讀於日本早稻田大學政治經濟科學習，參加日本新聞學會，1920 年回國，在上海自費出版《應用新聞學》，並在杭州創辦中國新聞學社。
〔註88〕　任白濤：《應用新聞學·序》，《民國叢書》第一編 45 冊《應用新聞學》，上海書店，1989 年。

第四節　中國新聞界關注美國新聞教育和初步嘗試

在近代中國新聞業由政論時代向新聞時代轉型過程中，新聞界的有識之士一方面致力於中國新聞學研究，介紹國外新聞界經驗，爲新聞業發展走出困境提供了理論指導；另一方面積極探索通過新聞教育向新聞業界輸送新聞人才，解決新聞工作人員存在的缺乏常識和職業道德等問題。他們不斷髮出新聞教育的呼聲，在對新聞教育重要性以及日本新聞教育具有初步認識之後，開始將尋求的目光投向太平洋的彼岸。雖然世界新聞教育以德國爲早，但美國迎頭趕上，並逐漸成爲主流。17 世紀中葉，在德國大學中，以報紙爲研究對象的學位論文一時成爲時髦。18 世紀德國出現了爲培養新聞記者而編寫的有關新聞學的最初講義。美國的新聞學教育開始於 19 世紀。〔註89〕1869年，美國華盛頓大學校長李（General Robert E.Lee）建議開設專門訓練班，培養從事報紙採編和印刷出版工作的人員。1873 年開始，堪薩斯州立學院、康奈爾大學、密蘇里大學、賓夕法尼亞大學等院校相繼開設新聞與出版課程。1884 年，巴塞爾大學和萊比錫大學正式開設新聞學課程。1892 年，美國報業大王約瑟夫・普利策（Joseph Pulitzer）向哥倫比亞大學提出捐資 200 萬美元創辦新聞學院設想，但被大學謝絕。雖然松本君平於 1898 年在東京政治學校開設了三門新聞學課程從事新聞教育活動，但它並不是專門的新聞教育；雖然其著作《新聞學》介紹了日本東京政治學校及歐美的新聞教育發展情況，但都是支離破碎，沒有反應出歐美新聞教育的全貌，所以中國新聞界對歐美新聞教育情況認識非常膚淺。隨著美國新聞教育的異軍突起，中國新聞界敏銳地捕捉到世界新聞教育信息潮流，發出新聞教育的呼聲，密切關注美國正在興起的世界新聞教育潮流，加強了對美國新聞教育情況的介紹和傳播，爲即將興起的中國新聞教育不僅進行了輿論動員，而且提供了中國新聞教育可資借鑒的模式。

一、《萬國公報》報導哥倫比亞大學籌設新聞學院

1892，美國報業大王普利策向哥倫比亞大學提出捐款設立新聞學院的動議，但被大學拒絕，但他並沒有灰心喪氣，而是繼續努力闡述他的新聞教育

〔註89〕　陳昌鳳：《中美新聞新聞教育傳承與流變》，北京：中國廣播電視出版社，2006年，第 8 頁。

理想。在新聞實踐中認識到新聞事業是所有職業中最重要的職業，從事新聞工作的人應當具有最淵博的知識和最高尚的品格，因此，他們應當接受專門的職業教育與訓練。他提出要像培養律師、醫生、工程師和建築師一樣，對新聞從業者進行專門的職業教育。創辦專門新聞院校，進行專業新聞教育成為一些致力於新聞教育者的不懈努力。1903 年 4 月 10 日，哥倫比亞大學當局與普利策簽署文件，正式接受了的 200 萬美元的捐款，開始籌備成立新聞學院。〔註90〕1904 年，普利策在《北美評論》（*North American Review*）發表長篇論文《新聞學院》一文，闡明他創立哥倫比亞大學新聞學院的信條。「現在培養律師、醫生、教師、陸海軍官、工程師、建築師、與藝術家，已有各種專門學院，但沒有一所學院是訓練新聞記者的。……應該承認新聞工作是一項偉大业需要高度文化修養的職業，應該用實際方法去鼓勵、提高並教育現在和未來的報紙從業人員。新聞學院其目標是培養若干較好的新聞記者，使報紙將更好地服務於社會。」〔註91〕由普利策捐資設立哥倫比亞大學新聞學院引發美國各界對新聞教育進行激烈論爭的過程中，中國新聞界關注到大洋彼岸的美國新聞教育的新動態，立即將其新聞教育主張翻譯過來，詳細地在報刊上進行刊登介紹。

1904 年，《萬國公報》第 180 冊刊登該報主編——美國新教傳教士、教會報刊最能幹的編輯林樂知先生翻譯、范瑋筆述的《報學專科之創立》，報導了美國報業大王普利策先生捐資百萬創設哥倫比亞大學新聞學院的消息，並詳細對他具體的新聞教學課程進行介紹。全文如下：

> 西國分類學堂，為最近之進步。各專科之間，於新聞雜誌一類，所謂報學者則猶未逮也。今日，美國紐約世界報主人布列周捐出美金二百萬圓，特為報學專科，立一學堂。蓋世界報乃紐約最大之報館。其房屋一項，至美金一百萬圓。每日所出之報，自五十萬紙，至一百萬紙。故布列周之意，曾謂美國報館之多，而報學界上，獨無專科之教育，致能通知報學者尚少，必當以報學立為專科一項，方足收效。因以美金一百萬圓置於紐約哥倫比亞大書院中，先行舉辦。伊三年之後，此種學堂，通於各處，願再捐美金一百圓云。

〔註90〕 Heinz-Dietrich Fisher, Christopher G.Trump.Education in Journalism: The 75th Anniversary of Joseph Pulitaer's Ideas at Columbia University（1904～1979），Studienverlag Dr.N.Brockmeyer.1980.P11.

〔註91〕 徐耀魁：《西方新聞理論評析》，北京：新華出版社，1998 年，第 44 頁。

報學專科學堂之建立會，布列周外，有哥倫比亞院長愛立考納而院長、特新報館主李德、首相海約翰，及喜加哥、保的馬之各報館主，皆爲該會之董事。而愛立已將報學課之課程，著一表。今譯之如下：

一、報館之內治。甲、內治之組織，及刊印與發行。乙、充當記者，即主筆與訪事。丙、綜覈財務。丁、經理郵送。戊、議論之宗旨，爲政治及經濟與遊戲。以上皆可即世界報館爲首驗。

一、報館之器用。甲，印報之墨；乙，印報之紙；丙，電氣鑲銅；丁，澆鉛成板；戊，人工擺字；己，機器擺字；庚，機器澆字；辛，機器澆圖；壬，裁折；癸，裝釘；自，發出。

一、報館之法律。甲，版權律；乙，誹謗律；丙，名義律；丁，違犯綠；戊，妨害律；己，權利與義務。庚，刊印人、著議人、記錄人之責任。

一、報館之道德。甲，各記者與公眾之關係。乙，館主與各記者互有識見，應得自主之關係。

一、報館之歷史。甲，歷史；乙，合眾國言論著作刊印自由之憲法。

一、報館之文字。甲，圈點；乙，短寫；丙，本論與來稿之區別。〔註92〕

當時，哥倫比亞大學將設立新聞學院的消息經報導後，引發了美國新聞界強烈討論。當時美國各界中許多人反對新聞教育。一派是教育界科學至上論者。如芝加哥大學校長郝金斯便竭力主張大學裏面不可設置新聞系。他認爲新聞教育是職業教育的一種，並非專門科學。新聞學本身既不成爲一完整的理論體系，必須依附於人文科學與社會科學而勉強拼湊，這樣未免破壞了其他學科的完整。而且直接影響大學教育制度的本身。一派是報界的經驗主義者。他們是行伍出身的新聞從業者，是純粹的經驗主義者，認爲「新聞鼻」是天生的，做新聞記者必須從校對學徒做起，在編輯部掃地抹桌子比在學校棒書本更爲有益。《萬國公報》對美國各界對新聞教育的爭議進行了介紹。「自

〔註92〕 林樂知、范瑋譯：《報學專科之創立》，《萬國公報》第 36 本第 180 冊，臺灣華文書局影印本，第 22316 頁。

布列周發表其意之後，或謂報學一科，不宜於學堂，只應於報館中學習，或謂報學一科，既得專門學堂，以研究之，將來必大得進步；或謂報館成立，其組織之法，各自不同，未免繁雜無常。要之，雖各說紛如，而有美金二百萬圓，以爲資助，則終有就緒也，可無疑也。」〔註93〕

《萬國公報》將新聞教育與法學教育相提並論，呼籲建立新聞學校進行新聞教育的重要性和美好前景。「世界報於末次戶口冊，核算其清單，以爲之說云。美國之律師凡十一萬四千零七十三人，而治各報館之事者，亦有三萬零九十八人。然律學專科有學堂一百所，教習一千一百零六人。嘗以相比較，則報學專科應有學堂二十六所，教習二百九十八熱病，乃竟一無所有。是美國男女，在報館治事者，三萬零九十八人，皆未經習練者也。被律師苟非曾於專門學堂卒業，必無人過問。而報館則不然，豈非如擲小兒於河內，而責其鳧水乎。其不得勝任而愉快宜矣。設一日皆自學堂教育而出，則前程又詎有限量哉。」〔註94〕

《萬國公報》在美國各界對新聞教育進行激烈論爭的當年，就進行了翻譯介紹，說明了林樂知等《萬國公報》編輯們對新聞教育的敏感和認識的提高。1904 年《萬國公報》發行量是 45500 冊，每月近四千冊，其影響範圍也很廣，讀者有教徒、官員、士大夫、商人、學生等各界人士，「觀者千萬人」；不僅中國十八省各府州縣廣爲行銷，「幾於四海風行」。雖然《報學專科之創立》僅是美國來華傳教士和中國秉筆華士的譯述之文，但它作爲近代中國來華傳教士所辦的中文報刊中歷史最長、發行最廣、影響最大的報刊〔註95〕，對普利策捐資創設哥倫比亞大學新聞學院進行新聞教育所作的報導，可能會引起眾多讀者對它的關注。從《萬國公報》主編林樂知選譯該篇文章並編輯出版，反映出他們對近代中國新聞教育的企盼。

二、密蘇里大學新聞學院威廉院長首次訪華

　　哥倫比亞大學新聞學院從 1903 年啓動籌備至 1912 年正式成立。在此期

〔註93〕　林樂知、范瑋譯：《報學專科之創立》，《萬國公報》第 36 本第 180 冊，臺灣華文書局影印本，第 22316 頁。

〔註94〕　林樂知、范瑋譯：《報學專科之創立》，《萬國公報》第 36 本第 180 冊，臺灣華文書局影印本，第 22317 頁。

〔註95〕　方漢奇：《中國近代報刊史》上冊，太原：山西人民出版社，1983 年，第 23 頁。

間，密蘇里大學新聞學院 1908 年成立，成爲美國乃至世界第一個大學新聞學院。1914 年 3 月 27 日，密蘇里大學新聞學院威廉院長在卡恩基金的資助下抵達北京。這是他第一次訪問中國，目的是考察中國的新聞業現狀。

3 月 28 日，《紐約先驅報》駐北京特派記者端納陪同威廉院長前往拜訪北京報界同志會。座談會上，兩人先後演講。威廉院長祝賀中國報界時逢發展好時機，「鄙人從美國起身，環遊地球，考察各國報界情況，深信各國報界以中國報界之機會最佳。」〔註 96〕同時，他特別介紹了密蘇里大學新聞教育情況以及兩位中國留學生（黃憲昭和董顯光）情況，「鄙人在美國開辦新聞大學校，有二中國人入學，已經畢業。鄙人即勸之回國，盡其天職。」〔註 97〕

3 月 29 日中午，新中國報汪怡安、京津時報汪建齊、國權報李炯齊、天民報畢冰公、北京日報劉哲民、醒華報王芷唐、國華報烏澤聲和鄭天章、民視報康士鐸、民報余變梅、黃鐘日報周泰森、民憲日報常秋史、上海時報駐京記者濮阿嚴等北京報界同志會代表在陝西巷醉瓊林飯莊宴請威廉和端納。威廉院長再次應邀發言，他再次不失時機地介紹了密蘇里新聞學院各方面情況，「惟主持報界之事，僅憑經驗尚恐有不能圓滿之處。故鄙人在米利沙辦一新聞大學。」新聞學生情況，「學生二百人，就其籍貫論之，有美國二十州，世界七國之入學者。」新聞實驗的出版情況，「鄙人並在該處出版一報，未受地方政府之補助。所用費用全出之於銷售報紙，登載廣告，爲獨立之性質。該處尚有二種報紙與鄙報競爭，所可恃者，鄙報頗爲發達，不受競爭之影響。」〔註 98〕同日晚上，威廉院長在六國飯店的端納宴請會上，自豪地介紹了密蘇里新聞學院學生的畢業分配和招生情況，「米蘇利大學新聞科學生，未畢業以前，已經新聞社聘定，故入新聞界後，成績較佳。今希望入該校者，絡繹不絕，良有以也。」〔註 99〕同時，他紹了哥倫比亞新聞學院新聞教育情況，「紐約亦有一新聞大學富翁卜勒生君捐入三百萬金元作爲學款。該校辦理亦有成效。」〔註 100〕最後，他呼籲中國新聞界借鑒美國新聞教育經驗開展新聞教育，「鄙人深願中國報界注意此點，於經驗外並設法辦理此項學校以造就由學問出之。報界人才與經驗相輔而行，就鄙人觀之，目下中國報界氣象頗好，不

〔註 96〕 《北京報界歡迎美國新聞家紀事》，《申報》，1914 年 4 月 1 日。
〔註 97〕 《北京報界歡迎美國新聞家紀事》，《申報》，1914 年 4 月 1 日。
〔註 98〕 《太平洋東西岸之新聞家大歡宴》，《申報》，1914 年 4 月 3 日。
〔註 99〕 《太平洋東西岸之新聞家大歡宴》，《申報》，1914 年 4 月 3 日。
〔註 100〕 《太平洋東西岸之新聞家大歡宴》，《申報》，1914 年 4 月 3 日。

難辦到。鄙人謹代表美利堅全國向諸君深致期望之意。」〔註101〕

　　威廉院長期待中國開展新聞教育的建議，得到了與會中國代表的共鳴。王怡安作爲中國報界代表在致答謝詞時說：「中國報界現均幼稚，新聞學校之舉辦，尤屬當務之急。今承友邦同業良友威廉博士之諄諄誨導，同人欽佩，無似感何可言。同人雖駑鈍不敢不各盡綿薄，努力進行，以答雅意也。」〔註102〕此次會議成爲聯絡中美新聞界友誼的橋梁，「此次中美新聞記者之歡集，亦不可多得之會也」〔註103〕。

　　威廉院長首次訪華在中國引發強烈反響。《神州日報》全文刊登了威廉關於世界新聞事業的演說，編者按寫到：「美國米資利大學新聞科教授威廉氏，近來東方遊歷，就世界著名新聞，加以比較考證，發爲言論，詳明精密，誠我國報界之良藥也。」〔註104〕威廉院長的訪華之行，不僅給中國新聞界打開了一扇瞭解世界新聞事業發展的窗口。它使中國新聞界清楚地瞭解了中國在世界新聞界的地位和發展的危機；更爲中國新聞業指出了走出困境的道路，即開展新聞教育。

三、朱元善和《美國各大學之新聞科》

　　美國人在中國傳播其新聞教育發展情況，不言而喻地希望中國傚仿他們走上新聞教育的道路，引發了中國人關注，有識之士開始自覺地介紹美國新聞教育現狀，向中國傳播美國新聞教育方案。1916 年 3 月，中國職業教育倡導者、時任上海《教育雜誌》主編朱元善在《環球》雜誌撰寫並發表長篇文章《美國各大學之新聞科》，詳細介紹普利策捐資設立哥倫畢業大學新聞學院和密蘇里新聞教育學院課程以及美國設有新聞專業的大學名單。全文主要內容如下：

　　第一，敘述哥倫畢業大學新聞學院的成立過程和「養成編輯長及記者」的人才培養目標。

　　　　一九零四年，紐約哇爾特報紙發行人派立卡氏始發表其意見。
　　　　此後氏益誇張其計劃於其遺言中，列有在紐約之可倫比亞大學捐助

〔註101〕　《太平洋東西岸之新聞家大歡宴》，《申報》，1914 年 4 月 3 日。
〔註102〕　《京報界之公宴》，《申報》，1914 年 4 月 3 日。
〔註103〕　《中美報界之酬酢》，《申報》，1914 年 4 月 2 日。
〔註104〕　《世界新聞紙內容之比較》，《東方雜誌》第 10 卷第 11 期，1914 年 5 月，第 24 頁。

新聞科之建築物級種種設備等條項。一九一一年，派立卡氏逝世時，凡開校各事均已整備，推遺言中之訓旨則關於開設學科務訂極細密之條件，俾其事業之進行，毫無遺憾云。氏之志願在設一規模絕大之新聞科以爲世界模範。因欲實行其計劃，投二百萬圓之鉅款。氏之主義非以養成簡易使用的新聞業者爲滿足，故其新聞科之科目中，凡關於事物及營業者皆除去之。此其未殁時所約束者也。派立卡氏所計劃之學校，在養成編輯長及記者，而非在養成營業部長。去年，於新聞科之建築費凡五十萬圓始克告成，在可倫比亞大學之中。假設機械部一組成完全之新聞社與實驗室，學長爲（費拉狄費爾普勒斯報之主筆）威利亞摩士博士。其下則以各著名新聞之記者及熱心研究各科目之專門家分任教授。〔註105〕

第二，介紹哥倫畢業大學新聞學院的課程設置原則和課時安排情況。

　　氏於其新聞科注重英國式之訓練與關於參政權、專賣權、物品分配、勞動與資本等之法律，而法律之一般原則則爲概略的綱目。又以倫理、歷史（重在政治史與新聞業史）、社會學、經濟學、仲裁裁判、統計學、法語及德語（法語爲鮮明的語法，德語則爲翻譯媒介之價值）爲最主要之科目而加以新聞記事之研究。……可倫比亞大學之科目其時間分配，則購讀法德新聞三時間，自然科學之歷史及原理三時間，近代歐洲史四時間，新聞研究三時間，記實採集與原稿紙修製三時間，近代歐洲文學三時間，統計學一時半，特別講義一時間，特別訪問與報告三時間，編輯及整理原稿四時間，新聞史三時間，置重於誹毀之法律原論三時間。〔註106〕

第三，密蘇里新聞學院的新聞課程設置和課時安排情況。

　　米梭格利大學之科目。此大學之新聞科科目則新聞之歷史及原理三時間，比較新聞學二時間，論說三時間，新聞管理三時間，新聞法理學（主在誹毀之法律）一時間，新聞與世論三時間，記實採集三時間，報告三時間，特別報告三時間，原稿整理三時間，編輯三時間，廣告之原理三時間，廣告之管理三時間，田舍新聞經營三時間，廣告之時事問題三時間，雜記編輯二時間，近代的記實之書

〔註105〕朱元善：《美國各大學之新聞科》，《環球》1916年第1卷第3期，第54頁。
〔註106〕朱元善：《美國各大學之新聞科》，《環球》1916年第1卷第3期，第55頁。

法三時間，教育新聞學三時間，新聞記者之參考書一時間，插畫五時間，特別記事及插畫一時間，農園新聞學三時間。〔註107〕

第四，列出了美國開設有新聞專業的 27 所大學名單。

此外各校或爲小規模或爲大規模或爲分科大學中之一科或爲一科（文科）中英文科之一部分。凡在一校中特設新聞科之講堂以教授者，其數如左（如下）：

可倫比亞大學、狄帕芝大學、馬開藝鐵大學、紐約克大學、洛鐵兒達摩大學、屋哈伊屋州立大學、殼洛拉特大學、伊利瑠斯大學、印第安那大學、康撒斯大學、硜達基大學、魯意齊那大學、美痕大學、米梭格利大學、諾斯卡洛來拿大學、諾斯達殼他大學、屋格拉呵麻大學、阿勒根大學、披芝巴格大學、南加利福尼亞大學、華盛頓大學、威斯康新大學、華盛頓你大學、信嘞脫大學、挨衣屋哇州農科大學、康撒斯州立農科大學、馬失朱塞州農科大學〔註108〕

朱元善在《美國各大學之新聞科》一文也夾敘夾議地對美國新聞教育情況進行了簡單評論。他認識到：美國新聞人才培養模式（由報館到學校）的轉變。「養成新聞記者，向惟在各新聞社之編輯室耳。其認爲大學一科而開始教授者，則爲美國最近之事實。」〔註109〕他知道密蘇里大學創立新聞學院時間最早，「其創設最先者則爲米梭格利大學。因著名新聞記者威利亞摩氏而開設者。」他認爲：哥倫比亞大學新聞學院在美國大學紛紛開設的 27 各「新聞科」地位最高，「可倫比亞大學之新聞科，最爲代表的學校已經世人所公認。」除密蘇里大學新聞學院外，其他「新聞科」都不能與哥倫比亞大學新聞學院相提並論，「此外則在可倫比亞大學設新聞科之前後，亦有同種之學校紛紛出現焉。雖然，此等皆與可倫比亞大學所設新聞科之主義絕不相同。大致皆僅在簡易方面之進行耳。」〔註110〕他也認識到美國興起的新聞教育是大學裏一種新興的學位教育，「在新聞科卒業者，亦得予學位，惟與學校卒業者有異。」〔註111〕

〔註107〕 朱元善：《美國各大學之新聞科》，《環球》1916 年第 1 卷第 3 期，第 55～56 頁。

〔註108〕 朱元善：《美國各大學之新聞科》，《環球》1916 年第 1 卷第 3 期，第 56～57 頁。

〔註109〕 朱元善：《美國各大學之新聞科》，《環球》1916 年第 1 卷第 3 期，第 54 頁。

〔註110〕 朱元善：《美國各大學之新聞科》，《環球》1916 年第 1 卷第 3 期，第 55 頁。

〔註111〕 朱元善：《美國各大學之新聞科》，《環球》1916 年第 1 卷第 3 期，第 57 頁。

通過朱元善撰寫和發表文章《美國各大學之新聞科》，可以看到中國新聞界已經敏感地意識到美國新聞教育浪潮的興起，這爲中國進行新聞教育提供了可資借鑒的方案。在美國引領新聞教育潮流的衝擊下，該文的發表說明美國人在中國新聞教育的宣傳引發了討論並得到熱烈的反映，不啻爲中國新聞界發出了中國新聞教育的強烈回聲，激蕩在中華大地。新聞教育的呼聲高漲，爲將來新聞教育的開展發揮了輿論動員作用。

四、中國人對新聞教育的初步嘗試

隨著松本君平《新聞學》在中國的廣泛傳播，中國人對了新聞教育有了初步認識。一些具有遠見卓識的革命報人開始走出國門，尋求新聞教育的途徑，投身到新聞學的學習和研究之中。他們由在報館從師學藝發展到國外學習新聞學，開始了中國新聞教育的最早活動。1904 年 10 月，近代白話報人林白水東渡日本，赴早稻田大學攻讀法律專業，兼修新聞學。1907 年，革命派報人邵力子赴日本學習新聞學課程，他們兩人被認爲是中國最早學習新聞學的留學生〔註 112〕。在國內，也有一些人開始編輯業務技能的訓練的嘗試。如1907 年 8 月 22 日，《申報》刊登了蘇州訪員採寫的新聞《大同女學添設編輯科》，報導蘇州大同女子學校開設編輯班的情況，「蘇城大同女學現擬組織專業編輯之女學生一班，專作女子所習之國文教科書，由高等師範法政三學堂擔任刪改義務，定期十七日考試，二十日開學。」〔註 113〕雖然，有無開辦，尚需待考，但反映出近代中國對編輯業務技能的需求。

由於日本新聞教育也處於起步階段，不能滿足中國人對新聞專業教育的渴望。於是有人開始遠渡重洋留學美國，接受美國系統的新聞教育。第一個吃螃蟹者是廣東南海人黃憲昭。

黃憲昭（*Huang Hsien-Chao*, 1888～1939），又名黃新（*Hin Wong*），1888年出生於廣州南海縣，在夏威夷的檀香山長大。父親黃秀經曾在檀香山編輯出版保皇派機關報《新中國報》，後轉向支持孫中山革命；他也是一位基督教長老會牧師，曾從舊金山前往紐約旅行，在華人中布道。1907 年，檀香山瓦胡學院畢業後，黃憲昭前往密蘇里州聖路易斯神學院學習神學。由於曾在父親編輯的報紙工作過，他「不斷地爲聖路易斯市報紙寫稿鍛鍊自己」，從此「點

〔註 112〕 李建新：《中國新聞教育史論》，北京：新華出版社，2003 年，第 19 頁。
〔註 113〕 《大同女學添設編輯科》，《申報》，1907 年 8 月 22 日。

燃了他成爲一位報人的理想」。當他從報紙上獲悉密蘇里新聞學院成立信息後，立即「放棄了神學院的牧師學習，準備進入密蘇里新聞學院學習。」〔註114〕1908 年 9 月 14 日，密蘇里新聞學院正式開學。當時學院招收了 64 人名學生，其中 53 名大學一年級主修新生，8 名新聞學選修，3 名正從事新聞工作的人文科學院學生〔註115〕。黃憲昭成爲該學院的 53 名大學一年級主修生之一，是唯一的中國留學生，開始正規地接受新聞教育。因此，黃憲昭成爲中國新聞教育史上是第一位接受正規系統新聞教育的中國人。〔註116〕

　　黃憲昭在密蘇里大學表現優異，非常活躍。他在新聞學院威廉院長指導下，認眞學習新聞學，參與《大學密蘇里人》（*University Missourian*）的採訪實踐工作。同時積極參加學校的各項活動。1908 年，密蘇里大學成立國際俱樂部（*The Cosmopolitan Club*），黃憲昭當選秘書。1909 年 2 月 11 日，美國總統木傑明・富蘭克林從事新聞界工作的紀念日，黃憲昭參加紀念話劇演出。同年，黃憲昭將密蘇里大學校歌《古老的密蘇里》（*Old Missouri*）翻譯成中文，並刊登在密蘇里大學年鑒（*The Savitar*）中。1910 年，大學三年級後，黃憲昭出任新聞學院三年級學生會秘書。在密蘇里大學檔案的大三年級介紹中，記載道：黃新，廣東，中國，無可挑剔，一位新聞工作者〔註117〕。同年，他選修了外交和領事服務等方面的課程，並幫助當地的中國人組織了基督教長老會教會。他成爲《中國月刊》（*The Chinese Monthly*）編輯和中國學生俱樂部主席。1911 年，黃憲昭組織了賑災義賣會，捐款給中國紅十字會，並建立中國青年會。1912 年 2 月，黃憲昭在密蘇里新聞學院修完了所有學分畢業，授予新聞理學士（*B.S.in Jr*），成爲第一位密蘇里新聞學院畢業的中國人〔註118〕。也是該學院第一位國際留學畢業生。由於密蘇里新聞學院是當時世界上第一個授予新聞學位的學院，由此黃憲昭也成爲世界上第一批接受系統新聞教育而獲得新聞學位的中國人。〔註119〕

〔註114〕 *New Goes to Aid Sun Yat*-Sen. New York Times. Apr 25, 1912.
〔註115〕 Earl English. *Journalism Education at the University of Missouri-Columbia*, Walsworth Publishing Company Marceline, Missouri, 1988. p7.
〔註116〕 鄧紹根：《第一位留學密蘇里新聞學院的中國人──黃憲昭》，《新聞與寫作》2012 年第 8 期，第 73 頁。
〔註117〕 The Missouri Savitar 1910, p96.
〔註118〕 Steve Weinberg. *A Journalism of Humanity, A Candid History of the World's First Journalism School*, University of Missouri Press, Columbia and London, 2008. p71.
〔註119〕 鄧紹根：《第一位留學密蘇里新聞學院的中國人──黃憲昭》，《新聞與寫作》2012 年第 8 期，第 74 頁。

黃憲昭開啓中國留學密蘇里新聞學院之門後，另一位在密蘇里州留學的中國學生董顯光同黃憲昭一樣，放棄了爲上帝神學服務一生的初衷，在新聞理想的追求下，於 1911 年轉學進入密蘇里新聞學院學習新聞學，成爲密蘇里新聞學院第二位中國學生。

董顯光（*Hollington Kong Tong, 1887～1971*），浙江寧波鄞縣茅山鄉董家跳村人。他出身寒微，父母中年信教，是虔誠的基督徒。1899 年，隨父遷居上海，入教會學校中西書院就讀。1900 年，因學費高昂，轉入基督教長老會的清心中學。1901，因「橄欖棒」事件，被開除出校。1905 年，董顯光參加入了抵制美貨運動。因學校當局撕掉學生所貼標語，他憤然離校，轉入民立中學。1906 年，中學畢業後，他前往奉化龍津中學堂教授英文和數學，擔當起養家重任。蔣介石先生是當時他班上的學生之一。1907 年 12 月，董顯光和青梅竹馬的趙蔭薇女士在上海喜結連理。婚後，他辭去奉化教職，進入上海商務印書館，幫助經理撰寫英文信函兼製作銅版等工作。爲了養家糊口，他工作異常繁忙，白天在商務印書館上班，晚上，給十幾個孩子做兼職家庭教師。在教會，他結識了影響他「全部生活」的孟德高莫萊牧師。他指導董顯光學習英文和拉丁文，並建議他赴美留學。1909 年 1 月，董顯光登上了「西伯利亞」郵船前往美國留學。船經日本神戶、橫濱到檀香山，再轉舊金山，然後坐上火車抵達堪薩斯城後，轉車抵達目的地巴克學院，開始留學生活。

巴克學院是一個不到四百學生的小學院，鼓勵學生半工半讀完成學業。董顯光在學校做了一系列的「苦工」，鏟煤、印刷、整園圃、采蘋果、埋水管、送牛奶等等，無一不做。1910 年暑假，他辭去了中國餐館的工作，想到農場做農工。

他身處異國，卻常常心懷國家和民族的命運。想到「中國在滿洲統治下國難日深」，經常思考救國救民的道路。他第一個志願要做軍官，認爲這是救國的最好的職業，決心報考西點軍校。爲此，他甚至給羅斯福總統寫信求助，但由於沒有得到駐美公使的官方推薦，未能如願。於是他轉向「新聞救國」道路，他選擇自己終身職業的第二個目標，是做一個新聞記者。有一次，他從堪薩斯城到巴克村的途中，看到一位新聞記者，用打字機很快地把他所見所聞寫成一篇新聞報導，令他異常欣慕，下決心要做新聞記者[註120]。這時

〔註120〕董顯光著，曾虛白譯：《董顯光自傳——一個中國農夫的自述》，臺北：臺灣新生報社，1973 年，第 49 頁。

他已經是在巴克學院學習了兩年半，是個三年級學生。教授們希望他到 1912 年讀完學位再離開。但在新聞理想的感召下，他婉謝了他們的盛情，決心申請轉學密蘇里新聞學院，一經申請「竟蒙錄取」。

　　1911 年夏，董顯光進入密蘇里大學，專攻新聞學，輔修國際史和法律，成爲新聞學院的第二名中國留學生。他如饑似渴般地學習新聞學知識和實踐技能。在密蘇里大學在學習過程中，威廉院長、查爾斯・羅斯教授、馬丁教授、J.B.鮑威爾等教授給他留下了深刻的印象。查爾斯・羅斯教授（*Charles G.Ross*）負責講新聞採訪與寫作。聽他講課，聽他對新聞的解釋，「確能夠給人永誌不忘的深刻效果。」〔註121〕威廉院長，「是一位自力創業做到大學校長的一位奇人。他充滿了熱情，以認識每一位學生跟他建立知識關係爲己任。他有空子和蘇格拉底那樣爲人師表的素養。」〔註122〕董顯光也給授課的老師留下了深刻的印象。由於具有良好的英文和人文學科方面基礎，董顯光學習新聞學後，他得心應手，日有長進，在密蘇里新聞學院僅讀一年，就修完了畢業所需學分。但由於他在巴克學院學習了大量的人文科學方面課程，雖然轉學密蘇里新聞學院專攻新聞學，但按照密蘇里大學新聞理學士的規定，他僅一年的新聞學專業學分明顯不夠。因此，1912 年，董顯光畢業時，密蘇里大學授予他文科學士（*Bachelor of Arts, A.B.*），而不是黃憲昭的新聞理學士（*B.S. in Jr.*）。在《密蘇里校友》雜誌和密蘇里新聞學院歷屆校友錄中，董顯光均以「*A.B., 12*」、新聞學院「*Student*」的身份出現，而非新聞學院畢業生「*Graduate*」。

　　黃憲昭和董顯光作爲早期密蘇里新聞學院中國留學生，成爲孫中山先生革命事業的堅定支持者和革命宣傳者。1912 年 4 月 24 日，在孫中山召喚下，黃憲昭決定返回家鄉廣州，支持孫中山的革命事業。4 月 25 日，《紐約時報》以主標題《去幫助孫中山》（*Goes to Aid Sun Yat-Sen*），副標題《黃新，哥倫比亞學生，已經收到了中國的召喚》（*Hin Wong, Columbia Student, Has Received a Call to China*）報導說：「黃新，一位哥倫比亞的中國學生，一位訓練有素的新聞工作者，在接到原臨時大總統孫中山先生的召喚後，昨日啓程前往中國，加入中國南方的復興事業。黃新是密蘇里新聞學院的一名畢業生，也在哥倫

〔註121〕董顯光著，曾虛白譯：《董顯光自傳——一個中國農夫的自述》，臺北：臺灣新生報社，1973 年，第 52 頁。
〔註122〕董顯光著，曾虛白譯：《董顯光自傳——一個中國農夫的自述》，臺北：臺灣新生報社，1973 年，第 51 頁。

比亞一直學習領事服務。他將成為幫助孫博士在中國南方發展工業的幾個外國年輕人之一。在廣州，他的家鄉，黃先生期望用最科學的方法救助窮人。」〔註123〕他在接受記者採訪時，表達了對孫中山革命的理解和支持，「我們（中國）已經有了政治自由，目前就是謀求經濟的發展。正是認識到不可能完全消除窮苦人民的悲慘狀況，才促使孫博士25年前發動了推翻滿洲腐朽統治的鬥爭。」〔註124〕4月26日，《基督教科學箴言報》也以《中國報人將幫助孫博士》（*Chinese Newspaperman Will Help Dr.Sun*）也對黃憲昭將前往中國廣州支持孫中山革命進行了報導，「黃新，一位哥倫比亞的中國學生，一位密蘇里新聞學院的畢業生，這周將離開美國作為孫中山特別代表加入改革中國南方的工業事業。」〔註125〕抵達廣州後，他在英文報紙從事編輯工作，同時出任美國一家報紙的記者〔註126〕。從此，在廣州開始了近20年的新聞職業生涯。

董顯光在密蘇里大學畢業後，進入哥倫比亞大學新聞學院攻讀碩士學位。在紐約期間，他「勤工苦讀」，並積極積累新聞經驗。他繼續在《獨立》雜誌社擔任特約書評撰稿人，同時在市內報社兼任記者。1913年春，因母親病重要他趕緊回家，他「放棄取得碩士學位的機會」，決定回國〔註127〕。在返國的「長崎丸」號上，他巧遇孫中山先生。出於訓練有素的新聞敏感，他以「代表美國某報記者」的身份成功採訪了孫中山。他回憶這次採訪經歷對他的影響時說：「俾我發送第一次重大報導獲得成功。然我得到的實際收穫何止僅此戔戔。這次海程的際遇使我接觸到我一生忠誠所寄的國民黨的領導者，孫總理給我的第一次會談，到了上海之後，發展而成最密切的友誼，不知不覺之間，形成了我一生事業的開端」〔註128〕。在孫中山先生引薦下，他加盟上海英文報紙《中國共和報》（*China Republican*），出任副編輯〔註129〕，正式開始了自己長達20多年記者生涯。

〔註123〕 *New Goes to Aid Sun Yat-Sen.*New York Times; Apr 25, 1912.
〔註124〕 *New Goes to Aid Sun Yat-Sen.*New York Times; Apr 25, 1912.
〔註125〕 *Chinese Newspaperman Will Help Dr.Sun.The Christian Science Monitor.* Apr 26, 1912.
〔註126〕 The University of Missouri Alumnus Magazine. Oct, 1912, p34.
〔註127〕 董顯光：《董顯光自傳——一個中國農夫的自述》，臺北：臺灣新生報社，1980年，第59頁。
〔註128〕 董顯光：《董顯光自傳——一個中國農夫的自述》，臺北：臺灣新生報社，1980年，第61頁。
〔註129〕 董顯光：《董顯光自傳——一個中國農夫的自述》，臺北：臺灣新生報社，1980年，第63頁。

　　黃憲昭和董顯光留學歸國後，加盟中國的英文報紙，投入到中國轟轟烈烈的革命報導之中，開始了自己在中國的新聞職業生涯，在世界新聞舞臺上發出了了中國的聲音，製造和引導革命輿論。由於他們接受過新聞專業教育，具有深厚的的新聞專業素養，使得回國不久，他們在中國新聞界業績突出，聲名鵲起。他們在中國新聞界的現身說法，更進一步使中國新聞界認識到新聞教育的迫切性，從而爲中國開展新聞教育製造了良好的輿論環境。

　　中國新聞界有識之士開始積極行動，探討各種具體的新聞教育方案。如1916 年 1 月 4 日，上海《商務報》刊登啓事，宣佈：將招收 10 名學生，赴日留學專攻新聞。具體辦法是：一、與日本新聞學會商定，由該會選派教師每日向這批學生講授新聞學兩小時。二、年贈學費 300 日元。三、學生留日期間，除必修新聞學外，還可以自由選擇進入各種實業學校學習。四、學生學習期間，每月需給報社寫通訊稿 4 至 5 篇，畢業回國後，還需擔任該館新聞學教授 1 年。〔註 130〕在新聞界積極行動起來探討新聞教育的同時，學校學生也融入期間，加油吶喊。同年 12 月 6 日，留美預備學校——清華學堂學子在學術研究會上，有學生提議組織新聞研究會，獲得與會者贊成通過。〔註 131〕也有人想通過組織新聞培訓機構，從中牟利。如 1916 到 1918 年間，上海一位年輕人騙取了翻譯文學家林紓的信任，假借其名創辦國文函授學社，並將其作招生的金字招牌，使得年輕人趨之若鶩，三個月就報名人數達兩千左右。其中，聘請《申報》編輯王鈍根負責講授「新聞學」課程。這些出自社會各個階層人提出不同的新聞教育方案，說明新聞教育已經成爲社會各界的共識，中國開展新聞教育的時機成熟。

〔註 130〕方漢奇：《中國新聞事業編年史》上冊，福建人民出版社，2000 年，第 794 頁。

〔註 131〕《研究新聞》，《清華周刊》，1916 年 12 月 24 日。

第二章　北京大學新聞研究會籌備成立

　　北京大學新聞研究會的成立是近代中國新聞事業發展的歷史產物。隨著中國近代新聞事業發展，中國報人已經積累了豐富的辦報經驗，他們面對中國新聞界的嚴峻問題，開始研究新聞學，提出了新聞教育的呼聲；隨著西方新聞學的不斷引進以及中國人逐漸走出國門學習西方新聞學知識，爲中國新聞教育以及北大新聞學研究會的成立提供了學理基礎；新文化運動中，以《新青年》爲基地的一批急進的革命民主主義者率先提出了「民主」、「科學」的口號，在蔡元培以「思想自由，兼容並包」精神領導北京大學改革，在全國範圍內掀起一場反封建的思想解放運動。北京大學成爲新文化運動的中心和策源地，思想的自由，活躍的學術氛圍，生機勃勃的學生社團活動，催生了北大新聞研究會籌備成立。

第一節　新文化運動中蔡元培與北京大學改革

　　北京大學是五四新文化運動的中心，五四運動的策源地。五四時期的北京大學，星光燦爛，陳獨秀、胡適、魯迅、李大釗等，雄姿英發，各領風騷。群星之中，最璀璨奪目是北京大學校長蔡元培先生。他以「兼容並包，學術自由」的辦學方針，延攬群才，銳意改革，再造北大，爲五四運動的爆發和發展做出過卓越的貢獻，居功至偉。著名革命家、教育家吳玉章先生在蔡元培逝世時撰文《紀念蔡孑民先生》，給蔡元培先生對五四運動的貢獻做出了恰如其分的評價。他說：蔡元培先生任北大校長後，「羅致進步人士爲北大教授，如我黨出色人物李大釗同志及主張白話文、大倡文學革命的胡適等，起了新

文化運動的革命作用，一時新思潮勃興，學術思想爲之大變，尤其是我半殖民地半封建的國家，受了十月革命的影響，社會主義的思潮，洶湧於一般人士，特別是青年腦筋中，使中國苦悶而沒有出路的革命知識分子得到了新生命，獲得了新武器，因而就有衝破舊桎梏而創造新文學、新文化的勇氣，因而就有反帝反封建轟轟烈烈的「五四」運動。這就爲中國歷史開一新紀元。雖然這是時代所產生的必然的結果，而蔡先生領導之功自不可沒。」〔註1〕

蔡元培（1868～1940），字鶴卿，又字仲申、民友、孑民，浙江紹興山陰縣人。他4歲入家塾，1884年考取秀才。1885年開始設館教書。1889年，22歲中舉人。1890年，進京會試得中貢士。1892年，蔡元培經殿試中進士，題目是「西藏的地理位置」，被點爲翰林院庶吉士。1894年，得授職翰林院編修，開始接觸西學，同情維新。1898年9月，維新變法失敗後，蔡元培棄官從教，提倡新學。他抱定「教育救國」理想信念，走上了致力於中國教育事業發展的道路。他先後就任紹興中西學堂監督、嵊縣剡山書院院長、上海代理澄衷學堂校長、南洋公學特班總教習，組織中國教育會並出任會長，創立愛國學社、愛國女學，提倡新式教育，宣傳西學。爲尋找「教育救國」道路，他遠渡重洋，留學日本、德國，學習日德教育先進經驗。

1912年，民國成立，他臨危受命，出任南京臨時政府教育總長，主張採用西方教育制度，廢除祀孔讀經，實行男女同校，精簡機構，廉政建設，減少開支等改革措施，確立起我國資產階級民主教育體制。袁世凱篡權後，蔡元培憤然辭職，再次留洋海外，赴法國、德國考察教育，從事學術研究。

1916年，袁世凱復辟帝制垮臺後，黎元洪出任民國政府總統。9月1日，教育總長范源濂致電尚在法國的蔡元培云：「國事漸平，教育宜急。現以首都最高學府，尤賴大賢主宰，師表群倫。海內人士，咸探景仰。用特專電敦請我公擔任北京大學校長一席。務祈鑒允。早日回國，以慰瞻望。啓行在即，先祈電告。」10月2日，他離法返國，於11月8日抵達上海。

當時北大已經成立18年之久，雖名爲「國立北京大學」，但「皇家大學」的官僚氣息與衙門氛圍依然濃厚。學校制度混亂，學術空氣稀薄。在教員中，有不少是北洋政府的官僚，不學無術混飯度日者居多；大多數學生仍繼承前清老爺作風，不認眞讀書，只想混張畢業文憑，作爲陞官發財的敲門磚。1916年考上北大的顧頡剛曾說當時學生「帶聽差，打麻將，吃花酒，捧名角」，就不愛讀書。

〔註1〕 吳玉章：《紀念蔡孑民先生》，《中國文化》第1卷2期，1940年4月。

　　北大的這種腐敗名聲，蔡元培早有所聞。他的朋友當時分兩派，相當多的人都不贊成，說北大太腐敗了，玷污了自己的好名聲，他說這也都是愛護我；但也有的人說，既然知道腐敗就應該進去改造和整頓，就是失敗的也算盡了心，這也是愛護我。他曾說：「覺北京大學雖聲名狼藉，然改良之策，亦未嘗不可一試，故允爲擔任。」〔註2〕後來還用「我不入地獄，誰入地獄」這句話表示自己毅然決然的態度。1916 年 12 月 26 日，蔡元培接受了北洋政府的北大校長委任狀。難怪當時報界對蔡元培先生知難而進的大勇之舉大加讚賞，「蔡子民先生於 22 日抵北京，大風雪中，來此學界泰斗，如晦霧之時，忽濱一顆明星也。」〔註3〕1917 年 1 月 4 日，蔡元培來到北大走馬上任，開創了北京大學光輝燦爛的時期——「北京大學的蔡元培時代」〔註4〕。

　　1 月 9 日，北京大學舉行開學典禮，蔡元培發表了慷慨激昂地就職演說。他針對北大的現狀提山三點意見：一曰抱定宗旨。二曰砥礪德行。三口敬愛師友。爲了貫徹執行上述方針，蔡元培積極採取措施，銳意改革，再造北大。

第一，抱定宗旨，思想自由，兼容並包

　　蔡元培認爲大學應當成爲研究高深學問的學府，告誡學生「諸君須抱定宗旨，爲求學而來，入法科者，非爲做官；入商科者，非爲致富。宗旨既定，自趨正軌。」〔註5〕他強調：「大學者，囊括大典、網羅眾家之學府也。」〔註6〕爲了實現目標，他提倡「思想自由，兼容並包」辦學原則，才能促進學術的繁榮和發展，以激發學生研究學問的興趣。他主張：「我對於各家學說，依各國大學通例，循思想自由原則，兼容並包。無論何種學派，苟其言之成理，持之有故，尚未達自然淘汰之命運，即使彼此相反，也聽他們自由發展。」〔註7〕

　　在上述大學觀和學術觀的指導下，蔡元培首先延聘名師、羅致英才。他認爲「學課之淩雜」和「風紀之敗壞」是當時北大的兩大弊端。「救第一弊，在延聘純粹之學問家，一面教授，一面與學生共同研究，以改造大學爲純粹

〔註 2〕　高平叔編：《蔡元培全集》，第 3 卷，北京：中華書局，1984 年，第 10 頁。
〔註 3〕　《中華新報》，1917 年 1 月 1 日。
〔註 4〕　胡適：《從私立學校談到燕京大學》，見《獨立評論》第 108 期，1934 年 7 月 8 日。
〔註 5〕　蔡元培：《蔡元培全集》第 3 卷，北京：中華書局，1984 年，第 5 頁。
〔註 6〕　《〈北京大學月刊〉發刊詞》，1919 年 1 月。
〔註 7〕　蔡元培：《蔡元培選集》，北京：中華書局，1959 年，第 334～335 頁。

研究學問之機關。救第二弊，在延聘學生模範人物，以整飭學風。」〔註8〕

蔡元培辭退濫竽充數的教員，特別是一些外籍教員，如克德來、燕瑞博、牛蘭德，確定聘請教師的標準——「積學而熱心」之士，即：學有專成又熱愛教育事業的博學鴻儒。只要確有眞才實學而學術觀點、政治傾向不同的守舊學者，仍延爲教授，展其所長，對他們一視同仁，絕不歧視。

在兼容並包原則下，馬不停蹄地四處奔走，廣攬人才，留下了「三顧茅廬」聘請陳獨秀任北大文科學長以及不拘一格聘任沒有大學學歷的梁漱溟到北大任教等佳話。他聘請的教授裏面，既有新文化運動的代表人物陳獨秀、胡適、魯迅、錢玄同等，也延請了持復辟政見的辜鴻銘等舊派人物執教。一時間北京大學人才薈萃，聲譽鵲起。文科方面有李大釗、劉半農、吳虞、周作人、錢玄同、沈尹默、沈兼士、陶孟和、顧孟餘、陳大齊、楊蔭慶、錢秣陵、楊昌濟等教授；法科方面有馬寅初、高一涵、陳啓修、黃右昌、鄭壽仁、程振鈞、王彥祖、黃國聰等教授；理科方面有夏元瑮李四光、丁燮林、顏任光、何傑、翁文灝、王星拱、李書華、丁文江、俞同奎、朱家驊、馮祖荀、秦汾、何尚平、張大椿、鍾觀光、陳世璋、李毅士等教授。這些都是學貫中西、品德高潔、朝氣蓬勃的英年才俊，各派專家學者或著文，或開設講座，或登臺授課，各抒己見，各顯神通。北京大學出現了前所未有的學術自由、各派並存、百家爭鳴的活躍局面。

第二，砥礪德行，改革舊制

蔡先生爲提高師生的道德修養，制止腐敗風氣，希望師生中「卓絕之士，以身作則，力矯頹俗，諸君爲大學學生，地位甚高，肩此重任，責無旁貸，故諸君不惟思所以感已，更必有以勵人。……爲諸君計，莫如以正當之娛樂，易不正當之娛樂，庶幾道德無虧，而於身體有益。」〔註9〕1918 年 5 月 28 日，他發起組織成立北京大學進德會。會員分三等：持不賭、不嫖、不娶妾三戒者，爲甲等會員；加以不作官吏、不吸煙、不飲酒三戒，爲乙等會員；又加以不作議員、不食肉，爲丙等會員。後改爲以不嫖、不賭、不納妾三項爲基本條件，其他不作官吏、不作議員、不飲酒、不吸煙、不食肉五項爲自由選擇條件，廢除原定甲、乙、丙種會員之分。師生員工積極參加，剛成立時，

〔註 8〕 蔡元培：《蔡元培全集》第 10 卷，杭州：浙江教育出版社，1998 年，第 285 頁。

〔註 9〕 《蔡元培全集》第 3 卷，北京：中華書局，1984 年，第 6 頁。

入會者就有 468 人，計職員 92 人，教員 76 人，學生 301 人。按人數比例，分別選出評議員共 25 人，糾察員共 50 人。進德會的影響，以及學校獎勵優秀學生，對違規學生進行處分的措施，使北大的校風爲之一變。

蔡元培以言傳身教來進行道德教育，矯正腐朽的校風。他努力想把北大改造成一個師生員工一律平等、團結友愛、融洽互助的大家庭。上任後，他借鑒西方大學經驗，大刀闊斧地實行改造。他改革領導體制，實行教授治校；改革系科設置，擴充文、理兩科，調整法科，確立預科、本科、研究所三級學制；改革教學制度，實行選科制；改革教育內容，重視基本理論和基礎知識教育，加強學理研究；改革招生制度，提倡男女平等，招收女生。蔡先生主張北大的學術活動和課堂教學向全社會開放，招收旁聽生，使更多的人能受到高等教育。

第三，敬愛師友，組建社團，研究學問

他建議學生要「敬愛師友」，對於教員「以誠相待，敬禮有加」，對於同學「共處一室，尤應互相親愛，庶可收切磋之效。」〔註10〕爲了達到這一目的，他積極支持和鼓勵學生組建社團，創辦報刊，研究學問。

蔡元培認爲年輕人一團火，都有精力。他鼓勵各個系都辦社團，各種愛好盡情發揮。學生只要請蔡校長做會長，他都答應，欣然前往與會。正是他的大力倡導，北大風氣活躍起來了，各種社團如雨後春筍般成立起來。不僅有各系成立的社團，如國文學會、史學會、哲學會、地質學會、數學會、心理學會等，而且有全校性的社團，如北大學術研究會、教育研究會、新文學研究會、歌謠研究會、世界語研究會、書法研究會、畫法研究會、音樂會、雄辯會、武術會、靜坐會、馬克思主義研究會等等。

他積極主張創辦報刊，宣傳新思想，新文化。不僅校方創辦了《北京大學日刊》，《北京大學月刊》，而且支持教授們主辦的《新青年》、《每周評論》，更鼓勵學生創辦報刊，如《國民》、《新潮》等。他專門從緊張的學校經費中撥出兩百元來給學生辦雜誌，學校負責印刷發行。

正是蔡元培鼓勵和支持北京大學新聞學研究會等眾多的社團的活動，使得北大學生生龍活虎，蒸蒸日上。正如周恩來在社論《懷念蔡子民先生》中描述的蔡元培時代的北大生活：「跑到文科大樓（即沙灘紅樓），左一間政治

〔註10〕《蔡元培全集》第 3 卷，北京：中華書局，1984 年，第 7 頁。

學會研究室，右一間『新湘社』辦公室，樓底下在趕印教授、學生們所辦的各種定期刊物，樓上面是分門別類的各種圖書閱覽室，門房內則堆滿著備種各樣代售的雜誌，使人應接不暇。譯學館裏呢？那個頂大頂大的大禮堂上，不是今天有什麼學術演講，名人演說，就是明天有什麼學生大會，紀念大會，使人興奮，使人振發。蔡先生長校時的北大師生，眞有如鳶飛戾天，魚躍於淵，既活潑又愉快。這種氣象，這種生活，那得不令人懷念無已。」〔註 11〕

在「教育救國」理念的指導下，蔡元培循著「思想自由，兼容並包」的辦學原則，延攬人才，改革舊制，造就了一個新北大，開風氣之先，新思想、新文化層出不窮，新的學科不斷出現。如心理學，1917 年，北京大學哲學教授陳大齊在蔡元培校長支持下，創立中國第一個心理學實驗室。1918 年，陳大齊教授出版《心理學大綱》，這是中國第一本大學心理學教本，標誌著中國科學心理學誕生。北大學成爲新文化運動的中心，爲北大注入了科學和民主的精神，影響遍及海內外。誠如馮友蘭所說：「從 1917 年到 1919 年僅僅兩年多時間；蔡先生放把北大從一個官僚養成所變爲名副其實的最高學府，把死氣沉沉的北大變成一個生動活潑的戰鬥堡壘。」〔註 12〕生氣勃勃的自由學術風氣，推動了北大學生的思想大解放，爲新聞學研究和新聞教育活動的開展準備了良好輿論環境。

第二節　徐寶璜留學美國與執教北大

徐寶璜（1894～1930），字伯軒，江西九江人。7 歲喪父，「哀毀如成人」。他幼年聰慧，曾在九江文化學堂讀書，學習優秀，「試輒冠曹」。12 歲時，跟隨伯父徐秀鈞〔註 13〕先生前往北京求學，先後就讀於彙文中學和北京大

〔註11〕周恩來：《懷念蔡孑民先生》，《新華日報》，1943 年 3 月 5 日。

〔註12〕馮友蘭：《我所認識的蔡校長孑民先生》，《人民日報》海外版，1988 年 1 月 16 日。

〔註13〕徐秀鈞（1880～1913），字子鴻，九江縣人，著名反袁烈士。1902 年，留學日本，在早稻田大學政治經濟科學習。1903 年回國參加革命活動，組織軍國民教育會、潯陽閱書報社，在青年學生中傳播民主革命思想。1906 年，考入英國倫敦治斯密亞丹大學財政經濟專業學習，課餘兼任清廷駐英使館翻譯、秘書。1907 年回國進入徐世昌幕僚，爲東三省財政和經濟建設出謀劃策。1909 年，率團赴德、奧等國考察郵政，並在德國萊比錫高等商科學校研究商學。武昌起義爆發，他輾轉俄國、蒙古歸國，參與吳祿貞反清活動。1912 年 3 月，任袁世凱總統府秘書。隨即應江西都督李烈鈞邀，回贛任江西都督府顧問。

學，思想受其伯父影響最大，「親承謦欬，濡染至深」〔註 14〕。

一、留學美國，轉學密歇根大學

1912 年，北京大學畢業後，徐寶璜考取官費生赴美留學。他首先入紐約州立林業學院（N. Y. State College of Forestry Engineering）學習。該學校位於紐約州雪城（Syracuse），素有 *CENTRAL NEW YORK* 之稱，是紐約州第四大城，環境優美，湖光山色，是十分美麗的都市。四季分明，逢春飄花，臨夏蔭濃，城秋楓紅，瑞雪隆冬。紐約州立林業學院毗鄰雪城大學，成立於 1911 年，已有 100 多年歷史，現改名「紐約州立大學環境科學與林業科學學院」（*SUNY College of Environmental Science and Forestry*，簡稱 *SUNY-ESF*）。

1913 年 6 月，或許是由於名校效應的吸引和自己求知的渴望，他前往密歇根大學選修暑期班（*Summer Session*）。密歇根大學（*University of Michigan*）是美國歷史上最悠久的大學之一，創建於 1817 年；它是美國位居前十名的綜合型公立大學，被譽爲「公立常青藤」，其濃厚的學術氣氛、優良的師資使它成爲美國「學術重鎮」，在世界範圍內享有極高盛譽，是世界主要的研究型大學之一。據《密歇根大學與中國》記載：早在 1847 年，密大 1845 屆的一名畢業生柯林斯（*Judson Dwight Collins*）作爲傳教士赴中國工作〔註 15〕，開創了密歇根大學與中國交往的歷史。1880 年至 1881 年期間，當時擔任密歇根大學校長的安格勒（*James B. Angell*）先生第一次訪問中國。儘管當時他是代表美國政府與中國政府進行接觸和磋商，但是回國之後，他確信此次中國之行使他的大學與中國之間建立起了某種聯繫。1885 年，美國新奧爾良世界博覽會閉幕前夕，中國政府決定將全部精美的中國展品贈與密歇根大學校長安格

1913 年 3 月，徐被選爲國會眾議院議員和國會憲法起草委員會委員，暗中協助李烈鈞進行反袁活動。6 月，探知袁世凱決定裁制江西，免除李烈鈞等四都督之職，電告李烈鈞，告誡切勿孤軍作戰，力主與南方各省聯合行動。二次革命爆發後，他與其他國民黨議員提議袁世凱應引咎辭職，以謝天下。9 月，袁世凱鎮壓「二次革命」後，解散國會，以「亂黨」「逆謀」「駐京刺探政情」罪名通緝江西籍議員徐秀鈞等人。10 月 7 日，被袁世凱下令處決。1916 年 6 月恢復國會，徐秀鈞得被追認爲烈士。（見《江西省人物志》第 356～357 頁。）

〔註 14〕蔡元培著，高平叔編：《蔡元培全集》第 5 卷，北京：中華書局，1988 年，第 516 頁。

〔註 15〕南希巴特萊編著，劉威譯：《密歇根大學與中國，1845～2010》，密歇根大學圖書館，2010 年，第 7 頁。

勒先生，中國政府此舉是為了對他在中國所從事的重要工作表示敬意和感謝。這些來自中國的展品至今依然珍存在密大的博物館裏。1896 年，康愛德（*Ida Kahn*）和石美玉（*Mary Stone*）在密大醫學院畢業。畢業後，她們作為醫學傳教士回到自己的祖國工作。1905 年，一名中國教育專員在美國各地的大學進行巡察，為的是確定將接收中國留學生的美國大學。結果，密歇根大學與耶魯大學、哈佛大學、哥倫比亞大學和康奈爾大學一道，成為其首選的五所大學。1911 年至 1917 年期間，密歇根大學有 50 至 70 名來自中國的留學生，這使密大成為中國學生註冊人數最多的三所美國大學之一。1913 年，密大校園中一個專門代表中國學生，為中國學生組織活動的團體「中國學生會」成立。〔註 16〕

　　在密歇根大學檔案中，至今還保存有徐寶璜 1913 年參加暑期班的登記卡：「1913 年 6 月 27 日；*Pao Hwang Hsu*；聯繫地址：311, *Thompie, on St.*；電話：1198J；家庭住址：中國九江；出生日期：1894 年 4 月 22 日；出生地點：中國九江。密歇根大學暑期班的學習使他對該校暗生情愫。1913 年 10 月，他聞知伯父徐秀鈞英勇就義後，「痛不欲生，人以是愈多之」〔註 17〕。或許為了繼承伯父振興中華經濟的遺願，他決定轉學密歇根大學商科學院。1914 年 1 月，中國留美學生會出版《中國留學生名錄》（*The Chinese Students' Directory*）。徐寶璜登記信息是：「Hsu P.H., Kiangsi, P., 1913, Forestry, Syracuse; Sims Hall, Syracuse, N.Y.」〔註 18〕這說明，他還在紐約州立林業學院學習。

　　1914 年暑假，他第二次參加密歇根大學選修暑期班。在該校保存有他 1914 年暑期班檔案登記卡：1914 年 6 月 26 日，徐寶璜，聯繫地址：Atate At.No.127；電話：269M；家庭地址：中國九江。其他未詳細填寫。1914 年 9 月 24 日，他正式轉學密歇根大學。在密歇根大學保存的他 1914～15 學年學籍登記卡中，寫有：1914 年 9 月 24 日；編號 1048；姓名：徐寶璜；居住地址：520, Cheever Count；家庭地址：中國九江；家庭住址有效期為 17 年；出生日期：1894 年 7 月 1 日，出生地：中國九江；父母名字及聯繫地址：Mrs.Hsu，中國九江。

〔註 16〕 南希巴特萊編著，劉威譯：《密歇根大學與中國，1845～2010》，密歇根大學圖書館，2010 年，第 8 頁。

〔註 17〕 蔡元培著，高平叔編：《蔡元培全集》第 5 卷，北京：中華書局，1988 年，第 516 頁。

〔註 18〕 The Chinese Students' Directory, Jan, 1914. P8.

他進入密歇根大學後，「習經濟、新聞等科，好學不倦，聲譽日盛」〔註19〕。確實，從密歇根大學保存的徐寶璜畢業成績單上清晰看到他學習情況。其成績單記有：姓名：*Hsu Pao Hwang*；進入學校時間爲 1914 年，並注明：從紐約州立林業學院（N. Y. State College of Forestry Engineering）轉入；畢業時間是 1916 年，獲得 A.B.學位（「文學士」學位）。他在 1914～1915 學年共選修科目和學分分佈如下：德語（14）、藝術學（2）、歷史學（4）、政治學（2）、政治經濟學與社會學（26）、哲學（4）、免修學分（22），總共 74 學分。1915～16 學年，選修科目和學分分佈如下：德語（14）、英文（2）、修辭學（5）、藝術學（2）、歷史學（4）、政治學（5）、政治經濟學與社會學（52）、哲學（8）、教育學（6）、免修學分（22），總共 120 學分。雖然他選修的全部課程中，沒有新聞學課程，但他視野開闊，關注到密大新聞學教育的發展現狀，並親身體驗新聞教育，開啓新聞人生之路。

二、在密歇根大學觀察和體驗新聞教育

密歇根大學新聞教育起步較早。早在 1879～1880 學年，該校就提出了開設新聞學課程的設想。在《密歇根大學一覽》（*Catalogue of the University of Michigan*, 1879~1880）的課程介紹中，就載有新聞學歷史與原理（*The History and Principle of Journalism*）課程，上課時間爲：星期五三四節，講授教師爲 Tyler 教授但是 1880～1881 學年並不上課，而是在 1881～2 學年開始。〔註20〕十九世紀九十年代，斯科特先生（*Fred Scott*）開設過一門「快速寫作」（*Rapid Writhg*）課，指導學生針對公眾關心的重大問題，立足新聞報導撰寫社論。1903 年，密大的修辭系從英文系獨立，斯科特爲該系主任。〔註21〕1904～05 學年開始，斯科特開設「報紙寫作：理論與實踐」（*Newspaper Writing：Theory and Practice*）課程，包括講座、討論和寫作實踐。課程目的是培養學生從事報紙工作。課程以舉行研討會形式進行，

〔註19〕蔡元培著，高平叔編：《蔡元培全集》第 5 卷，北京：中華書局，1988 年，第 516 頁。

〔註20〕*The University of Michigan. Catalogue of the University of Michigan*, 1879～1880, p35.

〔註21〕周婷婷：《徐寶璜留學美國學習新聞學考證》，《國際新聞界》，2008 年第 3 期，第 74 頁。特別感謝華中科技大學新聞與信息傳播學院周婷婷老師提供的密歇根大學徐寶璜相關檔案材料。謹致謝忱！

僅向獲得特別資質的學生開放。〔註22〕同年，工程機械系開始開設「技術新聞學」（*Technical Jouranlism*），每周兩小時，兩學分，由阿伯特（*Mr Abbort*）先生負責。〔註23〕1907～08學年，密大新聞教育有所發展。斯科特開設「報紙寫作：理論與實踐」基礎上有所拓展。該課程內容不變基礎上，在兩個學期均有開設，說明該課程獲得了學生的認可和歡迎，選修人數多，不得不分成兩個學期上課。另外，在該學年上學期增設了新聞學新課程「報導和社論工作」（*Reporting and Editorial work*），1～2學分，由斯科特講授和托馬斯助理教授負責，僅供大學生出版物的編輯和記者以及經過特別允許的人選修。〔註24〕1910～1911學年，密大新聞教育取得大突破，在全校范圍內開始專門開設培養新聞工作者的新聞學課程（*Course of Journalism*）研究項目，詳情如下：

> 爲了提供新聞學訓練，研究項目已經被安排滿足兩類學生的需求，A類是提高總體學分的人；B類是爲自己準備從事特殊寫作和在報社某一特殊崗位工作的學生。爲了給選課者提供一個報紙工作實踐的機會，且這些工作被在修辭系教師們直接指導下被認定爲經常課程的話，則將授以在學生和大學出版物工作的學生有限的學分。

> 新聞學課程的管理被授以學校教職工常務委員會，將來有權稍微修改達到目標和針對特殊個人需要的標準。如果學生完成了研究計劃並獲得委員會審批通過，畢業時將向符合學士學位的學生頒發特殊證書。

> 學生可以從大學秘書處獲得介紹該課程的特別通告，想得到關於該工作的進一步信息可以與瓦沙特那瓦大街1351號的斯科特教授聯繫。徵詢招生條件和錄取相關情況，請致信大學的約翰·里德（*John O.Reed*）主任。〔註25〕

〔註22〕 *The University of Michigan. Calendar of the University of Michigan*, 1904～05, p85.

〔註23〕 *The University of Michigan. Calendar of the University of Michigan*, 1904～05, p163.

〔註24〕 *The University of Michigan. Calendar of the University of Michigan*, 1907～08, p102.

〔註25〕 *The University of Michigan. Calendar of the University of Michigan*, 1910～11, p221.

　　1914 年 1 月，密大新聞學委員會設立廣告競賽獎（*Advertising Competition Prize*）。該獎是一個不願透露姓名的人每年向該校捐贈 500 美元（連續三年），用於公開獎勵全校參加廣告競賽獲獎的學生。該獎項由斯科特教授擔任主席的密大新聞學委員會負責頒發。〔註26〕

　　1916 年，密大新聞學課程研究項目進行改革，內容更加豐富，錄取要求更加嚴格。候選人錄取資格是大學四年級之下的人文藝術學院的學生。每年邀請報界傑出人物舉辦關於新聞採集、新聞寫作、文獻閱讀、社論寫作、報紙管理和報紙其他重要特寫方法和生產的專門講座。

密大新聞學課程研究項目方案〔註27〕

方案類別	課程和學分
一般方案	報紙工作 18，修辭 12，英語 10，外語 16，歷史 16，政治學 6，經濟學 10，社會學 4，哲學 3，法律 3，科學（包括心理學）12，選舉 10
專門一：專長於歷史、政府和政治學	報紙工作 14，修辭 12，英文 10，外語 16，歷史 20，政治學 16，經濟學 10，社會學 4，法律 6，科學 12
專門二：專長於經濟學、社會學	報紙工作 14，修辭 12，英文 10，外語 16，歷史 14，經濟學 24，社會學 12，法律 6，科學 12
專門三：專長於文學批評、戲劇藝術、音樂評論	報紙工作 18，修辭 15，英文 20，外語 24，歷史 14，哲學 7，音樂（或其它藝術）10，科學 12
專門四：專長於科技新聞	報紙工作 18，修辭 15，英文 10，外語 16，歷史 14，政治學 6，經濟學 20，社會學 4，法律 6，科學 12

　　同年，密大人文藝術學院開設「報紙」（*The Nespaper*）、「評論」（*Review*）、「報紙研討班」（*Seminary in the Newspaper*）和「報紙實踐工作」（*Practical Newspaper Work*）等四門新聞學課程。「報紙」課程 3 學分，由布萊森先生（*Mr.Bryson*）講述美國報紙的發展歷史，以及各種報紙不同類型的寫作，並安排實踐環節。「評論」課程 3 學時，重點研究目前對報刊雜誌上文學評論的原則，僅供獲得允許的學生選修。「報紙研討班」2 學分，布萊森先生講授。「報

〔註26〕 *The University of Michigan. Calendar of the University of Michigan*, 1913～14.p93.
〔註27〕 *The University of Michigan. Calendar of the University of Michigan*, 1916～17, p138～139.

紙工作實踐」亦由布萊森先生負責。﹝註 28﹞在《密歇根大學一覽》中，對著四門課程進行了更爲詳細的介紹。「報紙」（*The Nespaper*）類似今天的新聞學概論課，「講授現代報社組織和方法以及新聞資料的準備搜集實踐。」「社論寫作」（*Editorical Writing*），研究重要報紙的社論政策以及對目前新聞寫作進行評價。「報紙研討班」2 學分，包括報紙的特性、作用和發展。「報紙工作實踐」僅公已註冊準備從事新聞工作的學生選修，禁止大四年級的學生選報，不經允許不可選修。實踐工作必須與大學或學生出版物有關。﹝註 29﹞

雖然，徐寶璜沒有參加密大人文藝術學院旨在培養新聞工作者的新聞學課程研究項目，但他並不是密大新聞教育的旁觀者。他在密大加入「中國同學會」（*Chinese Students' Club*），積極關注密度新聞教育的發展，而且自己親身體驗。他從 1913 年跨校來到密大參加暑期課程班，轉入該校後積極參與，修補學分，甚至連畢業前的 1916 年也參加暑期課程班，大學四年連續（1913、1914、1915、1916 年）都參加了密大暑期課程班。在暑期課程班中，他選修了新聞學課程。在成績單中，暑期班成績前標有「S」，先後有德語 6 學分，修辭學 3 學分，藝術 2 學分，歷史 4 學分，政治學 2 學分，哲學 6 學分，教育學 2 學分。當時課程中，新聞學課程由修辭學系開設，所以學分也在修辭學分之中。他先後選修過 5 學分的修辭學課程，裏面就包括新聞學課程。同時在暑期課程班中修辭學系開設有基礎報紙寫作（*Elementary Newspaper Writing*），2 學分，懷特助理教授；高級報紙寫作（*Advanced Newspaper Writing*）2 學分，懷特助理教授。﹝註 30﹞1915 至 1916 學年，該課程方案爲：「報紙的性質、功能和發展」（*The Newspaper its nature, function and development*），由斯科特先生（*Fred Scott*）主持，由講演和討論組成；「報紙寫作」，包括對消息、特寫、訪談、通信、社論等不同體裁的練習；還有「報紙工作實踐」等。1916 年，密歇根大學刊物《密歇根人》（*Michiganensian*）刊登了 1916 年文學專業四年級（*Literary Senior*）學生名單，其中徐寶璜名列其中，「Pao H. Hsu, Kiu-Kiang, China」﹝註 31﹞。他選修該校修辭系的兩門課程﹝註 32﹞。其中一門

﹝註 28﹞ *The University of Michigan. Calendar of the University of Michigan*, 1916～17, p191.

﹝註 29﹞ *The University of Michigan. Calendar of the University of Michigan*, 1916～17, p191.

﹝註 30﹞ *The University of Michigan. Catalogue of the University of Michigan*, 1916～17, p490.

﹝註 31﹞ *The University of Michigan. Michigancisian*, 1916, p98.

「修辭與批評研討班」（*Seminary in Rhetoric and Criticism*），就是由報紙工作者的培訓項目的主組織者斯科特先生主持的，這使得他對密大新聞教育有了直接瞭解的機會。另一門是暑期新聞學課程「基礎報紙寫作」（*Elementary Newspaper Writing*）。該課程雖名為「寫作」，實際上包含了相當的新聞學基礎知識，如新聞的判定、新聞價值問題等；涉及對新聞採集環節的講授，實際練習中也包括新聞採寫；介紹到報紙的設備等情況。因此，徐寶璜不僅對密大的新聞課程和新聞教育項目有所瞭解；而且選修了暑期新聞學課程，親身體驗到在美國，新聞已成為大學中的一種專門科目，大學開始承擔起培養報紙工作者的任務。

　　這段留學美國學習新聞和考察密大新聞教育實踐的經歷，對徐寶璜日後創辦北京大學新聞學研究會提供了直接借鑒的經驗模式，對他從事新聞學研究，開創中國新聞學研究事業奠定了知識基礎。對此，蔡元培在《新聞學》序言中寫道：「伯軒先生游學於北美時，對於茲學，至有興會。」〔註33〕1916年 10 月，徐寶璜參加完暑期課程班後，學分修滿，密歇根大學大學董事會（*Board of Regents*）通過決議，授以徐寶璜等同學「文學士」（*A.B.*）學位。〔註34〕

三、歸國執教北大，成爲蔡校長得力助手

　　1916 年底回國後，徐寶璜被北京《晨鐘報》（有許多研究者誤認爲《晨報》這可能是因爲《晨報》是《晨鐘報》的前身；但是我們必須注意到一個時間問題：《晨鐘報》於 1916 年 8 月 15 創刊，1918 年 12 月才改組爲《晨報》）聘爲編輯，開始了自己學以致用的報刊實踐。這可能是對徐寶璜學生黃天鵬記載的誤讀。〔註35〕其實這並不準確。據密歇根大學 1920 年校友登記卡資料顯示：1917 年 1～6 月，他先後擔任北京中華大學（*Chong-Hua University*）和新

〔註32〕　周婷婷：《徐寶璜留學美國學習新聞學考證》，《國際新聞界》，2008 年第 3 期，第 75 頁。

〔註33〕　蔡元培：《新聞學序》，徐寶璜著，蕭東發、鄧紹根編：《徐寶璜新聞學論集》，北京：北京大學出版社，2008 年，第 42 頁。

〔註34〕　黃天鵬在紀念 1930 年徐寶璜逝世再版《新聞學》時，曾記載：「先生少游於美，鼎革歸國後，即執北大教鞭，兼司晨報筆政。」見徐寶璜著，蕭東發、鄧紹根編：《徐寶璜新聞學論集》，北京：北京大學出版社，2008 年，第 176 頁。

〔註35〕　University of Michigan. *Proceedings of the Board of Regents*（1914～1917），p553.

華商業學院（*Sin-Hua Commucial college*）教授；1917 年 6 月，進入國立北京
大學任教授，後來兼任校長室秘書。

在徐寶璜回國之際，蔡元培被北洋政府教育部任命為北京大學校長，徐
寶璜也由此加入了北大教授的行列。但是，徐寶璜執教北大的具體情況（時
間、原因和執教課程等）則缺乏細緻地分析，以致對此學界存在一些模糊認
識。關於徐寶璜出任北大教授的記載，史料記載較少。陳大齊在《徐寶璜行
狀》中記載：「五年歸國，北京大學代校長蔡子民先生聞其賢，聘為教授兼校
長室秘書。」〔註36〕蔡元培先生在《徐寶璜行狀》也寫道：「五年，歸國。元
培適長北京大學，聞其賢，聘為教授。」〔註37〕這些史料表明：回國後，徐
寶璜由於「賢」被蔡元培聘請為北大教授，時間在蔡元培就任北大校長之後。

徐寶璜除了因「賢」而被蔡元培邀請出任北大教授外，其實另有隱情，
即蔡元培先生與徐寶璜伯父徐秀鈞的深厚友誼〔註38〕。徐寶璜世父徐秀鈞，
就是蔡元培先生在《徐寶璜行狀》中提到的「子鴻」。他們倆的友誼開始於 1910
年底。兩人在德國留學期間相識，由於志趣相投，經常結伴郊遊，過從甚密，
成為至交。半年後，徐秀鈞先期歸國，蔡元培也於 1911 年歸國，兩人結下的
友誼一直保持下來，直至徐秀鈞蒙難。徐秀鈞犧牲後，蔡元培撰文《故眾議
院議員徐秀鈞墓碑》追憶了徐秀鈞的生平事迹，對他為維護共和制度而捐軀
的義舉大加讚賞。正是由於世父徐秀鈞的關係，蔡元培與少年徐寶璜就有了
書信聯繫。據《蔡元培日記》記載：1911 年 7 月 20 日，他從德國萊比錫寄了
一張明信片給時在國內準備參加留美考試的徐寶璜。如果不是蔡徐兩人的深
厚友誼以及他對徐寶璜的瞭解和欣賞，我們很難想像蔡元培這樣一位當時教
育界領袖會特地從遙遠的歐洲投寄明信片給一位年僅 15 歲少年，給他學習、
生活上的指導和鼓勵。徐秀鈞逝世後，蔡元培作為其生前至交，一如既往地
教導、關心和支持徐寶璜的生活與事業，並不時對他讚譽有加。

1916 年底，徐寶璜留美歸國後，恰逢蔡元培受邀出任北大校長的用人之
際。1917 年上半年，蔡元培大膽按照西方資產階級國家大學的模式，對北大

〔註36〕 徐寶璜著，蕭東發、鄧紹根編：《徐寶璜新聞學論集》，北京：北京大學出版
　　　　社，2008 年，第 174 頁。
〔註37〕 蔡元培著，高平叔編：《蔡元培全集》第 5 卷，北京：中華書局，1988 年，第
　　　　516 頁。
〔註38〕 李築、王穎吉：《〈徐伯軒先生行狀〉原作者考》，《貴州師範大學學報》，2007
　　　　年第 4 期，第 30 頁。

進行大刀闊斧的改革。他奉行「兼容並包，思想自由」辦學理念，勵精圖治，大舉改革，實行新學制，完善舊學科；且抱定人才主義原則，只問學問、能力之有無，而不問其思想、派別、年齡、資格和國籍爲何，大批聘請具有新思想、新文化的進步教授，如陳獨秀、魯迅、劉半農等。徐寶璜作爲蔡元培的世姪，更是畢業於美國名校密歇根的青年才俊，正符合蔡元培聘用教員的標準。於是，1917 年 6 月，蔡元培聘任他爲北大文科教授。由此，年僅 23 歲的徐寶璜也成爲北大 80 多位教授中最年輕的教授。

　　新學期開學後，徐寶璜正式出任北大文科本科教授。在 1917 至 1918 學年的第一學期課程表中，徐寶璜爲「文科英文門研究所教員」，研究科目是「譯名」；第二學期，爲「本科外國語教員」，講授課程「文法三、讀法三」。徐寶璜受聘爲北大教授後，很快成爲蔡元培校長的得力助手，出任校長室秘書，幫助蔡元培校長處理日常事務。蔡元培校長得到徐寶璜幫助後，也是如虎添翼，大膽推動北京大學改革運動。

　　爲了加強集中統一領導，及時傳佈學校的規章法令，溝通全校各系的教學情況，活躍學術氣氛。1917 年 11 月 16 日，蔡元培和徐寶璜等共同努力，創辦公報性質刊物《北京大學日刊》。該刊辦報宗旨明確，報導內容廣泛。該刊曾聲明不登載討論當時政治和宗教問題的稿件，主要用於發佈學校的規章法令、校內各學科的科目設置、演講預告和集會通知等；但隨著思想交流的日趨活躍，從 1918 年 2 月 9 日第 68 號起，《日刊》開闢《文藝》、《雜錄》等專欄，並增出《北大日刊附張》，發表一些國內外學者的演講、著述、通信等，介紹新思想，新文化。蔡元培校長非常重視，建立健全制度。由一名教授兼校長辦公室秘書爲《日刊》主任，《日刊》下的編輯、經理兩部，並制定組織法規定：編輯部由《日刊》主任及甲、乙、丙三類編輯組成，甲類從來稿最多者中聘請，丙類由學校各團體的秘書擔任，乙類通過各編輯互選產生，人數一般不超過總數的三分之一，主任、編輯均是盡義務，一般任期一年。經理部是由《日刊》主任及事務員、秘書組成。事務員由校長聘請在主任的領導下負責送稿箋、管理印刷、招登廣告、購買紙張、發售報紙等具體業務；秘書則辦理繕寫、校對等事宜。日刊每天下午五時發稿，交印刷局付印，第二天即分送至學校各單位和師生閱覽室，部分交學校傳達室零售。徐寶璜教授以校長室秘書的身份兼任《北京大學日刊》編輯處主任，負責管理該刊的編輯和經營事務。《北京大學日刊》工作效率高，新聞時效性強，除寒暑假每周一期和節假日休刊外，基本上每天出報

一張，有時還增印附頁，工作人員辦事效率之高，由此可見一斑。《北京大學日刊》初期每期 2 版，後來稿件日益增多，改出 4～6 版。對新聞稿的處理，做到既及時，又迅速。北大「新潮社」成立，當天就發出消息。由於新聞時效強，報紙很受讀者歡迎，不少師生紛紛要求自費訂閱，以至發行份數一增再增。《北京大學日刊》開創了中國高校校報新紀元。〔註39〕它連續出版 15 年，直到 1932 年 9 月 10 日改爲《北京大學周刊》。《北京大學日刊》更使徐寶璜學以致用，他將他在密歇根大學學習過的新聞學相關知識和新聞實踐結合起來，既鍛鍊了自己的新聞業務能力，又提高了自己的新聞學素養，爲即將開展的新聞學研究和新聞教育準備了理論和實踐基礎。

第三節　北京大學新聞研究會籌備成立

關於成立北京大學新聞研究會的籌備，學術界比較一致的看法是：它是適應中國新聞事業發展的需要而出現的。報人已積累了豐富經驗，先有術而後有學，這時研究時機已近成熟。報界早在 1912 年有辦學的倡議。1917 年（一說 1918 年 9 月）北大聘請徐寶璜教授開設《新聞學》選修課，介紹歐美新聞概況及理論。蔡校長鼓勵學術研究，提倡社團活動，曾有增設新聞演講會之計劃。1918 年春，學生羅章龍、譚鳴謙等向徐寶璜提出校內組織課餘研究新聞的團體，並將這一意見告訴了經常向他們約稿的《京報》社長邵飄萍。後者立即寫信給蔡元培，倡議設立新聞研究會，並很快得到蔡校長覆書贊同。〔註40〕北大新聞研究會的確是當時北京大學新聞活動乃至中國新聞事業發展的歷史必然性產物；但仔細推敲上述論斷，還是會在細節上發現它們存在著值得商榷之處。

一、蔡元培、徐寶璜的動議

蔡元培校長具有豐富新聞實踐經驗。早在 1901 年 10 月中旬，他與張元濟、杜亞泉等人在商務印書館聯合創辦《開先》旬報，「希冀以此啓發民智，喚起民心，使朝野周知世界，免遭物競之慘」，這是他辦報活動的開端。不久，該報改爲《外交報》（旬刊）出版，宗旨是使朝野「周知世界，免遭物競之慘」。

〔註39〕 吳蔭嵩：《中國第一家高校校報〈北京大學日刊〉》，《安徽師大學報》1989 年第 1 期，第 114～115 頁。

〔註40〕 方漢奇：《中國新聞事業通史》第二卷，北京：中國人民大學出版社，1996 年，第 67～68 頁。

蔡元培先後參與創辦《蘇報》（1903 年）、《俄事警聞》（1903 年 12 月 5 日）、《警鐘日報》（1904 年）、《新世紀》（1907 年）、《公論》（1913 年 7 月 16 日）、《旅歐雜誌》（1916 年）等。由於他豐富的新聞實踐經驗，蔡元培於 1913 年被推舉爲中國國民黨新聞記者同志會會長。蔡元培早期涉足新聞事業有力地表明，他認爲報刊具有兩個互補的目的：一爲教育的，另一爲政治的。對蔡元培而言，這兩個目的與其革命性地變革中國社會和政治的抱負密切相關。因此從根本上來說，正是這種革命救國的抱負驅使蔡元培早年投身於辦報實踐中。蔡元培參與創辦的《蘇報》與《俄事警聞》均被清政府所查封，這一經歷毫無疑問加深了他對於新聞出版自由之重要性的理解。〔註 41〕於是，他出任北京大學校長後，迅速創辦《北京大學日刊》作爲推行北大改革的重要舉措，發佈政令的重要平臺。

　　蔡元培出任北大校長後大舉改革，成爲新聞界寵兒，也由此與「名滿京城」的記者邵飄萍相識。邵飄萍曾於 1918 年 11 月回憶說：「前年爲《申報》通信事來京，偶因華工問題，得與蔡校長談論，極欽其爲人。」〔註 42〕不過由於祭元培初掌北大，沒有時間和精力去投入。徐寶璜加入北大成爲他的得力助手後，兩人商量過組建新聞研究會的設想，不過仍無具體計劃。因爲徐寶璜曾說到：「吾國新聞教育濫觴於民國七年北大所設立之新聞學研究會。……因蔡子民校長與余初雖亦擬議及此，但無具體計劃。」〔註 43〕邵飄萍也曾寫到：「去年之春，蔡校長有增設新聞演講會之計劃。」

　　雖然，蔡元培和徐寶璜動議開展新聞研究而無具體計劃，但是學者認爲北大於 1917 年（或 1918 年 9 月）聘請徐寶璜教授開設新聞學選修課的觀點，目前卻並沒有直接材料能證明。筆者查閱了大量關於 1917、1918 年的北大材料，包括《北京大學日刊》以及當時的課程表，並沒有發現該課程。當時的北大學生羅章龍也回憶說：「當時學校課程，並無所謂新聞學，北京各大學中，更未設有新聞專業。」〔註 44〕

〔註41〕魏定熙：《蔡元培與現代中國新聞學的發展》，《北京大學教育評論》第 3 期，第 9 頁。
〔註42〕《邵振青導師在新聞研究會之演講》，《北京大學日刊》第 245 號，1918－11－05。
〔註43〕徐寶璜：《實際應用新聞學·序》，見邵飄萍：《實際應用新聞學》，京報館，1923 年，第 20 頁。
〔註44〕羅章龍：《憶北京大學新聞學研究會與邵振青》，《新聞研究資料》第 4 輯，第 119 頁。

二、邵飄萍與北大學生的推動

　　邵飄萍（1886～1926），浙江東陽人，1886 年 10 月 11 日，出生於金華。青少年時期就已早慧聞名於鄉里，12 歲考中秀才。1902 年入浙江高等學校，1905 年畢業後到金華中學任教。同時，他被聘爲《申報》通訊員，爲《申報》寫金華通訊，開始和新聞事業發生關係。1912 年，他重返杭州與杭辛齋合作辦報，任《漢民日報》主編，開始辦報生涯。因反對袁世凱，3 次被捕入獄。1914 年，被迫流亡日本。在日本期間，他應邀爲上海各大報紙撰寫新聞和時事評論，創辦東京新聞通訊社，並對日本新聞教育及日本新聞學研究有了基本瞭解。如 1915 年 12 月 13 日，他在《時事新報》發表《論新聞學》一文，在吸納松本君平《新聞學》的觀點後，直接表達且說明他已經具備了自己的新聞學觀念。他結合自己從事新聞工作的悲慘經歷，有感而發地說：「或曰：如子所言，君側之權衰，移於政府；政府之權衰，移於國會；國會之權衰，移於新聞，然使有國焉。權未至於國會，而逆移於政府，更由政府而逆移於君側，則奈何。余曰：『此之謂政治之逆行』。新聞記者不能代表國民以爭之實，不能辭其責。」他批評國內政治言論的退化，「此實我國之亡徵，深堪痛哭」，希望「有志之士，不畏強禦，奮筆以興，迴既倒之狂瀾，作中流之柱石。」〔註45〕1915 年年底，他返回上海。

　　1916 年春，邵飄萍被《申報》聘爲駐北京特派員，爲《申報》撰寫「北京特別通訊」。邵飄萍前往北京，置身於中國新文化運動的洪流之中。同年冬，英法兩國因第一次世界大戰爆發後本國勞力嚴重不足，向中國招募華工，充當勞力。邵飄萍與蔡元培就因討論這一「華工問題」而相識，晤談歡愉，並「極欽服其爲人」。另外，它與李大釗的交誼與增進了他與北大的感情。邵飄萍僑居日本期間，結識了章士釗。1917 年 1 月，章士釗回國後創辦了《甲寅》日刊，邵飄萍經常撰稿發表。由於兩人情投意合，章士釗對他非常賞識器重。後因有事回湖南半年期間，章士釗委託邵飄萍代管《甲寅》日刊。此期間，李大釗出任《甲寅》日刊編輯，並利用邵氏託管之際，發表了一系列抨擊舊思想、宣傳新文化的文章，從而開始建立起兩人間的友誼。正由於他與蔡元培、李大釗的友誼，邵飄萍與北京大學結下了不解之緣，他逐漸融入北大這個群星璀璨的新文化群體，熱情支持國民雜誌社、新潮社、新聞學研究會等北大社團組織，爲新文化運動搖旗吶喊。

〔註45〕　《論新聞學》，《時事新報》，1915－12－13。

　　「名滿京師」的邵飄萍認為中國缺乏新聞人才，感慨：「余業新聞記者，竊歎我國新聞界人才之寥落，良由無人以新聞為一學科而研究之者。試觀歐美及日本近年以來，新聞之學，與日俱進，專門著述，充棟汗牛，其新聞事業之發達，亦即學術進步之效果耳。」正是中西方「新聞有學」認識的差異，導致中西新聞業發展程度的懸殊，使他意識到新聞人才培養的緊迫性。於是在 1918 年春，他致書蔡元培校長，建議北大進行新聞研究，培養新聞人才，「余乃致書以促其成。比得蔡先生覆書，極承獎假。斯會遂於暑假以後成立，請教授徐伯軒先生主任其事。」〔註46〕他的來信，蔡元培覆信，「多承獎飾」，促使蔡元培和徐寶璜開始籌劃組建新聞研究會的具體計劃。徐寶璜曾寫道：「及飄萍先生來函催促，始聘余為斯會主任」。從邵飄萍和徐寶璜兩位當事人的記載看北京大學新聞學研究會動議的過程應該是：蔡元培和徐寶璜首先倡議，但無具體計劃；1918 年春，邵飄萍寫信促成，於是蔡徐兩人在暑假前商議，並擬出具體簡章。

　　邵飄萍的致書蔡元培建議北大開展新聞教育，在當時新聞報導中得到了印證。在 1918 年 2 月 7 日京津主要報刊均刊載了一則題為《入學添設新聞科之動機》新聞，「英美各國大學設有新聞科者不少。聞報界某君已致書北京大學蔡校長，請仿英美之例添設新聞科，以助將來報界之發達。其詳情容再調查。」〔註47〕2 月 10 日，北京《晨鐘報》發表了《北京大學決設新聞科》消息，「報界某君致書北京大學校長蔡君請設新聞一科已見各報。茲確聞該校添設新聞一科業已決定，現正準備一切，下學年即實行開講云。」〔註48〕

　　北京大學新聞研究會籌備過程中，學生也發生了推動作用。這是學術界比較一致的看法是：1918 年春，學生羅章龍、譚鳴謙等向徐寶璜提出校內組織課餘研究新聞的團體，並將這一意見告訴了經常向他們約稿的《京報》社長邵飄萍。後者立即寫信給蔡元培，倡議設立新聞研究會，並很快得到蔡校長覆書贊同。〔註49〕筆者認為：這個事實有時間錯位的硬傷。1918 年春，邵飄萍並沒有創辦《京報》。其創辦時間為 1918 年 10 月 5 日。這就不存在社長

〔註46〕　徐寶璜著，蕭東發、鄧紹根編：《徐寶璜新聞學論集》，北京：北京大學出版社，2008 年，第 44 頁。

〔註47〕　《大學添設新聞科之動機》，《益世報》，1918－02－07。

〔註48〕　《北京大學決設新聞科》，《晨鐘報》，1918－02－10。

〔註49〕　方漢奇：《中國新聞事業通史》第二卷，北京：中國人民大學出版社，1996 年，第 67～68 頁。

約稿一說了；而且此時邵飄萍也沒有創辦北京新聞編譯社，其創辦時間為 1918年 7 月。在此之前，他一直是為《申報》撰寫「北京通別通訊」的駐北京特派員。當然，這個說法是羅章龍數十年後的回憶，稱謂對錯倒可無所謂，但時間準確與否非常關鍵。另外，1918 年 9 月，羅章龍才從湖南長沙考入北大德文預科班，即便他當月就報名參加新聞研究會，他也不可能參與了研究會之前的動議過程；更何況在新聞學研究會第一屆期滿頒證名單中，羅章龍是半年聽課證書獲得者，而他自己回憶中說自己參加了這次期滿儀式，所以他很有可能剛入學沒有立即參加該會，或者參加了半年就退出了。所以，他回憶的準確性值得質疑，研究者需慎重採信。

但是，學生確實對該會的成立發揮了推動作用。當時北京大學學生關心新聞界現狀，認識到新聞工作的重要性，並希望通過新聞教育改善新聞人才的培養。如羅家倫呼籲青年學子認識到新聞工作的重要性和新聞記者知識的廣泛性，「新聞的天職何等重要！新聞記者所必備的學問，何等繁多！對於政治方面的記載，必須精通政治法律財政等學；對社會方面的記載，必須深研社會經濟心理等學；對於外交方面的記載，必須熟悉歷史國際法外交史等學；對於記載各事的手腕又須藉重文學美學哲學。你看科目這樣的繁多，新聞記者是容易當的嗎？輿論是容易代表的嗎？」〔註 50〕他對當時熱衷於參加新聞工作實踐青年學子提出了殷切希望，「趕快去求學，十年之後，出來當一個名實相符的新聞記者」。作為北京大學的青年學子的羅家倫針對當時新聞界腐化墮落的困境提出了通過求學教育，培養和提高新聞職業素養的方案，反映出社會有識之士的共識。

北大是五四新文化運動的策源地和搖籃。許多學生都參與新聞實踐，學生新聞活動非常活躍。他們在新聞實踐的基礎上，迫切需要有新聞學知識指導；學術團體的研究活動也開展得非常積極，所以學生存在著組建新聞研究社團願望。而蔡元培校長他「兼容並蓄、思想自由」的辦學理念並經常從財政經費等方面支持學生社團的活動，使得這種願望變成現實的可能性增大。特別蔡元培擁有豐富的辦報經驗，能敏銳地意識到中國新聞界存在的問題。蔡元培主持北大工作後，他聘請在美國密歇根大學學習過新聞學課程的徐寶璜做文科教授併兼校長辦公室秘書，使他具備了將學生願望變為現實的可能

〔註50〕 志希：《今日中國之新聞界》，《新潮》創刊號，1919 年 1 月，第 123 頁。

條件；邵飄萍恰如其時的來信，催促蔡元培和徐寶璜加快了籌備新聞研究會的步伐，制定出具體的計劃。

三、北京大學新聞研究會籌備成立

1918 年 7 月，北京大學新聞研究會的具體計劃已經出爐。1918 年 7 月 4 日，《北京大學日刊》刊登一則通告《本校將設新聞研究會》，全文如下：

為輸灌新聞知識，培養人才起見，聞本校將於下學期設一新聞研究會。研究新聞之採集、編輯、造題及通信、并新聞紙之組織等事。校內外人均得參加。又聞本校將請徐寶璜教授為該會導師云。〔註51〕

從通告內容看，這已經是一個思考成熟的方案。該會目的「輸灌新聞知識，培養人才起見」，開辦時間「下學期」，內容「新聞之採集、編輯、造題及通信、并新聞紙之組織等事」，對象「校內外人」，導師「徐寶璜教授」。

7 月 6 日，《北京大學日刊》發表了由蔡元培校長親自擬定的《新聞研究會之簡章》更加細化了通告內容，全文如下：

本校將於暑假後設立新聞研究會，現已由校長將該會簡章擬就並印就多份，存於日刊處。凡注意此會者，可向該處取閱。校長所訂北京大學新聞研究會簡章如後：

（一）本會定名為「北京大學新聞研究會」。

（二）本會以「輸灌新聞智識，培養新聞人才」為宗旨。

（三）本會研究之事項如左：

（甲）新聞之範圍。

（乙）新聞之採集。

（丙）新聞之編輯。

（丁）新聞之造題。

（戊）新聞通信法。

（己）新聞紙與通信社之組織。

（四）本會研究之時間每星期三小時。

（五）本會隸屬於北京大學，校內外人均得入會。

〔註51〕　《本校將設新聞研究會》，《北京大學日刊》第 177 號，1918－07－04。

（六）校內會員每年每人納費九元，校外會員年納十八元，分三期
　　　繳納。

（七）既繳之費，無論何種情形概不退還。

（八）北京大學日刊處爲本會辦事機關，入會者向該處報名。〔註52〕

　　從布告和章程的內容看，這已經是一個思考成熟的方案了。該會目的「輸
灌新聞知識，培養人才起見」，開辦時間「下學期」，內容「新聞之採集、編
輯、造題及通信、并新聞紙之組織等事」，對象「校內外人」，導師「徐寶璜
教授」。特別「北京大學新聞研究會」名稱的確立、交納會費的規定、報名的
通知，更加說明這是一個策劃周全的方案。

　　1918 年 7 月初，《北京大學日刊》發表通告和刊登簡章，標誌著北京大學
新聞研究會進入籌備階段。暑假期間，徐寶璜開始了正式的新聞學研究工作，
開啓了北京大學新聞研究會新聞學研究活動。到 8 月底他撰寫《新聞學大意》，
「以爲開學後演講之用」〔註53〕，並將該稿發表於《東方雜誌》，不僅標誌著
北京大學新聞研究會籌備階段取得實質性研究成果。

　　綜上所述，從 1918 年春到 1918 年 8 月，籌備工作基本完成。北京大學
新聞研究會已經初步確立了名稱、宗旨、內容等基本事宜，不僅聘請了導師，
而且導師爲即將到來的新聞研究會教學撰寫了講課講義，進行了卓有成效的
研究工作，取得研究成果。這些爲北京大學新聞研究會即將開展的新聞教育
活動做好了充足準備。萬事俱備，只欠東風，急待新學期開學招生。

〔註52〕《本校將設新聞研究會》，《北京大學日刊》第 178 號，1918－07－06。

〔註53〕徐寶璜著，蕭東發、鄧紹根編：《徐寶璜新聞學論集》，北京：北京大學出版
　　　　社，2008 年，第 45 頁。

第三章　北京大學新聞學研究會發展歷程

在北京大學新聞學研究會開展活動時期，《北京大學日刊》作為該會歷史的記錄者和見證者，在該刊《本校布告》、《本報紀事》、《雜錄》和廣告等欄目中，以「啓事」、「啓」「函」、「預告」等多種形式，對該會的活動開展情況進行了客觀真實、長期連續的報導和記載，保存了大量的珍貴資料。該刊關於北京大學新聞學研究會的報導，多達 151 次之多。根據其報導的進展和該會活動的實際情況以及北大每個學期教學情況，筆者擬從創立、發展、鼎盛和結束等四各階段對「北京大學新聞學研究會」的歷史演變進行梳理以及對相關重要問題進行考證。

第一節　北京大學新聞研究會創立階段
（1918.9～1918.12）

1918 年 9 月，北京大學新學期開學後，新聞研究會立即開始了招生學員的實質性工作，標誌著北京大學新聞研究會進入創立階段。

一、北京大學新聞研究會第一次招生

9 月 14 日，《日刊》刊登通告，宣佈「本校爲增進新聞知識起見，將設立一新聞研究會。凡願入會者於本月內向日刊處報名可也。」〔註1〕該則通告連續刊登於《日刊》9 月 17 日（第 208 號）、9 月 21 日（第 209 號）、9 月 24 日

〔註1〕《北京大學日刊》第 207 號，1918－09－14。

（第211號）、9月25日（第212號）、9月27日（第214號）上，吸納會員。這是北京大學新聞研究會第一次招生活動，由徐寶璜負責。

10月初，北京大學新聞研究會報名工作結束。10月9日、11日，《日刊》連續發佈《新聞研究會啓事》，通知已經繳費的會員開會，「本會定於10月14日在理科第十六教室行開會式。以後每逢禮拜一、禮拜三、禮拜五，三日晚間八時至九時均在該教室開常會。凡已照章繳費諸君屆時駕臨爲幸！」〔註2〕至此，北京大學新聞研究會的籌備工作全部完成，只待開會員大會，宣佈成立。

二、北京大學新聞研究會成立大會

10月14日晚上8時，北京大學新聞研究會在理科第十六教室舉行成立大會。蔡元培校長親臨會場，並發表重要演講。他「略述設立新聞研究會之目的，並其對於我國新聞之一種特別感想」，全文如下：

> 凡事皆有術而後有學。外國之新聞學，起於新聞發展以後。我國自有新聞以來，不過數十年，則至今日而始從事於新聞學，固無足怪。我國第一新聞，是爲《申報》。蓋以前雖有所謂邸抄若京報，是不過輯錄成文，非如新聞之有採訪、有評論也。故言新聞，自《申報》始。《申報》爲西人所創設，實以外國之新聞爲模範。其後乃有《滬報》、《新聞報》等。戊戌以後，始有《中外日報》、《時報》、《蘇報》等。十五年前，鄙人在愛國學社辦事時，與《蘇報》頗有關係。其後亦嘗從事於《俄事警聞》、《警鐘日報》等。其時於新聞術實毫無所研究，不過藉此以鼓吹一種主義耳。即其他《新聞報》、《申報》等，雖專營新聞業，而其規模亦尚小。民國元年以後，新聞驟增，僅北京一隅，聞有八十餘種。自然淘汰之結果，其能持續至今者，較十餘年前之規模大不同矣。惟其發展之道，全恃經驗，如舊官僚之辦事然。苟不濟之以學理，則進步殆亦有限。此吾人所以提出新聞學之意也。
>
> 新聞之內容，幾與各種科學無不相關。外國新聞，多有特闢科學、美術、音樂、戲曲等欄者，固非專家不能下筆。即普通紀事，

〔註2〕 《新聞研究會啓事》，《北京大學日刊》第223號，1918－10－09。

如旅行、探險、營業、犯罪、政聞、戰報等，無不與地理、歷史、經濟、法律、政治、社會等學有關。而採訪編輯之務，尤與心理學有密切之關係。至於記述辯論，則論理學及文學亦所兼資者也。根據是等科學，而應用於新聞界特別之經驗，是以有新聞學。歐美各國，科學發達，新聞界之經驗又豐富，故新聞學早已成立。而我國則尚爲斯學萌芽之期，不能不仿《申報》之例，先介紹歐美新聞學。是爲吾人第一目的。我國社會，與外國社會有特別不同之點。因而我國新聞界之經驗，亦與外國有特別不同之點。吾人本特別之經驗而歸納之，以印證學理，或可使新聞學有特別之發展。是爲吾人第二目的，想到會諸君均所贊成也。

抑鄙人對於我國新聞界尚有一種特別之感想，乘今日集會之機會，報告於諸君，即新聞中常有猥褻之紀聞若廣告是也。聞英國新聞，雖治療黴素之廣告，亦所絕無。其他各國，雖疾病之名詞，無所謂忌諱，而春藥之揭帖，冶遊之指南，則絕對無之。新聞自有品格也。吾國新聞，於正張中無不提倡道德；而廣告中，則誨淫之藥品與小說，觸目皆是；或且附印小報，特闢花國新聞等欄；且廣收妓僚之廣告。此不特新聞家自毀其品格，而其貽害於社會之罪，尤不可恕。諸君既研究新聞學，必皆與新聞界有直接或間接之關係，幸有以糾正之。〔註3〕

蔡元培開幕致辭完畢，徐寶璜導師開始直接向會員授課，展示他的新聞學研究成果，講授內容爲「新聞紙之職務及盡職之方法」。全文如下：

「新聞紙」之名詞，在英文爲 *Newspaper*，*News* 即「新聞」之意，*paper* 即紙之意。國人亦簡稱曰：「新聞紙」，曰：「報紙」，曰：「報章」，曰：「報」。新聞紙職務頗繁，言其重要者有六，即：供給新聞，代表輿論，創造輿論，奧灌知識，提供道德，發達商業是也。此六者之中，以供給新聞爲最要，能全盡六種職務而無愧者，固爲極完備之新聞紙。但能供給新聞，雖未兼盡他種職務者，仍不失爲新聞紙也。若專以輸灌知識，提倡道德，或發達商業等事爲目的，而絕不供給新聞或視之爲無足輕重者，則只可名曰：「雜誌」，不能稱爲「新聞紙」。

〔註3〕《新聞研究會成立記》，《北京大學日刊》第 228 號，1918－10－16。

新聞紙之最重要爲攻擊新聞，前已言之矣。惟所謂新聞者非閉門捏造之消息，非以訛傳訛之消息，非顛倒事實之消息，亦非明日黃花之消息也。……新聞之第一性質爲確實。凡非事實之消息均非新聞。新聞其第二性質爲新鮮。蓋新聞猶如鮮魚也。魚過時稍久，則失其味。新聞等在稍遲，其價值不失亦損矣。新聞紙如欲以確且新之新聞供給閱者，則宜多用曾用受訓練之人爲編輯，爲訪員，爲通信員，採集各地新聞呢，編輯各種稿件，且宜不惜資本用最敏速之交通機關，如無線電、電報、電話等以傳遞最近之消息也。

西人常云：新聞紙者，國民之喉舌也。國人亦云：報紙者輿論之代表也。可見新聞紙之職務，不限於供給新聞，代表輿論亦其重要之職務之一。欲盡此職務新聞紙之編輯，因應默察國民多數對於各事之輿論，取其正當者，而有利於國家者，著論立說，在社論中代爲發表之。言國民所欲言而又不善言者，言國民所欲言而又不敢言者，斯無愧矣。若僅代表一人或一黨之意思，則機關報耳，不足云代表輿論也。歐美各國之政府，大抵均重視輿論，一事之興革，一政策之取捨，往往視輿論爲轉移。又不僅於國會中求輿論之所在，且於國內重要新聞紙之社論欄中，覘輿論之趨向。……

又報紙不僅應代表輿論也，亦可創造輿論。此種創造的職務，世界之大報館，無不重視之。創造輿論之方法有三：第一爲登載正確之新聞，造成正當之輿論。因世人心理中，對於幾種事情，常有一定之善惡觀念。如營私舞弊，拍賣國家權利，均舉世所謂惡行也。如急公好義，舉世所謂善行也。世如果有營私舞弊或拍賣國家權利之人，新聞紙只須標其劣績，據實登載，和盤托出，則輿論自必起而攻之，不待新聞紙之鼓動也。第二爲訪問之法，亦可用之創造輿論。因國民之多數，往往對於國家之大計或内容複雜之問題，無一定之主張，以所信仰之人之主張爲主張，報紙使於此時訪問此眾人所信仰之人，徵求其意見或主張，登之報上，可使遊移不定之輿論頓變而爲一致贊成的或反對的輿論。第三報紙之社論，可用以創造輿論。新聞紙之編輯有所主張者，著論立說，登之報上，往往足以創造一部分之輿論。……

　　總之，報紙之職務極重，如能儘其職也，則其力量極大善哉。

　　日本松本君平論報紙之言曰：「彼如豫言者，論國家之運命；彼如裁

　　判官，斷國民之疑獄；彼如大法律家，制定律令；彼如大哲學家，

　　教育國民；彼如大聖賢，彈劾國民之罪惡；彼如救世主，察國民之

　　無告痛苦而輿以救濟之途。」〔註4〕

　　徐寶璜的演說旁徵博引，淺鮮易懂。不僅指出了新聞紙供給新聞，代表
輿論，創造輿論，輸灌知識，提供道德，發達商業等六大職能，而且重點闡
述了供給新聞、代表輿論和製造輿論等三大職能及其盡責方法，尤其詳細論
述了登載正確新聞、訪問輿論領袖和刊登社論等三種製造輿論方法。他的演
說使學員認識到新聞紙的基本職能以及在現實生活中的重要性，並爲他們履
行這些職能提出了可行的方法。10 月 14 日晚成立大會的召開，標誌著北京大
學新聞研究會正式成立，而徐寶璜授課活動的開展，標誌著北京大學新聞研
究會新聞教育活動的開啓。

三、徐寶璜、邵飄萍講授新聞學

　　10 月 16 日，《北京大學日刊》刊登《新聞研究會啓事》，宣佈：「本會自
今日起，每逢星期一、星期三、星期五，七點至八點，在理科第十六教室開
常會。」〔註5〕其中，最重要活動，就是會員聽徐寶璜導師講授新聞學。從 10
月中旬至 12 上旬，徐寶璜先後在新聞研究會進行了十三次演講。他演講的內
容都刊登於《北京大學日刊》之上，具體內容爲：《新聞紙之職務及盡職之方
法》、《新聞之定義》、《新聞之精彩》、《新聞之價值》、《新聞之探集》、《新聞
之編輯》等。不過，他的演講詞比起他發表在《東方雜誌》上的《新聞學大
意》則有了較大幅度的修改和充實。

　　北京大學新聞研究會成立之時，邵飄萍並沒有與會。其主要原因可能是
他剛剛於 10 月 5 日創辦了《京報》，時間緊張，人手有限。等《京報》運轉
走向正軌之後，他於 10 月 20 日受北大學生之邀，出席了國民雜誌社組織的
討論會。會上，蔡校長和徐寶璜同他談到新聞研究會的情況，力邀他出任導
師。邵飄萍在蔡徐兩人的盛情邀請之下，自己也希望能「勉力創造與青年學

〔註4〕　《新聞研究會成立記》，《北京大學日刊》第 229 號，1918－10－17。
〔註5〕　《新聞研究會成立記》，《北京大學日刊》第 228 號，1918－10－16。

子接談之機會，尤鄙悖之程度，迨將與時俱進」〔註6〕，於是欣然答應。10月 31 日，《日刊》發佈啓事，宣佈：「本校現增聘邵振青先生爲本會導師」，並將演講時間作了調整，「（一）每星期一及星期三晚七時至八時，由徐先生擔任演講。（二）每星期日上午十時至十一時，由邵先生擔任演講。」〔註7〕

11 月 3 日，邵飄萍在北京大學新聞研究會第一次授課。邵飄萍在開場白中，首先簡單地介紹自己以及同蔡校長的交誼情況，然後自豪地說到自己倡議設立新聞研究會的細節，最後談到他出任導師的原因。然後開始演講《新聞社之組織》，分別闡述各部的職能所在，基本內容如下：

> 振青少未學問，長又衣食於奔走，自歎一無所成，方滋愧悢。前年爲《申報》通信事來京，偶因華工問題，得與蔡校長談論，極欽其爲人。本年之冬，竊以我國新聞事業之不振，良由新聞界人才缺乏之故，不揣冒昧，特致書蔡校長，陳本校應設新聞研究一門，造就人才，爲將來之新聞界謀發展。蔡校長答書，多承獎飾。本校新聞研究之課程，自是自有添設之望，不禁狂喜。嗣後日惟奔走於職務，不晤蔡校長者。又閱數月，此次學界青年有《國民雜誌》社之組織開會討論，振青與焉。蔡校長暨徐教授均蒞談及本校新聞研究會事，蔡徐兩先生乃特囑振青來與斯會，與諸君子共相切磋，交換其所見。自惟簡陋，慮無以副諸君子之望。實不敢承然。又重違校長與教授之意，躊躇再三，不能自決。竊思振青生活於新聞界中，日惟與官僚政客相征逐，若不勉力創造與青年學子接談之機會，尤鄙悖之程度，迨將與時俱進，欲救此弊，則蔡徐兩先生之命不可不從。今之來此，深愧從知爲振青求益計，而無毫髮之長足，以俾益於諸君子也。無已，其草就數篇，聊爲相見之資，幸與諸君子切實研究者，有徐教授先生在，振青則稍補缺略，籍以增諸君子研究之興味，不敢當演講之名也。

新聞社之組織

> 吾人試一披覽文明國之新聞紙，每日以重要新聞，搜羅於一幅。舉凡紀事、評論各界現象，鉅細悉陳，曾以銅版繪書，諸種美術之

〔註6〕 《邵振青導師在新聞研究會之演講》，《北京大學日刊》第 245 號，1918－11－05。

〔註7〕 《新聞研究會啓事》，《北京大學日刊》第 241 號，1918－10－31。

足以增人類興趣者。每藉是呈露於世人之目。然代價低廉。與其繁複之程度，似不相應實堪驚歎之事。例如歐美大都會之新聞紙，每部除廣告外，平均約六萬及至八萬餘言，足與全部長篇小說相埒。其發行部數，一日每自十萬而達百數十萬。日本京阪各大新聞，亦發行五萬乃至二十五萬以上，他種書籍，數萬言之字數，殆需數月而始告成，此則至多僅歷二十四小時，經過若干機關，遂可完成新款之新聞紙，廉價而供大眾之披覽。問何以神速至此，則同部機關之組織，不可不無一研究之。

以言各國新聞社之組織，其大體規模，各社殆為同一，而因事業發達之程度，用人繁簡各有不同。最普通者，大約以三部組織而成即（一）營業，（二）工廠，（三）編輯是也。營業部之義務，如其名稱所示，擔任新聞經營之商業方面。其目的在從經濟之見地，維持新聞事業。如多得純益推廣發行部數，乃其主要之職務。營業部必設主任，而下分發行會計三部。三部隸屬者，又各有相當之分業方法，立青如左（下）：

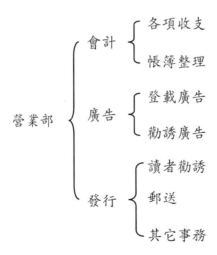

工廠之組織分排字室、鉛版室、印刷室三部。排字室先依編輯部京稿將應用各字組合成版遂移送於鉛版室，更由鉛版室而移送於印刷室，數臺乃至數十臺之輪轉機，回轉印刷即成數十萬枚之新聞紙尚有與排字室相連續者，則有校對室，校正排字之謬誤。其在日

本則附屬於編輯局。以上所言排字鉛版印刷三室，大抵置工廠長以當指揮監督之任，工廠長屬於編輯局長之下，似便於實務之統一。然普通則工廠長與其它營業部長編輯局長相對，負獨立之權能與責任焉。

　　編輯部之組織，大別為二。其一、搜集新聞。其二、對於新聞之評論。搜集新聞之職務，即將每日發生之重要事件，務使明確緻密，機敏，且有趣味，有精彩以報告於讀者。至對於新聞之評論，則在解釋敘述，批判。以各種新聞為議論之材料基礎。新聞紙對於各種事件之態度，悉由是確立而表示之。〔註8〕

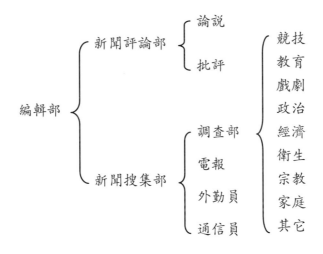

兩位導師的演講時間，由於事務繁忙，經常變動。如徐寶璜由於身兼數職，經常事務纏身，有時不得不調整演講時間，如 11 月 7 日《日刊》刊登啟事，通知：「本星期一常會因事未能舉行，現定於本星期五晚七點至八點補開，請會員諸君屆時到會。」〔註9〕邵飄萍也如此，只好將時間由「每星期日上午十時至十一時」調整為「星期日上午九時至十時」。

　　12 月中旬，北京大學新聞研究會鑒於會員期末考試臨近，研究會宣佈停止開會。12 月 17 日和 19 日，《日刊》刊登緊急啟事，宣佈「本會因瞬屆年假，

〔註 8〕　《邵振青導師在新聞研究會之演講》，《北京大學日刊》第 245 號，1918－11－05。
〔註 9〕　《新聞研究會啟事》，《北京大學日刊》第 246 號，1918－11－07。

且會員在此星期內多有考試，自本星期起停止開會。俟本校下學期開學後，再定期繼續開會。」〔註10〕

　　從 1918 年 9 月開始招收會員，到 10 月 14 日正式成立，再到 1918 年 12 月中旬因期末考試暫停活動，該會初創時期的活動已經開展，並逐見成效（《新聞學》第二稿已經修改），人員安排初具雛形，一位校長、兩位導師、數十位會員，研究形式（兩位導師授課）基本確立，北京大學新聞研究會創立工作基本完成。

第二節　北京大學新聞學研究會的發展階段
（1919.1～1919.5）

　　北京大學新聞研究會創立後，各項活動漸入正軌，在北京大學校內的影響不斷擴大。如 1918 年 11 月 5 日，北大學子羅家倫在撰寫文章《今日中國之新聞界》時，就關注到蔡元培校長在北京大學新聞研究會的演講，「我每拿起一張報紙來，無論前面後面，常有「賣春藥」、「醫梅毒」的廣告，「血肉模糊」一大片。西洋大報中幾曾有這樣怪現象呢？（蔡孑民先生七年十月在新聞研究會演說，也特別提出這層，引以為憂）」〔註11〕。一些學生紛紛要求入會接受新聞教育。於是，創辦者希望進一步擴大規模和影響。

一、北京大學新聞研究會第二次招生

　　1919 年 1 月 11 日，《北京大學日刊》刊登兩則啓事，一則為招收新會員啓事，宣佈：「本會現擬開一新班，校內外人有願入會者，請於下星期內到文科大樓第二層日刊編輯處報名繳費，如足三十人時即定期開班。」〔註12〕另一則為通知舊會員準備繳費聽課，「本學期內，舊班注重實驗，並擬常請新聞事業深有經驗者來會演講。現定於下星期內續開常會，請舊會員諸君於本星期內到日刊編輯處照章繳費。」〔註13〕仔細閱讀這兩則啓事，發現新聞研究會名稱已經悄然改變為「新聞學研究會」，多了「學」一字。一字之差，卻反

〔註10〕　《新聞研究會緊要啓事》，《北京大學日刊》第 274 號，1918－12－7。
〔註11〕　志希：《今日中國之新聞界》，《新潮》創刊號，1919 年 1 月，第 122～23 頁。
〔註12〕　《新聞學研究會徵求新會員啓事》，《北京大學日刊》第 284 號，1919－01－11。
〔註13〕　《新聞學研究會通告舊會員啓》，《北京大學日刊》第 284 號，1919－01－11。

映了主辦者們指導思想的變化，一是舊會員「注重實驗」，二是指導形式不再僅是兩位導師演講，而是「常請新聞事業深有經驗者來會演講」。這兩則啓事連續發佈於 1 月 13 日、14 日、15 日、16 日。

　　但是，新會員的招生情況沒有達到預期。1 月 27、28 日，《北京大學日刊》連續兩日刊登啓事，無奈宣佈：「本會原擬於本學期內開一新班，現因報名人數不滿三十人，未便成立。已報名諸君如願隨同舊班研究，請即到日刊編輯處繳費。」同時，通知會員，「本學期內，現定請徐伯軒先生擔任，每周一時，注重編輯新聞之練習；請邵飄萍先生擔任，每周二時，注重評論新聞之練習，並新聞記者之外交術。至開會日期現定自陽曆二月五日為始。」〔註 14〕該啓事顯示出新學期新聞學研究會的變化，雖然會中指導事務仍由徐寶璜和邵飄萍導師擔任，但是兩人分工明確，徐寶璜負責「編輯新聞之練習」，而邵飄萍負責「評論新聞之練習」和新聞採訪技能的訓練；另外時間安排上，也發生變化，徐寶璜由前一學期的每周二小時，壓縮為一小時，而邵氏正好相反。這些變化，都已經說明研究會主辦者的指導思想已經發生改變，研究會將重新改組。

二、北京大學新聞學研究會改組大會

　　1919 年 2 月 5 日晚上七至八時，該會又自稱「新聞研究會」，在理科第十六教室舉行了新學期的第一次常會，規定：「每星期一晚七時至八時、每星期日早九時至十時。」2 月 10 日，《北京大學日刊》發表《新聞研究會改組紀事》一文，正式宣佈研究會將改組。該文解釋了改組的原因，「新聞研究會主任徐寶璜因擔任之事過多，精力不及，恐於會務之發展有礙」，推舉出徐寶璜、譚鳴謙、陳公博、曹傑、黃欣等五位起草員，修改《北京大學新聞學研究會簡章》，全文如下：

北京大學新聞學研究會簡章 〔註 15〕

　　一、本會定名為「北京大學新聞學研究會」。

　　二、本會以研究新聞學理、增長新聞經驗、以謀新聞事業之發展為
　　　　宗旨。

〔註 14〕　《新聞學研究會啓事》，《北京大學日刊》第 298 號，1919－01－28。
〔註 15〕　《新聞研究會改組紀事》，《北京大學日刊》第 305 號，1919－02－10。

三、本會研究之重要項目，暫定如左：

（甲）新聞學之根本智識；（乙）新聞之採集；（丙）新聞之編輯；（丁）新聞之造題；（戊）新聞之通信；（己）新聞社與新聞通訊社之組織；（庚）論評；（辛）廣告術；（壬）實驗新聞學。

四、本會爲增長會員新聞經驗起見，應辦事項如左：

（甲）本會可隨時介紹會員，往各新聞社參觀考察，及與中外通訊社聯絡接洽，但須先得該新聞社及中外通訊社之同意。（乙）1）日刊或周刊；2）中外通訊社。以上（乙）項當視本會會務發達之程度，然後舉行之。

五、本會隸屬於北京大學凡校內外人均可入會爲會員。

六、本會設會長一人、副會長一人、導師若干人、幹事二人。

（甲）會長由校長任之，副會長由會員公推本會導師一人兼任之，其職務均爲持續會務、敦促進行。（乙）導師由會長聘請之。（丙）幹事辦理會内一切事務由會員互選充之。至文牘會計事務，由會長指定本校事務員一人任之。

七、本會開會分爲三種。

（甲）大會，每年舉行兩次。職員每年改選一次，於每年開第一次大會時舉行之。（乙）研究會，每周舉行兩次。但得臨時增加之。研究之方法、採講授聯席二種形式。（丙）臨時會，無定期。遇有特別事項發生時由會長召集之。

八、校内會員每人年納會費現洋四元，校外會員年納現洋八元，分二期交納。既繳之費，無論何種情形，概不退還。

九、研究滿一年以上，由本會發給證書。

十、本會會章，有未盡善時，得於開大會時，提出修改之。

　　該簡章與 1918 年 7 月蔡元培擬定的北京大學新聞研究會簡章相比較，有諸多的不同之處。第一，名稱改爲「北京大學新聞學研究會」；第二，宗旨由「輸灌新聞智識、培養新聞人才」演變爲「研究新聞學理、增長新聞經驗、以謀求新聞事業之發展」；第三，研究內容由原來的六個方面，增加到九個方面，新增加了評論、廣告術和實驗新聞學。第四、提出了創辦日刊或周刊、組建中外通信社以增長會員新聞經驗的建議。第五，提出了一個健全的組織

機構模式，有會長一人，副會長一人、導師若干、幹事二人。第六，指導方式不同，會議分爲每年兩次的大會、每周兩次的研究會以及無定期的臨時會，研究方法採用講授和聯席兩種。第七，會費標準降低了三分之一。校內會員由洋九元降爲六元，校外由洋 18 元降至 12 元。第八，明確規定「研究滿一年以上」才頒發證書。

　　同日，《北京大學日刊》發佈啓事通知會員於 2 月 12 日晚七時在理科第十六教室開大會，討論簡章，並選舉職員。但由於 12 日恰逢紀念日放假，改組大會又推至 2 月 19 日舉行。

　　2 月 19 日午後，北京大學新聞學研究會改組大會在文科第三十四教室召開。出席者除蔡元培校長、徐寶璜外，還有繆金源、徐思達、傅馥桂、馮嗣賢、曹傑、何邦瑞、譚植棠、溫錫銳、毛澤東、區聲白、譚鳴謙、黃欣、蕭鳴籟、杜近渭、馬義述、來煥文、陳公博、丘昭文、徐恭典、姜紹謨、楊立誠、李吳禎、倪世積、章韞昭等 24 位會員，而有些會員則沒有出席，如王南邱、羅璈階、張廷珍、常惠、鍾希尹、陳秉瀚、朱雲光、易道尊、嚴顯揚等。改組大會上，蔡元培校長首先發表演講；選舉組織領導機構。蔡元培眾望所歸當選爲會長，徐寶璜擔任副會長，曹傑和陳公博出任幹事。大會重要議程就是討論修改了徐寶璜等五人起草的《北京大學新聞學研究會簡章》，並獲得通過。改組大會通過的簡章與徐寶璜等擬定的簡章，基本內容一致，但也有個別條款進行了修改。如第四條款「應辦事項」中多了一句，「（甲）本會可隨時介紹會員，往各新聞社參觀考察，及與中外通訊社聯絡接洽，但須先得該新聞社及中外通訊社之同意。」〔註 16〕另外，會費標準進一步降低三分之一，校內會員洋四元，校外八元。

　　北京大學新聞學研究會改組會議，標誌著一個宗旨明確、思路清晰、機構健全的新聞學研究會建立起來。其中，一個重要的特色就是理論聯繫實際，反映了學以致用精神。首先，體現在宗旨之中，去掉「灌輸」，增加「經驗」；其次在研究內容上，增加的三方面，都同新聞實踐有更加緊密地聯繫；再次，研究方法上，雖然保留了導師講授，但增加了「聯席」（師生討論），同時採取了「請進來，走出去」的策略，邀請富有經驗的新聞人士來會與學生共同探討，而且走出校園，到各新聞社參觀學習。第四，也是最重要的，就是學以致用，創辦日刊或周刊，組建通訊社。

〔註 16〕　《新聞研究會之改組紀事》，《北京大學日刊》第 313 號，1919－02－20。

三、北京大學新聞學研究會改革

　　為落實和貫徹改組大會簡章中學以致用的精神，徐寶璜等迅速制定出籌辦周刊及通訊社計劃大綱和演講會大綱兩方案，並於 2 月 24 日晚在新聞學研究會常會上審議通過。在「籌辦周刊及通訊社計劃大綱」中，明確提出周刊的形態和組織，「（一）周刊每周出紙一大張，於每星期一發行。（二）周刊設編輯主任一人。（三）於周刊主任之下分設三部：（Ａ）新聞部，掌編輯新聞事項；（Ｂ）評論部，掌著撰社論評論事項；（Ｃ）翻譯部，掌翻譯東、西洋報紙之最近新聞及短覆之評論。」對通訊社也提出了籌備的設想，「（一）本部獨立於周刊之外，專對於周刊供給新聞，及承周刊之委任採集特別消息。（二）通訊部設主幹一人，職員六人至七人。」「講演會大綱」則規定了演講人員及內容情況，「（一）導師講演。（一）導師之外敦請中外記者講演。（一）關於新聞業知識之講演。例如：群眾心理學；現在外交之趨勢；吾國近來經濟政治教育之狀況；國際法大綱；各國各報館組織及其成功之經過；最近五年來世界學術之傾向；吾國之特種實業及其提倡之政策。以上講題或敦請本校教授或本校以外之名人蒞會講演。」〔註17〕

　　2 月 26 日晚 7 時，新聞學研究會再理科第十六教室召開大會，選舉各部主幹。會員們各自領票回去醞釀，然後投票，但並沒有立即公佈選舉結果。經過半個月醞釀討論，會員們選出各部主幹。3 月 11 日，《北京大學日刊》公佈選舉結果，「第一組曹傑四票、何邦瑞、譚植棠、繆金源各一票；第二組黃欣四票、譚鳴謙三票、區聲白一票；第三組陳公博三票、徐恭典二票、丘昭文、朱雲光、來煥文各一票；第四組嚴顯揚二票、楊亮功、章韞昭、楊立誠、易道尊、倪世積、羅汝榮、翟俊千各一票。」〔註18〕最後，《北京大學日刊》宣佈：曹傑、黃欣、陳公博、嚴顯揚四位當選。3 月 14 日，新聞學研究會召開主幹談話會，決定於春假後出版周刊，並進行了各自的分工，「周刊主任徐寶璜、新聞部主幹陳公博、評論部主幹黃欣、翻譯部主幹嚴顯揚、通信部主幹曹傑」〔註19〕。這說明周刊進入實質性的籌備階段。

　　周刊創辦計劃已經啟動，講演會如火如荼地進行之中。3 月 10 日晚 7 時半，新聞學研究會邀請到北大圖書館主任李大釗先生在理科十六教室給會員

〔註17〕　《新聞學研究會啟事》，《北京大學日刊》第 318 號，1919－02－26。
〔註18〕　《新聞學研究會啟事》，《北京大學日刊》第 328 號，1919－03－11。
〔註19〕　《新聞學研究會啟事》，《北京大學日刊》第 334 號，1919－03－17。

演講；3 月 24 日晚 7 時半，邀請北大教授高一涵先生在文科第三十四教室向會員演講。

此時，北京大學新聞學研究會喜事連連。該會以前辦事機關是《北京大學日刊》編輯部，現在則有了專門的辦公場所——文科第二層二號，研究地點固定下來，爲文科第三十四教室，並對辦公和使用時間作了詳細規定：「除星期日外，每日午後四時至六時，每晚七時至九時爲事務所開用時間。幹事辦事時間另定如下：星期一、三、五、日一時至二時；星期二、四、六、日三時至四時。」〔註 20〕

同時，新聞學研究會在校內外的影響不斷擴大。北京中小聯闈第二次運動會即將召開（4 月 1 日）前夕，該會新聞股負責人李闡初特意光臨研究會，「敦請本會會員襄助」〔註 21〕，希望會員們報名擔任新聞股員，負責報導運動會消息。運動會新聞股的盛情邀請，讓新聞學研究會會員備受鼓舞，也認識到創辦周刊的必要性和緊迫性，加緊籌辦《新聞周刊》，並於 4 月 20 日、4 月 29 日、5 月 5 日連續出版三期（詳情後續），但由於五四運動爆發，《新聞周刊》停刊。

隨著五四運動的爆發，北京大學新聞學研究會結束了該學期的活動。在這一發展階段，北京大學新聞學研究會改革取得重大發展。第一，名稱名副其實，「學」字一字之差，凸現出理論聯繫實際的色彩；第二，會章得到了進一步的完善，從宗旨、內容、機構等方面進行了較大的修正。第三，組織機構建立起來，正會長一名，副會長一名，兩名導師和幹事。第四，出版《新聞周刊》，建立健全的周刊體制，包括周刊主任、新聞部、評論部、翻譯部、通信部等。第五，主辦講演會，邀請教授或新聞人士爲會員傳授新聞經驗，並且開展師生聯席活動，大大豐富和發展了以前的研究模式。

第三節　北京大學新聞學研究會繁榮階段
（1919.9～1919.12）

經過一年多的發展，北京大學新聞學研究會進入繁榮的收穫季節，具體表現在：第一，順利招收新會員，進行新聞學研究和接受新聞教育；第二，

〔註 20〕　《新聞學研究會啓事》，《北京大學日刊》第 355 號，1919－04－18。
〔註 21〕　《新聞學研究會啓事》，《北京大學日刊》第 339 號，1919－03－22。

舊會員研究期滿，55 人獲得證書；第三，一年多的新聞學研究成果《新聞學》正式出版。

一、北京大學新聞學研究會第三次招生

1919 年 9 月 30 日，《北京大學日刊》刊登招收新會員啓事，通告校內外學子：「本會現擬開一新班，如報名人數超過三十名，即行開班。凡有志入會且能於每星期日上午九時至十一時到會聽講者，請於十月十日以前到日刊編輯處報名。」〔註22〕該則啓事連續刊登於 10 月 1 日、10 月 2 日、10 月 4 日、10 月 6 日、10 月 9 日出版的《北京大學日刊》上。這次招生再沒有出現 1919 年 1 月的招生尷尬局面，學生報名踴躍。

10 月 11 日，《北京大學日刊》發佈通知，報名滿額，準備 10 月 19 日開會，「新報名入本會者已有四十餘人，可以開班。定於本日起至十八日止爲本會收費之期，凡已報名者，務請於此期內繳費以便十九日可開始研究。」〔註23〕如此踴躍的報名活動和順利地完成招收新會員工作，說明該會在學校內外影響的擴大。10 月 18 日上午 9 時，北京大學新聞學研究會新會員在文科第三十五教室召開第一研究會，導師徐寶璜教授進行演講。隨後，《北京大學日刊》刊登啓事通知新會員於每星期口上午九時至十一時在文科第二十五教室由導師演講。

新會員招收工作剛剛結束，新聞學研究會開始了歡送老會員的活動。

二、第一屆會員研究期滿儀式

10 月 14 日，新聞學研究會在《北京大學日刊》刊載「致舊會員函」通知北京大學新聞學研究會第一屆會員，「本會進行業已一年，理應小作結束。茲定於本月十六日晚八時在本會事務室舉行研究期滿式，由會長發給證書，並同時開一懇親會，略備茶點，並攝影以作紀念。」〔註24〕

10 月 16 日晚 8 時，北京大學新聞學研究會在文科事務室舉行第一屆會員研究期滿儀式（「第一次研究期滿式」）。大會首先由幹事曹傑主持，他報告開

〔註22〕　《新聞學研究會徵求新會員啓事》，《北京大學日刊》第 450 號，1919－09－30。

〔註23〕　《新聞學研究會啓事》，《北京大學日刊》第 458 號，1919－10－11。

〔註24〕　《新聞學研究會致舊會員函》，《北京大學日刊》第 460 號，1919－10－14。

會的原因以及過去一年會員研究的情形。接著，蔡元培會長宣讀獲得聽講證
書的 55 名同學名單。獲得（甲）聽講一年證書的同學二十三人。他們分別是：
陳公博、何邦瑞、譚植棠、區聲白、倪世積、譚鳴謙、黃欣、嚴顯揚、翟俊
千、張廷珍、曹傑、杜近渭、徐思達、楊亮功、章韞詒、傅馥桂、溫錫銳、
繆金源、馮嗣賢、蕭鳴籟、歐陽英、丘昭文、羅汝榮；獲得（乙）聽講半年
證書者有三十二人，他們分別是：李吳禎、陳秉瀚、徐恭典、朱雲光、姜紹
謨、來煥文、馬義述、楊立誠、易道尊、毛澤東、羅璈階、鍾希尹、常惠、
吳世晉、王南邱、鮑貞、韓蔭穀、陳光普、朱存粹、華超、朱如澐、舒啓元、
劉德澤、梁穎文、倪振華、楊興棟、曲宗邦、尉士傑、黃琴、吳宗屏、高尙
德、陳鵬。宣讀完畢，蔡元培親自為出席者頒證。有些會員沒有出席，如毛
澤東已經離開北大，回到湖南。

　　蔡元培會長頒證完畢後，為勉勵會員，發表訓詞，全文如下：

　　　　今日為本校新聞學研究會之第一次結束。本校之有新聞學研
　　究，於中國亦實為第一次。故今茲結束，是可謂為中國新聞學研究
　　之第一次結束。

　　　　凡一科學之成立，必先有事實，然後有學理。以無事實，則無
　　經驗可言；無經驗，則學理亦無由發生。現吾人之新聞學研究會，
　　雖無閎大之印刷機關，似與普通之報館不侔，故經驗亦不能謂之大
　　備。但科學之起，必始於草創，始於簡單。今雖為本會之草創時期，
　　然他日固可由周刊，進而辦日刊。且經驗之不足，又不獨吾人為然；
　　即外國大學之新聞科，其成績亦未能謂為完滿。蓋新聞為經驗之事
　　業，非從事於新聞之人，以其經驗發為學理，則成績終無由十分完
　　滿也。

　　　　今日本會之發給證書，故亦非為經驗已經完備，不過謂為經驗
　　之始而已。新聞事業既全恃經驗，此後從事新聞事業之人，能以其
　　一身經驗研究學理，而引進於學校中，乃吾所深望者也。

　　　　至本會所辦之《新聞周刊》，五四以後，因人事倥傯，遂至停刊，
　　余甚惋惜。蓋本《周刊》純重事實，提要鈎元。而且至五四以後，
　　本校與外界接觸之機愈多。凡一問題之起，非先有事實之標準，即
　　多費商量，亦無由解決。而吾校所出之《周刊》，能將一國內外之大

事，提要鈎元，即示標準之意。曩保定某中學校長晤余，曾謂該校
學生平時以學課關係，無暇讀報。後見本校《周刊》出版，能將事
實鈎元提要，非常歡迎。五四停版以來，深爲本周刊抱憾不置。由
此觀察，則外間表同情於《周刊》者，大不乏人。故吾甚希望此後
周刊之能繼續出版也。〔註25〕

蔡元培會長致詞完畢，由副會長兼導師徐寶璜登臺演說。他演講的主題
是《中國報紙之將來》，全文如下：

　　本會成立一年以來，無特別之成績可言。然有一件事足以告慰
者，即現在中國之團體，往往成立之始，蓬蓬勃勃，繼則一二衰，
再而竭，終至無形消滅。而本會初創之時，即未鋪張，現仍勤勤懇
懇，向發展方向進行是也。

　　吾個人對於本會之希望，與校長相同。但尚有一言者，現在學
生，若欲加入他界事業，非常困難。而中國之新聞界，則猶似未開
闢之大陸，從而發展，必甚易易。何以言乎？今日吾國新聞界類於
未十分開闢之新大陸。蓋現在吾國新事業，冷靜非常，將來民智日
開通，交通益發達時，各縣至少可有一報紙。中國有千餘縣，場均
不甚旺。日能發行數千份者，眾推大報。視紐約泰晤士報一日之間
發刊數次，並每次發刊萬份以上，何啻霄壤。由此以言，今日之中
國新聞界，寧非未十分開闢新大陸耶。

　　更進言之，吾人能廁身報界，亦從事社會改革之一法。不獨論
說及關於學術之記載足開人民之知識，爲人民之先導，即供給新聞
一層，與社會亦有莫大之關係。蓋社會中之份子對於社會中之事請，
或其他份子，求得良心之判斷，須以事實爲根據。而最能供給各種
事實於社會之全體者，當推報紙。吾國民權可望，日益發達，將來
社會各事，必多視輿論爲轉移。然若無報紙供給各種正確、詳細的
消息於社會，則從有輿論必多爲不健全者，從事無益。〔註26〕

徐寶璜副會長兼導師演講全文 500 餘字，其內容分兩部分：一、他爲新
聞學研究會成立一年多來，持續健康發展，感到欣慰；二，殷切希望會員投
身報界，爲社會提供各種正確、詳細的消息。他演說《中國報紙之將來》蘊

〔註25〕《新聞學研究會發給證書紀事》，《北京大學日刊》第 465 號，1919－10－21。
〔註26〕徐寶璜：《中國報紙之將來》，《北京大學日刊》第 465 號，1919－10－21。

含深意：一是中國報界有美好的將來，二是會員們投身報界發展是中國報紙的將來。徐寶璜勉勵之心可謂用心良苦！

隨後，會員代表李吳禎、黃欣和陳公博相繼發言。其中陳公博的發言最具代表性，長達三千餘字。他從在廣東從事新聞工作的十年親身經歷中，給會員敘述了民國之後廣東新聞界道德淪落，報人地位下降，以致社會各界對新聞界態度從「尊重非常」到「藐視」的五次墮落過程。全文如下：

> 我今日所說的，完全是我十年來在新聞界的經驗。但是我對於上海、北京新聞界的情形很隔膜，此次說所的，以廣東的新聞界爲限。北京上海是否同廣東一樣，那是我不知道的。

> 我的意思，以爲報紙上的時評論說，無論如何正當，所登的消息，無論如何確實，如果新聞記者的本身道德有瑕疵時，無論如何，都引不起社會的信念。辛亥以前，社會對於新聞界尊重非常。辛亥以後，便把尊重的心理，變成蔑視的態度。直到現在，還未恢復。辛亥前兩年，我同學的朋友，在香港辦了一個少年報。那時我還是在求學時期，不能到報館去編輯。我的職務，是在廣州擔任秘密通信，及每星期擔任兩篇論說。那時也不知道什麼叫做新聞學，完全是鼓吹我們激進改革主義罷了。我們既不知道新聞學，編輯紀事，自然全不如法。但是當時在廣州的報館，處在官吏勢力範圍之下，對於黑暗的政制，全部趕批評，而少年報設在香港，並且他們的主義，有是極端的激進，所以社會不獨不因我們的編輯不如法不去歡迎，反因我們紀事夾有批評在內，歡喜購買。那時含有改革派臭味的少年，自然不混入官僚的漩渦，即在省城內的無可否的記者，也都是與官僚了無關係。因此之故，社會對於記者尊重之心，不期悠然而生。他們所發的言論，也是如響斯應。我那時候替他們作了一篇統計表，省內共有八家報館，每日統出紙四萬餘張，平均每家每日總有五千餘份左右，這樣發皇，都可算廣東報界全省時代了。不料到了民國元年，各報館的記者，大多數撇卻他們冷淡生涯，去享受他們的官僚樂利。我們少年報七個同事，內有三個做了縣知事，兩個做了什麼旅團內的秘書長，這家報館，遂不得另行改組。那時不止我們少年報爲然，一時含有改革派臭味的新聞記者，都似「山雨初罷，樓閣蕭然。」而且他們帶了維新帽子的，平日自然主張一夫一妻的新倫理，但是他們飛黃騰達以後，無不實行一

夫多妻主義。當時我們恍然大悟，他們並無甚麼主義，他們的主義，就是手段，他們的目的，別有所在，目的一達，便撇去平日主張，實行發揮他們極端的個人獸性去了。經這一度反響，社會對於新聞記者，便全不信任。報紙所說的，他們都以為不是由衷之談。稍激切的論調，他們以為又是獲取富貴的工具。這便是廣東新聞記者信用的第一次失墜。

社會心理的反應，比物理上的反東海要利害。經此次新聞記者信用失墜以後，便發生兩種反應的結果。一種是復古思潮的勃興，一種是大統一主義的勝利。因為當時廣東的新聞記者，挾其所謂言論鼓吹之功，無不以有功民國自詡。大家都是民國元勳，行動也漸漸不合法起來。他們行為既與主張不符，社會見得所謂革新主義不過如此，便不因不由想起往時，制度的好處。復古思潮，於是勃興。舊日腐敗的風俗習慣，乘著心理反應的弱點，也都乘機變本加厲。而且當時政府派的報紙，漸漸侵入廣東，日以大統一主義替政府標榜，於是激進的報紙與政府派的報紙宣其戰來。但是人民已經厭惡激進派的行為，自然趨向於政府一方面。其實當日人民也不知甚麼叫做統一主義，不過復古的思潮太盛，縱然回復不到前清君主制度，即降而下之，大權統於一尊，也是好的。這種思想，並不是我言過其甚，當時的景象，確是如此。而且其時兩方攻擊劇烈，漸漸由政治問題，攻擊到記者私德方面，日日報紙上都是記者的家傳小史，破口漫罵，繪影繪聲。其中也有確實的，也有誣衊的。這樣一來，各記者的私德暴露靡遺，因此社會覺得記者一錢不值。這便是廣東新聞記者的第二次失墜。

我最悲痛的，當日報紙上正言讜論，既不受社會歡迎，同業中便有一二家拿下流的手段，來迎合社會的噁心理。他的手段就是在附張裏面，增加一欄小新聞，有工夫的時候，閉門造車，沒有功夫的時候，便剪上海報上的甚麼黑幕，標題是姨太太的秘密，就是女學生的豔史。這種風氣一開，銷場果然比較從前不同。其餘的同業，恐怕這兩家報紙搶佔時機，不得不以理性去矯正他們，大家都想拔矛弧先登，越發在副張上窮形盡相去污蔑女子。從前的小說，不過是一派某生某女郎的臭調子。到這時候，索性連這臭調子都不要，

將杏花天肉浦團的筆墨抄襲起來。他們為的是報館的銷場，只可憐婦女們硬受一種無妄之災。從此女學校便顯出一種門可羅雀的景況，女子教育也差不多根本搖動了。這個時候，我同幾位朋友辦的《新中國日報》，良心受了種種教訓，決議拿我的一身先作試驗的犧牲，一方面改革正張的評論，決從政治著眼，也不去攻擊他人。有時候受了人家的質問，不能不去解答，立論也從寬厚處著想，不落於謾罵態度。一方面改革副張，專譯東西養的政治學說，簡直連小說也不要。我這種行為，也是極端的反應，當日並未想到到社會事業一方面，也沒有想及小說的本身功用。至今回想，覺得當日的我，也愚蠢極了。這種少年氣盛的行動，果然不久，便告失敗。報紙的銷場一天不如一天。恰恰南北戰爭告終，甚麼督軍省長，也斷不容我這種報紙的存在，我便乘此機會，告個段落，報報紙停刊，另行在香港組織第二個印刷機關了。我這種試驗，自己失敗，還不要緊。所傷心的，在省的同業，都引以為戒。此後越發大膽發揮他們的誨淫手段。少年無幾的，日日拿那報紙當金瓶梅看，稍老成的便畏報紙如蛇蠍。這便是廣東新聞界的第三次失墜。

此時袁氏稱帝，八方風動，北方恐怕南方反對，先從收買報紙入手，蔡乃煌以禁煙督辦資格，挾款南下。收買的報館，價格分為三等，一等每日三百元，二等二百五十元，三等二百元。此數百元中，居間的還打調七八扣。其時也，有一二家不像收買的，後來督署開一個新聞記者茶會，開載布公，說這幾百元完全是津貼報館，他日皇帝登機之日，報酬不止此。但不受的也不勉強，可是不受的要夜夜受警察的監視。新聞非先送廳檢驗，不得出版。後來記者又自行會議，以為受錢穀不能說話，不受錢也不能說話，而受錢又可以不受警察的監視。記者們經不起勢迫利誘，便全都領受津貼了。其時普通人民，平日歲推崇袁氏，及自帝之事漸露，便也反抗起來。初意以為報紙代表輿論，必當有激烈論調，然而每日千篇一律的登載北京上諭、軍署的告示、團體的勸進電，所以對於報紙，愈加藐視。本後知道報館都受了金錢，而且為數又微乎其微，更覺得記者身份不過值百餘元的身價，此後言論，更不能發生什麼影響了。這便使廣東新聞界第四次失墜。

　　袁氏自帝既已失敗，南方軍閥的門戶漸漸伸張，也用不著每日花數千金來收買決無信用的報紙，所以報館的自身，愈難維持。其中敗類的，也與開設賭局，也有開設煙局，來籌款維持報館的常費。這種妙想天開的籌款方法，既是下流，那班來報銷經費的，自然不是上流人物。這樣的烏煙瘴氣。回想辛亥以前的全盛景象，眞眞恍如隔世了。此時報界尚有一層可喜的事，就是前廣東督軍陳炳焜開賭籌餉，這個賭公司成立之後，照例每家報館每月送津貼一百元，其餘什麼山鋪票公司，每月送三五十元，編輯部的經費，自後可告無缺。然而對於社會的信用，竟是每降愈下。社會對於記者不但不尊崇，簡直當他們是下流種子。這便是廣東新聞界的第五次失墜。

　　還有一層可痛的事，我往常批評北京報紙，常比爲「三角同盟」。怎麼是三角同盟呢？因他正張全是紀要人行動，副張全是紀優伶妓女的行動，此三種紀載，接連不斷，所以擬爲三角同盟。不料我去年七月南返，什麼新思潮倒引不到廣東，這種三角同盟式的記載，反先搬到廣東報紙去了。現在廣東社會，完全當報紙是一種玩意兒，對於時評論說，彷彿我們看普通雜誌，至文藝一欄，某某孀人的慕表，某某夫人的壽序，照例是不看的。這樣尊貴的事也，因新聞記者本身的罪惡，糟蹋到如此的地步，可痛不可痛呢？我這番說，並不是想刻薄同業，不過我十年來的經驗，實是如此。大凡懺悔過的人，立言衛晃近於痛切。我此刻就是立於這種境地了。所以我的主張，大凡從事於新聞事業的，第一要尊重自己的人格，同時更要尊重他人的人格。其次提倡甚麼主張，就要自己實行，不能實行，寧可不說。不單止對於各種問題，要用一己理性去批評，並且要用一己的理性去實踐。如果道德有瑕疵，不僅影響於個人的本身，並且影響於其所營的事業，同時並且影響於社會。我希望現在及將來從事新聞事業的，於研究發闡新聞學理之外，還須對於一己之道德，再三注意。這十年來的報界過去，就是我們的好證據了。〔註27〕

　他認爲：民國元年，由於許多革命報人，紛紛出仕爲官，其言行與其原來的報章主張違背，以致「社會對於新聞記者，便全不信任。報紙所說的，

〔註27〕《陳君公博之演說詞》，《北京大學日刊》第 465 號，1919－10－21。

他們都以為不是由衷之談。稍激切的論調，他們以為又是獲取富貴的工具。這便是廣東新聞記者信用的第一次失墜。」第二次墮落是廣東新聞界興起「復古思潮」和「大統一主義」兩大陣營的對立，「兩方攻擊劇烈，漸漸由政治問題，攻擊到記者私德方面」，以致「各記者的私德暴露靡遺，因此社會覺得記者一錢不值。」第三次墮落，是走媚俗色情路線，以致少年們「日日拿那報紙當金瓶梅看，稍老成的便畏報紙如蛇蠍。」第四次墮落是接受袁世凱的收買，淪為袁氏言論工具，真相大白之後，「知道報館都受了金錢，而且為數又微乎其微，更覺得記者身份不過值百餘元的身價，此後言論，更不能發生什麼影響了。」第五次墮落報館開設賭局、煙局，以致「社會的信用，竟是每降愈下。社會對於記者不但不尊崇，簡直當他們是下流種子。」最後，他呼籲會員注重自身人格、道德修養，「大凡從事於新聞事業的，第一要尊重自己的人格，同時更要尊重他人的人格。其次提倡甚麼主張，就要自己實行，不能實行，寧可不說。不單止對於各種問題，要用一己理性去批評，並且要用一己的理性去實踐。如果道德有瑕疵，不僅影響於個人的本身，並且影響於其所營的事業，同時並且影響於社會。我希望現在及將來從事新聞事業的，於研究發闡新聞學理之外，還須對於一己之道德，再三注意。」陳公博的演說詞，可能由於他後來成為大漢奸的緣故並沒有人注意和提及，但是我們學術研究不能因人廢言，他的此番言論對於瞭解當時廣東新聞界乃至中國新聞界的狀況有著重要的歷史參考價值。

會議結束後，北京大學新聞學研究會決定擇期攝影以資紀念。10月26日中午 2 時，新聞學研究會舊會員在北大文科樓前拍照存念。不過參與者並不多，包括蔡元培、徐寶璜在內，僅有 22 人。10 天後，《日刊》刊登啓事，通知會員，「本會第一屆之攝影，業已印好，有樣張存日刊編輯處。凡前已簽名願洗一張者，請徑向廊房頭條天華照像館接洽，以免周折。」〔註 28〕該張照片也就是我們目前唯一能夠目濱真容的新聞學研究會圖片資料。

北京大學新聞學研究會首屆就培養出 55 名新聞人才，是一大收穫。有些會員後來投身報界，服務社會，如陳公博、譚平山等到廣東創辦了《廣東群報》；有些則成為中國最早的一批無產階級新聞工作者。如羅章龍、高君宇等。特別一提的就是毛澤東，他雖然獲得聽講半年證書，由於離開了北大返回家鄉湖南，沒有參加頒發證書儀式，更沒有領取證書。但是《北京大學日刊》

〔註 28〕 《新聞學研究會啓事》，《北京大學日刊》第 478 號，191－11－05。

卻在這個時候，卻刊登了他從長沙寄來的《問題研究會章程》，看來這也是新聞學研究會一個可喜收穫。

三、《新聞學》正式出版

　　新聞學研究會的更大的收穫在於徐寶璜《新聞學》的出版。1919 年 11 月 15 日，《日刊》頭版刊登廣告，預告《新聞學》將於 12 月 1 日出版，「此書乃徐寶璜教授所著，對於新聞業之各重要問題均有系統之說明，而於吾國新聞界之弱點尤特別注意。此書之初稿、二稿、三稿散見各雜誌，此則為第四此之稿，較以前諸稿尤為詳備，定於下月一日出版，由日刊編輯處及出版部發行。」〔註 29〕此後，該則《〈新聞學〉下月一號出版預告》一直被《日刊》於 11 月 17 日、11 月 18 日、11 月 19 日、11 月 20 日、11 月 21 日、11 月 22 日、11 月 24 日、11 月 25 日、11 月 26 日、11 月 28 日、11 月 29 日、12 月 1 日連續刊登於中縫之中，向讀者廣告《新聞學》即將出版。但是 12 月 1 日，《新聞學》並沒有如期出版。

　　正當讀者翹首期盼的時候，《日刊》於 12 月 4 日刊登啓事，宣佈「《新聞學》準於六日出版」，並解釋了推遲出版的原因，「本書原定月之一日出版，因印刷局工作遲延，未克如期，歉甚。茲商印刷局加工趕印，準於本月六日下午出版。每本定價大洋五角，仍由本校出版部及日刊編輯處發行。」〔註 30〕

　　12 月 6 日，《日刊》發佈了「新聞學本日午後出版」的消息，「發售處：出版部、日刊編輯處。定價：每本大洋五角。本校同人購買實售八折。」〔註 31〕於此，徐寶璜四易其稿，《新聞學》終於修成正果，由北京大學新聞學研究會正式出版發行。《新聞學》出版後，《日刊》刊登了多日《新聞學已出版》廣告，並於 12 月 9 日刊登啓事宣佈，新聞學研究會「會員購買只收五折，以示優異。凡欲購者請至日刊編輯處接洽可也。」〔註 32〕

　　在這收穫的季節，北京大學新聞學研究會影響擴大，知名度提升，但是也受到了一些非議，從《日刊》刊登的啓事中，可以看出端倪。「新聞學研究

〔註 29〕　《〈新聞學〉下月一號出版預告》，《北京大學日刊》第 487 號，1919－11－15。
〔註 30〕　《〈新聞學〉準於六日出版》，《北京大學日刊》第 503 號，1919－12－04。
〔註 31〕　《〈新聞學〉本日午後出版》，《北京大學日刊》第 505 號，1919－12－06。
〔註 32〕　《新聞學研究會啓事》，《北京大學日刊》第 507 號，1919－12－09。

會會員諸君公鑒：諸君研究新聞學，對於新聞的學識一定是很豐富的，但是專研究學理，不去實行，是不中用的，本股擬辦新聞一種，敬請新舊會員諸君一律加入，爲本股幹事，這是我們所最歡迎的。」〔註33〕

第四節　北京大學新聞學研究會結束階段
（1920.1～1920.10）

北京大學新聞學研究會經過創立、發展和繁榮三階段後，至 1920 年邁入結束階段，但它並不是突然消失的。在結束階段，雖然徐寶璜在中國文學系開設了新聞學課程，但會員活動比以往明顯減少，以致第二屆會員研究期滿後，逐漸退出了歷史舞臺。

一、新聞學課程第一次走進北大課堂

1920 年 1 月 17 日，新學期開學之際，《北京大學日刊》刊登教務處布告，通知學生可以選修中國文學系新增的新聞學課程，任課老師徐寶璜教授，每周兩小時課程。「中國文學系添設新聞學一門，請徐寶璜先生擔任，每周開課兩小時。於本星期六起午後一至三時開始授課，各系學生均可選習。願習者務望於二十二日以前至第一院教務處簽名，以便編坐。」〔註34〕

至於有些學者提到的北大於 1917 年或 1918 年 9 月開設了新聞學課程，並未能查閱到直接的一手材料。即便新聞學研究會的導師向會員的演講作爲大學開設的講座課程，開始時間也不應該是 1918 年 9 月，而應該是 1918 年 10 月 14 日徐寶璜在新聞研究會成立大會上的第一次講演。何況，當時的講演僅是新聞研究團體的演講，而非大學開設的供學生選修的課程。不過，1920年 1 月，北京大學中國文學系聘請徐寶璜增設新聞學課程，其實仍是中國高等學府中最早開設的正式的新聞學課程。因爲聖約翰大學報學繫於同年 9 月成立後才開設了新聞學課程，而此時北京大學已經正式開設新聞學課程一個學期了。北大開設了新聞學課程，好像與新聞學研究會關係不大，其實這是當時新聞學研究會的一個延伸。這更加說明了新聞學研究會在北大影響的擴大和知名度的提高。

〔註33〕 《學生會幹事部出版股啓事》，《北京大學日刊》第 502 號，1919－12－03。
〔註34〕 《本校布告》，《北京大學日刊》第 517 號，1920－01－17。

二、第二屆會員期滿結業

1 月 21 日，新聞學研究會通知第二屆會員，該學期「諸君中如有願繼續研究者，請於本星期內至日刊編輯處報名」〔註 35〕。此後，《北京大學日刊》關於新聞學研究會活動的記載明顯減少，僅有數次，依次如下：3 月 22 日晚 7 時，研究會在第一院第二層新聞學研究會事務所召開一次茶話會，討論該學期研究會活動的進行辦法。4 月 19 日，召開一次研究會。5 月 3 日晚 7 時，新聞學研究會召開該學期第三次常會。5 月 15 日上午 8 時，會員們終於走出校門，赴財政部印刷局參觀學習。

1920 年 6 月底，新聞學研究會的活動基本停止。《北京大學日刊》於 6 月 23 日起，連續八天刊登啓事，通知會員，「本屆會員證書，刻已辦就。請會員諸君，自本日起，駕臨本校日刊課領取課也。」〔註 36〕相比第一屆會員來說，境遇懸殊。北京大學新聞學研究會第二屆會員期滿結業，並沒有舉行任何儀式，北京大學各種文書檔案中也沒有任何記載，會員名單也沒有保存下來。

從此，《北京大學日刊》上沒有任何關於北京大學新聞學研究會開展活動的記載。因此，據筆者目前掌握的資料看，筆者認爲北京大學新聞學研究會可能隨著第二屆會員的研究期滿，到 6 月底就已經停止了新聞學研究活動。

三、北京大學新聞學研究會停止活動

當然，筆者的觀點與新聞學界許多研究者的結論相左。陸彬良先生認爲：「據目前所能掌握的史料，應該說，我國第一個新聞學研究團體──『北京大學新聞學研究會』，從一九一八年十月十四日正式成立，至一九二〇年十二月中旬爲止，存在了大約兩年零兩個月時間。」〔註 37〕也有論者認爲：「據推測，研究會的活動可能於 1920 年底停止。」〔註 38〕也有記載：「新聞學研究會大概在 1920 年 12 月中旬逐漸停止了活動。」〔註 39〕他們主要依據是《日刊》於 1920 年 12 月 17 日刊載的《國立北京大學略史》。該文是發表於「本

〔註 35〕 《新聞學研究會啓事》，《北京大學日刊》第 520 號，1920－01－21。
〔註 36〕 《新聞學研究會啓事》，《北京大學日刊》第 641 號，1920－06－23。
〔註 37〕 陸彬良：《我國第一個新聞學研究團體──北京大學新聞學研究會始末》，《新聞研究資料》第 4 輯，第 129 頁。
〔註 38〕 方漢奇：《中國新聞事業通史》第二卷，北京：中國人民出版社，1996 年，第 101 頁。
〔註 39〕 蕭東發：《新聞學在北大》，北京：北京大學出版社，2005 年，第 23 頁。

校二十三週年紀念日特刊」，主要追述了北京大學創辦 23 年來的發展狀況，其中在記載「學生生活及活動」時，寫到：「新聞學研究會，為本校學生及少數校外人士對於新聞學有研究趣味者所組織。每周並由導師講授新聞學二小時。」〔註 40〕由於本書是紀念性文章，有可能是對歷史的追述，並不能直接說明新聞學研究會「此時還應該存在。」而且該文在記載新聞學研究會的同時，也記載了其他已經停止活動的其它社團組織。但是筆者贊同他們分析的停刊原因「與北大當時的政治形勢和『研究會』內部人事變遷有關」〔註41〕；但不認同他們的具體分析。如邵飄萍 1919 年 8 月 22 日隨因《京報》被段祺瑞政府查封而逃亡日本，但至 1920 年 9 月已經返回北京復辦《京報》，不過沒有查閱到他再參與新聞學研究會的任何記載。蔡元培則於 1920 年 10 月 21 日離開北京南下，準備前往歐美考察教育；而徐寶璜早在 1920 年 3 月 6 日由於課務繁重（中國經濟史和新聞學課程）辭去了《日刊》編輯部主任的職務，並於 10 月 11 日辭去了北大校長辦公室秘書一職，並受蔡元培委託出任北京國民大學校長，且由於母親去世於 11 月 18 日離京返鄉奔喪。因此無暇過問北大事務。因此，新聞學研究會未等到 12 月中旬早已名存實亡，停止了活動。

當然也有學者給出了一個模糊的時間，認為「1920 年秋，第一批會員大多已畢業離校，徐寶璜忙於他事，新聞學研究會名存實亡。」〔註 42〕這種觀點有一個有力證據就是《北京大學日刊》於 9 月 9 日和 11 日連續刊登的《新聞學研究會緊要啟事》，內容為「本會近發見蓋用《北京大學新聞研究會》圖章之函件，查本會素無此項圖章，且與外界素無書信往來。特此申明。」〔註 43〕但是，筆者認為這一觀點過於籠統。其實，研究者們忽略了一個很重要的因素，《北京大學日刊》作為北京大學公報性質的刊物，它翔實記載了北京大學的規章制度以及學生團體的活動進展情況，不僅僅只是新聞學研究會、也包括馬克思學說研究會、進德會、歌謠會等。而關於北京大學新聞學研究會的記載多達 150 餘次之多，從籌備到成立、發展、繁榮都有大量的報導。特

〔註40〕 《國立北京大學略史》，《北京大學日刊（本校二十三週年紀念日特刊）》，1920 －12－17。

〔註41〕 陸彬良：《我國第一個新聞學研究團體──北京大學新聞學研究會始末》，《新聞研究資料》第 4 輯，第 129 頁。

〔註42〕 李秀云：《中國新聞學術史，1834～1949》，北京：新華出版社，2004 年，第 300 頁。

〔註43〕 《新聞學研究會緊要啟事》，《北京大學日刊》第 689 號，1920－09－09。

別對其招收新會員以及舊會員研究期滿頒發證書都有可靠的記錄，且無論成功與否都如實記載。1920 年 6 月 23 日起，《北京大學日刊》連續八次刊登啓事，宣佈第二屆會員研究期滿，「會員證書，刻已辦就」；當時已經是北大期末考試階段，暑假將至，按照慣例研究會停止了該學期的活動，等待暑假後新學期開學之後，再招收新會員。但是，到 9 月北大新學期開學後，《北京大學日刊》並沒有像 1918 年和 1919 年那樣連續刊登徵求新會員的啓事，而是刊登了《新聞學研究會緊要啓事》，以防止他人盜用新聞學研究會名義。此後再沒有見到《北京大學日刊》刊載北京大學新聞學研究會的任何啓事和活動情況。可見，此後北京大學新聞學研究會已經名存實亡，徹底停止了新聞學研究會的活動。

綜上所述，筆者根據目前已經掌握的資料分析認爲，北京大學新聞學研究會結束並非像以前學者所認爲的是一個時間點，而是一個逐漸結束過程。1920 年 6 月底，北京大學新聞學研究會隨著第二屆會員的研究期滿和證書頒發，新聞學研究活動結束了，但這次結束僅是慣例使然。但是 9 月份新學期開始後，北京大學新聞學研究會並沒有招收新會員，進行新聞研究活動，《北京大學日刊》上除僅僅一份緊要啓事外，此後再沒有關於研究會任何活動的記載，這標誌著此後北京大學新聞學研究會已經名存實亡。特別等到 1920 年 10 月，蔡元培和徐寶璜相繼因他事離開北大，無暇顧及會務，北京大學新聞學研究會終於結束了一切活動，自行退出了歷史舞臺。

北京大學新聞學研究會，從 1918 年春開始，由蔡元培、徐寶璜和邵飄萍倡議，到 1920 年 10 月結束了一切活動，自行退出了歷史的舞臺，經歷了創立、發展、繁榮和結束等四個階段的歷史演變過程。這充分反映了北京大學師生順應中國新聞事業發展的歷史潮流，借助校內外的進步力量，堅持「思想自由，兼容並包」的辦學宗旨，理論聯繫實際，學以致用，開拓進取，不斷引進新思想、新文化，追求科學、民主、進步的精神。它存世的時間，如果從 1918 年春籌備創辦開始，則有二年半左右；如果從組織名稱「北京大學新聞研究會」確立開始，則有二年三個月；如果從 1918 年 10 月 14「北京大學新聞研究會」正式成立至 1920 年 10 月停止一切活動，恰好兩年。

第四章　北京大學新聞學研究會會長和導師

　　北京大學新聞學研究會發展歷程中，早在 1918 年 7 月籌辦時，北京大學校長蔡元培先生就聘請北京大學文科教授徐寶璜先生爲該會導師；1918 年 11 月 3 日，當北京大學新聞學研究會正式成立後，又聘請了北京新聞界名記者邵飄萍先生出任學會導師。1919 年 2 月 19 日，北京大學新聞學研究會改組大會上，選舉了北京大學校長蔡元培先生爲會長，徐寶璜先生爲該會副會長。北京大學新聞學研究會組織機構正式建立起來，由正會長一名，副會長一名，導師兩名和兩位學生幹事組成。當然除了蔡元培先生、徐寶璜先生和邵飄萍先生，北京大學圖書館館長李大釗先生和高一涵教授應邀給學會學員講演。北京大學新聞學研究會會長蔡元培先生、北京大學新聞學研究會副會長兼導師徐寶璜先生和導師邵飄萍先生從籌辦開始爲該會發展獻計獻策，嘔心瀝血，各自做出積極的貢獻。

第一節　蔡元培會長與北京大學新聞學研究會

　　蔡元培先生是北京大學的改革者。正是他在北京大學執行積極有效的改革，造就北大思想自由，兼容並包，生氣蓬勃，萬象更新，成爲新文化運動策源地和重鎮，爲北京大學新聞學研究會的興起準備了良好條件。他更是北京大學新聞學研究會的奠基人。查閱北京大學新聞學研究會發展歷程，不難發現最關鍵的人物就是蔡元培校長，他身體力行，直接參與，爲研究會傾注大量心血，解決關鍵性問題，爲北京大學新聞研究會拓荒開路，爲北京大學新聞學研究會保駕護航。

一、為北京大學新聞研究會拓荒開路

蔡元培校長主持北京大學以後，積極鼓勵學術研究，提倡社團活動。1917年6月，他破格錄用留美歸國年僅23歲的徐寶璜先生，聘他為北京大學文科教授，並委以重任，兼任校長室秘書和《北京大學日刊》編輯部主任，使他學以致用，具備新聞工作經驗。在工作之餘，蔡與徐兩人還專門商量增設新聞演講會的計劃。他從善如流，在1918年春接到邵飄萍建議北大開展新聞教育培養新聞人才書信後，加快了組建新聞研究會的具體計劃，並將這一消息向社會公佈，進行創會的輿論動員。

1918年7月4日，蔡元培經《北京大學日刊》刊登通告《本校將設新聞研究會》，對外宣佈：下學期將成立「新聞研究會」，並聘請徐寶璜教授為導師。7月6日，他和徐寶璜制定北京大學新聞研究會簡章，向全校發佈，確定會名「北京大學新聞研究會」，宣佈「輸灌新聞智識，培養新聞人才」為宗旨以及具體研究事宜。為了籌備新聞研究會，他制定由徐寶璜領導的北京大學日刊處為研究會辦事機關，負責研究會具體事宜。當徐寶璜取得新聞學研究成果，準備好新聞研究會的講義後，8月21日，他積極為該書初稿撰寫序言，讚揚說：「《新聞學》一篇，在我國新聞界實為『破天荒』之作」，鼓勵徐寶璜繼續研究，「甚願先生緣此而更為詳備之作」，對即將在下學期開展的新聞研究會提出了高期待，「更與新聞學研究會諸君，更為宏深之研究，使茲會發展而成為大學專科。」〔註1〕

9月開學後，他連續刊登「校長布告」，宣佈招生消息：「本校為增進新聞智識起見，將設立一新聞研究會。凡願入會者於本月內向日刊處報名可也」。〔註2〕

二、為北京大學新聞學研究會保駕護航

在蔡元培校長的大力支持和直接參與下，「北京大學新聞研究會」於1918年10月14日晚在理科第十六教室舉行大會，正式成立。蔡元培校長發表重要演講。他演說內容主要分三部分：第一，闡述他提倡新聞學，推動新聞事業發展的原因；第二，提出新聞研究會的兩大目的，「介紹歐美新聞學」、「本

〔註1〕 徐寶璜著，蕭東發、鄧紹根編：《徐寶璜新聞學論集》，北京：北京大學出版社，2008年，第43頁。
〔註2〕 《北京大學日刊》第207號，1918－09－14。

特別之經驗而歸納之，以印證學理，或可使新聞學有特別之發展」〔註3〕；第三，他暢談新聞職業道德的重要性，反對當時新聞界低俗廣告做法。他特別向會員指出：中國新聞學處於「萌芽之期」，成立北京大學新聞研究會就是為促進中國新聞學發展，從而為中國新聞學研究和新聞教育指明了方向。

10月20日，北京大學新聞研究會成立後，他和徐寶璜受北大學生之邀，出席國民雜誌社討論會，巧遇與會的名記者邵飄萍。他與徐寶璜同他暢談新聞研究會進展，力邀他出任導師。正是他的盛情邀請，北京大學新聞研究會再增添一位導師。這使得北京大學新聞研究會同時具備了兩位導師，前者負責新聞學概論教學，後者負責新聞業務講授，豐富了會員新聞學理論與業務知識，提高了會員們的新聞水平，也奠定了中國新聞學教育理論與實踐相結合的教學模式。

1919年2月19日午後，北京大學新聞學研究會改組大會在文科第三十四教室舉行，蔡元培校長親自出席，並眾望所歸當選為會長。大會討論修改了《北京大學新聞學研究會簡章》，正式確立了「北京大學新聞學研究會」，建構起一會長、一副會長、兩導師、兩幹事的組織構架，保證了該會的順利發展。

蔡元培運用校長身份和資源積極支持北京大學新聞學研究會各項事業的發展。他給該會配以專門的辦公場所——文科第二層二號辦公室，結束了原來與《北京大學日刊》編輯部共擠一室的臨時聯合辦公局面；同時，他將研究地點固定在北京大學新落成的紅樓文科第三十四教室，改善學生新聞學研究無固定教室，來回在理科和文科樓之間奔波、開會借用教室的處境。五四運動中，許多北京大學新聞學研究會會員參與學生運動被捕，蔡元培積極營救，將他們保釋出獄。他積極支持學會出版會刊《新聞周刊》，並表揚該刊：「蓋本周刊純重事實，提要鈎元，而且自五四以後，本校與外界接觸之機愈多。凡已問題之起，非先有事實之標準，即多費考量，亦無由解決。」〔註4〕他對《新聞周刊》推崇實際上就是對新聞學研究會理論聯繫實際工作的表揚。

1919年10月16日，「北京大學新聞學研究會」第一屆研究期滿會上蔡元培會長宣讀了獲得聽講證書的同學名單，並親自為出席者頒發半年或一年聽

〔註3〕 《新聞研究會成立記》，《北京大學日刊》第228號，1918－10－16。
〔註4〕 《新聞學研究會發給證書紀事》，《北京大學日刊》第465號，1919年10月
21日。

講證書。蔡元培會長高度表揚該會的歷史首創意義，「本校之有新聞研究，於中國亦實為第一次。故今茲結束，是可謂中國新聞研究之第一次結束。」〔註5〕他對期滿會員發表訓詞，闡述對新聞學科的發展期望，「必先有事實，然後有學理」，勉勵會員「以其一身經驗研究學理，而引進於學校中，乃吾所深望者也。」〔註6〕

11月17日，徐寶璜《新聞學》即將正式出版，蔡元培會長再次為該書寫序，並在《新中國》雜誌發表，向全社會積極推薦徐寶璜新聞學研究成果。

蔡元培校長從始至終地參與了北京大學新聞學研究會的重大活動，發揮舉足輕重的關鍵作用，為北京大學新聞研究會拓荒開路，為北京大學新聞學研究會保駕護航。有學者寫到：「是蔡校長，善於發現人才，破格加以錄用，請來了從美國密歇根大學學習經濟學和新聞學歸國不久的23歲的徐寶璜，把他聘為教授，而且是當時北大80多位教授中最年輕的一個，兼校長室秘書一職也說明蔡校長對徐寶璜的器重。是蔡校長，在收到《京報》社長邵飄萍倡議北大設立研究新聞學的研究會的信後，很快回信，並立即聘請邵飄萍為研究會導師，這樣，蔡、徐、邵三位核心構架成形，為研究會的成立和發展打下堅實的基礎。是蔡校長，親自起草新聞研究會簡章，確立研究會的宗旨。……是蔡校長慧眼識金，他聘請的徐寶璜和邵飄萍分別從理論和實踐這兩方面，為中國新聞學研究和新聞學教育開闢了最初的道路。」〔註7〕1920年10月，他不滿軍閥政府對學生運動的鎮壓而離開北京大學，北京大學新聞學研究會也徹底停止了活動，退出了歷史舞臺。因此，著名新聞史學家方漢奇先生稱讚說：「他是中國歷史上，第一個熱心支持新聞學研究和新聞教育的大學校長。」〔註8〕

第二節　徐寶璜導師與北京大學新聞學研究會

徐寶璜先生作為北京大學新聞學研究會主任、導師、副會長，實際主持了該會的日常研究和講演活動，為北京大學新聞學研究會的成立和發展以及

〔註5〕《新聞學研究會發給證書紀事》，《北京大學日刊》第465號，1919－10－21。
〔註6〕《新聞學研究會發給證書紀事》，《北京大學日刊》第465號，1919年10月21日。
〔註7〕蕭東發、鄧紹根：《新聞學在北大》（增訂本），北京：北京大學出版社，2011年，第58～59頁。
〔註8〕方漢奇：《新聞史的奇情壯彩》，北京：華文出版社2000年，第372頁。

中國新聞教育與新聞研究的開展，發揮了重要的作用，產生了深遠的影響。方漢奇先生曾給予高度評價：「在中國的新聞學領域內，他有三個第一：第一個在大學講授新聞學課程，第一個參與創辦新聞學研究團體，第一個出版新聞學專著。一人而擁有三項第一，在中國新聞史和新聞學界中，可以稱得上是並世無兩了。」〔註9〕但根據新發現的史料可以更加翔實地梳理出徐寶璜與北京大學新聞學研究會的密切關係。

一、引進美國新聞教育模式，積極籌辦新聞研究會

　　1917 年 6 月，蔡元培聘任徐寶璜為北大文科教授。由此，年僅 23 歲的徐寶璜成為北京大學 80 多位教授中最年輕的教授。新學期開學後，徐寶璜正式被聘請為北大文科本科教授。在 1917 至 1918 學年的第一學期課程表中，徐寶璜為「文科英文門研究所教員」。徐寶璜受聘為北大教授後，很快成為蔡元培校長的得力助手，出任校長室秘書，幫助蔡元培校長處理日常事務。於是，組織新聞研究會，研究新聞學理，被蔡元培和徐寶璜提上議事日程。兩人雖然商量過組建新聞研究會的設想，不過仍無具體計劃。因為徐寶璜曾說到：「吾國新聞教育濫觴於民國七年北大所設立之新聞學研究會。飄萍先生於此會之設亦與有力。因蔡子民校長與余初雖亦擬議及此，但無具體計劃。」1918 年春，邵飄萍致書蔡元培校長，建議北大進行新聞研究，培養新聞人才。邵飄萍的來信，促使蔡元培和徐寶璜開始籌劃組建新聞研究會的具體計劃。徐寶璜曾寫道：「及飄萍先生來函催促，始聘余為斯會主任」。〔註10〕

　　1918 年 7 月，新聞研究會的具體計劃已經出爐。7 月 4 日，徐寶璜負責主編的《北京大學日刊》刊登布告《本校將設新聞研究會》。7 月 6 日，《北京大學日刊》發表了由蔡元培校長親自擬定的《新聞研究會之簡章》更加細化了通告的內容。從布告和章程的內容看，這已經是一個思考成熟的方案了。該會目的「輸灌新聞知識，培養人才起見」，開辦時間「下學期」，內容「新聞之採集、編輯、造題及通信、并新聞紙之組織等事」，對象「校內外人」，導師「徐寶璜教授」。

〔註 9〕　方漢奇：《新聞學・序》，徐寶璜著：《新聞學》，北京：中國人民大學出版社
　　　　　1994 年，第 3 頁。

〔註10〕　徐寶璜：《實際應用新聞學・序》，見邵飄萍：《實際應用新聞學》，京報館，
　　　　　1923 年，第 20 頁。

雖然簡章公佈時，《北京大學日刊》宣稱由蔡元培校長擬訂，但從布告和簡章的內容看，也有徐寶璜的功勞。一是研究內容，「新聞之採集、編輯、造題及通信、并新聞紙之組織」，這與徐寶璜在密歇根大學選修的暑期課程「基礎報紙寫作」的內容基本相同。他將自己在密歇根大學觀察和體驗到的新聞教育模式引進北京大學。二、北京大學日刊處是研究會的辦事機關，而該處負責人爲徐寶璜。三、當時確定的導師就是徐寶璜，因爲他留學美國，曾經考察和學習過新聞學課程，且有新聞實踐經驗。而當時徐寶璜作爲的校長室秘書，幫助蔡元培校長處理日常事務，所以該份章程，徐寶璜出力肯定不少，應該是兩人商定的成果。新聞研究會具體計劃出臺後，徐寶璜作爲導師從暑假開始了緊張的籌備工作。

二、主持北大新聞學研究會工作

1918 年 9 月，北京大學新學期開學，北京大學新聞研究會開始了實質性的創立階段。徐寶璜作爲北京大學日刊編輯部負責人、新聞研究會主任，負責起新聞研究會的報名工作。10 月初，報名結束。14 日晚上 8 時，北京大學新聞研究會在理科第十六教室舉行了成立大會，蔡元培校長親臨會場，並發表了重要演講。然後，導師徐寶璜演講了「新聞紙之職務及盡職之方法」，向會員展示他的新聞學研究成果。新聞研究會由此開始正式開展活動。初期主要是由導師徐寶璜講演，時間爲：每逢星期一、星期三、星期五，七點至八點，地點：理科第十六教室。

10 月底，他和蔡校長共同出面，盛邀邵飄萍出任導師，爲會員講演應用新聞學方面的知識。11 月初，研究會開始由徐寶璜和邵飄萍兩位導師輪流講演。從他們講演時間看，徐寶璜的講演任務更重，一周兩次。從 10 月中旬至 12 上旬，徐寶璜先後在新聞研究會進行了十三次演講。

1919 年 1 月，新學期開學，徐寶璜再次負責新會員的招生工作。新的學期，徐寶璜給會員的講演，調整爲一周一次一小時。1919 年 2 月，徐寶璜作爲校長室秘書、日刊處負責人、新聞學導師、本科英文教授，事務繁忙。於是，他提出並主持了新聞研究會的改組工作。研究會推舉他和譚鳴謙、陳公博、曹傑、黃欣等五位起草員，修改簡章。

2 月 10 日，《北京大學日刊》公佈了他主持修改的《北京大學新聞學研究會簡章》十條。該簡章與 1918 年 7 月蔡元培擬定的北京大學新聞研究會簡章相

比較，更加完善。2 月 19 日午後，北京大學新聞學研究會改組大會在文科第三十四教室召開。改組大會上，蔡元培校長發表演講，並當選為會長，徐寶璜被選舉為副會長；大會討論修改了徐寶璜等五人起草的簡章，並獲得通過。

　　為此，徐寶璜等迅速制定出籌辦周刊及通訊社計劃大綱和演講會大綱兩方案，並貫徹執行。3 月 10 日晚，徐寶璜邀請到北大圖書館主任李大釗先生在理科十六教室給會員演講，3 月 24 日晚，他又邀請了北大教授高一涵先生在文科第三十四教室向會員演講。同時，為了集中精力，主持新聞學研究會，他辭去一些校內兼職。3 月 25 日，徐寶璜在《北京大學日刊》發表《致學餘俱樂部函》，請辭交際幹事一職。「學餘俱樂部諸公大鑒：璜素不長於交際，且擔任校事，自覺已重。謹辭交際幹事一職，請以次多數升補，敬此順頌！大安！」〔註11〕

　　至此，徐寶璜作為日刊編輯處負責人，新聞研究會主任，負責新聞學研究會的組織、報名工作；作為新聞學導師，向會員講演新聞學；作為研究會副會長，邀請其他教授來會演講，並主持研究會的日常事務，如發佈通知，召集會議等；且作為校長室秘書，是蔡元培校長、新聞學研究會會長的得力助手；因此，徐寶璜成為北京大學新聞學研究會的靈魂人物，實際工作的主持者。在徐寶璜的主持下，北京大學新聞學研究會研究活動順利開展，影響不斷擴大；其中，有兩項活動名垂史冊，開創中國新聞事業新篇章。第一，組織會員出版《新聞周刊》，第二，四易其稿，著就新聞學術經典《新聞學》。

三、組織出版《新聞周刊》

　　1919 年 2 月 10 日，徐寶璜主持起草的《北京大學新聞學研究會簡章》中提出了創辦周刊的設想，並於 19 日在改組大會上獲得一致通過，於是《新聞周刊》的創辦提上了議事日程。2 月 24 日晚，他主持召開北京大學新聞學研究會會議，討論籌辦周刊及通訊社事宜。

　　2 月 26 日晚七時，研究會在理科第十六教室再次召開會員大會，領票選舉各部主幹，並討論通過了籌辦周刊及通訊社計劃大綱。這就為《新聞周刊》制定了創辦模式和搭建起機構框架。《新聞周刊》組織機構的選舉，歷時半個多月，會員們積極參與。3 月 7 日，徐寶璜發表《致傅馥桂、來煥文、馬義述、陳秉瀚四君函》，希望會員趕緊投票，「新聞學研究會之選舉票，君等尚未送

〔註11〕　《致學餘俱樂部函》，《北京大學日刊》第 340 號，1919－03－25。

來。現擬於下星期二開票，請君等將該票即日擲下爲幸！」〔註12〕3月11日，新聞學研究會正式公佈了選舉結果。3月14日，他召開各主幹談話會，決定《新聞周刊》「春假後出版」，並進行了工作分工。周刊主任徐寶璜，新聞部主幹陳公博，評論部主幹黃欣，翻譯部主幹嚴顯揚，通信部主幹曹傑。〔註13〕各組主干名單的公佈，爲《新聞周刊》的出版提供了組織力量保證；出版時間的確定，標誌著《新聞周刊》的創辦進入實質性階段。

4月16日晚，徐寶璜主持召開全體會員大會，決定立即出版會刊《新聞周刊》。經過兩個月的籌備，《新聞周刊》創辦發行，萬事俱備。4月20日，北京大學新聞學研究會《新聞周刊》正式出版發行。除積極籌備《新聞周報》出版外，徐寶璜還特意爲該刊撰寫了《發刊詞》。4月27日，《新聞周刊》出版第二期，5月5日，出版了第三期。每出一期，都在《北京大學日刊》連續刊登廣告，並在北京《晨報》、《京報》、《新中國》等報刊登載文字廣告。但是，五四愛國運動的突然爆發，導致《新聞周刊》出版計劃。

四、四易其稿，著就《新聞學》

徐寶璜撰寫《新聞學》的原因，與北京大學新聞研究會的成立有著密切的關係。他曾在《新聞學·自序》」中作了簡要的說明：「新聞學乃近世青年學問之一種，尚在發育時期，余對於斯學，雖曾稍事涉獵，然並無系統之研究。客歲蔡校長設立新聞學研究會，命余主任其事，併兼任導師。余乃於暑假中，正式加以研究，就所得著《新聞學大意》一篇，以爲開會後講演之用。」〔註14〕的確，從北京大學新聞學研究會籌備成立開始，徐寶璜作爲研究會導師就已經著手新聞學研究工作。他「取材於西籍」，參考中外新聞學論文。經過暑假近兩個月奮戰，《新聞學》初稿初步成型。

徐寶璜將完成的《新聞學》初稿，命名《新聞學大意》，投寄到上海的學術性綜合雜誌《東方雜誌》發表，以饗社會各界讀者。9月15日，《東方雜誌》第十五卷第九號刊登《新聞學大意》，具體內容爲第一章《發凡》（共七小節）和第二章《新聞之採集》（共七小節）。10月15日，第十號發表《新聞學大意》

〔註12〕 《致傅馥桂、來煥文、馬義述、陳秉瀚四君函》，《北京大學日刊》第326號，1919－03－07。

〔註13〕 《新聞學研究會啓事》，《北京大學日刊》第334號，1919－03－17。

〔註14〕 徐寶璜著，蕭東發、鄧紹根編：《徐寶璜新聞學論集》，北京：北京大學出版社，2008年，第45頁。

（續），刊登第三章《新聞之編輯》（共五小節）；11 月 15 日，《東方雜誌》第十一號登載了《新聞學大意》（續），包括第四章《新聞之造題》（共四節）、第五章《新聞之通信》（共二節）、第六章《報館之組織》和第七章《新聞通信社之組織》（共四節）。

1918 年 10 月，北京大學新聞研究會正式成立後，徐寶璜每周二次給會員們講演新聞學知識，並將內容發表在《北京大學日刊》上，先後十三次（詳情前已述）。雖然與《新聞學大意》相比，刊登在《北京大學日刊》上的稿件缺少了第四、五、六、七章；但內容方面卻得到了充實和較大幅度的修改。例如在成立大會上，徐寶璜向會員們做了『新聞紙之職務及盡職之方法』演講。其內容與發表在《東方雜誌》上《新聞學大意》第一章第一節有比較大區別。篇幅上，前者僅二百餘字，後者則近二千字。具體內容上，《新聞學大意》主要圍繞「新聞紙之根本職務為供給新聞」而展開論述；而演講除「供給新聞」外，增加了五方面內容，「代表輿論、創造輪論、灌輸知識、提倡道德。」這是他在新聞學研究會與會員教學相長的結果。正如他自己坦言，「開會後，余繼續研究，加以會員之質疑問難，時有心得，遂將原稿加以修正，成第二次之稿。」

徐寶璜在進一步充實和修改該書前面章節的內容時，也還在進一步研究和撰寫後續的內容。1919 年 3 月，北京大學學術性綜合刊物《北京大學月刊》第一卷第三號發表了徐寶璜撰寫的兩篇新聞學論文《新聞紙之社論》和《新聞紙之廣告》。這兩篇內容也就是後來 1919 年版《新聞學》的第九、十章。

1919 年暑假前，徐寶璜對書稿進行了第三次修訂。他將書稿交與同為新聞學研究會導師的邵飄萍，請他為該書寫序。邵飄萍欣然答應並立就寫好了書序。當時邵飄萍不僅自己主辦《京報》，而且還主筆《新中國》月刊。該雜誌於 1919 年 5 月 15 日創刊，以介紹新思想、新文化，評述國際形勢和中國現狀為宗旨。1919 年 11 月 15 日、12 月 15 日，《新中國》月刊第一卷第七、八號分別刊登了命名為《新聞學》的書稿，作者署名「國立北京大學徐寶璜教授著」，這是《新聞學》的第三稿。徐寶璜自述道：「今年暑假前，復修正一次，為第三次之稿，曾登第於第七、第八號之《新中國》。」

1919 年 11 月中旬，徐寶璜決定正式出版《新聞學》。他將《新聞學》第四稿交給北大校長蔡元培審閱並向其徵序。蔡元培欣然答應，將原序文稍事修改。主要增補了一句「一年以來，凡四易稿而後定，」字字珠璣，充分反映了他對徐寶璜一年四易其稿撰寫成體例完備、內容豐富的《新聞學》的讚賞。同時，徐寶璜撰寫了該書自序。

11 月 15 日，《北京大學日刊》頭版刊登了《〈新聞學〉下月一號出版預告》，宣佈《新聞學》即將出版，「此書乃徐寶璜教授所著，對於新聞業之各重要問題均有系統之說明，而於吾國新聞界之弱點尤特別注意。此書之初稿、二稿、三稿散見各雜誌，此則為第四此之稿，較以前諸稿尤為詳備，定於下月一日出版，由日刊編輯處及出版部發行。」〔註15〕

但是，到 12 月 1 日，《新聞學》並沒有如期出版。正當讀者翹首期盼的時候，12 月 4 日，《北京大學日刊》刊登啓事，宣佈由於「印刷局工作遲延」，「《新聞學》準於六日出版」。12 月 6 日，《新聞學》正式出版發行。

該書的封面設計顯示出與北京大學新聞學研究會的密切關係。封面右邊時出版者項，寫有：「國立北京大學新聞學研究會出版、徐寶璜教授著」；中間是蔡元培題寫大號書名「新聞學」三字，左邊是：「蔡元培題」四字以及蔡元培的印章。

另外，徐寶璜還處處為研究會會員著想，他在《北京大學日刊》刊登啓事，宣佈：本會會員購買享受五折優惠。

五、獨撐第二屆北京大學新聞學研究會大局

1919 年 9 月，新學期開學後，北京大學新聞學研究會步入了收穫的繁榮季節，如新會員入會、舊會員期滿、《新聞學》出版，但繁榮的背後也潛藏危機。邵飄萍先生因軍閥政府的通緝卻流亡海外，剩下徐寶璜獨撐大局。

徐寶璜作為日刊編輯處主任人，新聞學研究會副會長，他仍負責了新聞學研究會的招新工作。9 月 30 日，在徐寶璜的主持下，第二屆招新工作順利開展，沒有再出現上次招生的尷尬局面。學生報名踴躍，十天就有 40 多人繳費，超過了預期 30 人的目標。

報名結束，徐寶璜作為唯一導師於 10 月 18 日開始，每星期日上午九時至十一時在文科第三十五教室向新會員講演新聞學，指導第二屆會員的新聞學研究工作。此外，徐寶璜作為新聞學研究會副會長，主持研究會的日常事務，如發佈通知，召集會議等。

當時蔡元培會長作為北大校長，正在推行北大改革，日理萬機，事務繁忙；雖仍然一如既往地支持新聞學研究會的活動，但是他只出席研究會的重

〔註15〕 《〈新聞學〉下月一號出版預告》，《北京大學日刊》第 487 號，1919－11－15。

要活動，並不具體指導和主持研究會的活動；而邵飄萍則流亡海外，徐寶璜一人獨撐大局，難免有時分身乏術，精力不濟。

為此，在 1919 年 11 月底，他借北大調整機構之際，向蔡元培校長提出辭去北大校長室秘書和日刊編輯處主任職務額度申請。但是，他作為蔡元培校長的得力助手，最終被挽留。12 月，他肩上的擔子就更重了，出任了北大預算委員、審計委員、庶務委員。

1920 年 1 月，北京大學新學期開學後，徐寶璜更加繁忙。因為他不僅在中國文學系開設新聞學，而且在經濟系開設了中國經濟史課程，另外校務活動纏身，還要主持新聞學研究會的工作。這使他辭去校長室秘書或日刊編輯處主任的決心更大。最終，經蔡元培校長首肯，同意他辭去了北京大學日刊編輯處主任的職務，改由教務長室秘書谷源瑞兼任。

徐寶璜校務纏身，教學繁忙，也嚴重影響到了他對新聞學研究會的指導工作。該學期研究會活動，明顯減少。在《北京大學日刊》上僅見四次活動記載。3 月 22 日晚，研究會在第一院第二層新聞學研究會事務所召開了一次茶話會，討論該學期的活動辦法。4 月 19 日，召開了一次研究會。5 月 3 日晚，召開了該學期的第三次常會。5 月 15 日上午，會員們終於走出校門，赴財政部印刷局參觀學習。到 6 月底，北京大學新聞學研究會已經為第二屆會員辦好了期滿證書，研究活動基本停止。

1920 年 9 月，北大新學期開學，北京大學新聞學研究會沒有再進行招新活動，該會已經名存實亡。特別等到 1920 年 10 月，蔡元培和徐寶璜相繼因他事離開北大，無暇顧及會務。蔡元培於 1920 年 10 月離京南下，準備前往歐美考察教育；而徐寶璜也於同月辭去了北大校長辦公室秘書一職，並受蔡元培委託出任北京國民大學校長，無暇過問北大事務。至此，北京大學新聞學研究會結束了活動，自行退出了歷史舞臺。

綜上所述，徐寶璜與北京大學新聞學研究會關係密切，是該會實際工作的主持者、靈魂人物和核心，為該會的創辦和發展居功至偉！因為，是徐寶璜，留學美國密歇根大學習新聞學，將其新聞學知識和新聞教育模式移植於北大，為北京大學新聞研究會的創辦提供了學理支持和可資借鑒的經驗；是他，與蔡元培等共同創辦起北京大學新聞研究會，並最早出任新聞學導師，向會員講演新聞學，且作為該會主任，負責該會的日常具體事務，如報名、發佈通知，召集會議等；是他，起草改組章程，主持新聞研究會改組工作，

將該會名稱由「北京大學新聞研究會」改爲「北京大學新聞學研究會」；是他，組織會員出版《新聞周刊》，使它成爲中國第一份新聞學刊物；是他，四易其稿，著就中國新聞學術經典《新聞學》，打破了此前中國新聞學術翻譯外人著作的局面，成爲國人自撰的第一本新聞學著作；是他，後來獨撐北京大學新聞學研究會大局，獨自指導該會第二屆會員研究新聞學，同時讓新聞學課程突破了講演的範疇，走進了北大的課程，成爲第一個在大學裏講授新聞學課程的教授。總之，是徐寶璜，成就了北京大學新聞學研究會，使其成爲中國第一個系統講授，並集體研究新聞學的團體〔註16〕；反之，是北京大學新聞學研究會成就了徐寶璜，使他在中國新聞史上擁有了諸多「第一」，即中國第一個新聞學研究和教育團體——北京大學新聞學研究會創辦者之一，中國第一份新聞學刊物《新聞周刊》的創辦者；中國人自撰的第一本新聞學著作《新聞學》的著述者；中國第一個在大學裏講授新聞學課程的教授；一人而擁有四項第一，在中國新聞史和新聞學界中，可以稱得上是並世無兩了。因此，他成爲五四時期中國新聞學界的泰斗、中國「新聞教育開山祖」、「新聞教育第一位的大師」和「新聞學界最初的開山祖」〔註17〕。北京大學新聞學研究會會員羅章龍回憶起徐寶璜時，深情地說：「徐先生誨人不倦，心地誠實，有心做一個中國新聞事業的開拓者。高興時，他滔滔不絕，一講就是兩、三個小時，毫無倦意。講到一個段落，他發問責答，十分認眞。有時，發給每人卷紙，令大家作題實習。如發現有錯誤，立即援筆批改，我們著實獲益，短期講用，一生受用不少。」〔註18〕

第三節　邵飄萍導師與北京大學新聞學研究會

　　邵飄萍是我國民主革命時期文化戰線上的勇猛戰士、傑出的新聞工作者、新聞學者和新聞教育工作者。他以報紙和通訊社爲武器，宣傳眞理，抨擊邪惡，銳意改革，並用鮮血染紅了言論、新聞、出版自由的理想，最後因言論「獲罪」犧牲在北洋軍閥的屠刀之下，爲新聞事業貢獻了畢生精力。在輿論界他享有「飄

〔註16〕　方漢奇：《中國新聞事業通史》第二卷，北京：中國人民大學出版社，1996年，第67頁。

〔註17〕　黃天鵬：《新聞學綱要・序》，徐寶璜著《新聞學綱要》，上海：聯合書店，1930年版，第6頁。

〔註18〕　羅章龍：《羅章龍回憶錄》（上），香港：溪流出版社2005年，第28頁。

萍一支筆，抵過千萬軍」的盛譽；他所著的《新聞學總論》和《實際應用新聞學》等，是我國最早的一批新聞理論著作。然而，有些研究者們卻忽略他的一個重要貢獻：倡議並參與了北京大學新聞學研究會的創辦，並作爲該會導師進行了新聞教育活動，成爲中國新聞教育的拓荒者之一；而有些研究者則對此大書特書，擡高了他在研究會會發展過程中的重要作用。所以，有必要對邵飄萍導師與北京大學新聞學研究會進行實事求是地評價。

一、倡議、促成北京大學新聞學研究會成立

　　關於北京大學新聞學研究會成立，筆者並不認爲羅章龍的說法：1918 年春，羅章龍、譚鳴謙等向徐寶璜和向他們約稿的《京報》社長邵飄萍提議設立新聞研究社團；於是邵飄萍立即寫信給蔡元培，倡議設立新聞研究會〔註19〕。因爲，1918 年春，邵飄萍並沒有創辦《京報》。其創辦時間爲 1918 年 10 月 5 日。這就不存在社長約稿一說了。另外，1918 年 9 月，羅章龍才從湖南長沙來到北京，考入北大德文預科班，他在此前根本不認識邵飄萍。筆者否認羅章龍的說法，並不是要否認當時邵飄萍在新聞研究會成立過程中的發揮的重要作用，其倡議、促成之功不可沒。

　　1918 年 11 月 3 日，該會新聘導師邵飄萍先生在他給會員們的第一次演講開場白中，主動談及這一點。「本年之冬，竊以我國新聞事業之不振，良由新聞界人才缺乏之故，不揣冒昧，特致書蔡校長，陳本校應設新聞研究一門，造就人才，爲將來之新聞界謀發展。蔡校長答書，多承獎飾。本校新聞研究之課程，自是自有添設之望，不禁狂喜。」〔註 20〕從邵飄萍的言語中，他對該會的成立有倡議之功。而且他後來經常爲此而津津樂道。1919 年 4 月，他爲徐寶璜《新聞學》撰序時也寫到：「去年之春，蔡校長有增設新聞演講會之計劃，余乃致書以促其成。比得蔡先生覆書，極承獎假。斯會遂於暑假以後成立，請教授徐伯軒先生主任其事。」〔註21〕1924 年 3 月，他在撰寫的文章《我國新聞學進步之趨勢》中，再次寫到：「至民國九年，蔡子民先生方長北京大學，愚與徐伯軒君（編有新聞學一冊）合商之於蔡校長，於是北京大學，

〔註19〕 羅章龍：《憶北京大學新聞學研究會與邵振青》，《新聞研究資料》第 4 輯，第 119 頁。

〔註20〕 《邵振青導師在新聞研究會之演講》，《北京大學日刊》第 245 號，1918－11－05。

〔註21〕 徐寶璜：《新聞學・邵序》，國立北京大學新聞學研究會，1919 年版，第 3 頁。

始創設新聞學會。」〔註22〕這些記載充分說明邵飄萍在該會的成立過程中發揮了重要作用；這份功勞也得到了同為當事人徐寶璜的認可和記載：「吾國新聞教育濫觴於民國七年北大所設立之新聞學研究會。飄萍先生於此會之設亦與有力。因蔡子民校長與余初雖亦擬議及此，但無具體計劃：及飄萍先生來函催促，始聘余為斯會主任，並請飄萍先生及余分任講演。」〔註23〕

二、受聘新聞學研究會導師，開展新聞教育

北京大學新聞研究會經過前期的籌備工作，至 1918 年 10 月已經一切準備就緒。10 月 14 日晚上 8 時，北京大學新聞研究會在理科第十六教室舉行了成立大會，蔡元培校長親臨會場，並發表了重要演講；然後，導師徐寶璜演講了「新聞紙之職務及盡職之方法」。邵飄萍因報務纏身並沒有與會。其主要原因是：他剛剛於 10 月 5 日創辦了被譽為「一張承載中國報人光榮與夢想的報紙」——《京報》。但是該報創刊伊始，人手有限，只有他和潘公弼兩個人。

《京報》逐漸邁向正軌後。10 月 20 日，他應邀出席了北大國民雜誌社組織的討論會。會上，蔡校長和徐寶璜同他談到新聞研究會的情況，力邀他出任導師。邵飄萍猶豫再三，「自惟簡陋，慮無以副諸君子之望。實不敢承然。」但是，在蔡、徐兩人盛情邀請之下，「蔡徐兩先生之命不可不從。」自己也希望能「勉力創造與青年學子接談之機會」〔註24〕，他欣然答應出任新聞學研究會導師。10 月 31 日，北京大學對外宣佈：「本校現增聘邵振青先生為本會導師」。

11 月 3 日，邵飄萍第一次給新聞研究會會員作了一場熱情、誠摯的演講。他在開場白中，首先簡單地介紹了自己以及同蔡校長的交誼情況，然後自豪地說到自己倡議設立新聞研究會的細節，並談到他出任導師的原因。最後，謙遜地表示：「今之來此，深愧從知為振青求益計，而無毫髮之長足，以俾益於諸君子也。無已其草就數篇，聊為相見之資，幸與諸君子切實研究者，有徐教授先生在，振青則稍補缺略，籍以增諸君子研究之興味，不敢當演講之名也。」然後開始演講《新聞社之組織》，指出各國新聞社，「最普通者，大

〔註22〕 邵飄萍：《我國新聞學進步之趨勢》，《東方雜誌》第 21 卷第 6 號，第 25 頁。
〔註23〕 徐寶璜：《實際應用新聞學·序》，見邵飄萍：《實際應用新聞學》，京報館，1923 年，第 20 頁。
〔註24〕 《邵振青導師在新聞研究會之演講》，《北京大學日刊》第 245 號，1918－11－05。

約以三部分組織而成，即（一）營業、（二）工場、（三）編輯」〔註25〕，並詳細介紹了營業部和編輯部的職能所在。營業部分發行，廣告、會計，編輯部分「新聞搜集部和新聞評論部」。邵飄萍第一次演講結束後，考慮到從來校往返時間，他從第二次開始將演講時間調整爲「星期日上午九時至十時」。雖然，《北京大學日刊》僅登載過這一次邵飄萍給會員演講的新聞學內容，但從後來的記載看，他的演講主要是關於應用新聞學部分內容。

12 月中旬，北京大學新聞研究會鑒於會員忙於期末考試，研究會宣佈停止開會。1919 年 1 月，邵飄萍仍然肩負給新聞研究會會員演講應用新聞學的內容、傳授新聞採訪技巧的重任。1 月 27、28 日，《北京大學日刊》連續刊登啓事，宣佈「本學期內，現定請徐伯軒先生擔任，每周一時，注重編輯新聞之練習；請邵飄萍先生擔任，每周二時，注重評論新聞之練習，並新聞記者之外交術。至開會日期現定自陽曆二月五日爲始。」〔註26〕該則啓事顯示出徐寶璜和邵飄萍導師分工明確，邵飄萍負責「評論新聞之練習」和新聞採訪技能的訓練；另外時間安排上，邵飄萍由前一學期的每周一小時，增加爲二小時，成爲主要講演者。

三、積極支持和宣揚新聞學研究會活動

雖然邵飄萍沒有負責北大新聞學研究會的具體事務，也因爲報務纏身以及自己被迫於 1919 年 8 月 22 日離京避難，他沒有參加研究會的一些重大活動，如成立大會、改組大會和第一屆研究期滿儀式等。但是，在他參加北大新聞學研究會的半年多時間裏，他積極支持北大新聞學研究活動，並大力推介該會活動而搖旗吶喊。

經過初創時期的活動後，爲了進一步擴大規模和在校內外的影響，北京大學新聞研究會積極採取行動。一方面在校內公報刊物《北京大學日刊》刊登招收新會員啓事。另一方面，邵飄萍在自己的輿論陣地《京報》上廣爲發佈消息，向社會各界人士推介北大新聞學研究會。從 1918 年 12 月 15 日起至1919 年 1 月 19 日，1919 年 2 月 11 日、12 日，連續 30 多天，邵飄萍在《京報》第四版上，以「北京大學之新潮」爲題，免費刊登「北京大學新聞學研

〔註25〕　《邵振青導師在新聞研究會之演講》，《北京大學日刊》第 245 號，1918－11
　　　　　－05。
〔註26〕　《新聞學研究會啓事》，《北京大學日刊》第 298 號，1919－01－28。

究會徵求新會員」廣告，吸納社會人士報名參加研究會，擴大了研究會的影響。

　　《新聞周刊》是中國最早的新聞學刊物。它的創辦凝聚著邵飄萍的心血，從內容到形式也都得到了他的指點和幫助。當 1919 年 4 月 21 日，該刊正式出版後，《京報》刊登免費廣告，大力向讀者推薦。1919 年 4 月 30 日，《京報》第一版刊登加框的文字廣告《新聞周刊》，「一、乃中國唯一傳播新聞學識之報；二、對於一周新聞為系統之記載，下公允之評論⋯⋯。」〔註 27〕該則廣告一直持續刊登至 6 月 4 日。即便五四運動期間，《京報》版面嚴重不足的情況下，也沒有停止在第一版刊登《新聞周刊》廣告。

　　《新聞學》是中國人第一本自撰的新聞學著作。徐寶璜在撰寫出版該書過程中，邵飄萍積極支持，不僅熱心為該書撰寫序文，而且積極將其刊登自己主辦的刊物，向讀者推介。1919 年春，徐寶璜對書稿進行了第三次修訂。他將書稿交與同為新聞學研究會導師的邵飄萍，請他為該書寫序。邵飄萍欣然答應，並於 1919 年 4 月立就寫好了《新聞學》序文。

　　當時邵飄萍不僅自己主辦《京報》，而且還主編《新中國》月刊。於是，1919 年 11 月 15 日、12 月 15 日，他將徐寶璜的《新聞學》第三稿推薦並發表在《新中國》第一卷第七、八號月刊上。1919 年 12 月 6 日，該書正式出版後，雖然邵飄萍已經離開北京，但《京報》後來曾高度評價《新聞學》，「新聞學以前中國無專門研究新聞之書籍，有之自先生始。雖然僅五六萬字，以言簡賅精當，則無出其右者。在中國新聞學術史上，又不可抹滅之價值，無此書，人且不知新聞為學，新聞要學，他無論矣。」〔註 28〕

四、邵飄萍在北大新聞學研究會的收穫

　　在「五四」時期，《京報》因揭露政府腐敗，觸怒當局。1919 年 8 月 22 日，又因政府對日本借款事件，遭到段祺瑞政府查封。邵飄萍遭到通緝後化妝成工人離開北京，幾經周折，再度赴日。1920 年 9 月，段祺瑞政府下臺後，邵飄萍回到北京，並於 9 月 17 日復刊出版《京報》。邵飄萍將全部精力投入《京報》之中，無暇參加新聞學研究會的活動。據目前掌握的資料，我們也

〔註 27〕　《新聞周刊》，《京報》，1919－04－30。
〔註 28〕　黃天鵬：《新聞學綱要・序》，徐寶璜：《新聞學綱要》上海：聯合書店，1930
　　　　　年，第 5 頁。

沒有查閱到他再參與新聞學研究會的任何記載。雖然，邵飄萍參與北京大學新聞學研究會時間僅半年有餘，即 1918 年 11 月至 1919 年 8 月，實際時間還短，因爲北大新聞學研究會一度在五四運動期間暫停活動，後又是暑假期間；但是，邵飄萍爲北大新聞學研究會傾注的心血，取得了令人欣喜的收穫，發揮了重要的影響。

1918 年 11 月，他應邀參加新聞學研究會，出任新聞學導師，爲會員講演應用新聞學知識；他的新聞事業也獲得了北大師生的大力支持。11 月 19 日至 12 月 2 日，《北京大學日刊》連續在頭版上部最顯著位置以較大的篇幅刊登了《介紹新聞編輯社》廣告，向北大全校教職員工推介邵飄萍於 1918 年 7 月創辦的北京新聞編譯社，並動員全校教員爲其撰稿。邵飄萍的辦報活動和新聞作品經常得到北大進步師生的熱烈響應。

邵飄萍在北大新聞學研究會的演講，同會員切磋新聞學理，教學相長，不斷將自己的新聞採訪實踐經驗加以完善和提升爲學理知識，成爲他撰寫《實際應用新聞學》最早動機和素材。1923 年 8 月 5 日，邵飄萍在《實際應用新聞學》自序中直言不諱地寫到：「鄙人對於新聞之學愧未深造，本書內容要點，前年曾在北京大學新聞研究會中演講一部分……」。〔註29〕

邵飄萍在北大新聞學研究會授課半年，給會員們留下了深刻的印象。他爲中國無產階級培養了一批優秀的學生，並獲得了他們的愛戴和尊敬。在聽過他授課的第一屆研究會 55 名會員中，有一些會員，如高君宇、羅章龍、譚平山等成爲後來中國共產黨最初的一些報刊活動骨幹。特別毛澤東與邵飄萍導師交往甚密，多次到京報館和羊皮市住處拜望邵飄萍，都得到了邵的熱情接待。在毛澤東經濟困頓之時，邵飄萍還接濟過他。正是這種深厚的師生情誼，使得毛澤東經常懷念起邵飄萍導師。毛澤東在 1920 年寫給羅章龍的信中，還詢問過邵飄萍情況，說邵是他關心的人。1936 年，美國記者埃德加·斯諾採訪他時，毛澤東還對這段北大師生情誼還有刻骨銘心的記憶，他深情地說道：「我參加了哲學會和新聞學會，爲的是能夠在北大旁聽。……還有邵飄萍。特別是邵，對我幫助很大。他是新聞學會的講師，是一個自由主義者，一個具有熱烈的理想和優良品質的人。1926 年他被張作霖殺害。」〔註30〕1949 年 4 月 21 日，新中國即將成立時，毛澤東日理萬機，十分繁忙，但仍親筆批覆確認邵爲革命烈士。

〔註29〕 邵飄萍：《實際應用新聞學》，京報館，1923 年，第 1 頁。
〔註30〕 〔美〕埃德伽·斯諾：《西行漫記》，北京：三聯書店，1979 年，第 127 頁。

新聞學研究會會員羅章龍回憶起邵飄萍時，說到：「在北大新聞學會的學習研究和活動中，應鄭重提到邵振青。他是北京大學新聞學會的倡議和促成者。北京大學新聞學會的開展當時雖然名義上由北大校長蔡子民負責，單蔡茵校務殷繁，實際工作，均由導師兩人主持。同學們學習輔導責由邵振青獨立承擔。因此，他實負重任。……新聞學會會員，大家對邵懷有共同好感。……邵振青是具有革新思想和較有魄力的新聞記者，他是最早創建中國新聞學專業的拓荒者。」〔註31〕另一位會員翟俊千也曾回憶說：「新聞學會導師邵飄萍，年輕志大，革命堅定，指謫當時弊政，口鋒犀利，擊中要害，卒爲北洋軍閥所慘殺，時年 41 歲。……學會參加人數之多，以哲學會與新聞學會爲最，超過百人。」〔註32〕

一位肩負著培養中國未來新聞事業人才責任的導師，雖然僅僅在北大新聞學研究會授課半年，就得到了自己學生如此高度的評價，在他們心目中具有了如此崇高的地位。這眞是邵飄萍作爲新聞學導師的收穫和驕傲！

〔註31〕 羅章龍：《憶北京大學新聞學研究會與邵振青》，《新聞研究資料》第 4 輯，第 120 頁。
〔註32〕 全國政協文史資料委員會編：《文史資料存稿選編》第 24 輯，北京：中國文史出版社，2002 年，第 17 頁。

第五章　北京大學新聞學研究會會員研究

　　北京大學新聞學研究會會員是北京大學新聞學研究會新聞教學和新聞學研究活動的重要組成部份。他們不僅是中國新聞教育的首批參與者，而且是中國新聞學研究初期成果的檢驗者。在教育活動中，施教者和受教者都是教育主體。在北京大學新聞學研究會中，表現尤其明顯。會長蔡元培校長、副會長徐寶璜導師和邵飄萍導師向會員講演新聞學，傳授新聞學知識，積極發揮教育主體作用；而會員們也非被動地接受導師們的演講，而是教學相長，不斷同導師們討論新聞學問題，特別促使徐寶璜不斷修改完善著作《新聞學》，構建新聞學學科體系。特別會員們在徐寶璜的指導下，出版會刊《新聞周刊》，也充分發揮了教育主體作用。北京大學新聞學研究會會員既是中國新聞教育的第一批受益者，又是中國新聞教育培養的第一批新聞人才。北京大學新聞學研究會先後進行了三次招生活動。第一次招生於 1918 年 9～10 月舉行。1919 年 1 月，北京大學新聞研究會舉行第二次招生活動。1919 年 9～10 月，北京大學新聞學研究會進行第三次招生。據 10 月 11 日《北京大學日刊》報導：「新報名入本會者已有四十餘人可以開班」〔註 1〕。三次招生活動，會員共約 100 人。但是，由於北京大學新聞學研究會第二屆會員沒有具體的人數，也沒有保存下具體人員名單，所以，本章北京大學新聞學研究會會員研究只能遺憾地局限於第一屆會員的情況研究。同時，由於資料的缺失，對他

〔註 1〕　《新聞學研究會徵求新會員啓事》，《北京大學日刊》第 450 號，1919－09－30。

們的研究多集中於少數會員或個別會員身上，對他們缺乏全面深入的系統研究，嚴重影響了北京大學新聞學研究會的系統研究。

第一節　北京大學新聞學研究會會員來源背景

　　北京大學新聞學研究會第一屆會員分兩次招生，但在 1919 年 10 月 16 日召開的研究期滿儀式上，55 人獲得證書，其中 23 人獲得「聽講一年證書」，32 人獲得「聽講半年證書」。所以，獲得「聽講一年證書」者 23 人均是在 1918年 9 月招生時就報名參加了北京大學新聞研究會。

一、第一次招生會員的來源背景

　　23 名獲得「聽講一年證書」者分別是：陳公博、何邦瑞、譚植棠、區聲白、倪世積、譚鳴謙、黃欣、嚴顯揚、翟俊千、張廷珍、曹傑、杜近渭、徐思達、楊亮功、章韞詒、傅馥桂、溫錫銳、繆金源、馮嗣賢、蕭鳴籟、歐陽英、丘昭文、羅汝榮等。他們各自的來源背景見下表。

獲得「聽講一年證書」23 名會員來源背景表

序號	姓名	生　年	籍　貫	學科專業	年級
1	陳公博	1892～1946	廣東南海	文科哲學系	二年級
2	區聲白	1892～？	廣東順德	文科哲學系	二年級
3	譚鳴謙	1886～1956	廣東高明	文科哲學系	二年級
4	溫錫銳	不詳	廣東臺山	文科哲學系	二年級
5	譚植棠	1893～1979	廣東高明	文科史學系	二年級
6	何邦瑞	不詳	廣東順德	文科史學系	二年級
7	黃欣	不詳	廣東海康	文科史學系	二年級
8	蕭鳴籟	不詳	江蘇鹽城	文科史學系	二年級
9	羅汝榮	不詳	廣東東莞	文科中國文學系	二年級
10	楊亮功	1897～1992	安徽巢湖	文科中國文學系	二年級
11	馮嗣賢	不詳	天津	法科政治學系	三年級
12	嚴顯揚	不詳	廣東順德	法科法律學系	二年級
13	徐思達	1889～1969	廣東東莞	法科法律學系	三年級
14	歐陽英	不詳	福建閩侯	法科法律學系	不詳

序號	姓名	生　年	籍　貫	學科專業	年級
15	丘昭文	1885～1975	廣東清遠	法科法律學系	三年級
16	張廷珍	不詳	江蘇青浦	法科法律學系	二年級
17	曹傑	1896～1995	安徽屯溪	法科法律學系	二年級
18	翟俊千	1893～1990	廣東東莞	文預科	不詳
19	傅馥桂	不詳	吉林扶餘	文預科	一年級
20	繆金源	1900～1942	江蘇東臺	文預科	一年級
21	杜近渭	不詳	山西定襄	文預科英文班	不詳
22	倪世積	不詳	廣東南海	法預科	一年級
23	章韞昭	不詳	安徽東流	法預科經濟系	三年級

　　從上表看，北京大學新聞研究會第一次招收的 23 名會員，全是北京大學的學生，而沒有出現招生簡章期待的校外人士報名現象。從已知十位會員的年齡看，比 1894 出生的徐寶璜導師年長的人達 7 人，百分比達 70％，僅有三人比他年輕比 1886 年出生的邵飄萍導師還有大一歲的會員，他就是年齡最長者的法科法律學系三年級學生丘昭文（1885 年出生），參加北京大學新聞研究會時已達 33 歲，比徐寶璜導師大九歲；其次依次是譚鳴謙大八歲，徐思達大五歲，陳公博和區聲白大 2 歲，譚植棠和翟俊千大一歲。所以在北大講臺上經常看到年輕教授帶著一批年長的學生在教室裏討論新聞學術，年長學生們虛心請教年輕導師，年輕教授意氣風髮指導學生開展新聞教育。在學習中打破了年紀的界限，有利於教學相長、民主討論學風的形成。

　　23 名會員的籍貫來自六個省份，其中廣東最多，13 人；江蘇和安徽各為3 人；天津、福建、吉林、山西各 1 人。在廣東 13 人中，陳公博和倪世積同為南海人；區聲白、嚴顯揚和何邦瑞同為順德人；譚鳴謙和譚植棠同為高明人，且為叔侄關係；羅汝榮、翟俊千和徐思達同為東莞人。正是這種同鄉情義，便利見賢思齊，相約入會，共同研究新聞學，接受新聞教育。

　　23 名會員主要來自文科、法科和文法兩科的預科班，反映出文法兩科學生對新聞研究的熱情。其中具體的專業背景為：文科 10 人，其中哲學系（1919年改成為「系」，本書為前後統一，均稱之為「系」）4 人，史學系 4 人，中國文學系 2 人；法科 7 人，其中法律學系 6 人，政治學系 1 人；預科 6 人，其中文預科 4 人，法預科 2 人。當時北京大學設有文、理、法三科。文科原有哲學、中國文學、英國文學三門，蔡元培任校長後，對文、理科進行了擴充，

文科增設史學、法國文學、德國文學三門。理科原有數學、物理、化學三門，增設地質學一門。商科併入法科——原有商科，僅授普通商業課程，現改為商業學門，移屬法科；同時，他改組預科。蔡元培將預科分別直屬於文、理、法三科，由三科學長分管所屬的預科，其主要課程，亦由本科教員兼授，使預科與本科的課程緊密地銜接起來。〔註2〕

23名會員有相當一部分人是同系同班同學，如陳公博、區聲白、譚鳴謙、溫錫銳四人均為哲學系二年級同班同學；譚植棠、何邦瑞、黃欣、蕭鳴籟是史學系二年級同班同學；楊亮功、羅汝榮是中文系二年級同班同學；嚴顯揚、曹傑、張廷珍是法律學系二年級同學，徐思達和丘昭文同為該系三年級同學。

23名會員參加了北京大學新聞研究成立大會，聆聽了蔡元培的致辭和徐寶璜首次新聞學講演，見證了北京大學新聞研究的成立。同時他們繼續聽講徐寶璜導師的新聞學知識，並接受邵飄萍導師的新聞業務講座，在教學相長的新聞教育活動中推動了新聞學研究的深入發展，促使徐寶璜修改和發表了《新聞學》第二稿。

二、第二次招生會員來源背景

1919年1月，北京大學新聞研究會進行了第二次招生活動。據1月27日《北京大學日刊》刊登啓事報導：「報名人數不滿三十人」〔註3〕，未能開設新班，新會員同舊會員同班研究。但是，在1919年10月16日舉行北京大學新聞學研究會第一屆期滿儀式上確有32人獲得「聽講半年之證書」。一個報導說未滿30人，頒發證書卻32人；這說明獲得「聽講半年證書」者32人中有些人是第一次招生時報了名，參加了1918年北京大學新聞研究會活動，但在1919年由於各種因素未能堅持參加完一年的聽講及其他活動，所以獲得半年證書。因此，北京大學新聞研究會進行了第一次招生應該不止「聽講一年證書」者23人。但是為了討論方便，我們還是以「聽講半年之證書」者32人為討論單元，他們名字分別是：李吳禎、陳秉瀚、徐恭典、朱雲光、姜紹謨、來煥文、馬義述、楊立誠、易道尊、毛澤東、羅璇階、鍾希尹、常惠、吳世晉、王南邱、鮑貞、韓蔭毅、陳光普、朱存粹、華超、朱如濡、舒啓元、

〔註2〕　高平叔：《北京大學的蔡元培時代》，《北京大學學報》（哲社版），1998年第2期，第43頁。

〔註3〕　《新聞學研究會啓事》，《北京大學日刊》第298號，1919－01－28。

劉德澤、梁穎文、倪振華、楊興棟、曲宗邦、尉士傑、黃琴、吳宗屏、高尚德、陳鵬等。他們的來源背景見下表。

獲得「聽講半年之證書」32 名會員來源背景

序號	姓名	生　年	籍　貫	學科專業	年級
1	李吳禎	不詳	不詳	文科哲學系	一年級
2	楊立誠	1888～1931	江西豐城	文科哲學系	三年級
3	楊興棟	1899～1983	遼寧遼陽	文科哲學系	二年級
4	華超	不詳	江蘇無錫	文科哲學系	二年級
5	舒啓元	1898～1970	四川長壽	文科哲學系	二年級
6	易道尊	不詳	江西萍鄉	文科英文系	不詳
7	陳光普	不詳	四川漢源	文科英文系	二年級
8	韓蔭毅	不詳	四川南充	文科英文系	一年級
9	梁穎文	?～1993	四川長寧	文科英文系	二年級
10	黃琴	不詳	海南文昌	文科中國文學系	二年級
11	鍾希尹	不詳	廣東南海	法科法律學系	不詳
12	陳鵬	不詳	江蘇吳縣	法科法律學系	不詳
13	徐恭典	1892～1970	江西玉山	法科法律學系	三年級
14	朱存粹	不詳	不詳	法科法律學系	不詳
15	馬義述	不詳	浙江崇德	法科法律學系	不詳
16	鮑貞	不詳	江蘇宜興	法科政治學系	二年級
17	曲宗邦	1895～?	奉天西安	法科政治學系	二年級
18	王南邱	不詳	不詳	法科經濟學系	不詳
19	朱雲光	1895～1950	浙江江山	法預科	三年級
20	倪振華	不詳	四川威遠	法預科	三年級
21	吳宗屏	不詳	安徽廬江	法預科	不詳
22	吳世晉	不詳	福建廈門	法預科	二年級
23	姜紹謨	1897～1981	浙江江山	法預科	一年級
24	陳秉瀚	1894～?	浙江富陽	法預科	二年級
25	來煥文	不詳	浙江蕭山	法預科	一年級
26	羅璈階	1896～1995	湖南瀏陽	文預科哲學系	一年級
27	朱如濡	不詳	廣東臺山	文預科	一年級

序號	姓名	生　年	籍　貫	學科專業	年級
28	劉德澤	不詳	河北南宮	文預科	一年級
29	常惠	1894～1985	北京	文預科法文系	二年級
30	尉士傑	不詳	不詳	文預科	一年級
31	高尚德	1896～1925	山西靜樂	理科地質系	三年級
32	毛澤東	1893～1976	湖南湘潭	圖書館助理員	

　　從上表得知，雖然北京大學新聞學研究會第二次招收的會員雖然沒有突破 30 人，但報名人數較第一次招生還是有所增多；雖然也沒有出現招生簡章期待的校外人士報名現象，但情形有所改善，不全是北京大學的學生，也有像毛澤東這樣的北大圖書館助理員參加。從已知年齡的會員看也較第一次招生會員較爲年輕一些。

　　32 名會員的籍貫分佈也發生了變化。除 4 人不詳外，28 人分佈 14 省份，比第一次招生的會員籍貫擴大了一倍多，其中浙江和四川各 5 人，江西和江蘇各 3 人，廣東和湖南各 2 人，遼寧、北京、河南、安徽、奉天、福建、海南和山西等八省份各 1 人。會員籍貫範圍的擴大，從一個側面說明北京大學新聞學研究會影響範圍的擴大。

　　32 名會員的學科分佈更加多元。文科 10 人（哲學系 5 人，英文系 4 人，中文系 1 人），法科 8 人（法律學系 5 人，政治學系 2 人，經濟學系 1 人），理科 1 人，預科 12 人（法預科 7 人，文預科 5 人），圖書館 1 人。這反映了北京大學新聞學研究會在校園中擴大了影響，吸引到更多不同系別的專業背景的學生加入該會進行新聞學研究和接受新聞教育，如理科的高尚德，同時也吸引了學校工作人員，如毛澤東入會。

　　32 名會員不僅可能存在著在第一次招生會員介紹同班同學加入北京大學新聞學研究會，如陳公博、區聲白、譚鳴謙、溫錫銳四人介紹同班同學舒啓元、楊興棟、華超等；而且可能也存在著同鄉介紹入會的情況，如羅璈階（羅章龍）介紹毛澤東入會。

　　北京大學新聞學研究會第二次招生的會員與第一次招生會員共 55 人合班上課，聆聽徐寶璜和邵飄萍的新聞學演講，開展改組活動，將「新聞研究會」改組爲「新聞學研究會」。在改組過程中，會員們充分民主，在徐寶璜導師的指導下，醞釀改組方案，召開改組大會，選舉產生了會長和副會長，並有會員曹傑和陳公博擔任幹事，通過了《北京大學新聞學研究會簡章》。他們通過民

主選舉成立新聞周刊部，「周刊主任徐寶璜、新聞部主幹陳公博、評論部主幹黃欣、翻譯部主幹嚴顯揚、通信部主幹曹傑。」〔註4〕開始籌劃出版會刊《新聞周報》。他們為了擴闊視野，參加北京中小聯閨第二次運動會新聞報導活動，先後邀請北大名教授高一涵、李大釗等先生到新聞學研究會給會員演講。他們也積極參加了五四運動，高尚德（高君宇）是這場運動的中心人物和學生代表，參與領導、策劃、往來聯繫和推動的工作；楊晦（楊興棟）是五四運動中「火燒趙家樓」的直接參與者；梁穎文參加示威遊行，被警察逮捕關押。

　　隨著各項運動的開展，北京大學新聞學研究會聲名鵲起，影響不斷擴大，1919 年 9 月，開始了第三次招生，報名入會人數達到 40 餘人，超過預期的40 人。但由於資料的確實，未能獲知具體的名單，深以為憾。1919 年 10 月16 日，北京大學新聞學研究會在文科事務室舉行第一屆會員研究期滿儀式（「第一次研究期滿式」）。大會由幹事曹傑主持，蔡元培會長和徐寶璜副會長先後發表講話，並由蔡校長親自給到會會員頒發聽講證書。據羅章龍回憶：「經過五個月的講習後，舉行了一次結業儀式，蔡校長親自主持畢業典禮，由北大新聞學研究會發給文憑，文憑上有會長蔡元培與總幹事徐寶璜的親筆簽名，大家如獲珍寶。」〔註5〕

第二節　北京大學新聞學研究會會員畢業去向

　　北京大學新聞學研究會第一屆會員除 3 人畢業時間不詳外，1919 年 5 人畢業（包括毛澤東返回長沙），1920 年 21 人畢業，1921 年 3 人畢業，1922 年13 人畢業，1923 年 3 人畢業，1924 年 7 人畢業。他們畢業後沒有一人選擇以新聞為終身職業。

一、北京大學新聞學研究會會員畢業留學情況

　　北京大學新聞學研究會第一屆會員畢業後有人選擇了留洋深造。這是否受到了他們導師徐寶璜先生、邵飄萍先生和會長蔡元培校長留學國外背景的影響，不得而知。據不完全統計，55 名會員中有 10 人出國留學深造，具體情況見下表：

〔註 4〕　《新聞學研究會啓事》，《北京大學日刊》第 334 號，1919－03－17。
〔註 5〕　羅章龍：《羅章龍回憶錄》（上），香港：溪流出版社，2005 年，第 28 頁。

北京大學新聞學研究會會員留學和學校名單

序　號	姓　名	留學學校
1	區聲白	1921 法國里昂大學留學
2	翟俊千	1921 年法國里昂大學博士
3	楊亮功	1922 史丹佛大學教育學碩士學位 1927 年獲紐約大學哲學博士學位
4	章韞昭	留法勤工儉學學生
5	丘昭文	美國迪保羅大學留學
6	徐恭典	美國西北大學法律系 英國倫敦大學 德國柏林菲力特立喬治大學
7	楊立誠	巴黎大學
8	朱如濡	美國衣科大學
9	梁穎文	德國留學，獲博士學位
10	曲宗邦	美國哥倫畢業大學

10 名會員留學後，沒有人選擇學習新聞學專業，而是選擇了自己在北京大學相同或相近的專業；留學歸國後，他們致力於自己的專業領域，基本沒有從事過新聞工作。

二、北京大學新聞學研究會會員畢業後職業情況

自北京大學畢業後，北京大學新聞學研究會大部分會員走向社會，參與社會工作，在社會上各條戰線建功立業。有些會員在近代中國革命與建設中作出了突出的貢獻，在第一屆 55 名會員中，除 10 人職業不詳外，45人可分爲從政從教（也有人亦政亦教，或相互轉化）兩類，具體詳情見下表：

北京大學新聞學研究會第一屆會員畢業後職業情況

序號	姓名	畢業時間	主要職務
1	陳公博	1920	創立中國共產黨、國民黨中央黨部書記、中央農民部長兼廣東大學校長、汪僞政權立法院長、二號漢奸
2	區聲白	1920	嶺南大學教授，僞廣州市社會局課長、僞廣東大學教授、澳門濠江中學教師

序號	姓名	畢業時間	主要職務
3	譚鳴謙	1920	廣東高等師範學校任教，中共廣東支部書記，協助孫中山改組國民黨，國民黨組織部部長，參加南昌起義，後任民革中央副主席
4	溫錫銳	1920	不詳
5	譚植棠	1920	創立社會主義青年團，成立中共廣東支部，廣州農民運動講習所第一至四屆教員，參加東江抗日游擊區
6	何邦瑞	1920	廣州大學副教授
7	黃欣	1920	史學講演會，廣州市民日報社長
8	蕭鳴籟	1920	廣東大學教授，中山大學史學系主任
9	羅汝榮	1920	東莞中學校長，中蘇文化協會廣東分會候補理事
10	楊亮功	1920	安徽省立一中校長、第四中山大學教授兼文科主任、上海中國公學副校長、安徽大學校長、北京大學教育系主任、安徽大學校長、臺灣師範學院教授、編譯館館長、「監察院」秘書長、「考試院」副院長、院長。
11	嚴顯揚	1922	不詳
12	馮嗣賢	1922	不詳
13	徐思達	1920	國立中山大學附中教員、江門市政府秘書兼教育科長、廣東省政府教育廳督學、增城縣立中學兩任校長、廣東北區專員公署科長、廣州文史館館員。
14	歐陽英	不詳	歷充太原、宛平、遂平、閩侯等縣縣長，福建民政廳秘書主任，駐閩綏主任公署秘書，福建建設廳秘書
15	丘昭文	1920	歷任廣州地方法院推事、廣州律師公會副會長、全國律師協會常委、國民大會自由職業團體律師代表，廣東勸勤大學及國民大學兼職法學教授，任中華法律學會副會長、廣東法律學會理事長。
16	張廷珍	1920	華北大學會計主任，上海律師
17	曹傑	1921	國民政府浙江金華地方法院、漢口地方法院、山東高等法院推事、民庭庭長等職。抗日戰爭中，先後任上海復旦大學、法政大學、東吳大學法學院教授，新中國立後，歷任中央人民政府司法部第二司司長、公證律師司司長、法律宣傳司司長、法令編纂司司長等職，國務院參事
18	翟俊千	1920	五四運動學生領袖，勞工教育指導委員會任委員兼「鐵路勞工師資養成所」所長，暨南大學第一任副校長兼政治經濟系主任、大夏大學法科教授、國立勞動大學社會科學院教授、上海建設大學校長、香港華僑工商

序號	姓名	畢業時間	主要職務
			學院院長、北京大學、清華大學、中山大學、上海法政大學、法商學院等校校董、教授等職，汕頭市市長，廣州市教育局局長，上海市人民銀行任高級經濟計劃員，蘇州第二中學歷史教員
19	傅馥桂	1924	國民黨立委，遼北省政府委員、財政廳長
20	繆金源	1922	北大教授、中法大學教授、輔仁大學教授
21	杜近渭	1920	不詳
22	倪世積	1920	不詳
23	章韞昭	1920	北京師範大學、武漢大學教授
24	李吳禎	1922	音樂會主任幹事，鋼琴組
25	楊立誠	1919	江西省立圖書館館長、南昌心遠大學教授，浙江省立圖書館館長，編成《四庫目略》四卷
26	楊興棟	1920	瀋陽、太原、河北、山東等地教書，京津等地任教，陝西西北聯合大學和重慶中央大學任教，上海、香港等地任教，北京大學中文系系主任、教授
27	華超	1920	商務印書館編譯所，著作《世界和平運動》、《教育測驗概要》、《心理學與精神治療法》、《黨化教育要覽》等。
28	舒啓元	1923	重慶聯中校長、省長公署秘書、四川軍務辦劉文輝處任秘書兼政治部指導員，編審委員會委員，軍事學研究委員會委員、政治經濟討論委員會委員，四川大學、成都師範大學教授，省立奉節中學校長，南泉西南學院教授
29	易道尊	1921	創建北京社會主義青年團，1921 年 9 月《庫倫寫眞》
30	陳光普	1920	四川省立第一中學校長、四川省視學、漢源中學首任校長、重慶行營邊區調查團主任、西康省選區立法委員
31	韓蔭轂	1919	不詳
32	梁穎文	1920	國民黨中央政治委員會財政專門委員會委員，行政院參事，行政院副秘書長，主計部副主計長，任財政部政務次長
33	黃琴	1923	中國國民黨文書處長，海南大學教授，國立華僑中學校長
34	曲宗邦	1922	國憲起草委員會委員，東北邊防軍秘書廳秘書

序號	姓名	畢業時間	主要職務
35	鍾希尹	1922	不詳
36	陳鵬	不詳	著有《所有權變遷論》、《合夥契約論》
37	徐恭典	1919	北京政法大學教授，兼任國家憲法起草委員會秘書，山西大學、河北大學教授。嗣後輾轉上海、南京任職法界，並在各大學教授法律學，在中央陸軍大學、中央軍官學校兼教英文和德文，上海公共租界特區法院推事，司法行政部編纂室主任，解放初出任上海政法學院教授，南京工業專門學校上海分校董事長等。
38	朱雲光	1922	交通部秘書，後任中國國民黨中央執行委員會宣傳部委員兼秘書、中央政治委員會秘書處秘書、教育專門委員會委員，國民政府文官處秘書，總統府第一局副局長。
39	朱存粹	1922	律師、遂安縣長、武進縣長、首都秘書處第一科科員
40	倪振華	1922	不詳
41	鮑貞	1919	不詳
42	馬義述	1921	青峰紡織公司總務主任，上海、浙江、湖南高等法院推事、庭長等職
43	吳宗屏	1922	法制局編譯
44	王南邱	1922	著有《人格教育總分論合刊》（1922 年）
45	吳世晉	1924	廈門大學法科法學教習、廈門律師、
46	高尚德	1922	五四運動學生領袖、發起組織馬克思學說研究會、創建了北京共產主義小組、參加京漢鐵路工人大罷工、孫中山秘書，支持國共合作，創建中共太原支部，參加中共「四大」。
47	姜紹謨	1924	中國國民黨北京特別市黨部第一屆執行委員兼組織部長，北伐期間任國民革命軍東路軍總指揮部少將參議，教育部總務司司長，立法院立法委員
48	陳秉瀚	1923	江西各地方法院候補推事，總務司第一科科員
49	來煥文	1924	北京大學畫法研究會主任幹事，西湖博覽會籌備會副主任
50	羅璈階	1924	中共北京大學支部書記、中國勞動組合書記部北方分部主任、中共中央工委書記、中華全國總工會黨團書記、河南大學、西北大學、華西大學、湖南大學、湖北大學等校任教、中國革命博物館顧問

序號	姓名	畢業時間	主要職務
51	朱如濡	1922	新會設計委員、中國教育學會會員
52	劉德澤	1924	山東省臨時中學教師
53	常惠	1924	北京大學國學研究所、北平研究院、北京故宮博物院任職
54	尉士傑	不詳	不詳
55	毛澤東	1919.4	中國工農蘇維埃主席、中共中央主席，新中國國家主席

從政者有陳公博、譚植棠、高尙德、譚鳴謙、梁穎文、毛澤東、羅璈階、來煥文、姜紹謨、朱雲光、歐陽英、曲宗邦、朱存粹、易道尊等人。他們分屬國共兩大陣營。在國民黨陣營中，有梁穎文、姜紹謨、朱雲光、歐陽英、曲宗邦、傅馥桂等。

梁穎文先後任張群和蔣介石外文秘書，後任中國國民黨中央政治委員會財政專門委員會委員。1948 年 5 月 4 日任行政院參事，是年 5 月 31 日任行政院副秘書長。1949 年 1 月 18 日任主計部副主計長，是年 2 月 11 日至 4 月 4 日兼任財政部政務次長。〔註6〕

姜紹謨於 1924 年畢業後，任中國國民黨北京特別市黨部第一屆執行委員兼組織部長。1926 年參加北伐戰爭，任國民革命軍東路軍總指揮部少將參議。1927 年任浙江省防軍政治部主任，中國國民黨浙江省清黨委員會委員兼情報處主任、審查處主任，浙江省黨務改組委員會委員兼代組織部長，浙江省特別委員會委員，浙江省指導委員會委員。1928 年任浙江省立法政專門學校校長。1929 年 10 月 5 日任教育部參事。1930 年 5 月 6 日任教育部總務司司長。1932 年任浙江省第二特區行政督察專員。1934 年任司法行政部秘書。1938 年任軍事委員會參議。後加入軍事委員會調查統計局，歷任軍統局情報科黨政股股長，情報科科長，渝特區區長，滬二區少將區長，設計委員會主任委員。1945 年 1 月 3 日任中央公務員懲戒委員會委員。1948 年當選第一屆立法院立法委員。後去臺灣，仍爲「立法院」立法委員。1981 年 4 月 27 日去世。〔註7〕

〔註6〕 劉國銘主編：《中國國民黨百年人物全書》（下冊），北京：團結出版社，2005 年，第 2012 頁。

〔註7〕 劉國銘主編：《中國國民黨百年人物全書》（下冊），北京：團結出版社，2005 年，第 1657～1658 頁。

　　朱雲光畢業後，於1927年4月出任交通部秘書，後任中國國民黨中央執行委員會宣傳部委員兼秘書、中央政治委員會秘書處秘書、教育專門委員會委員。1940年任國民政府文官處秘書。1942年1月轉任政務官懲戒委員會主任秘書。1946年11月當選為「制憲國民大會」浙江區域代表。1948年5月升任總統府第一局副局長，1949年春病故於上海。〔註8〕

　　在共產黨陣營中，譚植棠、高尚德、譚鳴謙、毛澤東、羅璈階則是中國共產黨和共產主義青年團早期的創始人，為當時中國共產黨團的建設做出了突出的貢獻，為推動國共第一次合作進行了積極的努力。

　　高尚德（高君宇）先後創立北京社會主義青年團和太原社會主義青年團，並和毛澤東一起出席中共「一大」。1922年1月，他代表中國共產黨赴莫斯科出席共產國際遠東各國共產黨和各民族革命團體第一次代表大會，被選為大會執行委員，受到列寧接見。同年5月，在中國社會主義青年團「一大」上當選為團中央執行委員。7月16日，高君宇出席中共「二大」，當選為中央執行委員。8月29日至30日，他參加中共中央決定國共合作的西湖執委特別會議。1923年2月，他領導京漢鐵路工人大罷工。中共「三大」以後，他協助孫中山改組國民黨，並出任孫中山秘書，為促成國共第一次合作做出重要貢獻。1925年1月，他赴上海參加中共「四大」。3月4日，他抱病參加國民會議促成會第一次全國代表大會。3月6日淩晨逝世，年僅29歲。

　　譚鳴謙（譚平山）1920年畢業後，於次年春與陳獨秀等領導成立廣州的中國共產黨早期組織。1921年中共第一次全國代表大會後，任中共廣東支部書記、中國勞動組合書記部廣州分部主任，並任國民黨廣東省黨部組織部部長。1923年6月在中共第三次全國代表大會上當選為中共中央局委員。曾被孫中山任命為國民黨臨時中央執行委員，參與國民黨的改組工作。在國民黨第一次、第二次全國代表大會上當選為中央執行委員、常委，任國民黨中央組織部部長。1927年3月武漢國民政府成立，任武漢國民政府委員兼農政部部長。1927年4月至5月任中共中央常務委員會委員。1927年5月在中共五屆一中全會上當選為中共中央政治局委員（任職至1927年8月），1927年6月至7月任中共中央政治局常委。1927年夏任中共中央農民部部長、農民運動委員會書記。大革命失敗後，參加八一南昌起義，被推選為革命委員會主

〔註8〕劉國銘主編：《中國國民黨百年人物全書》（下冊），北京：團結出版社，2005年，第616頁。

席團委員。1927 年 11 月被中共中央臨時政治局擴大會議開除黨籍。1930 年 5 月參與組織中國國民黨臨時行動委員會（即第三黨，1947 年改名爲中國農工民主黨）。抗日戰爭時期，任國民政府軍事委員會政治部指導委員、設計委員，第一屆、二屆、三屆、四屆國民參政會參政員。1945 年 10 月起任三民主義同志聯合會主要負責人。1948 年 1 月在香港參加組織中國國民黨革命委員會，當選爲中央常委。中華人民共和國成立後，1949 年 10 月至 1954 年 9 月任中央人民政府委員會委員、政務院政務委員、政務院人民監察委員會主任。1954 年 9 月當選爲第一屆全國人大常委會委員。1956 年 3 月當選爲中國國民黨革命委員會副主席。政協第一屆、二屆全國委員會委員。1956 年 4 月 2 日在北京逝世。〔註9〕

當然也有跨越國共兩大陣營者，如陳公博是中國共產黨的創始人，後來卻轉投國民黨陣營，並最後叛變國民黨投降日本，甘當汪僞政權的二號人物，成爲出賣民族利益的可恥漢奸。再如區聲白 1920 年畢業後與梁冰弦、劉石心、譚祖蔭、黃鵑聲（尊生）、梁一餘、梁雨川以及兩個俄國人組織了一個無政府主義性質的「廣東共產黨」，進行鼓吹無政府主義的活動。1921 年赴法國里昂大學留學，加入國際性世界語組織「全世界無民族協會」。1925 年畢業回國，致力於世界語的推廣。翌年在廣州與黃尊生等創辦世界語師範講習所和廣東大學世界語學會。1929 年參與創辦廣州世界語學會，任交際部主任。1936 年，曾任廣州市社會局第五課課長。1938 年廣州淪陷後，附於汪僞，淪爲漢奸。曾任僞廣州市社會局課長、僞廣東大學教授。抗戰勝利後到澳門，任職於濠江中學。後由其子供養，潦倒病逝於澳門。著有《無所謂宗教》等書。

北京大學新聞學研究會第一屆會員畢業後大多數人從事教育工作。有些會員畢業後返回家鄉，爲發展家鄉的中學教育默默奉獻，如陳光普、劉德澤等；有些則致力於學術研究，在各地大學任教，成爲名家教授。

徐恭典，1919 年北京大學畢業後，以江西省官費名額選送他前往美國西北大學法律系攻讀法學，獲法學博士學位。成爲江西玉山縣第一位博士。後又轉赴英國倫敦大學、德國伯林菲力特立喬治大學專攻民法各一年，1924 年學成，由德國轉道蘇聯考察後回國。歸國後，任國立北京政法大學教授，兼任國家憲法起草委員會秘書一年。再先後任山西大學、河北大學教授。嗣後

〔註9〕 張靜如主編：《中國共產黨歷屆代表大會一大到十八大》，石家莊：河北人民出版社，2012 年，第 210 頁。

輾轉上海、南京任職法界，並在各大學教授法律學，在中央陸軍大學、中央軍官學校兼教英文和德文。1933 年秋，在南大學教授。嗣後輾轉上海、南京任職法界，並在各大學教授法律學，在中央陸軍大學、中央軍官學校兼教英文和德文。1933 年秋，在南京司法行政部任編纂室編纂，後升爲主任，從事《民法大全》的修訂，又與多位法學專家、教授共同商討我國《六法全書》的修訂工作，爲完善我國法律作出了貢獻。他多年潛心從事法學教育和《法典》的修訂工作，貢獻良多，頗孚眾望，是我國早期的民法專家和舊中國完善法律的奠基人之一。〔註10〕

楊亮功，1920 年從北大畢業後，曾應聘在天津女子師範學校任國文教員數月。當年 11 月，他到省城安慶任省立第一中學校長，聘請了一批剛從北京大學、金陵大學等高等學府畢業的青年任教，並對學校大加整頓，使學校頗有起色。1927 年，楊亮功在美學成回國後，重返他興趣所在的教育舞臺。先在開封第五中山大學擔任文科主任兼教育系教授，隨後應胡適之邀到上海任中國公學副校長。1929 年，又應安徽大學新任校長王星拱之邀擔任文學院院長兼秘書長，並代理校務。1930 年 6 月出任安徽大學校長。次年夏，離開安慶赴北平任北大教授，至此結束了在家鄉的兩年教育生活。爲推動安徽教育界與全國各地教育界的聯繫，從 1931 年起，他與北平和上海的教育專家陳鶴琴等人發起籌組中國教育學會，旨在「研究及改進教育」。到北大後，楊亮功與教授們又組織了明日社，以《大公報》爲陣地，「宣揚新教育之理論與制度，期能一新風氣」。1933 年 1 月，中國教育學會在上海正式成立，楊亮功被推選爲理事。1948 年 7 月至 1949 年 3 月，再任國立安徽大學校長。1958 年出席聯合國文教組織第十屆大會。1959 年，爲紀念抗日英雄丘逢甲先生，楊亮功、蕭一山、丘念臺等開始籌辦創建逢甲大學。他一生鍾情教育事業，先後在大陸、臺灣的 10 多所著名大學任教或任職，並有多部教育研究著述問世。〔註11〕

楊興棟，即楊晦，1920 年北大哲學系畢業後，到瀋陽第一師範學校教哲學，1921 年秋至 1922 年在河北定縣教國文。1923 年去廈門集美學校教書。1924 年到山東第一師範學校任教。1941 年至 1943 年間在西北大學中

〔註10〕　《玉山博士譜》編委會：《玉山博士譜》，南昌：江西科學技術出版社，1998年，第 1 頁。

〔註11〕　朱守良主編：《皖江近現代高等教育人物研究》，合肥：合肥工業大學出版社，2006 年，第 47 頁。

文系任教授。1944 年至 1946 年到重慶中央大學任教授，講授現代文學和文學理論。1949 年 4 月，從香港到北京，參加了第一次全國文代會。解放後，一直任北京大學中文系教授，是爲數不名的一級教授，也曾兼任過北大副教務長。〔註 12〕

翟俊千，1921 年畢業後，以官費赴法國里昂大學攻讀國際政治和經濟理論，獲法學博士學位。其畢業論文《中國國際地位與不平等條約》，並由巴黎東方書店出版，在國際上影響很大。留學期間，與同學一道籌建以馬列主義爲指導的「中國社會民主黨」，曾與周恩來領導的旅歐共產黨巴黎支部有密切聯繫。1924 年由周恩來推薦加入以邵子力爲團長的中國代表團（成員還有譚平山、鹿鍾麟、黎國材），參加在比利時首都布魯塞爾召開的「反帝反殖大同盟國際會議」。1927 年回國後，經蔡元培的推薦，任暨南大學第一任副校長（校長鄭洪年）兼政治經濟學教授。在任職期間，不拘一格錄用人材，因而暨大名流學者雲集，蜚聲海外。我國首次「南洋華僑教育會議」，就在暨南大學召開，新加坡、馬六甲、北婆羅洲、菲律賓、印尼等地都派員參加了會議。此後，他先後曾擔任過上海建設大學校長、香港華僑工商學院院長，北平大學、清華大學、中山大學、上海法政大學、法商學院等校董、教授等職，成爲著名愛國教育家。〔註 13〕

曹傑，1921 年畢業後，曾任國民政府浙江金華地方法院、漢口地方法院、山東高等法院推事、民庭庭長等職。抗日戰爭中，先後任上海復旦大學、法政大學、東吳大學法學院教員、教授，曾支持學生反內戰的愛國民主運動。新中國成立後，歷任中央人民政府司法部第二司司長、公證律師司司長、法律宣傳司司長、法令編纂司司長等職。1959 年任國務院參事。他是我國早期的法律專家，在國內外司法界聲望很高。〔註 14〕

繆金源，在北大就讀期間曾邀集十七位北大學生聲明自由聽課，不要北大文憑。這十七個人被稱作「自絕生」。1922 年，他畢業時，胡適力排眾議，破格聘任聘任他爲北大中文系講師。北平淪陷後，他卻始終抱定「誓餓死不失節」的氣骨。當其他人南下時，他因體弱累重，事實上不能離開北平。於

〔註 12〕 朱溫儒敏主編：《北京大學中文系百年圖史 1910～2010》，北京：北京大學出版社，2010 年，第 98 頁。

〔註 13〕 張磊編著：《東莞奇人錄》，北京：中華文化出版社，1994，第 123 頁。

〔註 14〕 《曹傑同志在京逝世》，《人民日報》，1995 年 2 月 9 日。

是 1937～1938 年度一整年就隱居不出，食貧自守。直到 1938 年秋天才到輔仁大學哲學系和司鐸書院教幾點鐘書。後來因發表了「非宗教」的言論得罪了天主教神父，第二年就沒有續聘。他在戰前，收入相當豐厚，每餐都有魚肉珍饈。但淪陷後在輔仁大學教書時，因爲入不敷出，已經減到每天一粥一飯。1939 年離開輔仁大學，生活更加困難。1941 年 4 月 25 日給魏建功和夏卓如的信片裏說：「自離輔大後，生事良苦。歲杪又舉一男（共五男一女），牛乳竟月費二三十金。諸兒量其宏，每日食十斤（玉米或小米一餐）。且全家長幼均多病，……以貧困故，概不服藥。老父因仰食者眾，且季弟營小醫院於滬，兩年來虧耗血本萬金，今年不復能相濟。然誓餓死不失節！」自此以後，他從每天一粥一飯減到每天兩頓粥，到最困苦的時候，全家只落得一天只喝一頓粥了！經這樣凍餒折磨，一死了之。北大同人讚頌繆金源是位「傲骨嶙峋，臨大節而不可奪的朋友」！〔註15〕

第三節　北京大學新聞學研究會會員的新聞活動

　　雖然北京大學新聞學研究會第一屆會員沒有一位以新聞職業爲終身職業，但卻有有 22 人先後參加過新聞活動。甚至有部分會員在報名入會接受新聞教育之前已有新聞工作經驗。如 1918 年 10 月 20 日，北京各大學學生救國會設在北京大學的機關刊物《國民》雜誌出版後，蕭鳴籟、章溫貽、高尙德都成爲《國民》雜誌社社員並參與雜誌出版工作；1919 年 1 月 1 日，《新潮》雜誌成立後，譚鳴謙、高尙德等也參與出版活動。再如陳公博在前往北京大學求學之前就已經創辦過香港《少年報》、廣州《新中國日報》等，正是他們對新聞事業重要性的認識和新聞學知識的缺失，使得許多會員積極報名參加北京大學新聞研究會。會員們不僅與導師教學相長，完善新聞學研究內容，也有些會員在接受新聞教育之後迫不及待地將所學的新聞學知識和理論聯繫實踐，積極參加到新聞辦報活動中去，特別是《新聞周刊》的出版（前已有專章論述，茲不贅述）。

　　毛澤東在參加北京大學新聞研究會學習後，於五四運動前夕中斷學習返回長沙，積極向湖南學生聯合會倡議創辦機關刊物《湘江評論》。他親任主編，於 1919 年 7 月 14 日正式出版《湘江評論》，傳播、介紹新思想，探索改造社

〔註15〕陳明遠著：《那時的文化界》，太原：山西人民出版社，2011，第 126 頁。

會的道路。《湘江評論》這份刊物是 4 開 1 張的周刊，報頭右側印有「發行所址長沙落星田湖南學生聯合會」字樣。它設有西方大事評述、東方大事評述、世界雜評、湘江大事評述、湘江雜評、放言、新文藝等欄目。該刊物以宣傳最新思潮為主旨」，每周 1 張，有重大事件則發行增刊，第 2 期就附了 1 張 8 開的「臨時增刊」。其創刊號印了 2000 份，當天就全部售罄，後又重印 2000 份，因此自第 2 期就改為印 5000 份，由此可見其在當時深受讀者歡迎。〔註16〕《湘江評論》熱情地歌頌了俄國十月革命及其對世界的影響，以宣傳最新思想為宗旨，號召中國人民學習十月革命，揭露了英、美、法等帝國主義國家在巴黎和會上的分贓活動，並用很大篇幅介紹各國革命運動情況，讚揚了英、美、法、德、意等國的工人罷工鬥爭，並預見東歐各國的革命前途將是社會主義的勝利。它積極報導了全國五四運動的發展和湖南學生聯合會的活動情況，介紹了留法勤工儉學的情形及湖南的一些重要事情，如健學會的成立及活動等等。在第一期至第四期（第五期至今未找到）和第一號「臨時增刊」中，共發表文章 83 篇，毛澤東撰寫的文章就佔了一半。創刊號上刊登了署名為毛澤東的《湘江評論》創刊宣言，宣言提出了「由強權得自由」的號召，認為在學術方面應該徹底研究，努力追求真理，在對人的方面則應該群眾聯合，向強權者實行持續的「忠告運動」，實行「呼聲革命」。在創刊宣言中，毛澤東指出：「世界什麼問題最大？吃飯問題最大。什麼力量最強？民眾聯合的力量最強，」並指出：「浩浩蕩蕩的新思潮業已奔騰澎湃於湘江兩岸了！順他的生，逆他的死。如何承受他？如何傳播他？如何研究他？如何施行他？這是我們全體湘人最切最要的大問題。即是《湘江》出世最切最要的大任務。」「這種潮流，任是什麼力量，不能阻住，任是什麼人物，不能不受他的軟化。」並號召人民「天不要怕，鬼不要怕，死人不要怕，官僚不要怕，軍閥不要怕，資本家不要怕，」要敢於起來向資本家、封建軍閥和帝國主義作鬥爭。他發表的《研究過激黨》等文章中，對張敬堯反動政府誣衊十月革命、馬克思主義和布爾什維克黨等言論進行了批駁，以澄清人們的思想混亂。《湘江評論》上最重要的文章，是毛澤東撰寫的《民眾的大聯合》。該文連載在該刊第 2、3、4 期上，闡明了「民眾聯合的力量最強」的觀點；提出了以民眾的大聯合對抗強權者、貴族、資本家的主張；指出了由各行各業的「小聯合」達到各界「大聯合」的步驟和方法；並揭示了「壓迫愈深，反抗愈大，蓄之既久，其發必速」的革命與反革命鬥爭

〔註16〕 唐婷：《〈湘江評論〉創刊》，《中華新聞報》2004－07－16。

的關係。這篇論文成為毛澤東後來革命統一戰線思想的基礎，也是毛澤東為中國革命寫的第一篇有指導性的論文。《湘江評論》創刊號寄到北京後，李大釗認為這是全國最有分量、見解最深的刊物。《晨報》也予以介紹，評價其「內容完備」、「魄力非常充足」。上海的《時事新報》，四川成都的《星期日》等報刊，曾介紹過《湘江評論》或轉載過《民眾的大聯合》。1919 年 8 月上旬，第五期正在付印時，《湘江評論》被反動軍閥張敬堯查封。〔註17〕

楊亮功在參加北京大學新聞研究會後，積極參與五四運動的鬥爭實踐，使得他具有敏銳的新聞意識，他利用自己學習的新聞編輯經驗，同自己表兄蔡曉舟組成五四編輯社合編書籍《五四》。他自言：「時當暑假，端居多暇。遂與表兄相約編輯《五四》一書。於商定大綱後，分工合作。一方面搜集資料，一方面編撰，一方面校閱。窮兩個多月之力而完成初稿。其所以能如此之速者，一由於一切事實皆為當時己身之所親歷，一由於一切文電輿論皆為當時各地報章所登載，俯拾即是。」〔註18〕1919 年 9 月，《五四》正式出版。這是第一本關於五四運動的史料集。全書共分為六章，即五四運動之成因；學生遊行示威之始末；全國各界對五四運動之響應；當時各媒體的輿論；以及全國各地之支持五四運動的電文；最後並附錄有陳百朋《國民大會對於青島問題我之傷心語》以及許紹獬的《許紹獬為國貨根本問題敬告國人》兩篇文章。〔註19〕楊亮功後來說：「此一小書為記載五四運動最早出版的一本書。書中所載，皆係第一手資料。讀者可以從這一本書，認清五四的真面目，體會五四的真意義。亦可以瞭解到此一運動，與所謂新文化運動，或任何外在因素，完全無關。由於此一運動，所表現的純為愛國行為，思想純潔，因此感動全國各階層人士，商人為之罷市，工人為之罷工，運動之所以如此成功，並非無因。」〔註20〕

北京大學新聞研究會更多的會員是在期滿之後積極從事新聞工作。如陳公博與譚鳴謙、譚植棠叔侄倆由京返粵後，立即投入到辦報活動中。1920 年

〔註17〕　李應和：《〈湘江評論〉簡介》，《中國檔案報》，2002－05－17。
〔註18〕　楊亮功著：《早期三十年的教學生活・五四》，合肥：黃山書社，2008 年，第97 頁。
〔註19〕　楊亮功著：《早期三十年的教學生活・五四》，合肥：黃山書社，2008 年，第94 頁。
〔註20〕　楊亮功著：《早期三十年的教學生活・五四》，合肥：黃山書社，2008 年，第99 頁。

10 月 20 日，他們三人共同創辦廣東共產黨組織機關報《廣東群報》，宗旨是：「（一）不談現在無聊政治，專為宣傳新文化的機關；（二）不受任何政黨援助，保持自動出版的精神。」創刊號上，發表了蔡元培、陳獨秀的文章。該報主要內容有：第一，宣傳馬克思主義。《群報》闢有馬克斯研究、俄國研究、莫斯科通信、留法通訊、譯論、評論、論著、工人消息等專欄。《群報》還以顯要的位置，大量刊登或轉載了陳獨秀、李大釗、李達、譚平山、陳望道、沈雁冰、李季、瞿秋白等理論先驅者宣傳馬克思主義、介紹蘇俄的歷史和現狀、分析中國實際問題的文章。第二，批判無政府主義。《群報》刊登了李達《社會革命之商榷》（署名江春）、包惠僧《討論社會主義並批評無政府黨》以及《共產主義與無政府主義及議會派之比較》等文章，批判無政府主義。第三，主張改造社會。《群報》發表了不少關於社會問題的文章，如改造報業、改造教育、整頓社會風氣；批評廣州市的市政，批評廣州戲劇；討論廢兵問題、廢娼問題、女子解放問題等等。《群報》所發表的小說、詩歌，多取材於家庭、婚姻、刺業等問題，著重揭露封建專制制度壓迫的痛苦和社會生活的黑暗，指出必須改造社會，必須採取「直接行動」，實行社會革命。第四，指導工人運動。作為黨組織的喉舌，《群報》特別注重對於工人運動的報導和指導，發表過不少關於勞工調查和工會問題的文章。《新青年》介紹說：《廣東群報》「是中國南部文化的總樞紐，是介紹世界勞動消息的總機關，是廣州資本制度下奮鬥的一個孤獨子，是廣東十年來惡濁沈霾空氣裏面的一線曙光。」1922 年夏，陳炯明發動兵變後，《廣東群報》被迫停刊。〔註21〕

　　1922 年 5 月，繆金源在北京大學畢業前夕，與江蘇旅京之北大、女師大、法政專門學校等三校同學共同組織「江蘇清議社」，創辦批評時政為宗旨的《江蘇清議》。其實早在 1920 年他就積極為各大報刊撰稿，如《解放與創造》第二卷第七號發表文章《我們現在怎樣做兒子？》，4 月在《婦女雜誌》刊登《閨閣的貧民教育與離婚》。1921 年 7 月，他在《學生》雜誌第 7 期發表文章《學生雜誌革新與學生革新》，他對《學生》雜誌對學生革新會發生重要影響，「能改變我們的人生觀」，「能聯絡異地學生的友誼」；他對學生革新的意見是，敢於自信，勇於批評，多管閒事，多看好書。〔註22〕8 月 15 日，他在《民聲》

〔註21〕 曾慶榴主編：《中國共產黨廣東地方史》第一卷，廣州：廣東人民出版社，1999年，第 55 頁。

〔註22〕 繆金源：《學生雜誌革新與學生革新》，《學生》雜誌第 7 期，第 103～105 頁。

第 30 號發表《無政府共產派與集產派之歧點》。1922 年 4 月在《批評》第六期《新村號》發表《新村與新村人》一文；並先後在《晨報副刊》發表《遊時紀感》、《對於小學成績展覽會的意見》和《主張與金錢》等文章。

羅章龍早在 1920 年 11 月底就參加了北京共產主義小組的通俗的工人週刊《勞動音》編輯工作，該刊在長辛店、南口等工人聚集區發行後，頗受工人歡迎，每期可銷售二千份左右。《勞動音》出版 5 期後被軍閥政府查禁停刊。它後又改名為《仁聲》繼續出版了 3 期，1920 年 12 月 5 日，因缺乏經費停辦，共出版了 5 期。1921 年 6、7 月份，羅章龍創辦中共北方區黨報《工人週刊》。它始終旗幟鮮明地宣傳共產主義思想，鼓吹工人運動，因而為歷屆北洋軍閥政府所深惡嫉視，欲置之死地而後快，儘管秘密印刷出版，但仍屢遭查禁，報刊工作人員橫遭緝捕、關監。加之，刊物經費主要仰仗黨員自籌，經費十分拮据，以致經常脫期，停而復出不知幾多次。其艱難困苦程度可以想見。但報社同志屢敗屢戰使刊物得以繼續出版；堅持下來。從一九二一年開始到一九二六年止，前後有五年之久，累計期數約在 150 期以上，成為大革命時期持續最久的黨刊之一。〔註 23〕《工人週報》成為中共北方區委的黨報和中國勞動組合書記部北方分部的機關報。在《工人週刊》編委會附設有北京「勞動通訊社」。勞動通汛社在各地招聘有通訊員和特約記者，他們採集了大量的新聞報導，除部分供《工人週刊》選用外，還向國內各大報刊如北京的《晨報》、上海的《申報》等發稿。

高尚德（高君宇）在北京大學參與成立「國民雜誌社，出版《國民》雜誌。與此同時，他還參加「新潮社。後來，他先後被推為這兩個社團組織的幹事，尤其在編輯《國民》上起過很大作用。畢業後，在 1921 年夏，返回山西成立「太原社會主義青年團」，改組《平民週刊》，傳播進步思想。1922 年 7 月，參與編輯中共北方局機關刊物《政治生活》和《工人週刊》的編輯，撰寫大量文章。9 月，根據黨的「西湖特別會議」的決議，黨中央機關刊物《向導》正式出版，高君宇任該刊編輯，記者。以後還擔任北方區黨委機關刊物《政治生活》的編輯。在這兩個黨刊上，他「做了不少理淪上的指導」。除此以外，他還編輯過團中央阢關刊物《先驅》以及《北京學生會》週刊等刊物。1923 年 10 月，《中國青年》創刊後，他積極撰文推薦，「中國現在是被昏亂的思想統治著，青年們日在烏漫漫毒瘴中，他們需要解救之迫切，實是中國目

前最重要工作之一。《中國青年》既毅然出而背負此重任，這又無庸說是青年們應當共慶的好消息。」〔註24〕

區聲白（1892～？），五四時期的無政府主義報刊編輯人，1917年5月無政府主義小團休「實社」在北京大學成立。同年7月創辦不定期刊物《自由錄》，進行無政府主義宣傳，是主要撰鎬人之一。他在該刊第二集發表的《平民革命》一文中，指責政府濫用威權，「妄施號令」，是「社會之贅瘤」，主張以所謂「革命」手段，實覹無政府主義。此後，他又在廣州無政府主義者上辦的《進化》、《群報》、《民鐘》等刊物上發表過許多鼓吹無政府主義的文章。1921年一度參加廣東共產主義小組，但不久就因見解不同而退出。中國共產黨成立後，區聲白與陳獨秀之間曾就無政府主義問題在《新青年》雜誌上層開論戰，《新青年》九卷四號特開闢「無政府主義討論」專輯，發表了陳獨秀同區聲白討淪無政府主義的六封長信，構成中國現代史上一次著名筆戰。以後，區盧白到法國留學，創辦《工餘》月刊（油印本），繼續鼓吹無政府主義，並編有《無所謂宗教》一書。〔註25〕

楊興棟（楊晦），中國現代文藝理論家、劇作家。1921年2月1日至3日，他撰寫《奉天教育之眞相》一文，刊登於北京《晨報》。3月，撰寫《文學文的教學》一文，發表於《集美學校周刊》第48期。1925年夏，他假期回到北京與陳翔鶴、陳煒謨、馮至商定出版《沉鐘》周刊。周刊名稱取自德國作家霍甫德曼的一部表現藝術與現實衝突的象徵劇作。10月10日，《沉鐘》周刊正式創刊。撰寫《沉鐘》一文，評介霍甫德曼的劇本《沉鐘》，連載於《沉鐘》周刊第1期與第2期。自英文轉譯法國作家羅曼·羅蘭的《悲多汶傳》，陸續刊載於《沉鐘》周刊第1、3、4、6、7期。當年12月由北新書局出版，爲《沉鐘叢刊》之第3種。〔註26〕1926年8月，該刊改爲《沉鐘》半月刊。到1927年1月26日，《沉鐘》半月刊出至12期停刊，此後，楊晦任《新中華報》副刊和《華北日報》副刊的編輯。1930年以後，馮至去德國留學，陳翔鶴、陳煒謨也離開北京，到1932年《沉鐘》半月刊復刊時，全由楊晦一人主持了。

〔註24〕 山西省史志研究院編：《高君宇文集》，太原：山西古籍出版社，1996年，第183頁。

〔註25〕 中國社會科學院新聞研究所編：《中國新聞年鑒》，北京：人民日報出版社，1984年，第697頁。

〔註26〕 北京大學中文系文藝理論教研室編：《中國新文論的拓荒與探索——楊晦先生紀念集》，北京：北京大學出版社，2001年，第308頁。

直到 1934 年 2 月 28 日出版了第 34 期《沉鐘》才最後結束。從創刊到終刊，前後經歷了十年之久。

　　據筆者不完全統計，北京大學新聞學研究會 55 名會員中，先後有 22 位會員參與或創辦過報刊，從事過新聞工作，具體詳情見下表：

北京大學新聞學研究會參加新聞工作的會員及其刊物名單

序號	姓　名	時　間	刊物名稱
1	陳公博	1920.3. 1920.10.20	《政衡》 《廣東群報》、《革命評論》
2	譚植棠	1920.3. 1920.10.20	《政衡》 《廣東群報》
3	區聲白	1919 1921.4.5	《自由錄》《工餘》 《民聲》
4	譚鳴謙	1920.3. 1920.10.20 1923	《政衡》 《廣東群報》 《國民黨周刊》
5	楊亮功	1919 年	《五四》
6	徐思達		《新民國報》
7	繆金源	1922.5 1923	《江蘇清議》 《晨報副刊》、《新生活》
8	蕭鳴籟		《國民》、《地學》、《學文》雜誌
9	羅汝榮	1932.9.	《東莞周報》
10	李吳禎	1920.3	《音樂雜誌》
11	毛澤東	1919.7	《湘江評論》《大公報》《政治周報》
12	羅章龍	1921、1925	《工人周刊》、《中國工人》
13	常惠	1922～1925	《歌謠周刊》
14	朱如濡		四邑《民國日報》
15	楊興棟	1925.10.10 1927～1932	《沉鐘》 《新中華報》、《華北日報》
16	高尚德	1921 1922	《國民》雜誌、《新潮》雜誌 《向導》、《平民周刊》
17	倪振華		《評論之評論》
18	翟俊千		《南洋研究》、《暨大年鑒》

序號	姓　名	時　間	刊物名稱
19	舒啓元	1922	《民生周刊》
20	丘昭文		《廣東法學月報》
21	黃欣	1932，2.20	廣州《市民日報》社長
22	朱雲光	1922年夏后	上海《民國日報》撰政情通訊

　　他們報名參加北京大學新聞學研究會，主動接受新聞教育，積極學習新聞學理論，並將所學新聞學知識與新聞業務技能積極實踐到新聞工作之中，不斷提高新聞素養。他們雖然僅是新聞崗位上的匆匆過客，或將新聞活動作為自己實現自己專業領域的工具，並沒有將其作為自己畢生的事業，但他們畢竟在人生道路上將自己曾經所學的新聞學理論和技能運用實踐之中。這些刊物既是他們參加北京大學新聞學研究會學習新聞學的結果，也是導師們開展新聞教育成果的體現。

第六章　北京大學新聞學研究會會刊 《新聞周刊》

　　北京大學是中國新聞學和新聞教育的搖籃。九十年前成立的「北京大學新聞學研究會」，是中國第一個新聞學研究團體和新聞教育機構，並由此誕生了中國新聞史上多個「第一」。其中，北京大學新聞學研究會創辦的《新聞周刊》，在中國新聞學和新聞教育發展史上佔有重要的地位，是中國新聞學刊物的源頭，成為中國新聞學和中國報業教育之發端的標誌之一。但由於歷史的滄桑劇變，《新聞周刊》至今已經散佚無存，以致對它的研究迷霧重重，並由此引發諸多紛爭。本書以當時北京大學公報性質刊物《北京大學日刊》刊登的「本校紀事」、「本校布告」、「雜錄」和廣告等豐富史料，對《新聞周刊》創辦過程、發刊宗旨、機構人員和歷史地位進行初步的探討。

第一節　《新聞周刊》籌備創刊

　　雖然《新聞周刊》出版時間不長，但是籌備創刊的過程卻不短。北京大學新聞研究會正式開會成立後，蔡元培校長和徐寶璜導師並沒有立即表達創辦周刊的意願，但是蔡校長的演說、徐寶璜《新聞紙之職務及盡職之方法的》和後來邵飄萍的《新聞社之組織》講演，都體現出理論聯繫實際的特點，為《新聞周刊》的創刊提奠定了紮實的理論基礎；而且三人都具有辦報經歷，尤其蔡元培和邵飄萍都長時間從事辦報活動，徐寶璜回國後也參加了《晨報》和《北京大學日刊》的辦報活動。這都為周刊的創辦提供了豐富的經驗。

一、倡議籌辦《新聞周刊》

1919 年 2 月，「北京大學新聞研究會」正式活動四個月後，一方面由於會員逐漸增加，會務不斷髮展，另一方面因為徐寶璜「事過多，精力不及，恐於會務之發展有礙」，所以他特向會員提出改組意見。在徵得蔡元培會長和多數會員贊成後，徐寶璜和譚鳴謙、陳公博、曹傑、黃欣等四位會員修改會章，準備遞交會員大會審議通過。2 月 10 日，《北京大學日刊》正式公佈了由他們五人起草的「北京大學新聞學研究會簡章」。其中，首次將創辦周刊列入新聞學研究會的「應辦事項」，「四，本會為增長會員新聞經驗起見，應辦事項如左：（甲）日刊或周刊。（乙）中外通信社。以上兩項當視本會會務發達之程度，然後舉行之。」〔註 1〕2 月 19 日，北京大學新聞研究會在文科第三十四教室召開改組大會。在會上，會員討論、修改和通過了「北京大學新聞學研究會簡章」；並選舉蔡元培為會長，徐寶璜為副會長，曹傑和陳公博為幹事。對於創辦周刊的倡議，會員們積極支持，隻字未改，獲得通過。《新聞周刊》的創辦提上了議事日程。

2 月 24 日晚，新聞學研究會開會，決議籌辦周刊及通訊社計劃大綱，並決定於 26 日在理科第十六教室再召開大會。會上提出了籌辦周刊的大綱為：「（甲）周刊。（一）周刊每周出紙一大張，於每星期一發行。（二）周刊設編輯主任一人。（三）於周刊主任之下分設三部：（A）新聞部，掌編輯新聞事項；（B）評論部，掌著撰社論評論事項；（C）翻譯部，掌翻譯東、西洋報紙之最近新聞及短覆之評論。（乙）通訊社部。（一）本部獨立於周刊之外，專對於周刊供給新聞，及承周刊之委任採集特別消息。（二）通訊部設主幹一人，職員六人至七人。（丙）附則。（一）會員支配之方法。以上四部，每部設主幹一人，每主幹之下，設職員六人至七人，由會員每月遴值之分任。（二）供給新聞之方法。於部員調製稿件之外，擬請新聞編輯社供給。（三）各部門之細則，俟各部成立時，各別自定之。」〔註 2〕2 月 26 日晚七時，研究會在理科第十六教室再次召開會員大會，領票選舉各部主幹，並討論通過了籌辦周刊及通訊社計劃大綱。這就為《新聞周刊》制定了創辦模式和搭建起組織框架。

〔註 1〕 《新聞研究會改組紀事》，《北京大學日刊》第 305 號，1919 年 2 月 10 日。
〔註 2〕 《新聞學研究會啟事》，《北京大學日刊》第 318 號，1919 年 2 月 26 日。

二、《新聞周刊》組織機構選舉

　　《新聞周刊》組織機構的選舉，歷時半個多月，會員們積極參與。3月7日，徐寶璜希望會員趕緊投票，「新聞學研究會之選舉票，君等尚未送來。現擬於下星期二開票，請君等將該票即日擲下爲幸！」〔註3〕3月11日，新聞學研究會正式公佈了選舉結果：「第一組，曹傑四票、何邦瑞、譚植棠、繆金源各一票。第二組，黃欣四票、譚鳴謙三票、區聲白一票。第三組　陳公博三票、徐恭典二票、丘昭文、朱雲光、來煥文各一票。第四組　嚴顯揚二票、楊亮功、章韞昭、楊立誠、易道尊、倪世積、羅汝榮、翟俊千各一票。故曹傑爲第一組主幹。黃欣當選爲第二組主幹。陳公博當選爲第三組主幹。嚴顯揚當選爲第四主幹。」〔註4〕3月14日，新聞學研究會召開各主幹談話會，決定《新聞周刊》「春假後出版」，並進行了工作分工。周刊主任徐寶璜，新聞部主幹陳公博，評論部主幹黃欣，翻譯部主幹嚴顯揚，通信部主幹曹傑。〔註5〕各組主干名單的公佈，爲《新聞周刊》的出版提供了組織力量保證；出版時間的確定，標誌著《新聞周刊》創辦進入實質性階段。

　　3月22日，北京大學新聞學硏究會，又添喜事。該會以前的辦事機關是《北京大學日刊》編輯處，現在則有了自己專門的辦公場所——文科第二層二號，且研究地點也固定下來，爲文科第二十四教室。新聞學研究會辦公場所的確定，爲《新聞周刊》的創辦提供了便利的條件，後來也成爲周刊編輯處。

　　3月25日，徐寶璜在《北京大學日刊》發表《致學餘俱樂部函》，請辭交際幹事一職。「學餘俱樂部諸公大鑒：璜素不長於交際，且擔任校事，自覺已重。謹辭交際幹事一職，請以次多數升補，敬此順頌！大安！」〔註6〕表面看，徐寶璜是因爲自己事務繁忙，因此辭去該職；其深層原因是：他已經擔任《新聞周刊》主任，正準備集中精力忙於籌辦周刊。

　　新聞學研究會經過近半年活動，在北京大學及校外具有了一定知名度，產生了一定的影響。北京中小聯閤第二次運動會即將於4月1日召開，該會新聞股負責人李闡初特意光臨新聞學研究會，「敦請本會會員襄助」，希望會員們報名擔任新聞股員，負責報導運動會消息。運動會新聞股的盛情邀請，

〔註3〕　《徐寶璜致傅馥桂、來煥文、馬義述、陳秉瀚四君函》，《北京大學日刊》第326號，1919年3月7日。
〔註4〕　《新聞學研究會啓事》，《北京大學日刊》第329號，1919年3月11日。
〔註5〕　《新聞學研究會啓事》，《北京大學日刊》第329號，1919年3月11日。
〔註6〕　《徐寶璜致學餘俱樂部函》，《北京大學日刊》第341號，1919年3月25日。

讓新聞學研究會會員備受鼓舞，也認識到創辦週刊的必要性和緊迫性，加緊籌辦《新聞週刊》。

4月12日，由於「嚴顯揚君因事辭職」，《新聞週刊》翻譯部人員進行改選，選舉結果爲：「翟俊千得三票，楊立誠君得二票，羅汝榮、張廷珍、易道尊三君各一票。」〔註7〕翟俊千當選爲翻譯部主幹。

三、《新聞週刊》正式出版

4月16日晚七時半，北京大學新聞學研究會在文科第34教室，召開全體會員大會，決定立即出版會刊《新聞週刊》。於此，經過兩個多月的籌備，《新聞週刊》創刊出世，水到渠成。一方面，隨著會務的發展，北大新聞學研究會產生了「增長會員新聞經驗」的迫切需要；另一方面，需要和滿足需要的條件同時具備。當時北京大學新聞學研究會，不僅三位組織者具有豐富的辦報經驗，而且有些會員也具有豐富的辦報經驗，如陳公博來北大讀書前，就曾在廣州、香港兩地從事了近十年的新聞事業工作。這就爲《新聞週刊》的創辦提供了人才保證。另外，當時的北大，是新文化運動的中心，百花齊放，百家爭鳴，學生活動異常豐富，各種學會和報刊林立。《新青年》、《國民》、《新潮》、《北京大學日刊》、《北京大學月刊》等，都爲《新聞週刊》的創刊提供了物質技術基礎。

萬事俱備之後，《北京大學日刊》於1919年4月19日在第一版發佈了「《〈新聞週刊〉出版預告》，宣佈《新聞週刊》於第二天將出版。「一、乃中國唯一傳播新聞學識之報。二、對於一周之新聞，爲系統之記載，下公允之評論。三、本星期日（二十日）出版，由文理兩科號房零售。」〔註8〕1919年4月20日，北京大學新聞學研究會《新聞週刊》正式出版發行。

第二節　《新聞週刊》發刊宗旨

有學者在記載該刊發刊辭時，在其文章中注有「《新聞週刊》一九一九年第一期《發刊詞》」字樣〔註9〕；但是，筆者經多方查找收集，也沒有查閱到

〔註7〕　《新聞研究會啓事》，《北京大學日刊》第350號，1919年4月12日。
〔註8〕　《新聞週刊出版預告》，《北京大學日刊》第356號，1919年4月19日。
〔註9〕　陸彬良：《我國第一個新聞學研究團體——北京大學新聞學研究會始末》，《新聞研究資料》，1980年3期，第128頁。

該刊，甚至連一張照片資料都沒有。因此，《新聞周刊》可能散佚無存，以致無從濱其眞容。但是，1919 年 4 月 21 日，《新聞周刊》出版發行的第二天，《北京大學日刊》在第三版《本校紀事》欄目中，用半個版面篇幅刊登了文章《〈新聞周刊〉發刊之目的》。

《〈新聞周刊〉發刊之目的》共分三部分。第一部分，是《新聞周刊》的自我刊物定位，「本校新聞學研究會同人所組織之《新聞周刊》，業於昨日出版。據云：不僅爲中國唯一傳播新聞學識之報，且爲中國首先採用橫行式之報。」〔註 10〕

第二部分，是徐寶璜撰寫的《新聞周報》發刊詞。這份發刊詞包括兩層含義，其一，論述新聞事業在社會中的重要地位，「新聞紙之勢力足爲改良政治與社會之利器也」，從而論證北京大學創辦新聞學研究會的必要性。其二，《新聞周刊》三大重要目的，「便會員之練習」，「便新聞學識之傳播」，「便同志之商榷」。由於該發刊詞是目前瞭解《新聞周刊》最直接的資料，全文抄錄如下：

發刊詞

北京大學何爲，而設立新聞學研究會乎？會中又何爲而發刊此周刊乎？謹作簡約之答案，以爲本報之發刊辭。

民智開通之國，如英美有不看書者，無不看報者。新聞紙之有用於人，幾若菽粟水火之不可一日無，其勢力實駕乎學校教員、教堂牧師而上之。自科學發達以來，小之如醫牙烹飪之事，尚有人細心研究，因成專門之學問，況勢力偉大如新聞紙者耶。故美英各大學近多設新聞學一科，以研究新聞學原理，培植新聞人材，冀於新聞紙之職務及其盡職之方法。有此發見，漸導其入正當之途，而補救其流弊也。吾國新聞事業，現雖無英美之盛，然日益發達，則可必也。使今日國人所不滿於新聞紙者，如新聞之紛亂而欠實，議論之瑣屑而無當，不加改良，則發達愈甚，國人之不滿意之程度，亦將愈高。北京大學有鑒於此，遂設立新聞學研究會，可介紹歐美所已發見之新聞學識於中國。二以繼爲精深之研究，期有所貢獻。三以培植明白新聞事業方法及記者責任之人材。一言以蔽之，欲解決

〔註 10〕　《〈新聞周刊〉發刊之目的》，《北京大學日刊》第 357 號，1919 年 4 月 21 日。

新聞界各問題，使新聞紙之勢力足爲改良政治與社會之利器也。

　　至本會發行此周刊之重要目的有三：（一）便會員之練習。新聞事業，最貴敏速。而敏速爲習慣之養成，由於勤練。本會會員，雖於新聞學識多有所得，使無練習之機會，或致知之而不能行，行之而不能得其道。今有此周刊之發行，則會員之研究學理之餘，復可得採集新聞撰著社論種種之實地經驗，練習既久，敏捷之習慣當能養成，則將來出而辦報時，可望其效率非徒知學理或僅有經驗之士，所刻比也，此其一。（二）便新聞學識之傳播。新聞爲何物乎？如何求之，如何述之，如何構造題目，如何撰著社論，種種問題，內均含有至理。知而能行之者，則業興，否則業敗。吾國之新聞紙，多曇花一現，瞬生瞬滅，即能於久存之大報，其銷路亦不及英美之大報。則新聞學識之亟應傳播，從可知矣。本報同人，願竭棉薄。每期論文一篇，將研究結果一一公之於世。愚者一得，尚荷新聞界之採用，則多少必是以助新聞事業之進步也。此其二。（三）便同志之商榷。有此周刊，國內同志可自由投函，提出新聞界之問題，互相商榷。此其三。〔註11〕

第三部分，《新聞周刊》申明了自己獨立辦刊立場。「本報絕無政見，新聞必力求確實，議論力求平允。既無歡迎一派之心，尤無攻擊他人之意。即偶然對於人有所臧否，對於事有所主張，弗大過曾有練言，屬個人之私見，與北京大學實無關係也。」〔註12〕

　　因此，由於《〈新聞周刊〉發刊之目的》一文，記載《新聞周刊》的自我定位，全文刊錄徐寶璜撰寫的發刊詞，闡明黃侃宗旨，申明獨立的辦刊立場，成爲我們今天瞭解和認識《新聞周刊》的最珍貴的歷史史料。

第三節　《新聞周刊》業務情況和停刊

　　1919 年 4 月 20 日，北京大學新聞學研究會《新聞周刊》正式出版後，《北京大學日刊》於 21 日、22 日、23 日、24 日、25 日連續刊登廣告《〈新聞周刊〉已出版》，吸引北大學子關注和購閱；「一、乃中國唯一傳播新聞學識之報。二、

〔註11〕　《〈新聞周刊〉發刊之目的》，《北京大學日刊》第 357 號，1919 年 4 月 21 日。
〔註12〕　《〈新聞周刊〉發刊之目的》，《北京大學日刊》第 357 號，1919 年 4 月 21 日。

對於一周之新聞，爲系統之記載，下公允之評論。三、每份銅元二枚，由文、理兩科號房零售。」〔註13〕同日，北京大學校內的《每周評論》從 4 月 20 日刊登廣告。同時，爲了方便「印書局排印起見」，《新聞週刊》規定：「各組稿件除新聞組外，務請於星期五以前交各主幹或日刊編輯處。」〔註14〕

4 月 29 日，《新聞週刊》出版第二期後，《北京大學日刊》連續四天刊登了《新聞週刊已出二期》廣告。第一、二條沒有任何改動；第三條多了一個「法」字，這表明《新聞週刊》零售發行地點已經遍佈北京大學文、理、法三院。同時，爲便於研究會會員進行新聞練習，《新聞週刊》特意印製了「《新聞週刊》稿紙」，以供會員領用。

爲了擴大《新聞週刊》的社會影響，北京大學新聞學研究會在北京報刊上開始刊登廣告。於 4 月 24 至 5 月 2 日連續九天，北京《晨報》登載文字廣告《〈新聞週刊〉已出版》，其內容爲：「（一）乃中國唯一傳播新聞學識之報。（二）對於一周之新聞，爲系統之記載，下公允之評論。（三）每分售銅元二枚；外寄另加郵票半分。（四）、發行處北京大學日刊編輯處。（五）、零售處北京大學號房及派報人。」〔註15〕

北大新聞學研究會導師邵飄萍積極支持《新聞週刊》的出版發行。1919年 4 月 30 日，《京報》第一版刊登加框的文字廣告《新聞週刊》，「一、乃中國唯一傳播新聞學識之報；二、對於一周新聞爲系統之記載，下公允之評論；」〔註16〕該則廣告一直持續刊登至 6 月 4 日。即便五四運動期間，《京報》版面嚴重不足的情況下，也沒有停止在第一版刊登《新聞週刊》廣告。

5 月 5 日，《新聞週刊》出版第三期後，又在《北京大學日刊》連續四次（5 月 5 日、6 日、8 日、9 日）刊登廣告《新聞週刊已出三期》，對外宣佈《新聞週刊》第三期已經出版。此後，《北京大學日刊》未再見《新聞週刊》廣告。因此，研究者們一致認爲：《新聞週刊》共出三期，在五四運動中停刊。

但是，筆者在當時北京雜誌《新中國》第一卷第七期發現了新聞學研究會刊登了《〈新聞週刊〉廣告》，內容與《晨報》一樣，刊登時間爲：1919 年 7 月 15 日。難道《新聞週刊》出版三期後，沒有停刊，還繼續出版嗎？這讓

〔註13〕　《新聞週刊已出版》，《北京大學日刊》第 357 號，1919 年 4 月 21 日。
〔註14〕　《新聞學研究會啓事》，《北京大學日刊》第 358 號，1919 年 4 月 22 日。
〔註15〕　《〈新聞週刊〉已出版》，《晨報》，1919 年 4 月 24 日。
〔註16〕　《新聞週刊》，《京報》，1919 年 4 月 30 日。

人很是疑惑！不過，從北京大學新聞學研究會的兩位關鍵人物（會長蔡元培、周刊主任徐寶璜）的言論中，可以看出答案並非如此。

1919 年 10 月 16 日，在新聞學研究會第一次研究期滿式上，蔡元培會長對《新聞周刊》「五四」停刊深表惋惜，並希望周刊能繼續出版。「至本會所辦之《新聞周刊》，五四以後，因人事倥傯，遂至停刊。余甚惋惜。蓋本周刊純重事實，提要鈎元，而且自五四以後，本校與外界接觸之機愈多。凡已問題之起，非先有事實之標準，即多費考量，亦無由解決。……。故吾甚希望此後周刊之能繼續出版也。」〔註 17〕

徐寶璜也曾抱憾《新聞周刊》在五四運動中停刊。1929 年 7 月 19 日，他在為黃天鵬《新聞學刊全編》作序中，寫到：「該會（筆者注：北京大學新聞學研究會）本有《新聞周刊》之發行，惜僅出數期，即因五四運動停刊。」〔註 18〕

因此，綜上分析，《新聞周刊》在五四運動中，即於 5 月 5 日出版完周刊第三期後停刊，前後僅三期。《新聞周刊》停刊的主要原因：五四運動爆發後，「新聞學研究會」成員積極參加愛國運動，無暇出版周刊。會長蔡元培關於周刊停刊原因說得很清楚，「五四以後，因人事倥傯，遂至停刊」。的確，北大是五四運動的策源地。在這場轟轟烈烈的愛國運動，北大的絕大多數學生都積極參與到運動的洪流中。學生罷課數月，學校一切工作宣告停頓。蔡元培校長因不滿軍閥政府對學生運動的鎮壓，於五月九日辭去北大校長職務，離京出走。徐寶璜和大多數會員也投身運動之中。高尚德（高君宇）是這場運動的中心人物和學生代表，參與領導、策劃、往來聯繫和推動的工作；楊晦（楊興棟）是五四運動中「火燒趙家樓」的直接參與者；梁穎文參加示威遊行，被警察逮捕關押。

第四節　《新聞周刊》的歷史地位

《新聞周刊》前後出版三期，時間雖短；但在五四運動前後產生了一定的社會影響。蔡元培校長曾在新聞學研究會第一次研究期滿式上，說：「吾校

〔註 17〕 《新聞學研究會發給證書紀事》，《北京大學日刊》第 465 號，1919 年 10 月 21 日。

〔註 18〕 徐寶璜：《新聞學刊全集序》，黃天鵬：《新聞學刊全集》，光新書局 1930 年，第 6 頁。

所出之周刊，能將一國之內外之大事，提要鈎元，即示標準之意。囊保定某中學校長晤爾，曾謂該校學生平時以學課關係，無暇讀報。後見本校周刊出版，能將事實鈎元提要，非常歡迎。五四停刊以來，深爲本周刊抱憾不置。由此觀察，則外間表同情周刊者，大不乏人。」〔註19〕這說明：《新聞周刊》在社會上已經具有相當的知名度。

雖然在新聞學者編撰的《中國大百科全書・新聞出版卷》和歷史學者彙編的《中國報刊辭典，1815～1949》中都沒有收錄《新聞周刊》；但是關於《新聞周刊》的刊物性質和歷史地位，研究者眾說紛紜，莫衷一是。大致如下十一種說法：

「前曾發行《新聞周刊》，對於一周之新聞，爲系統之記載，下公允之評論。爲中國唯一傳播新聞學識之報紙。」〔註20〕

《新聞周刊》「是中國歷史上的第一個新聞學刊物」〔註21〕

《新聞周刊》「係一份供學員實習的周報。……實際上，它只是一種綜合性的時事小報，並非專門性的新聞學刊物。我國最早的新聞學刊物當推《新聞學刊》。」〔註22〕

《新聞周刊》是「中國第一份新聞實習報紙，也是第一份傳播新聞學識的報紙。」〔註23〕

《新聞周刊》是「中國最早傳播新聞學知識的業務刊物。」〔註24〕

《新聞周刊》「是中國新聞史上的第一家新聞學專業刊物。」〔註25〕

《新聞周刊》「是我國最早的傳播和研究新聞學的專業刊物。」〔註26〕

〔註19〕　《新聞學研究會發給證書紀事》，《北京大學日刊》第 465 號，1919 年 10 月 21 日。

〔註20〕　戈公振：《中國報學史》，北京：中國新聞出版社 1985 年，第 210 頁。

〔註21〕　方漢奇：《中國近代報刊史》，太原：山西人民出版社 1981 年，第 748 頁。

〔註22〕　劉家林：《我國現代新聞學刊物及專版簡介》，《新聞研究資料》總 51 輯，第 132 頁。

〔註23〕　穆家珩：《北京大學新聞學研究會的成立及影響》，《江漢大學學報》1991 年第 1 期，第 96 頁。

〔註24〕　方漢奇、寧樹藩：《中國新聞事業通史》第二卷，北京：中國人民大學出版社 1996 年，第 103 頁。

〔註25〕　方漢奇：《中國新聞學和新聞教育的搖籃——寫在北京大學 100 週年校慶之際》，《新聞史的奇情壯彩》，北京：華文出版社 2000 年，第 370 頁。

〔註26〕　方漢奇：《中國新聞事業編年史》（上），福州：福建人民出版社，2001 年，第 874 頁。

《新聞周刊》是「中國第一個以傳播新聞學知識爲宗旨的專業刊物。」
〔註27〕

《新聞周刊》是「我國第一個新聞學業務刊物。」〔註28〕

《新聞周刊》是「我國歷史上的第一個新聞學刊物」,「我國早期採用橫排的報紙之一,中國第一本、更是當時中國惟一的一本傳播新聞學知識的業務刊物。」〔註29〕

上述關於《新聞周刊》刊物性質和歷史地位的認識,雖然都沒有否認《新聞周刊》在中國新聞史上「第一」的歷史地位,但有些認識過於寬泛、籠統,如「新聞學刊物」,有些則過於苛求,如「業務刊物」,有些則僅從一面出發,有些則是多方面結合。誠然,由於該刊散佚無存,無法從詳細的內容分析方面,給予《新聞周刊》恰如其分的定位。但是筆者認爲,可以從《新聞周刊》自身的定位、發刊詞以及時人論述等方面進行一些有益的探討。

《新聞周刊》自身的刊物定位,《北京大學日刊》等報刊登載的廣告就指出:「乃中國唯一傳播新聞學識之報。」在《〈新聞周刊〉發刊之目的》一文,更加明確認定:「不僅爲中國唯一傳播新聞學識之報,且爲中國首先採用橫行式之報。」前者也被著名新聞史家戈公振所採信。

在《新聞周刊》的「發刊詞」中,徐寶璜詳細闡述了該刊的三大目的:「便會員之練習」,「便新聞學識之傳播」、「便同志之商榷」。希望《新聞周刊》首先是「北京大學新聞學研究會」會員們學以致用的實習園地;其次,成爲傳播新聞學知識的重鎮,具體表現在:每期論文一篇,內容包括「新聞爲何物乎?如何求之,如何述之,如何構造題目,如何撰著社論」;再次,成爲讀者進行新聞界問題交流溝通的平臺。因此,《新聞周刊》是「北京大學新聞學研究會」的會員進行新聞實踐的實習周刊,傳播新聞學知識的新聞學刊物,關於新聞界問題進行意見交流的新聞學業務刊物。

在有限的史料中,也涉及到《新聞周刊》內容方面的論述。如《新聞周刊》廣告,提及該刊內容是「對於一周之新聞,爲系統之記載,下公允之評論。」由此可見,《新聞周刊》是以刊載一周來國內外新聞報導和時事評論的

〔註27〕 方漢奇:《中國新聞學之最》,北京:新華出版社,2005 年,第 195 頁。
〔註28〕 趙凱、黃芝曉等編:《二十世紀中國社會科學新聞學卷》,上海:上海人民出版社,2D05 年,第 292 頁。
〔註29〕 蕭東發:《新聞學在北大》,北京:北京大學出版社,2006 年,第 22～23 頁。

新聞刊物。這一觀點可以得到多方證實。第一，周刊的組織機構，分新聞部、評論部、翻譯部和通訊部。第二，蔡元培校長也曾言：「蓋本周刊純重事實，提要鈎元」，「吾校所出之周刊，能將一國之內外之大事，提要鈎元。」

　　由於北京大學新聞學研究會，是中國第一個新聞學研究團體和新聞教育機構，它所創辦的《新聞周刊》兼有多種刊物屬性。它可以說是中國新聞史上第一份學生進行新聞實踐（新聞報導和時事評論）的新聞實習周刊；也可以說是中國新聞史上第一份傳播新聞學知識的新聞學專業刊物；也可以說是中國新聞史上第一份關於新聞界問題進行意見交流的新聞學業務刊物；也可以說是中國新聞史上最早橫排報紙之一；四者僅強調一者，是不全面的。同時，我們應該注意到：它誕生於五四運動的社會大變革時期，開創了前無古人的嶄新事業；因此，《新聞周刊》的諸多「第一」是不成熟的，處於幼稚萌芽狀態。正如有學者所言：《新聞周刊》「雖然不是嚴格意義上的新聞學術期刊，卻開啓了近代中國創辦新聞學術期刊的端緒，是中國近代新聞學術期刊的萌芽。〔註30〕儘管它幼稚、不成熟，但它如「東方的微光，林中的響箭，是冬末的萌芽，是進軍的第一步。」但它在中國新聞學和新聞教育發展史上佔有重要的地位，成爲「中國新聞學和中國報業教育之發端的標誌之一」〔註31〕

〔註30〕 李秀雲：《中國新聞學術史（1834～1949）》，北京：新華出版社，2004 年，第318 頁。

〔註31〕 方漢奇：《中國新聞學之最》，北京：新華出版社，2005 年，第 195 頁。

第七章　北京大學新聞學研究會著作《新聞學》

　　1918 年 7 月，蔡元培和徐寶璜發佈通知籌備成立北京大學新聞研究會後，徐寶璜作爲研究會導師爲開展新聞教育從暑假開始進行新聞學研究活動，撰寫《新聞學大意》（《新聞學》初稿），精益求精，四易其稿，著就中國新聞學術經典《新聞學》，並於 1919 年 12 月 6 日由北京大學新聞學研究會出版，成爲中國人自撰的第一本新聞學著作。《新聞學》不僅是徐寶璜新聞學的研究成果，而且是他在北京大學新聞學研究會的教學成果。徐寶璜在向北京大學新聞學研究會會員演講新聞學過程中，不斷與會員討論，教學相長，不斷完善。因此，從問世至今，《新聞學》備受新聞界推崇，以致先後多次再版。雖然已有學者對此作過一些考證工作〔註 1〕，但其重點是釐清史實，對其成書的具體過程的考察並不細緻，對《新聞學》的特點和歷史定位的研究並沒有涉及，還有深入研究的必要和空間。

第一節　《新聞學》成書出版過程

　　徐寶璜撰寫《新聞學》與北京大學新聞研究會的成立以及隨後開展的新聞教育活動關係密切。他正式出版《新聞學》時特別交代說：「客歲蔡校長設

〔註 1〕　王穎吉：《徐寶璜〈新聞學〉成書過程及版本的若干問題的考析》，《新聞與傳播研究》，2006 年第 3 期。該文考證的重點是釐清新聞界關於《新聞學》成書版本的混亂史實，但並未對該書成書的具體過程的進行細緻的考察，沒有涉及到《新聞學》的特點和歷史定位的研究。

立新聞學研究會，命余主任其事，併兼任導師。余乃於暑假中，正式加以研究，就所得著《新聞學大意》一篇，以爲開會後講演之用。」〔註2〕這一點，蔡元培在1918年也說得非常清楚，「北京大學於本年新設『新聞學研究會』，請文科教授徐伯軒先生爲主任，先生乃草《新聞學》一篇，以發研究之端緒。」〔註3〕

一、《新聞學》撰寫籌劃

1918年7月，蔡元培和徐寶璜計劃籌備成立北京大學新聞研究會，並由徐寶璜任導師具體負責籌備事宜，並公佈了具體章程，提出了新聞學研究和教育的基本內容，實質上也是《新聞學》最早的撰寫計劃。7月4日，徐寶璜在《本校將設新聞研究會》通知中，已有《新聞學》的基本內容，「研究新聞之採集、編輯、造題及通信、并新聞紙之組織等事。」〔註4〕7月6日，在《新聞研究會之簡章》中，《新聞學》基本內容進一步完善和細化，包括：「（甲）新聞之範圍（乙）新聞之採集、（丙）新聞之編輯、（丁）新聞之造題，（戊）新聞通信法（己）新聞紙與通信社之組織。」〔註5〕

爲此，徐寶璜參閱了大量外文新聞學著作。在《新聞學》1919年版附錄中，詳細收錄了他參考閱讀的書籍論文名單。書籍31種，其中30種爲英文，中文書籍僅包天笑《考察日本新聞紀聞》一種；參考的論文72篇，68篇爲英文，4篇爲中文。他克服重重困難，如「西籍中亦無完善之書，或爲歷史之記述，或爲一方面之研究，至能令人讀之而窺全貌者，尚未一見也。」〔註6〕從暑假開始就開始撰寫《新聞學》初稿，參考的具體書籍和論文如下：

甲、參考書籍目錄

1. Journalism & Literature, by H. W. Boynton.
2. Essentials of Journalism, by Harrington and Frankenberg.

〔註2〕 徐寶璜著，蕭東發、鄧紹根編：《徐寶璜新聞學論集》，北京：北京大學出版社，2008年，第41頁。
〔註3〕 徐寶璜著，蕭東發、鄧紹根編：《徐寶璜新聞學論集》，北京：北京大學出版社，2008年，第45頁。
〔註4〕 《北京大學日刊》，1918年7月4日。
〔註5〕 《北京大學日刊》，1918年7月6日。
〔註6〕 徐寶璜著，蕭東發、鄧紹根編：《徐寶璜新聞學論集》，北京：北京大學出版社，2008年，第45頁。

3. The Making of a Journalist, by Julian Ralph.

4. Masters of Journalism, by T. H. S. Escott.

5. The Making of a Newspaper, by John L. Given.

6. The Newspaper, by G. Binney Dibblee.

7. The Writing of News, by Charles G. Ross.

8. Journalism in the United States, by Frederic Hudson.

9. Newspaper Reporting in Olden Times and Today, by J. Pendleton.

10. Practical Journalism, by E. L. Shuman.〔聞此書已有史青君翻譯〕

11. The Career of a Journalist, by Wn. Salisbury.

12. The American Newspaper, by J. E. Rogers.

13. Essentials of Modern Journalism, by a London editor.

14. Commercialism and Journalism, by Hamilton Holt.

15. Journalism for Women, by E. A. Bennett.

16. A History of English Journalism to the Foundation of the Gazette, by J. B. Williams.

17. A History of British Journalism, by A. Andrews

18. Gaining a Circulation, by C. M. Krebs.

19. The Making of a Newspaperman, by S. G. Blythe.

20. Newspaper Writing and Editing, by W. G. Bleyer.

21. News. Ads. and Sales, by John B. Opdycke.

22. The Coming Newspaper, by Merle Thorpe.

23. Practical Journalism, by Alfred Baker.

24. Newspaper Reporting and Correspondence, by G. M. Hyde.

25. Newspaper Editing, by G. M. Hyde.

26. Writing for the Press, by Dudley Glass.

27. Training for the Newspaper Trade, by Don C. Seitz.

28. Magazine Writing and the New Literature, by Henry M. Alden.

29. Typical Newspaper Stories, by H. F. Harrington.

30. Journalism in California by John P. Young.

31. 《考察日本新聞紀略》，包天笑著。

乙、參考論文目錄

1. The Vocation of the Journalist, by D. C. Banks, Nineteenth Century and After,（Vol. 59, PP. 788～800, London, 1906）.

2. Is a Newspaper Possible 敘 by a New York Editor, Atlantic Monthly,（Boston, 1908, Vol. 102, PP. 441～442）.

3. Journalismas a Profession, by Walter Avenel, Forum,（N. Y. 1898, PP. 366～374）.

4. The Newest Journalism, by albert E. Cave, Cont emporary Review,（Vol. 91, P. 1832, London, 1907）.

5. The Making and Reading of Newspaper, by Baron H. Courtney, Contemporary Review,（Vol. 79, PP. 365～376, London, 1901）.

6. Journalism, its rewards and Opportunities, by T. A de Weese, Forum,（N. Y. 1907, PP. 441～451）.

7. Journalism, New and Old, by Edward Dicey, Fortnightly Review,（Vol. 83, PP. 904～918, London 1915）.

8. The Newspaper as a Judiciary, by Rev. S. Gilbert, American Journal of Sociology,（Chicago, 1906, Vol. 12, PP. 289～297）.

9. The Newspaper, the Magazine and the Public, by R. W. Gilder, Outlook,（N. Y. 1899, PP.317～321）.

10. The People and Modern Journalism, by C. M. Green, Monthly Review,（Feb. 1903, PP. 81～94, London.）

11. Journalism as a Career, by C. M. Harger, Atlantic Monthly,（Boston, 1911, Vol. 107, PP. 218～224）.

12. Inside of a Sanctum, by an Insider, Independent,（N. Y. 1901, Vol. 53, PP. 232～234）.

13. The Printing of Spoken Words, by Fred Ireland, American Monthly Review of Reviews,（Vol. 23, N. Y. 1909）.

14. Journalism as a Basis for Literature, by G. S. Lee, Atlantic Monthly,（Boston, 1900, Vol. 85）.

15. The Modern Newspaper as It is, by A. M. Low, Yale Review,（1912, Vol. 2, PP. 97～115）.

16. 「Tabloid」Journalism：its Causes and Effects, by A. M. Low, Forum,（Vol. 31, N. Y. 1901）.

17. Journalism for University Men, by F. S. A. Lowndes, Contemporary Review,（Vol. 80, London, 1901）

18. Ethics of Editing, by H. W. Massingham, National Review,（Vol. 35, London, 1900）.

19. Getting the Night News, by S. A. Morgan, Outlook,（N. Y. 1911, Vol. 97）.

20. Mr. Munsey on Journalism, by F. Munsey, Munsey's Magazine,（Vol. 28, N. Y. 1903）.

21. The Newspapers, by Wemyss Reid, Nineteenth Century,（Vol. 47, London, 1900～）.

22. The Next Day's Paper, by B. F. Robinsen, Cassel's Magazine,（Vol. 28, London, 1899）.

23. Proprietors and Editors, by A. Shadwell, National Review,（Vol. 35, London, 1900）.

24. The Ethics of Journalism by J. St. L. Strachey, Educational Review,（Vol. 36, N. Y. 1908）.

25. English and American Journalism, by H. Watterson, Munsey's Magazine,（Vol. 34, N. Y. 1905）.

26. The School of Journalism, by Horace White, North American Review,（Vol. 178, N. Y, 1904）.

27. Journalism and the University, by A. N. U. Colquheun, Canadian Magazine,（Vol. 21, Toronto, 1903）.

28. The American Newspaper, by C. M. Stuart, Methodist Review,（Vol. 93, 1911）.

29. Sensational Journalism and the Remedy, by S. W. Pennypacker, North American Review,（Vol. 190, 1909）.

30. The Significance of Yellow Journalism, by L. K. Commander, Arena,（Vol. 24, 1905）.

31. The Newspaper Industry, by B. Tisher, Atlantic Monthly,（Vol. 89, 1902）.

32. American Yellow Journalism, by E. L. Banks, Nineteenth Century, （London, 1898）.

33. The Newspaper Press, by H. D. Traill, Graphic,（Vol. 61, 1900, pp. 1800～ 1900）.

34. The Physiognomy of the Newspaper, by E. S. Green, Anglo Saxon Review, （Vol. 9, 1901）.

35. What the City Editor Loes when a Gaynor is shot 敘 by Alex Mcd Stoddart, the Independent,（Aug. 25, 1910）.

36. Magazines in Journalism by George Harvey, Harper's Weekly,（1910）.

37. Fighting Magazines, by C. M. Frances, Bookman,（1910）.

38. Magazine Advertising and the Postal Deficit, by L. H. Haney, Journal of Political Economy,（1911）.

39. Why Manuscripts are Rejected, by G. L. Nathan, Bookman,（1911）.

40. Applied Ethics in Journalism, by Theodore Roosevelt, Outlook,1911）.

41. Recent Phases of Journalism, by F. C. Bray, Chautauquan,（1912）.

42. The Magazine in the Making, by G. H. Nathan, Bookman,（1912）.

43. The Purpose of National Magazines, by J. G. Mowat, Canadian Magazine, （1901）.

44. The half forgotten Magazines, by G. N. Lovejoy, Chautauquan,（Vol. 33, 1901）.

45. An Intimate View of Publishing, by W. H. Page, World's Work,（1902）.

46. Commercialism of Literature, by Hamilton Holt, Atlantic Monthly,（1905）.

47. Magazine Circulation and Advertising, by C. T. Brady, Critic,（1905）.

48. Starting a Magazine, by Victor Smith, Bookman,（1904）.

49. A Decade of Magazine Literature, by Rev. Charles, Eaton, Forum,（N. Y. 1898, PP. 211～216, Vol. 26）.

50. What Makes a Magazine Progressive, by W. Kittle, Twenty Century Magazine,（Aug. 1912）.

51. Production of Magazines, by W. A. Bradley, Graphic Arts,（July 1912）.

52. Masters of the Magazines, by George French, Twentieth Century Magazine, （April 1912）.

53. Damnation of Magazines, by George French, Twentieth Century Magazine,（June, 1912）.

54. Wonders of Magazine Making, by H. N. Cassan, Woman's Home Companion,（Sept. 1904）.

55. About Magazine Printing, by T. L. de Vinne, Literary Collector,（Vol. 4, 1902）.

56. Future of Magazines, by Lord Northcliffe, Independent,（Vol. 62, 1908）.

57. Human Nature and Advertising, by Jenkins Macgregor, Atlantic Monthly,（Vol. 94, 1904）.

58. The Craft of Newspaper Advertising, by M. Macdonagh, Monthly Review,（Vol. 20, Aug. 1905, London）.

59. Advertising in Some of Its Phases, by F. Λ. Munsey, Munsey's Magazine,（1898）.

60. The Humours of Advertising, by, R. L. Hartt, Atlantic Nonthly,（Vol. 93, 1904）.

61. Abuses of Public Advertising, by Charles M. Robinson, Atlantic Monthly,（Vol. 93, 1904）.

62. Forty Years as Advertising Agent, by G. B. Rowell, Printer's Ink,（Vol. 50, 1905）.

63. The Real Bill Board Question, by P. B. Wright, Chautanquan,（Vol. 37, 1903）.

64. Modern Advertising Methods, by H. Wisby, Independent,（Vol. 56, 1904）.

65. History in Advertisements, by Andrew Reid, Fortnightly Review,（Vol. 72, 1899）.

66. A Salegirl's Story, in the Independent,（Vol. 54, pp. 1818〜1821）.

67. Telling the Tale of Titanic, by alex. Mcd Stoddart, the Independent,（May 2, 1912）.

68. There is a series of Articles on the Newspaper in the Atlantic Monthly during 1909〜1910.

69. 《批評廣州的報紙》，蟹眼著（《民風》第三號至第十七號）。

70. 《上海報紙小史》，公鶴著（《東方》雜誌）。

71.《中國今日之新聞界》，羅家倫著（《新潮》第一號）。

72.《報律》，一涵著（《神州學叢》第一期）。〔註7〕

　　雖然以上書籍論文名單，是他在 1919 年 12 月正式出版的《新聞學》的附錄，指的是他從開始撰寫到寫作完成的整個過程的參考文獻，並非是他在 1918 年暑假就已經全部閱讀，因為有個別文獻是 1919 年才出版或發表，但是他在寫作中已經閱讀了上述參考文獻中的大部分書籍，也證明蔡元培所言：「新聞學之取資，以美為最便矣。」〔註8〕

二、《新聞學》初稿——《新聞學大意》

　　徐寶璜經過暑假兩個月的努力研究和艱難寫作，《新聞學》初稿逐步成型，並交由蔡元培校長。1918 年 8 月 21 日，蔡元培校長為他撰序。全文如下：

　　　　北京大學於本年新設「新聞學研究會」，請文科教授徐伯軒先生為主任，先生乃草《新聞學》一篇，以發研究之端緒，而徵序於余。

　　　　余惟新聞者，史之流裔耳。古之人君，左史記言，右史記事，非猶今之新聞中記某某之談話若行動乎？「不修春秋」，錄各國報告，非猶今新聞中有專電通信若譯件乎？由是觀之，雖謂新聞之內容，無異於史可也。然則，我國固早有史學矣，何需乎特別之新聞學？

　　　　雖然，新聞之與史又有異點：兩者雖同記以往之事，史所記不嫌其舊，而新聞所記則愈新愈善，其異一；作史者可窮年累月以成之，而新聞則成之於俄頃，其異二；史者純粹著述之業，而新聞則有營業性質，其異三；是以我國雖有史學，而不足以包新聞學。

　　　　凡學之起，常在其對象特別發展以後，烹飪、裁縫、運輸、建築之學舊矣，積久而始有理化；樹藝、畜牧之業舊矣，積久而始有生物學、農學；思想、辯論、信仰之事舊矣，積久而始有心理、論理、宗教諸學；音樂、圖畫、雕刻之術舊矣，積久而始有美學。以此例推，則我國新聞之發起（昔之邸報與新聞性質不同），不過數十年，至今日而始有新聞學之端倪，未為晚也。

<hr />

〔註7〕徐寶璜著，蕭東發、鄧紹根編：《徐寶璜新聞學論集》，北京：北京大學出版社，2008 年，第 115～120 頁。

〔註8〕徐寶璜著，蕭東發、鄧紹根編：《徐寶璜新聞學論集》，北京：北京大學出版社，2008 年，第 41 頁。

新聞事業，在歐美各國，均已非常發展，而尤以北美合眾國爲盛。自美國新聞家 *Joseph Pulitzer* 君創設新聞學校於哥倫比亞大學，而各大學之特設新聞科者，亦所在多有。新聞學之取資，以美爲最便矣。伯軒先生游學於北美時，對於茲學，至有興會，歸國以來，亦頗究心於本國之新聞事業。今根據往日所得之學理，而證以近今所見之事實，參稽互證，爲此《新聞學》一篇，在我國新聞界實爲「破天荒」之作。甚願先生繼此而更爲詳備之作，更與新聞學研究會諸君，更爲宏深之研究，使茲會發展而成爲大學專科，則我國新聞界之進步，寧有涯涘歟。〔註9〕

蔡元培的序文，首先交代寫序的原因，但也說明徐寶璜從一開始就有明確的著作書名《新聞學》。其次，他闡述了新聞與歷史的異同關係，相同的是內容，都是記言記事，所以，「新聞者，史之流裔耳」；不同的是時間取向，歷史喜舊，新聞要新，歷史可長，新聞要快，歷史純著述，新聞可營業。但比較歷史與新聞的異同，蔡元培用意是中國歷史悠久，史學發達，所以中國要包容新聞學，發展新聞學。再次，他提出了「由術入學」的觀點，在實踐基礎上，具有研究對象後，各學科「積久而始有」各門學科，新聞學亦然。最後，介紹美國新聞事業以及新聞教育發達情況後，推薦徐寶璜《新聞學》是「我國新聞界實爲『破天荒』之作」，並希望他繼續研究，成爲更加宏深之作，也希望新聞研究會大力發展，將來成爲大學專科。這篇序文，蔡元培託史（歷史）言新（新聞），借鑑別的學科發展規律，充分論證了新聞學學科發展必要性和可能性，爲即將到來的新聞研究會的發展奠定了基礎。

同月，徐寶璜又將書稿交給其江西同鄉符鼎升，請他爲該書撰序。符鼎升（1879～？），時任江蘇教育廳廳長。符鼎升，字九銘，江西宜黃人。幼年入私塾，後去日本留學，入東京高等師範學校數理化科，畢業後回國。1912年任江西省政府教育司司長。1913 年中華民國國會選舉時當選爲參議院議員。國會解散後，任國立北京高等師範學校和國立北京工業專門學校教授。1916 年第一次恢復國會時，符鼎升仍任參議院議員。1917 年 9 月，任廣東教育廳廳長。同年 11 月，署江蘇教育廳廳長。1922 年，第二次恢復國會時再任參議院議員。1927 年 7 月，交通部將南洋大學改稱爲交通部第一交通大學。9

〔註 9〕　徐寶璜著，蕭東發、鄧紹根編：《徐寶璜新聞學論集》，北京：北京大學出版社，2008 年，第 41 頁。

月至 1928 年 2 月，他出任代理校長。3 月，任南京國民政府交通部參事。12
月，任交通部總務司司長，改任交通部參事。1932 年 5 月，任行政院秘書，
不久被免職。〔註 10〕徐寶璜請符鼎升為他著作作序的原因，不僅兩人是江西
同鄉，而且符鼎升與他伯父徐秀鈞是至交好友，兩人同為 1913 年國會議員和
在京贛籍人士領袖，且同時加入李烈鈞贛都督府任要職，參加反袁鬥爭。徐
秀鈞被殺之後，他對徐寶璜關照有加。符鼎升收到徐寶璜「遠道書來」後，
欣然揮毫作序。全文如下：

　　嗚呼，譬吾人當天地晦冥，風霾晝塞，山河失序，而沉星隕氣
於窮荒大漠之野，猶能時出其光焰，以為有目者之悲喜而幸覯，雖
其掩抑於一時，然要以竣之異日，雖欲使之終晦焉而不可得者，孰
綱維是？曰文字，曰民意。楊子曰：「言，心聲也；書，心畫也。」
文字以言論為歸宿，言論即隨文字以附麗，是文與言，果無二致矣。

　　盧梭有言，國家者，人民同意所約成之社會也，既不能有脫離
國家之社會，同時不能有過抑民意之國家，果國家而過抑民意者，
其社會即得有借輿論之力，文字之靈，規諷而匡正之，以無忤民意
為究竟。是故不出戶牖，盡知天下所苦樂，此新聞事業之所權輿也。
大抵文字記載，出於無容心則其情真，又必各有其所為，故其義實。
情真義實，則政治良窳賴以亭毒，風俗厚薄賴以轉移。即匹夫匹婦
之街談巷議，亦可以覘興廢、察治忽焉。否則昧其本旨，貿貿然操
筆政，彼既以文自命，人亦以文相屬，於是外物為主而文役焉。以
文役心，則心非其心，特牽於文耳。人於是無真意識，事於是無真
是非。以外物役文，則作如不作，特緣於外耳，理於是無真曲直，
世於是無真輿論。然而情實彌隱，詞採彌工，義理彌消，波瀾彌富，
而又金錢以縻之，派別以嚴之，時勢以操縱之。

　　回視新聞事業之本來，其然，其不然乎？他若文人學士，敝精勞
神，期以鼓吹風雅，反或無當於得失，更無論矣。徐伯軒先生，淵雅
篤實，藝事多能，鑒於挽近言論界之龐雜，懼新聞事業或因是而墮落，
爰組織新聞學研究會，並秉其平日學識經驗，編輯《新聞學》以詔來
學。意甚盛，誼至美也。遠道書來，面序於余。余於斯不求甚解，而

〔註10〕　《江西省人物志》編纂委員會編：《江西省人物志》，北京：方志出版社，2007
　　　　年，第 353～354 頁。

竊好反尋其本，以爲非學養有素之熱心志士，鼓其百折不撓之氣，又從而集思廣益，護惜萌芽，防範流弊，審慎結構，不能得良好之結果。稍一不愼，啓破壞之端，流不可收拾之禍，其負罪於天下後世者爲何如？毋寧相與緘默，而貽此大任於來哲之爲苟安旦夕也。重可知新聞事業，果非當時富貴利達不能爲，文字者之可籠罩鈎致之者也。昌黎云：「無慕乎速成，無誘乎勢利。」旨哉言乎。〔註11〕

符鼎升是序，激情四射，文采飛揚。他從文字之功娓娓到來，敍述新聞事業製造民意對社會的重大作用。讚揚徐寶璜「淵雅篤實，藝事多能」，鑒於新聞界的墮落，組織新聞研究會，編輯《新聞學》，發展新聞學研究。該序再次證明徐寶璜從一開始就有明確的著作書名《新聞學》。

1918 年 9 月，北京大學新聞研究會刊登廣告，積極吸納會員，沒有眞正開展活動。於是，徐寶璜將完成的《新聞學》初稿，投寄到上海《東方雜誌》發表。9 月 15 日～11 月 15 日，《東方雜誌》第十五卷第九至十一號分三次連載《新聞學大意》，具體情況和內容見下表。

《東方雜誌》第十五卷刊登《新聞學大意》情況表

時　間	刊　期	章　名	節　　名
9 月 15 日	第九號	第一章 發凡	第一節新聞紙之根本職務 第二節新聞之定義 第三節新聞之精彩 第四節新聞之價值 第五節新聞之分類 第六節新聞之略示 第七節新聞之來源
		第二章 新聞之採集	第一節訪員之資格 第二節採集之方法 第三節因人之訪問與因事之訪問 第四節因人訪問之方法 第五節因事訪問之例 第六節因事訪問之方法 第七節報告集合之方法

〔註11〕徐寶璜著，蕭東發、鄧紹根編：《徐寶璜新聞學論集》，北京：北京大學出版社，2008 年，第 42～43 頁。

時　間	刊　期	章　名	節　　　名
10 月 15 日	第十號	第三章 新聞之編輯	編輯之根本義 第二節新聞之格式 第三節採用新聞格式之理由 第四節中國報紙應改良之處 第五節二件新聞之改編
11 月 15 日	第十一號	第四章 新聞之造題	第一節中國報紙新聞題目之分類 第二節中國報紙新聞題目之普行辦法 第三節題目之目的 第四節造題之方法
		第五章 新聞之通信	第一節訪員與通信員之比較 第二節通信員之今昔
		第六章 報館之組織	（無節）
		第七章 新聞通信社 之組織	第一節新聞通信社之功用 第二節新聞通信社之分類 第三節路透社之組織 第四節聯合通信社之組織

　　徐寶璜撰寫《新聞學》初稿題目定爲《新聞學大意》，而非自己原擬的《新聞學》，其中原因可能是：他考慮到內容尚不完善。確實，《新聞學大意》共 2 萬餘字，僅有後來完整著作《新聞學》的三分之一左右。

三、《新聞學》第二稿

　　1918 年 10 月 14 日晚，北京大學新聞研究會正式成立，徐寶璜給會員們講演新聞學知識。此後，每周兩次。他將具體講授內容先後 13 次發表在自己負責編輯的北京大學公報性刊物《北京大學日刊》上。具體時間和內容見下表：

《北京大學日刊》和《北京大學月刊》刊登《新聞學》第二稿內容

刊　物	時　　　間	內　　容
北京大學日刊	1918 年 10 月 17 日	新聞紙之職務及盡職之方法
	10 月 19 日	新聞之定義
	10 月 26、28 日	新聞之精彩

刊　　物	時　　間	內　　容
北京大學日刊	11月2、4日	新聞之價值
	11月25、26日	新聞之採集
	12月2、3、4、5、6日	新聞之編輯
北京大學月刊	1919年3月 第一卷第三號	新聞紙之社論 新聞紙之廣告

　　與《新聞學大意》相比,《北京大學日刊》和刊登的稿件少了第四、五、六、七章;但內容方面卻得到了充實和較大幅度的修改。例如在成立大會上,徐寶璜向會員們做了『新聞紙之職務及盡職之方法』演講。其內容與發表在《東方雜誌》上《新聞學大意》第一章第一節有較大區別。第一,標題不同。《新聞學大意》的這節標題是《新聞紙之根本職務》,而徐寶璜演講的標題為《新聞紙之職務及盡職之方法》,從標題就可以得知,後者比前者多一個方面的內容。第二,篇幅上,前者僅二百餘字,後者則近二千字。第三,具體內容上,《新聞學大意》說:新聞紙之根本職務為供給新聞。因此全文圍繞此而展開;而演講中,徐寶璜說:「新聞之職務頗繁,言其重要者有六,即供給新聞、代表輿論、創造輿論、灌輸知識、提倡道德。」〔註12〕全文從這前三方面進行了分別論述。這充分說明他對新聞學研究的進一步深入。關於這一點,他直言不諱地說:「開會後,余繼續研究,加以會員之質疑問難,時有心得,遂將原稿加以修正,成第二次之稿(散見於客歲秋之《北京大學日刊》)。」〔註13〕

　　同時,徐寶璜在進一步充實和修改該書前面章節的內容時,也還在進一步研究和撰寫後續的內容。1919年3月,北京大學學術性綜合刊物《北京大學月刊》第一卷第三號發表了徐寶璜撰寫的兩篇新聞學論文《新聞紙之社論》和《新聞紙之廣告》。這兩篇內容也就是後來1919年版《新聞學》的第九、十章。

四、《新聞學》第三稿

　　1919年4月,徐寶璜對書稿進行了第三次修訂。他將書稿交與新聞學研究會導師邵飄萍,請他為該書寫序。邵飄萍欣然同意,撰序全文如下:

〔註12〕《新聞研究會成立記》,《北京大學日刊》第229號,1918-10-17。
〔註13〕徐寶璜著,蕭東發、鄧紹根編:《徐寶璜新聞學論集》,北京:北京大學出版社,2008年,第45頁。

　　　　自蔡子民先生任北京大學校長以來，各科學科，漸臻完備，又
　　注意於臨時講演，以補教科所未及。余業新聞記者，竊歎我國新聞
　　界人才之寥落，良由無人以新聞爲一學科而研究之者。試觀歐美及
　　日本近年以來，新聞之學，與日俱進，專門著述，充棟汗牛，其新
　　聞事業之發達，亦即學術進步之效果耳。去年之春，蔡校長有增設
　　新聞講演會之計劃，余乃致書以促其成。比得蔡先生覆書，極承獎
　　假。斯會遂於暑假以後成立，請教授徐伯軒先生主任其事。蔡先生
　　復以余從事新聞記者有年，並出聘爲導師。自惟於新聞之學，素乏
　　研究，而以蔡先生之所期許，於理又不敢辭，遂與伯軒先生分任演
　　講。區區之意，欲爲未來之新聞界開一生面，而是書即徐先生因演
　　講新聞學而編著也。今徐先生復允以是公之於世，故爲述其概略如
　　此。是爲序。〔註14〕

　　1919 年暑假前，徐寶璜繼續深入研究新聞學，並對《新聞學》進行補充
完善。徐寶璜自述道：「今年暑假前，復修正一次，爲第三次之稿，曾登第於
第七、第八號之《新中國》。」〔註15〕11 月 15 日、12 月 15 日，邵飄萍主編
的《新中國》月刊第一卷第七、八號連續刊登命名爲《新聞學》書稿，作者
署名「國立北京大學徐寶璜教授著」，這是《新聞學》的第三稿。

　　《新中國》月刊具體刊登情況爲，第一卷第七號，刊登了蔡元培和符鼎
陞於 1918 年 8 月爲初稿撰寫的兩序文，接著發表了第一章《新聞學之重要》、
第二章《新聞紙質職務及盡職之方法》、第三章《新聞之定義》。第八號登載
了第四章《新聞之精彩》、第五章《新聞之價值》。其中，蔡元培和符鼎升的
兩序文是首次同讀者見面，但並沒有發表邵飄萍撰寫的序文。另外第一章《新
聞學之重要》爲新增的內容。此後，並沒有再刊登《新聞學》內容，其原因
是該書第四稿已經正式出版，所以停止刊登。

五、《新聞學》第四稿

　　《新聞學》第三稿刊登於《新中國》月刊之際，徐寶璜已經決定正式出

〔註14〕　徐寶璜著，蕭東發、鄧紹根編：《徐寶璜新聞學論集》，北京：北京大學出版
　　　　社，2008 年，第 44 頁。
〔註15〕　徐寶璜著，蕭東發、鄧紹根編：《徐寶璜新聞學論集》，北京：北京大學出版
　　　　社，2008 年，第 45 頁。

版《新聞學》。1919 年 11 月 14 日，他爲即將出版的《新聞學》撰寫自序，全
文如下：

> 　　新聞學乃近世青年學問之一種，尚在發育時期。余對於斯學，
> 雖曾稍事涉獵，然並無系統之研究。客歲蔡校長設立新聞學研究會，
> 命余主任其事，併兼任導師。余乃於暑假中，正式加以研究，就所
> 得著《新聞學大意》一篇，以爲開會後講演之用。(此稿曾登客歲九、
> 十、十一、三月發刊之《東方雜誌》) 開會後，余繼續研究，加以會
> 員之質疑問難，時有心得，遂將原稿加以修正，成第二次之稿。(散
> 見客歲秋間之《北京大學日刊》)。今年暑假前，復修正一次，爲第
> 三次之稿，曾登第於第七、第八等號之《新中國》。此則第四次之稿
> 也。
>
> 　　本書所言，取材於西籍者不少，然西籍中亦無完善之書，或爲
> 歷史之記述，或爲一方之研究。至能令人讀之而窺全豹者，尚未一
> 見也。本書雖仍不完備，然對於新聞學之重要問題，則皆爲有系統
> 之說明；而討論新聞紙之性質與其職務，及新聞之定義與其價值，
> 自信所言，頗多爲西方學者所未言及者。至其他尚未討論之問題當
> 續行研究，俟再版時再爲補足也。
>
> 　　吾國之報紙，現多徘徊歧路，即已入迷途者，亦復不少。此書
> 發刊之意，希望能導其正當之方向而行，爲新聞界開一新生面。至
> 此書不當之處，自所不免，余甚希望高明者有以教之。
>
> 　　蔡校長對於斯學，熱心提倡，余極感之，此書全稿，又蒙其親
> 自校閱一遍，尤令人深感。而會員諸君之質疑問難，亦足啓發余者，
> 均附記於此，以誌謝意。〔註16〕

　　徐寶璜在《新聞學》自序中，追述了撰寫和發表的艱辛過程，並宣佈「此
則第四次之稿也。」他表達此書出版的遠大目標，「希望能導其正當之方向而
行，爲新聞界開一新生面」。他感謝蔡元培校長和新聞學研究會會員在撰寫該
書過程中的給予的積極幫助。

　　同時，他將已經修改好的《新聞學》第四稿交給北大校長蔡元培審閱並
再次向其徵序。蔡元培欣然答應，將原序文稍事修改。修改主要體現在第一

〔註16〕徐寶璜著，蕭東發、鄧紹根編：《徐寶璜新聞學論集》，北京：北京大學出版
　　　　社，2008 年，第 45 頁。

段和最後一段。第一段經修改後，爲「北京大學於去年新設新聞學研究會，請文科教授徐伯軒先生爲主任。先生乃草《新聞學》一編，一年中凡四易稿而後定，並徵序於余。」〔註17〕將原序中的「本」換成了「去」，將「以發研究之端緒」，修改爲「一年中凡四易稿而後定」。最後一段將「甚願先生繼此而更爲詳備之作，更與新聞學研究會諸君，更爲宏深之研究」，修改爲「甚願先生與新聞學研究會諸君，更爲宏深之研究」。〔註18〕雖然修改字數不多，但字字珠璣。

六、《新聞學》出版

1919 年 11 月 15 日，《北京大學日刊》頭版刊登《〈新聞學〉下月一號出版預告》，宣佈《新聞學》即將出版，「此書乃徐寶璜教授所著，對於新聞業之各重要問題均有系統之說明，而於吾國新聞界之弱點尤特別注意。此書之初稿、二稿、三稿散見各雜誌，此則爲第四此之稿，較以前諸稿尤爲詳備，定於下月一日出版，由日刊編輯處及出版部發行。」〔註19〕11 月 17 日開始，《北京大學日刊》連續 12 次刊登《〈新聞學〉下月一號出版預告》，爲《新聞學》的出版造勢。

12 月 1 日，《新聞學》並沒有如期出版。12 月 4 日，《北京大學日刊》刊登啓事，宣佈「《新聞學》準於六日出版」，並解釋了延遲的原因，「印刷局工作遲延，未克如期，歉甚。茲商印刷局加工趕印，準於本月六日下午出版。每本定價大洋五角，仍由本校出版部及日刊編輯處發行。」〔註20〕12 月 6 日，《北京大學日刊》發佈了「新聞學本日午後出版」的消息，「發售處：出版部、日刊編輯處。定價：每本大洋五角。本校同人購買實售八折。」於此，《新聞學》出版發行。12 月 7、8 日，《北京大學日刊》刊登廣告《新聞學已出版》。12 月 9 日，再刊登啓事，新聞學研究會「會員購買只收五折，以示優異。凡欲購者請至日刊編輯處接洽可也。」〔註21〕徐寶璜四易其稿，《新聞學》終成正果。

〔註17〕徐寶璜著，蕭東發、鄧紹根編：《徐寶璜新聞學論集》，北京：北京大學出版社，2008 年，第 41 頁。
〔註18〕徐寶璜著，蕭東發、鄧紹根編：《徐寶璜新聞學論集》，北京：北京大學出版社，2008 年，第 45 頁。
〔註19〕《北京大學日刊》，1919 年 11 月 15 日。
〔註20〕《北京大學日刊》，1919 年 12 月 4 日。
〔註21〕《北京大學日刊》，1919 年 12 月 9 日。

第二節　《新聞學》的基本特點

徐寶璜撰寫《新聞學》，從事著前無古人的開創事業，因而面臨重重的困難，但他殫精竭慮，精心編撰，使得該書特點突出，具體表現在：

第一，封面設計頗具特色。封面右邊時出版者項，寫有：「國立北京大學新聞學研究會出版、徐寶璜教授著」；中間是大號書名「新聞學」三字，左邊是：「蔡元培題」四字並附有蔡元培印章。

第二，體例較爲完備。《新聞學》總 108 頁全，約 6 萬字，其中正文 83 頁，分 14 章 30 節。不僅有扉頁、序文、目錄、正文，而且有詳細的附錄、正誤表、出版項。扉頁上印有《貨幣論》《保險學》出版預告。接下來四頁，依次刊登了蔡元培、符鼎升、邵飄萍和徐寶璜自己四人撰寫的序文。其中，蔡元培是在 1918 年 8 月撰寫的基礎上修改而成的，符鼎升序文則沒有改動，邵飄萍和白序是首次同讀者見面。邵序主要論及自己參加新聞學研究會和徐寶璜寫書的簡況，徐寶璜自序則記載了該書成書的過程以及謙虛感謝之詞。《新聞學》目錄三頁。接著是正文，開端寫有：「新聞學，九江徐寶璜著」字樣。書末還附有三個附錄，長達六頁。甲、參考書籍目錄，31 種；乙、參考論文目錄，72 種；丙、請頒行新式標點符號的議案。書末好附有《正誤表》二頁。最後是版權頁出版項：中華民國八年十二月一日初版（應爲 12 月 6 日），撰著者：九江徐寶璜；出版者：國立北京大學新聞學研究會；印刷者：同文印書局；總髮行所：北京大學日刊編輯處。令人遺憾的是，在後來再版的《新聞學》，編者並沒有出版後面的三個附錄。這不僅破壞了《新聞學》體例的完備性，而且讓未曾閱讀過原著的讀者誤以爲徐寶璜沒有遵從學術規範。

《新聞學》章節篇幅分佈

章　　　名	節　　　名	篇　幅
序	蔡序、符序、邵序、自序	2503
新聞學之性質與重要		845
第二章　新聞紙之職務		2991
第三章　新聞之定義		3703
第四章　新聞之精彩		3247
第五章　新聞之價值		2566

章　　名	節　　名	篇　幅
第六章　　新聞之採集	第一節　新聞之分類 第二節　新聞之略示 第三節　採集之方法第 第四節　新聞之來源 第五節　因人訪問與因事訪問 第六節　因人訪問之法 第七節　因事訪問之例 第八節　因事訪問之法 第九節　報告集會之法 第十節　電話採集之法 第十一節　發展新聞之法 第十二節　特別新聞之採集 第十三節　訪員應守之金科玉律 第十四節　訪員之資格 第十五節　通信員與其通信法 第十六節　通信社之通信 第十七節　機關與私人之通信	13227
第七章　　新聞之編輯	第一節　編輯之根本義 第二節　新聞之格式 第三節　關於訪稿應注意之點 第四節　新舊編輯法實際之比較	8100
第八章　　新聞之題目	第一節　題目之目的 第二節　題目之分類 第三節　造題時應注意之點	2643
第九章　　新聞紙之社論		2136
第十章　　新聞紙之廣告		2422
第十一章　新聞社之組織	第一節　編輯部 第二節　營業部 第三節　印刷部 第四節　審理部	4463
第十二章　新聞社之設備		1238

章　　名	節　　名	篇　幅
第十三章　新聞紙之銷路		960
第十四章　通信社之組織	第一節　新聞通信社之組織 第二節　他種通信社之組織	1272
附　錄	甲、參考書籍目錄 乙、參考論文目錄 丙、請頒行新式標點符號的議案	6000

第三，言簡意賅。雖然徐寶璜給讀者講授的是全新的新聞學知識，但他沒有採用什麼高深的理論，論述簡明扼要，疏而不漏，喻巧理至，明白曉暢，言簡意賅。這一特點，也受到了時人的推崇。邵飄萍在該書序文中，就寫到：「今徐先生復允以是公之於世，故為述其概略如此。」〔註22〕《京報》曾評價說：「雖僅五六萬字，以言簡意精當，則無出其右者。」新聞學者黃天鵬也對這一特點非常推崇，「他如採訪編輯印刷各方面，在在有『言簡意賅』的精論。」〔註23〕

第四，理論聯繫實際。雖然從參考書目和論文以及書中有些內容看，徐寶璜在撰寫《新聞學》過程中，「取材於西籍者不少」；但是絕大多數的事例，都取材於中國。也正如蔡元培在序文中寫到：「今根據往日所得之學理，而證以近今所見之事實，參稽互證。」〔註24〕他在進行有關編輯採訪等各項新聞業務知識的介紹，也盡可能貼近中國新聞工作的實際。

第三節　《新聞學》的基本內容

《新聞學》系統地論述了新聞學性質和重要性、新聞紙功能，任務與作用、新聞的定義、新聞的特徵、新聞的價值、新聞採訪、新聞編輯、標題製作、新聞評論寫作、廣告製作、報社設備、報紙發行、和通信社機構等內容，內容涉及新聞學新聞理論、業務實踐和經營管理等三大領域。

〔註22〕　徐寶璜著，蕭東發、鄧紹根編：《徐寶璜新聞學論集》，北京：北京大學出版社，2008 年，第 44 頁。
〔註23〕　黃天鵬：《新聞學綱要·序》，徐寶璜著《新聞學綱要》，上海：聯合書店，1930年版，第 5 頁。
〔註24〕　徐寶璜著，蕭東發、鄧紹根編：《徐寶璜新聞學論集》，北京：北京大學出版社，2008 年，第 41 頁。

一、《新聞學》的新聞理論部分

《新聞學》的新聞理論內容反映在第一章新聞學之性質與重要、第二章新聞紙之職務、第三章新聞之定義、第四章新聞之精彩、第五章新聞之價值等五章之中。該部分一萬三千餘字，占《新聞學》主體內容（除四序和附錄之外）篇幅的三分之一。

第一章《新聞學之性質與重要》，同前面三稿比較，完全是新增的內容。首先明確提出研究新聞事業發展之學，學名「新聞學」，「亦名新聞紙學」。他對「新聞學」下定義為：「新聞學者，研究新聞紙之各問題而求得一正當解決之學也」，並表示：「此雖稍嫌籠統，然終較勝於無」。〔註 25〕其次，介紹新聞學包含編輯、組織和營業三方面內容：（一）編輯方面：（1）新聞紙之職務。（2）新聞為何物，其價值如何決定？（3）新聞於何處求之乎？應如何求之乎？（4）新聞應如何報告於閱者乎？（5）新聞題目，應如何構造乎？（6）社論應如何編輯乎？（二）組織方面：（1）新聞社之組織。（2）各種通信社之組織。（3）新聞紙之組織。（4）新聞社之設備。（5）新聞社社員之養成。（三）營業方面：（1）廣告如何可以發達？（2）銷路如何可以推廣？〔註 26〕再次，闡述了新聞事業的重要性，「其勢力駕乎學校教員、教堂牧師之上，實為社會教育最有力之機關，亦為公論之事實」，並借鑒日本松本君平的觀點論述輿論「禍福論」，「至其為禍，為福，則視乎人能否善用耳。」善用輿論，則「彼如豫言者，謳國家之運命；彼如裁判官，斷國民之疑獄；彼如大法律家，制定律令；彼如大哲學家，教育國民；彼如大聖賢，彈劾國民之罪惡；彼如救世主，察國民之無告痛苦，而與以救濟之途。」不能善用之，後果不可設想，「則可以顛倒是非，播散謠言，無事生端，小事化大，敗壞個人之名譽，引起國內之政爭，擾亂國際之和平。推而極之，不讓於洪水猛獸。」〔註 27〕最後，呼籲仿傚美國，開展新聞教育，「美國各著名大學，近均設立新聞學專科，傳輸相當之知識，養成相當之人材，即因有見於斯學之非常重要也。」〔註 28〕

〔註 25〕 徐寶璜著，蕭東發、鄧紹根編：《徐寶璜新聞學論集》，北京：北京大學出版社，2008 年，第 46 頁。
〔註 26〕 徐寶璜著，蕭東發、鄧紹根編：《徐寶璜新聞學論集》，北京：北京大學出版社，2008 年，第 46～47 頁。
〔註 27〕 徐寶璜著，蕭東發、鄧紹根編：《徐寶璜新聞學論集》，北京：北京大學出版社，2008 年，第 47 頁。
〔註 28〕 徐寶璜著，蕭東發、鄧紹根編：《徐寶璜新聞學論集》，北京：北京大學出版社，2008 年，第 47 頁。

　　第二章《新聞紙之職務》，全面闡述了新聞紙具有供給新聞、代表輿論、創造輿論、輸灌知識、提供道德、振興商業等六大職能。這部分比起第二稿也增加了近千字的篇幅。提出了新聞的兩大特點：確實和新鮮；介紹了創造輿論的三種方法：登載眞正之新聞、訪問專家或要人，而發表其談話、發表精確之社論，以喚起正常之輿論。呼籲民眾認識新聞紙責任，重視新聞事業發展，「新聞紙之職務甚重，新聞事業，爲神聖事業，新聞記者，對於社會，負有重大之責任。」〔註29〕

　　第三章《新聞之定義》，詳細闡述了新聞的定義。第二章已經提出了新聞定義，「新聞者，乃多數閱者所注意之最近之事實也。」〔註30〕該章則將該定義分解爲四部分：（一）新聞爲事實、（二）新聞爲最近事實、（三）新聞爲閱者所注意之最近事實、（四）新聞爲多數閱者所注意之最近事實，邏輯嚴密，層層推進，使新聞的定義嚴實地立於事實的基礎之上。該章也充分體現徐寶璜寫作過程中大量閱讀西方著作搜集新聞定義的調查研究功力。他羅列了美國的十個新聞定義，以備讀者參考。

　　（一）閱者所欲知之事，皆爲新聞。

　　（二）事之爲國民所注意者，皆新聞也。

　　（三）充分人數所欲讀之事，若不違犯良趣味與譭謗律（Laws of libel），皆爲新聞。

　　（四）國民願談論之事，皆爲新聞。愈能引起議論者，則其價值愈大。

　　（五）新聞者，乃與閱者有關係，或爲閱者所注意之各種事情、發見（Discoveries）及意見之正確的迅速的消息也。

　　（六）任何與公眾福利有關之事，任何於個人之關係、活動、意見、財產、或私人行爲之中，引起個人之注意或與以指導啓發者，皆爲新聞。

　　（七）新聞乃種種經過之事情，並事情之默示（Inspiration）及結果也。

〔註29〕 徐寶璜著，蕭東發、鄧紹根編：《徐寶璜新聞學論集》，北京：北京大學出版社，2008年，第51頁。

〔註30〕 徐寶璜著，蕭東發、鄧紹根編：《徐寶璜新聞學論集》，北京：北京大學出版社，2008年，第52頁。

（八）新聞者，乃關於有人類注意之任何事情或觀念之綱領事實，所謂有人類之注意者，即於人類生活或幸福有關或對之有一種影響也。

（九）新聞乃以國民爲根據，且完全視其如何引起他人之注意以度量者也。

（十）新聞包括一時代之一切活動，而爲一般人所注意者。能引起最多數閱者之注意者，爲最佳之新聞。〔註31〕

第四章《新聞之精彩》，提出了「新聞之精彩」的定義，「推定最近事實是否爲多數閱者所注意之標準」，並借助心理學分別從六方面：「個人之關係」、「人類之同情」、「求勝之競事」、「著名人物之姓名」、「著名機關之名稱」、「事情之希奇」闡述了判新聞的標準，新聞價值的接近性、顯著性、趣味性等特徵。特別闡述美國報人達納（*Mr.Dana*）提出「狗咬人，非新聞也。人咬狗，則爲新聞」〔註32〕觀點，並給予新聞異常性解釋。

第五章《新聞之價值》，闡釋了新聞價值的時新性、重要性等特徵，並提出新聞倒金字塔型結構，「新聞之排列，記者亦多以此爲標準，價值高者置之於前，價值低者登之於後。又新聞之編輯，亦應用此爲標準。價值高者，可詳爲登載，價值低者，可簡爲述出。」〔註33〕最後，介紹了提高時新聞效性的三種方法：（一）用敏捷傳信方法、（二）增加發刊次數、（三）隨時改版。

通過《新聞學》前五章的敘述介紹了新聞學性質和重要性、新聞紙功能，任務與作用、新聞的定義、新聞的特徵、新聞的價值等內容，新聞學理論框架初具雛形。

二、《新聞學》的新聞業務實踐部分

《新聞學》的新聞業務實踐內容體現於第六章新聞之採集、第七章新聞之編輯、第八章新聞之題目、第九章新聞紙之社論等四章，雖然章數最少，

〔註31〕徐寶璜著，蕭東發、鄧紹根編：《徐寶璜新聞學論集》，北京：北京大學出版社，2008年，第55～56頁。

〔註32〕徐寶璜著，蕭東發、鄧紹根編：《徐寶璜新聞學論集》，北京：北京大學出版社，2008年，第61頁。

〔註33〕徐寶璜著，蕭東發、鄧紹根編：《徐寶璜新聞學論集》，北京：北京大學出版社，2008年，第62頁。

但字數達 2.6 萬餘字，是《新聞學》主體內容（除四序和附錄之外）的一半左右。

　　第六章《新聞之採集》是《新聞學》最重要、最有份量的一章。整章一萬三千餘字，占新聞業務實踐內容篇幅的一半，是《新聞學》主體內容（除四序和附錄之外）篇幅的三分之一，可見該部分在全書中的分量。該章以打破了前五章沒有分節的寫作模式，該章可分十七小節內容。具體內容如下：第一，介紹新聞採集的基本知識，如第一節新聞之分類、第二節新聞之略示、第三節採集之方法第、第四節新聞之來源等。第二，詳細論述各類採訪方法，如第五節因人訪問與因事訪問、第六節因人訪問之法、第七節因事訪問之例、第八節因事訪問之法、第九節報告集會之法、第十節電話採集之法、第十一節發展新聞之法、第十二節特別新聞之採集、第十六節通信社之通信、第十七節機關與私人之通信等。在「因人訪問之法」中，詳細介紹了採訪前的準備、採訪見面時的交流注意事項、採訪記錄要點等情況。在「報告集會之法」中，詳細敘述注意事項：（一）宜早到會場、（二）演說不必全記、（三）編輯宜迅速、（四）連環筆記法。徐寶璜特別推崇運用新技術採訪，他認為電話「現已成採集新聞之利器，不獨訪員常可借電話通詢以打聽消息，或證明各種略示（謠言亦包括在內）之確否，且可借電話以報告重要新聞之略示於編輯，以便其能立時派出其他訪員，分途探聽。且當訪員無暇回社報告新聞時，彼可藉電話口授其於腦筋中所已編就之新聞於社中之閱稿人，由其筆錄交於編輯。又編輯亦可用電話通知訪員令其特別探訪之事。」〔註34〕第三，新聞採集者分類和訪員素質要求，這包括該章總起和第十三節訪員應守之金科玉律、第十四節訪員之資格、第十五節通信員與其通信法等。該書將新聞採集者分為三類：採集本埠新聞之訪員、採集外埠新聞之通信員、採集特別新聞之特別訪員。〔註35〕他認為訪員因具備：敏捷、勤勉、正確、知人性、強健的記憶力、至廣至深的知識等六方面素質。而通信員則責任較訪員重大，要「敏捷」，對「材料須慎加選擇」，「公平無私」。他特別強調訪員採編新聞時應遵守的十六條「金科玉律」：

〔註34〕　徐寶璜著，蕭東發、鄧紹根編：《徐寶璜新聞學論集》，北京：北京大學出版社，2008 年，第 73 頁。
〔註35〕　徐寶璜著，蕭東發、鄧紹根編：《徐寶璜新聞學論集》，北京：北京大學出版社，2008 年，第 65 頁。

（一）訪得新聞，訪得所有之新聞，切勿視謠言為事實。

（二）如為探訪重要之新聞，順每一引線而追究到底。

（三）新聞之有價值與否，當自為裁奪，不當信談者之褒貶。

（四）敏速辦事，但勿亂忙。

（五）不可因求速而致粗心或不正確。

（六）切不可空手歸來，應設法訪得所被派探訪之事。

（七）有請勿登載某事者，宜答以最後之決定，權在編輯，不可輕許之。尤不可受賄，為他人隱藏。

（八）應該設法使自己熟悉城中各處，尤應熟悉本區內之各地方。

（九）本區內之各新聞來源，切不可一日不去。

（十）應與因職務而相接洽之人為友，使其對於己之事業發生興會，而願助己採集新聞。

（十一）勿爽約，勿為不能守之約。

（十二）訪問時，不可當面筆記。

（十三）在訪問之前，應確知己所欲得者為何？

（十四）備一袖珍簿，記載各種新聞之略示。

（十五）除非某報所登之新聞，素來確實，切不可轉錄之。

（十六）廣告性質之新聞，不可登於新聞欄內。〔註36〕

　　第七章《新聞之編輯》8000 餘字，分編輯之根本義、新聞之格式、關於訪稿應注意之點和新舊編輯法實際之比較等四節內容。徐寶璜認為訪員編輯的根本要求是：翔實、明瞭、簡單、材料適當之安排。新聞的基本格式是：撮要與詳記；「新聞之第一段，曰撮要（現在叫導語）。其次諸段，曰詳記。」新聞六大基本要素，「何事？何地？何時？何人？為何？及如何？」〔註37〕「詳記」段落的長短安排「當視新聞價值之高低定之。」新聞編排應便於閱者和排版。訪問稿記錄注意事項：記載確實；文字簡明；稿紙無論如何，不宜二

〔註36〕徐寶璜著，蕭東發、鄧紹根編：《徐寶璜新聞學論集》，北京：北京大學出版社，2008 年，第 74 頁。

〔註37〕徐寶璜著，蕭東發、鄧紹根編：《徐寶璜新聞學論集》，北京：北京大學出版社，2008 年，第 85 頁。

面並書；訪稿之字，宜極清楚；兩行字之中間，應留空白，以便修改之用；如有數頁，應編號爲記；訪稿如已完，應書一「完」字。〔註38〕

　　《新聞之題目》2千六百餘字，分成題目之目的、題目之分類、造題時應注意之點等三節內容。首先論述了新聞編輯製作新聞標題的意義，「便利閱者」和「引人注意」，認識到題目製作的難度，「造題之難難於做詩。」〔註39〕其次，探討了新聞題目的分類，一般分爲「尋常題目」和「特別題目」，其中前者又分爲：正題、附題及分題；後者分爲：包箱式題目、顏色題目、旗幟式題目、接目（當一件新聞未能於此版登完而於他版接續登出時，用以表示其關係者）。〔註40〕最後，敘述了製作新聞標題的注意事項：

（一）在未造題目之前，應先將新聞中之重要事實，清清楚楚明明白白看出來。

（二）題目當以此重要事實爲根據，既不可張大其詞，亦不可加以評論。

（三）題目當根據於撮要中之事實。

（四）引人注意之新聞精彩，應於正題中提出之。

（五）正題之意思如已明瞭，且已盡述新聞中之重要事實也，則可無須另有附題或分題。

（六）題目中切不可用含糊之字。

（七）新聞題目，與書名有別。

（八）新聞題目，不宜用發問式表出之。

（九）應謹防毀人名譽之紀載，以免生出訴訟。〔註41〕

第九章《新聞紙之社論》，介紹了西方社論寫作流程以及不署名發表社論的優點，「一爲能收集思廣益之效。二爲不似署名時之有所忌憚。三爲一新聞社之

〔註38〕徐寶璜著，蕭東發、鄧紹根編：《徐寶璜新聞學論集》，北京：北京大學出版社，2008年，第86頁。

〔註39〕徐寶璜著，蕭東發、鄧紹根編：《徐寶璜新聞學論集》，北京：北京大學出版社，2008年，第92頁。

〔註40〕徐寶璜著，蕭東發、鄧紹根編：《徐寶璜新聞學論集》，北京：北京大學出版社，2008年，第95頁。

〔註41〕徐寶璜著，蕭東發、鄧紹根編：《徐寶璜新聞學論集》，北京：北京大學出版社，2008年，第96～97頁。

意見，常較一記者之意見，易為社會所重視。」〔註42〕論述了社論標準：（一）以新聞為材料、（二）有透辟之批評、（三）用簡明之文字、（四）抱正大之宗旨。

通過第六至九章的論述，《新聞學》構建起包括新聞採寫、新聞編輯、標題製作、新聞評論等方面的新聞學中新聞業務內容體系。

三、《新聞學》的新聞經營管理部分

徐寶璜《新聞學》第三部分內容是關於新聞事業經營管理領域，包括第十章新聞紙之廣告、第十一章新聞社之組織、第十二章新聞社之設備、第十三章新聞紙之銷路、第十四章通信社之組織，篇幅一萬餘字，占整體內容的六分之一強。

第十章《新聞紙之廣告》，論述了廣告在新聞紙中的重要地位，「新聞紙最要之收入，為廣告費，至其賣報所得，尚不足以收回其成本……一報廣告之多寡，實與之有莫大之關係。」「廣告者，乃有力之商業媒介。」「廣告者，人事之媒介也。」〔註 43〕指出發展廣告的兩方法：「推廣銷路與用有廣告智識之廣告員及廣告經理」。徐寶璜反對刊登不正當之廣告，倡導刊登正當廣告，包括遺失、待訪、招請、待請、招租、待租、新書出版、學校招生等〔註44〕。廣告分為五類：尋常廣告、特別廣告、分類廣告、附圖廣告與聯合廣告」。〔註45〕

第十一章《新聞社之組織》將報社分為四部分，即編輯部、營業部、印刷部和審理部。編輯部，負責「採編新聞、撰著社論及他種稿件如書評戲評等」，分為新聞和社論兩個部門，「兩門為並立機關，彼此不受節制，不相侵越。」〔註 46〕前者由總編輯和數名編輯組成；新聞部分為：本埠新聞、外埠

〔註42〕 徐寶璜著，蕭東發、鄧紹根編：《徐寶璜新聞學論集》，北京：北京大學出版社，2008 年，第 98 頁。

〔註43〕 徐寶璜著，蕭東發、鄧紹根編：《徐寶璜新聞學論集》，北京：北京大學出版社，2008 年，第 101 頁。

〔註44〕 徐寶璜著，蕭東發、鄧紹根編：《徐寶璜新聞學論集》，北京：北京大學出版社，2008 年，第 102 頁。

〔註45〕 徐寶璜著，蕭東發、鄧紹根編：《徐寶璜新聞學論集》，北京：北京大學出版社，2008 年，第 103 頁。

〔註46〕 徐寶璜著，蕭東發、鄧紹根編：《徐寶璜新聞學論集》，北京：北京大學出版社，2008 年，第 104 頁。

新聞與特別新聞三股。人員有編輯、訪員、閱稿員、畫師、照相師、接電生等人，並介紹了各自的職責。營業部分為：廣告、發行和會計三部門，主要職責是：「招登廣告，發售報紙，收發款項及報務行政」等。印刷部，負責「印刷雕刻事宜」，包括排字房、鉛版房、印刷房和雕刻房。最後介紹了紐約世界報設立「審理部」情況。

第十二章《新聞社之設備》，敘述了一個報社需具備：（一）完備之圖書室，（二）寬敞之編輯室，（三）直達世界各處之電線，（四）靈便之機器，如（甲）Linotype 排字機、自動製銅版機、（丙）輪轉機、（丁）郵寄機。

第十三章《新聞紙之銷路》，敘述了銷路對報紙的重要性，「一報之銷路，與其生命大有關係。銷路廣者，勢力雄厚，廣告發達。銷路狹者，勢力薄弱，廣告不旺。」〔註 47〕反對為擴大銷路，而「登載誨淫小說及製造猥褻新聞以迎合社會之卑劣心理」做法。詳細列出了擴大報紙銷路的六種方法：（一）增進材料之品質與分量，（二）減輕報資，（三）發送之敏捷，（四）發起改革運動，（五）設立問答欄，（六）記者個人之道德。〔註 48〕

第十四章《通信社之組織》分為新聞通信社之組織和他種通信社之組織兩節。徐寶璜將新聞通信社分為：商業和互助二種。前者是私人之組織，目的在營利；後者為各新聞社自行聯合，費用分擔，並以美聯社為例進行了特別介紹。其他種類的通信社包括：傳記通信社、圖片通信社、小說通信社者等。

第四節　《新聞學》的歷史地位

《新聞學》出版於中國新聞學建立階段，對當時新聞學科的建設和中國新聞教育的發展具有奠基性的作用，因此在中國新聞學術史上具有重要的歷史地位。

在《新聞學》出版之前，中國出版的新聞學著作有兩本，一本是 1903 年由上海商務印書館翻譯出版的《新聞學》，該書是由日本新聞學者松本君平撰寫的，中國出版的是其中譯本；另一本是上海廣學會於 1913 年出版的《實用

〔註47〕 徐寶璜著，蕭東發、鄧紹根編：《徐寶璜新聞學論集》，北京：北京大學出版
　　　　社，2008 年，第 111 頁。
〔註48〕 徐寶璜著，蕭東發、鄧紹根編：《徐寶璜新聞學論集》，北京：北京大學出版
　　　　社，2008 年，第 111～112 頁。

新聞學》，該書是 1903 年由美國新聞記者休曼撰寫。當然，在徐寶璜同時期也有人編撰新聞學方面的著作，如任白濤。1916 年冬，他開始撰稿，初稿完成時間爲 1918 年夏，但直到 1922 年 11 月，才交由杭州中國新聞學社出版。〔註 49〕因此，徐寶璜《新聞學》成爲中國人自撰並正式出版的第一本新聞學專著。

　　《新聞學》的出版，不僅是徐寶璜研究新聞學的結晶，而且是同北京大學新聞學研究會會員們教學相長的成果。該書因北大成立新聞學研究會而寫，在教學中接受學生的「質疑問難」，最後又由北京大學新聞學研究會出版。由於專門的學術專著的問世，是一門獨立學科建立的標誌之一。因此，徐寶璜《新聞學》的出版，成爲中國新聞學科建立的重要標尺，也成爲中國新聞教育和新聞學研究開端的標誌之一。

　　《新聞學》出版後，正是由於它是中國人自撰並正式出版的第一本新聞學專著。因而受到了多方面的讚譽。蔡元培在 1918 年 8 月、1919 年 11 月的兩次序文中，都始終認爲該書是我國新聞界的「『破天荒』之作。」《京報》推薦此書爲：「《新聞學》以前中國無專門研究新聞之書籍，有之自先生始……。在中國新聞學史上，有不可抹滅之價值，無此書，人且不知新聞爲學，新聞要學，他無論矣。」〔註 50〕徐寶璜在自序中也認爲：「本書雖仍不完備，然對於新聞學之重要問題，則皆有系統之說明，而討論新聞紙之性質與其職務，及新聞之定義與其價值，自信所言，頗多爲西方學者所未言及者」〔註 51〕。同時，讀者好評如潮，成爲許多新聞愛好者的啓蒙入門讀物。新聞學者黃天鵬回憶說：「五四運動的前後，我正從事新聞學的研究，啓蒙的讀本，就是先生著的《新聞學》，我對新聞學的基礎知識，差不多都是從這本書上得來的。」〔註 52〕認爲：「後來新聞學的著述，大半受他的影響。從五四運動到現在，抵住了這一時期新聞學界的中心潮流。」〔註 53〕

〔註 49〕 任白濤：《應用新聞學‧序》，亞東圖書館 1937 年版，第 1～2 頁。
〔註 50〕 徐寶璜著，蕭東發、鄧紹根編：《徐寶璜新聞學論集》，北京：北京大學出版社，2008 年，第 177 頁。
〔註 51〕 徐寶璜著，蕭東發、鄧紹根編：《徐寶璜新聞學論集》，北京：北京大學出版社，2008 年，第 45 頁。
〔註 52〕 徐寶璜著，蕭東發、鄧紹根編：《徐寶璜新聞學論集》，北京：北京大學出版社，2008 年，第 177 頁。
〔註 53〕 徐寶璜著，蕭東發、鄧紹根編：《徐寶璜新聞學論集》，北京：北京大學出版社，2008 年，第 177～178 頁。

　　正是《新聞學》具有的學術價值和歷史地位，它很快受到了學界的熱切關注，以致熱脫絕版。上海商務印書局抓住了這一商機。在 1923 年 12 月慶祝《東方雜誌》發刊 20 週年來臨之際，上海商務印書局將徐寶璜在該刊發表的《新聞學大意》和胡愈之的《歐美新聞事業概況》合編為一本書《新聞事業》，作為《東方雜誌》二十週年紀念刊物。該版本也很快熱銷，1924 年 9 月，只得重新印刷出版發行。

　　在《新聞學》絕版之後，徐寶璜本想重新編寫，再行出版，但是「夙志未成身先死」。1930 年 6 月，徐寶璜病逝的噩耗傳至上海，黃天鵬悲痛萬分，決心將徐寶璜《新聞學》再版，以示悼念。

　　1930 年 8 月，黃天鵬為再版《新聞學》撰寫了序文。在序文中，他高度評價了《新聞學》在中國新聞學術史上的地位。「對新聞學上的重要問題，都有相當的剖解，而釐定新聞學的定義和價值，新聞紙的性質和功用，都有獨到的眼光。」因此，「《新聞學》在新聞學史上應居最高峰的位置。」他還解釋了將《新聞學》改名為《新聞學綱要》的原因，「《新聞學》最初是名《新聞學大意》，但內容的提綱挈要，還是命名《新聞學綱要》最妥。」最後，他向讀者熱誠推薦該書，「這是概論一類的書，在初學新聞學的人最適宜的，也是學校最好的課本。要是我開張新聞學必讀書目，我第一本推舉《新聞學綱要》。」〔註54〕

　　1930 年 10 月，黃天鵬將《新聞學》改名為《新聞學綱要》，並在書末附錄徐寶璜晚年撰寫的五篇文章（《新聞之性質及其價值》、《新聞學刊全集序》、《新聞學概論》、《新聞紙與社會需要》、《新聞事業之將來》）和《徐伯軒先生行狀》（陳大齊作），以見其「晚年思想的變遷」，由上海聯合書局列為新聞學叢書之一，重新出版；1932 年上海現代書局再版；1937 年上海復興書局再版。

　　改革開放後，隨著中國新聞傳播學的迅猛發展，《新聞學》再次煥發出歷久彌新的學術魅力。1987 年 12 月，由北京中國新聞出版社出版的《新聞文存》，將《新聞學》收錄其中。1994 年 1 月，為紀念徐寶璜誕辰 100 週年，中國人民大學出版社重新出版《新聞學》單行本。許多學者都將它列入新聞學子的必讀書籍和推薦書目，也成為新聞學者文獻引用率較高的學術經典。其中的原因，正如著名新聞史學家方漢奇先生在 1994 年版《新聞學》序文中所言：

〔註54〕徐寶璜著，蕭東發、鄧紹根編：《徐寶璜新聞學論集》，北京：北京大學出版
　　　　社，2008 年，第 177 頁。

「這部專著自 1919 年初版後，曾陸續再版 4 次，最近（注 1994 年）又由中國人民大學出版社重新出版，連同初版，前後出版了 6 次，這在中國的新聞學史上，也是十分罕見的，可見其受推重之一斑。這部書完成於 75 年前，其中的某些觀點，可能已經陳舊，作者認識上也自然有其局限，但其中的有關新聞學普遍規律的論述，有關報紙功能的論述，有關反對假新聞和有償新聞的論述，以及新聞如鮮魚這一形象的比喻，仍然歷久彌新，給今天的新聞工作者以很大的啟示。」〔註55〕2008 年，北京大學新聞學研究會編輯出版的系列叢書之一《徐寶璜新聞學論集》，再將《新聞學》全部內容納入其中，以紀念中國新聞教育和研究 90 週年。

〔註55〕方漢奇：《新聞學·序》，徐寶璜著：《新聞學》，北京：中國人民大學出版社，1994 年版，第 3、4 頁。

第八章　北京大學新聞學研究會的影響

　　以往新聞學研究者在論述北京大學新聞學研究會的重大影響時，大致分為如下四點：「第一，北京大學新聞學研究會是中國新聞研究團體和新聞教育的開端。……第二，新聞學研究會的重大學術成果，彙集成《新聞學》（徐寶璜）和《實際應用新聞學》（邵飄萍）兩書，後來多次重版，是中國報人自己編寫出版的最早的一批新聞學專著。長期成為中國新聞業務和新聞業務的重要參考資料。……第三，新聞學研究會為中國新聞事業培育了一批優秀的新聞人才。……第四，北京大學新聞學研究會的創設，影響促進了新聞事業的改革發展。」〔註1〕這些影響，毋庸否認，已經得到新聞學界的共識；但研究者卻很少關注到北京大學新聞學研究會在當時社會和對北京大學新聞教育的直接影響。其實，從北京大學新聞研究會1918年春籌辦開始，校內外人士就給予立即關注，當時全國各地報刊紛紛報導該會活動，宣傳和支持該會開展各項活動，積極擴大了該會在北大及社會上的影響。1920年10年，北京大學新聞學研究會雖然最後停止了一切活動，但其對北京大學新聞教育的影響是深遠而重大的。

第一節　北京大學新聞學研究會的報導及其社會影響

　　當時報刊中關於北京大學新聞學研究會的新聞報導，當然要算《北京大學日刊》數量最多，頻度最高。該刊作為北京大學公報性質刊物從1918年7月4日《本校將設新聞研究會》開始到1920年12月17日《國立北京大學略

〔註1〕　方漢奇等主編：《中國新聞事業通史》（第二卷），北京：中國人民大學出版社，1996年，第102～103頁。

史》，先後共 151 次報導了該會從籌辦到終結的全過程，成爲北大師生瞭解該會活動的最重要窗口，特別通過《北京大學日刊》向全社會出版發行，北京大學新聞學研究會活動信息讓全國社會各界人士知曉，同時，爲今天研究北京大學新聞學研究會保存了豐富的第一手史料。除了《北京大學日刊》連續定期向外界公開報導北京大學新聞學研究會新聞外，全國各地報刊也積極關注和報導了該會活動。

早在 1918 年春，北京新聞界已經關注並報導了蔡元培、徐寶璜籌備以及邵飄萍致信建議成立北京大學新聞研究會新聞。1918 年 2 月 7 日，《國民公報》，《北京日報》、《公言報》、《益世報》等多家報紙均刊等題爲《大學添設新聞科之動機》的新聞，報導說：「英美各國大學設有新聞科者不少。聞報界某君已致書北京大學蔡校長，請仿英美之例添設新聞科，以助將來報界之發達。其詳情容再調查。」〔註2〕2 月 10 日。北京《晨鐘報》發表新聞《北京大學決設新聞科》，報導稱：「報界某君致書北京大學校長蔡君請設新聞一科已見各報。茲確聞該校添設新聞一科業已決定，現正準備一切，下學年即實行開講云。」〔註3〕

在《北京大學日刊》刊登《新聞研究會之簡章》次日，即 7 月 7 日，《晨鐘報》刊登《新聞研究會》，向全社會報導說：「北京大學將於暑假後設一新聞研究會。請該校教員徐寶璜爲該會導師，校內外人均能入會研究。茲將該會章程錄於下：

（一）本會定名爲「北京大學新聞研究會」。

（二）本會以「輸灌新聞智識，培養新聞人才」爲宗旨。

（三）本會研究之事項如左：

　　（甲）新聞之範圍，（乙）新聞之採集，（丙）新聞之編輯，（丁）新聞之造題，（戊）新聞通信法，（己）新聞紙與通信社之組織。

（四）本會研究之時間每星期三小時。

（五）本會隸屬於北京大學，校內外人均得入會。

（六）校內會員每年每人納費九元，校外會員年納十八元，分三期繳納。

〔註2〕　《大學添設新聞科之動機》，《公言報》，1918－02－07。
〔註3〕　《北京大學決設新聞科》，《晨鐘報》，1918－02－10。

（七）既繳之費，無論何種情形概不退還。

（八）北京大學日刊處爲本會辦事機關，入會者向該處報名。〔註4〕

9月14日，北京大學新聞研究會在《北京大學日刊》刊登通告開始接受學員報名。9月18日，《晨鐘報》刊登《新聞研究會開始報名》對外公佈：「北京大學十四日布告云：本校爲增進新聞智識起見，社一新聞研究會。凡願入會者於本日起向文牘處報名也。」〔註5〕

1918年9月15日、10月15，《東方雜誌》第十五卷第九、十、十一號連續刊登了導師徐寶璜爲新聞研究會講學撰寫的《新聞學大意》。同月 22 日和10月 23 日，《申報》特意刊登書刊廣告給予介紹。這也擴大了徐寶璜《新聞學大意》的影響。

北京大學新聞研究會於1918年10月14日成立。蔡元培校長在大會上致辭，「略述設立新聞研究會之目的」，並闡述了新聞道德問題，「新聞自有品格也。吾國新聞，於正張中無不提倡道德；而廣告中，則誨淫之藥品與小說，觸目皆是。」〔註6〕他的此番言論引起了同樣具有新聞情懷的北大學子的關注。羅家倫在11月5日爲撰寫的文章《今日中國之新聞界》中，不僅詳細闡述了當時新聞界缺乏新聞職業道德的嚴重情形，而且特意寫道：「蔡孑民先生七年十月在新聞研究會演說，也特別提出這層，引以爲憂。」〔註7〕該文於1919年 1 月發表在《新潮》雜誌創刊號上，無形中擴大了北京大學新聞研究會的在校內和社會上的影響。

1918年12月29日，上海《申報》在《國立北京大學之內容》的通訊中，報導了北大欣欣向榮的發展局面，其中特別提及新聞研究會，「蓋自蔡校長任事以來，集會之風一時大盛，少年學子既富於自動之本能而校長職員又復多方提倡，以故事業勃興不可遏抑，其爲學校所特設者有各門研究所，其爲教員所組織者有評議會。有各科教授會，其爲學生所住址者有操學會、雄辯會、體育會、靜坐會、體育會、數理研究會、化學研究會、樂理研究會、畫法研究會、書法研究會、……新聞學研究會……。」〔註8〕

1919年2月，北京大學教授周作人先生在《新青年》第6卷第2號發表《再

〔註4〕　純三：《新聞研究會》，《晨鐘報》，1918－07－07。

〔註5〕　《新聞研究會開始報名》，《晨鐘報》，1918－09－18。

〔註6〕　《新聞研究會成立記》，《北京大學日刊》第228號，1918－10－16。

〔註7〕　志希：《今日中國之小說界》，《新潮》創刊號，第128頁。

〔註8〕　《國立北京大學之內容》，《申報》，1918年12月29日。

論「黑幕」》一文。他寫道：「『有聞必錄』是從前報館主筆的『口頭禪』。近時聽新聞學研究會的講演，才知道殊不盡然。倘這所聞的事與社會無甚關切，也不必錄；所以略有價值的報，關於個人的私事私德，多不揭載。黑幕家有聞必錄的天職，實在不知道他從何處得來！」〔註 9〕他運用在北京大學新聞研究會講演的內容批駁資產階級所謂的「有聞必錄」，質疑其合理性，說明北京大學新聞研究會導師和學生進行的新聞學研究和教育活動的產生了一定效果。因為周作人先生既不是該會導師，更不是該會會員，而且他特意說是自己「聽」的，而不是「看」或「閱讀」了該會演講內容（演講內容一般會刊登在《北京大學日刊》上），這說明該會的新聞教育是開放式的，歡迎北大師生自由聽課；這也進一步說明該會影響並不不局限於內部，已經擴大學會之外。

1919 年 2 月，北京大學新聞學研究會改組後，決定出版《新聞周刊》。4月 20 日，《新聞周刊》正式出版後，邵飄萍主辦的《京報》於 4 月 30 日開始一直至 6 月 4 日，連續刊登《新聞周刊》廣告。即便在五四運動期間，《京報》版面嚴重不足的情況下，也沒有停止在第一版刊登《新聞周刊》廣告。北京《晨報》也於 4 月 24 日至 5 月 2 日連續在第一版刊登《新聞周刊》廣告。通過《京報》和《晨報》的廣告宣傳，北京大學新聞學研究會出版的會刊《新聞周刊》得到了社會各界人士的認同，擴大了該刊及該會的社會影響。

1919 年 12 月，徐寶璜歷經四次修改完成的專著《新聞學》即將出版，北京市高師《教育叢刊》刊登《〈新聞學〉下月一號出版預告》，「此書乃北京大學徐寶璜教授所著，對於新聞業之各重要問題均爲有系統之說明，而於吾國新聞界之弱點尤特別注意。此書之初稿、二稿、三稿散見各雜誌，此則爲第四次之稿，較以前諸稿尤爲詳備。」〔註 10〕12 月 6 日，《新聞學》正式出版後，《申報》署名「野雲」的駐北京特別通訊員特意撰寫了特別通訊《最高學府之新氣象》，向全國推薦徐寶璜《新聞學》，認爲該書是新聞學嚆矢，「北大近年附設研究會極多，就中尤以『新聞研究會』爲創格。在西洋新聞事業發達之國，自有多數從事研究之人著成專書在大學中，且設專科以教授者。本來一學之成必先由於術，迨其術研究，既精能有系統有條理而後學始成立。新聞成爲科學亦當由此途徑。吾國今年報館事業日見進步，惟立爲一科以從事研究者尚少。其人北大首開其端。近日已有《新聞學》之書出版亦可謂創矣。

〔註 9〕 仲密：《再論「黑幕」》，《新青年》第 6 卷第 2 號，第 173 頁。
〔註 10〕 《〈新聞學〉下月一號出版預告》，《教育叢刊》第一號，第 6 頁。

該書爲該校導師徐寶璜所著。記者曾得周覽一通，見其搜羅材料極豐富，是否即認爲有『學』之價值尙屬疑問。然而吾國斯衆學科之成立，則此書亦可謂嚆矢矣。」〔註11〕

1920 年 1 月 4 日，北京大學創辦《北京大學學生周刊》，以創造「新道德、新教育、新經濟、新文學、愉快美滿的社會」爲宗旨，刊載北大學生所提各種改造社會的主張。在創刊號《本校要聞》中，記載：1919 年 2 月 19 日，「新聞學研究會開改組大會」；4 月 20 日，「新聞學研究會的《新聞周刊》出版」。〔註12〕

同月，少年中國學會南京分會創刊《少年世界》。該刊由田漢、黃仲蘇任編輯，張聞天、沈澤民校勘印刷，黃仲蘇催稿，實際負責編輯任務的是方東美和劉國鈞。它注重實際調查，敘述事實，應用科學，除記載國內學校、工廠、農村的一些實際調查訪問材料外，還介紹了蘇聯、國際工人運動、留法勤工儉學的情況。在《少年世界》創刊號上，該刊發表《北京大學的學生》一文中，對北京大學新聞學研究會進行了特別報導，「六、新聞學研究會是北京大學的學生和少數校外的人士對於新聞學有興趣的組織的。他們延請導師按周講授新聞學，而以北京大學日刊爲供他們實習的工具。」〔註13〕 這說明：北京大學新聞學研究會受到全國少年團體以及其成員的關注。

1920 年 1 月 17 日，《北京大學日刊》刊登教務處布告：中國文學系聘請徐寶璜教授增設新聞學選修課程。1 月 21 日，《晨報》刊登《北大國文學系授新聞學》，「北京大學原有新聞學研究會之設，茲悉該校過問學系現自本星期起每星期加授新聞學兩小時，由徐寶璜擔任教授。」〔註14〕

上述報刊對北京大學新聞學研究會的報導，一方面說明該會不斷受到了校內外人士的關注，另一方面說明該會在社會的影響逐步擴大，並體現出北京大學新聞學研究會進行新聞教育和新聞學研究活動逐漸取得一定成效。

〔註11〕 野云：《最高學府之新氣象》，《北京通信》，《申報》，1919－12－15。

〔註12〕 《本校要聞》，《北京大學學生周刊》創刊號，1920 年 1 月。

〔註13〕 康白情：《北京大學的學生》，《少年世界》第一卷第一期，第 55 頁。

〔註14〕 均十：《北大國文學系授新聞學》，《晨報》，1920－01－21。

第二節 北京大學新聞學研究會對北大新聞教育的歷史影響

　　北京大學新聞學研究會進行新聞教育和新聞學研究活動，雖然在 1920 年 10 月左右終結，但是它點燃的北大新聞教育和新聞學研究的火種，此後生生不息，涓涓細流時斷時續，逐漸彙集成現今北京大學新聞教育和新聞學研究的潮流。此中過程中，潮起潮落，但均沒有磨滅北京大學新聞學研究會新聞教育和新聞學研究活動薪火相傳。

一、美國密蘇里新聞學院院長威廉博士訪問北大

　　1921 年 12 月，雖然曾經生機勃勃的北大新聞學研究會已經停止活動一年有餘，但威廉博士來到北京大學，講演《世界的新聞學》，不僅使北大人直接感受到世界新聞教育之父的風采，而且親耳聆聽到世界新聞事業發展的態勢。

　　沃爾特・威廉博士（*Dr. Walter William*, 1864～1935），青年時期，在《蓬佛爾新聞報》印刷所作校對，後升任該報編輯，開始了他一生的新聞生涯。1890 年，被聘爲《哥倫比新聞報》主筆，他撰寫的「東窗」專欄，膾炙人口，廣爲傳誦。在威廉主持下，該報日新月異，成爲「頗受一方歡迎」的報紙。威廉也逐漸名揚天下。他組織《市鎮編輯月報》，專門研究新聞編輯業務；後又主持編輯《聖路易斯長老會報》二年，並參加多家報紙工作，都成績優異，頗受同行推崇。他熱心新聞界聯絡工作，曾任密蘇里報界聯合會會長。1895 年，被選爲美國全國編輯會會長。1904 年，經他多方奔走，在聖路易斯組織起首屆世界新聞大會，並歷任該會會長。1908 年 9 月 14 日，威廉博士在密蘇里大學創辦起世界第一個新聞學院。他擔任院長，任期達 20 餘年。在教學中，他非常重視理論聯繫實際，他組織創辦了《密蘇里人報》（Columbia Missourian），爲師生提供教學實習場所。威廉博士特別重視學生的職業道德教育。1914 年，他總結新聞工作經驗，制定出「新聞記者信條」八條。在威廉博士的主持下，密蘇里大學新聞學院事業蒸蒸日上，桃李滿天下，成爲世界著名的新聞學院。

　　威廉博士不僅在美國提倡新聞教育，且由於他特具的知識權威與奔放性格，也普遍在世界各地灌漑，使新聞教育與新聞學的種子遍及許多國家和地

區，成為了「世界新聞教育之父」〔註15〕。威廉博士活躍在國際新聞界。1895
年，他出席維也納召開的世界報界公會成立大會，1902～1904 年分別選入該
會領導機構，並於 1912 年瑞士代表大會上，被推選為會長。1914 年，他先後
訪問歐洲、亞洲、美洲、非洲，考察各國新聞事業發展情況，撰寫《世界新
聞學》一書，為世界最早介紹各國新聞事業發展情況的著作之一。1915 年，
世界報界大會在舊金山召開成立大會，威廉博士被選舉為會長。1921 年 10 月，
在檀香山第二屆世界報界大會再次當選，並擔任太平洋新聞記者大會會長。

　　他更是中美新聞界友好交往的先驅。他不辭萬里，航海東渡，將新聞學
知識和新聞教育播灑到中華大地。他先後於 1914、1919、1921、1927 和 1928
年五次訪問中國，同中國新聞界座談交流，進行學術報告，介紹新聞學基本
知識和理論，推動了中國新聞學研究的發展和新聞從業人員專業素質的提
高。中國新聞界通過威廉博士認識了密蘇里新聞學院，紛紛走出國門，前往
密蘇里大學新聞學院學習和深造新聞學。

　　因此，著名的臺灣新聞學者鄭貞銘高度評價到：「在新聞學與新聞教育史
上，威廉博士無疑是開天闢地，開創歷史的人。他使新聞學受人尊重，使新
聞教育步入坦途。」〔註16〕

　　1921 年 10 月 11 日，第二屆世界報界大會在檀香山火努魯島召開。中國
新聞界第二次參加了世界報界大會。中國代表董顯光、王伯衡、許建屏、黃
憲昭分別在大會上發言，引起國際新聞界的廣泛興趣和熱切關注。大會結束
後，中國代表團邀請威廉博士再次訪問中國。

　　1921 年 12 月 1 日，威廉博士途經日本，後由朝鮮至滿洲，抵達北京。第
二天，他欣然接受了北京大學邀請。12 月 3 日，《北京大學日刊》刊登啟事，
宣佈威廉博士來校訪問。「衛廉士博士（*Dr William*）為美國米梭里大學新聞學
院院長，為此次萬國報界大會會長，今來中國遊歷。本校特請其於本星期日
（十二月四日）下午二時在第三院大禮堂講演新聞學。望本校教職員及同學
諸君，屆時勿失此難得之機會，特此通告。」〔註17〕消息不脛而走，傳遍北
大校園。

〔註15〕　鄭貞銘：《百年報人——報業的拿破侖》，臺灣：遠流出版社，2000 年，第 148
　　　　　頁。

〔註16〕　鄭貞銘：《百年報人——報業的拿破侖》，臺灣：遠流出版社，2000 年，第 149
　　　　　頁。

〔註17〕　《北京大學日刊》第 908 號，1921 年 12 月 3 日。

　　12月4日下午2時，北京大學師生齊集第三院大禮堂，爭濱威廉博士演講風采。演講會首先由胡適先生介紹嘉賓威廉博士。他說：「博士是世界新聞家的老前輩、老先鋒，現在美國米梭大學新聞院的院長。從前，新聞事業無人講究，以為是用不著學的，只要會提筆作文，或能作幾句歪詩，不論阿貓阿狗都可以作新聞記者。維廉士博士覺得新聞事業是很重要的，他才在米梭（里）大學創設新聞（學）院，要把新聞事業的價值提高，新聞也就從此成了一種學問。其後，哥倫比亞大學繼之而起，設立新聞（學）院，各大學也漸有新聞科的設備。前年，本校開了一個新聞學研究會，由徐寶璜先生擔任教授，雖然有新聞圖書的設備，當時也有些人得著益處。後來，蔡先生想在本校設個新聞學系，因為許多困難，未能如願。現在，北大學生在各通訊社、各報館做事的很多，這可算是有了許多實驗室了，很有加以學理的討究的必要，將來或者有設新聞系的希望。〔註18〕這從側面說明，威廉院長選擇訪問北京大學的原因，或多或少與北京大學新聞學研究會進行新聞教育和新聞學研究有著某種關聯。正因為北京大學存在過新聞學研究會，開展過新聞教育，使得密蘇里新聞學院威廉院長講演新聞學能被北大師生理解並受到歡迎。

　　胡適先生開場白後，北大師生以熱烈的掌聲，歡迎威廉博士講演新聞學。威廉博士開門見山地說：「今天我到貴大學裏來演講，蒙諸君歡迎，覺非常榮幸。但是我的聲音不太響亮，並非是我不願意把聲浪提高，實在因為是多吃了些北京的灰塵，把嗓子塞住了，所以不能提高，請諸位原諒。學問這一件東西是沒有國界的，比方我今天所講的話諸位之中有些明瞭，有些雖然不能直接瞭解，但是間接的從翻譯方面可以知道的。我今天雖然是在北京大學演講，然而要是我米梭里大學學生知道的時候，一定是很歡迎的。一方面歡迎他們在中國有了同志，一方面感謝胡適先生的功勞，他介紹我的意思，使他們得著同志的人。今天我要向諸位講的是《世界的新聞學》。這個問題便是我在米梭里大學朝夕研究的。米梭里大學是美國的一個省立的大學。在這個學校裏面，中國學生也很多，並且有些比也回來的。他們現在中國各處新聞界都得著一部分勢力，予中國新聞界以很大的貢獻。中國是印刷術發明最先發明的國家。世界上若沒有印刷術，新聞學決

〔註18〕　《衛廉士博士新聞學講演》，《北京大學日刊》，1921年12月6日。

不能產出。所以我現在中國談新聞事業，好比似小兒女向他的母親報告他的經驗一般，是件很有趣的事情。」〔註19〕

此後，威廉博士切入《世界的新聞學》主題演講。全文如下：

調查世界新聞出版物，有六萬種之多，有的是非常發達，銷路很廣；有的還在中道時期；有的仍在幼年時代，比如種子撒在地下一樣，發育成長快滿不同罷了。我們要考察世界新聞業的進步，這種情形應該知道。

世界的報紙和雜誌，從他性上分別起來有，共三種：

（一）消息報，注重傳播消息，每日，每周或每月，報告種種新聞，不眜批評的態度，專就事實描述。

（二）評論報，是一種發表意見的報紙，消息不十分要緊，偏重社論和事實的批評。

（三）學藝報是一種研究專門學科出版物，供多數學者發表學理的論壇。他的目的，就是促進科學的發達；文學的進步。

除此以外，有將三種的性質全包括在內的。不過這三種分別，僅可代表世界新聞的種類。若就國家民族來源分類，有分為四種：

（一）英國式的報，注重社論、國家問題，何政治通信。

（二）法國式的報，注重報告新聞的方法和體裁，怎　樣能夠隱去讀者興趣和注意。

（三）德國式的報，在歐戰以前，他的報章注重哲學、文學、科學的討論，消息不甚注意。

（四）美國式的報，我（博示（士）自稱）是美國人，知道情形比較詳細，在這報紙上，沒有什麼「畸重畸輕」的分別，如傳播消息的方法，編輯的體裁，哲學、文學及其他科的討論，社會政治上的變化，極小的遊藝運動，都是特別注意的。

以上新聞的分類，到沒有什麼重要，最要緊的就是以下五個辦報的要素。在五個辦報要素中，最要緊的一個，就是：

（一）獨立自由不是替某人某黨鼓吹他的利己的意見；暗中授意發

〔註19〕《衛廉士博士新聞學講演》，《北京大學日刊》，1921 年 12 月 6 日。

表惡意的言論。獨立報是其有一種獨立的精神，替社會服務，傳播世界消息，秉個人的天良，宣傳光明正大的輿論，某人類幸福，是不受外界各種牽制的。

（二）辦報要大膽。即是要有勇氣，這種勇氣，不是形體上的勇氣，乃係精神的勇氣，什麼叫精神勇氣呢？就是人格上道德上剛毅的表現。不怕不能墮落個人的人格，要是沒有勇氣，顯出「畏首畏尾」的態度，徒然掛了一塊新聞的招牌，實在可恥！

（三）辦報要「真確」和「老實」。應從現實來的消息發表，不應任意「捏造」「撒謊」，淆亂讀者的聽聞，倘若新聞事實不甚瞭解，就要徹底地考察，然後宣佈，才不失去新聞的真面目。

（四）報紙要有興趣。因為報是要有人看的，有興趣的報，今天看了民田還想看，繼續看長久了，就能使人發生戀戀不捨的癖性。報紙有了這種魔力，影響對社會功效很大。那種枯燥無味，沒有興趣的報紙，是人家不願看的，報既然沒人看，對於社會上也是無功用的。比如我（博士自稱）對於中國，抱有許多樂稱得興趣，所以我就願意到中國來，同是一樣的理解。

（五）第五個要素，是總括前面所說的話，報要「純潔」「有用」，免去種種污點，對於社會發生最大影響。世界上各國的報紙，有的很「乾淨」「純潔」，有的很「卑污」「惡劣」。現在有許多的人，想剷除那種有害無利的報。我們去考察各種報的歷史，比較有在最長久的，地在報也，也是比較純潔的！

諸君中有志願從事新聞業的人，應該明白這種的要素，此外最要做幾種預備的功夫：

（一）預備相當的智識。

（二）預備相當的技能。

（三）預備高尚的人格。

為什麼要預備相當的智識呢？世界著名的新聞家，他的腦子要無所不備，都是哲、文、法、政、社會等科學智助他造成的。所以學新聞的人，智識應該廣博。

　　爲什麼要預備相當的技能呢？技能，就是「演說」「晨論」「辯論」，都是發表意見的工具，能「記述」，不能「演說」和「辯論」，是不成的，這三種技能是業新聞的必要的長徑。

　　爲什麼要預備相當的人格呢？在英文中，有一句詩：*In the heads of man traind often is mightier than sword*。這意思就一枝筆，比一把刀強得多。這句詩道出都引用了去做了他鼓吹的工具，但是這個意義還不完全，應該連接上句來說，就是：在有偉大的人格的人手裏一樣，一支筆筆一把刀更強，這樣的看來，從事新聞業的人，人格所在要高尚。

　　諸君在大學求學，這會很好，這三種的預備功夫，不是在社會的職業中能養成的，還是完全靠著大學。蔡先生是大學的領袖，即是諸君模範，諸君的幸福實在不淺！

　　沒有一個國家能像美國這樣歡迎中國的學生到美國去讀書，待遇是平等的，學術也不守什麼秘密；沒有一國中的大學生，有一種大同觀念，像美國人學生感即得深切，這火术梭里大學新聞學院，託我帶了一封歡迎北大同學的信，就證明了。（原文見後）現在話已說完了，我可代表米梭里大學新聞學院底同人，敬祝諸君養成將來大新聞家，替社會世界服務，替人類謀最大幸福。〔註20〕

　　演講最後，威廉博士向北大師生表達了由衷的敬意。他稱讚蔡元培校長，「大學的領袖，諸君模範」，並代表美國人民及密蘇里新聞學院向北大師生發出了留學美國邀請。演講結束後，威廉博士拿出了一封密蘇里大學新聞學院致北大同志公開邀請信，交給北大校方。信上寫有「希望歡迎東方的新聞學者」字樣。該信原文一直沒有受到新聞學者的關注，發表近90年來，只有民國新聞學者任白濤記載過漢譯文，現代新聞學者馬光仁僅提及該信。最近筆者在1921年12月7日的《北京大學日刊》上發現了該信原文。考慮該信的重要價值，抄錄全文如下：

The West Greets the East

As Comrades one to another do we, the students in the School of Journalism of University of Missouri send the greeting by our Dean,

Walter Williams, to you, the students of Journalism in the University of Peking.

We realize that this hour the signifience of the Orient is greater than our before, Europe has been feebly pledged in the background .The pledge of the east are emerging from a terrible illness, and not only do they need support, but also they seek a means by which to prevent the return of another such calamity.

Today the future stand a huddled heap of uncertainty silhouetted against the dying fires of a great war. The world gazed upon it and awaits for the revelation of its details. Expectant, fearful, the people pray that the sunrise of a new day will show the mysterious figure to be that of peace, It rests with the journalism of tomorrow to bring this about, and the journalism of tomorrow rests with us. Together the students of American and of orient are to bear the responsibility of letting their light shine on world peace.

We are looking forward to this day with serious anticipation .we feel a kinship with you because we know that you, too, are preporins for it. From each according to his ability, to each according to his need', we shall work together toward a common goal, the betterment of humanity.

For the Students of the School of Journalism

Act.8 1921 Dre Yt Brown

All Department President 〔註21〕

　　威廉博士在北京大學的演講，受到了中國新聞界的推崇，紛紛刊載這篇演講詞。最早發表的報刊是同北大有密切關係的《晨報》。該報於演講次日，即 12 月 5 日以「維廉士在北大之講演」為題發表。接著《北京大學日刊》於 12 月 6 日、7 日以「衛廉士博士新聞學講演」為題發表。12 月 8 日，上海《民國日報》的「覺悟」副刊以「世界底新聞事業」為題發表。1922 年 11 月，任

〔註21〕 《衛廉士博士新聞學講演》（續），《北京大學日刊》，1921 年 12 月 7 日。

白濤出版著作《應用新聞學》時，作為「餘錄」收錄在書末。在這些發表的演講詞中，《北京大學日刊》最詳細，並刊登了邀請信原文，最有價值。1922年11月出版的《應用新聞學》。任白濤將密蘇里大學新聞學院致北大同志公開邀請信翻譯全文如下：

> 米梭里大學新聞學院學生等公竭誠歡迎東方大學學生諸君，故特託吾學院學長先生致吾儕之歡迎書於諸君：諸君乎，世界恐怖之歐洲戰劫於今已矣。世界上之民族已得回復其生機於彌留之中，民族之希望，固不欲世界自此健康，永不復有二次大病之纏憂。但毒焰雖息，餘灰未盡，世界前途可預料乎。和平永久保障耶，是可未必。雖然，吾視愛之諸友乎，世界將來之和平，繫諸民族之心理，民族之心理，繫乎有識者之鼓吹。新聞界之事業，轉移民族心理之事業也，公共和平之目的，將來民族之幸福，賴斯焉，諸友乎，蓋興乎賴，吾儕將共勉焉，其通力合作乎！
>
> 代表者米梭里大學新聞學院學生會長兼本校學生會長勃蘭德簽字。〔註22〕

密蘇里新聞學院威廉院長來到北京大學發表《世界的新聞學》演講之際，曾經生機勃勃的北大新聞學研究會已經停止活動一年有餘，北大的新聞教育和研究活動處於停頓狀態。他的演講重新激發起北大學子新聞工作的熱情，如1922年2月，北大師生成立北大新聞記者同志會。他的演講，無疑是北大學子的一次新聞學盛宴，重新點燃北大新聞學的火種，使得北大新聞學研究活動薪火相傳！

二、北大新聞記者同志會的成立

1922年2月6日，北大新聞記者同志會在輦兒胡同張宅開籌備會，「討論簡章大綱，咸以聯絡感情，砥礪道德，促進新聞事業為宗旨。其組織法不設會長及主任等，亦不分股，僅設幹事數人，分任文書、會計、庶務等，並擬設研究講演等會。」2月12日，北京大學的教職員和已畢業、未畢業而從事新聞工作者，在北大第二院大講堂開會，成立了「北大新聞記者同志會」。同志會公推法科教授黃右昌為主席，並由他報告了開會宗旨及籌備經過。

〔註22〕任白濤：《應用新聞學》，上海：商務印書館，1922年，第208頁。

黃右昌彙報之後，徐寶璜教授首先登臺發表演講。全文如下：

　　我今天來赴會因為沒有甚麼預備，只能將我平日所想到的，向諸位簡單言之。我覺得最近這個時代以來，世界上新發明一種大武器，這個大武器是甚麼呢？就是「新聞」。新聞在現代社會當中，無論在哪一國，都有極大的勢力，凡社會上發生有什麼問題，莫不靠他來宣傳。如最近華盛頓會議，日本即費了很多的錢來宣傳，所以我覺得近一百年來所新發明的武器，就是「新聞」。現在我們社會上，有所謂「有槍階級」與「無槍階級」，在有槍的階級的武器即為兵力，無槍階級如果對於有槍階級打算有所對付，唯一的武器即是新聞。新聞記者如果以個人在社會上活動，自然比較團體來運動，力量自然單薄，團體運動自然較為充實。本會係北大新聞記者同志會，係由北大方面的人來組成團體，是一種好的現象。然團體力量亦不較充足，將來擴充之，再為全國，或一地的新聞記者結合，時於社會上各種問題有一致堅決主張，而對於有槍階級反杭，也容易得多。但是社會上對於新聞記者都以為靠不住，如果說某種消息，從新聞記者口中得來，總覺得不甚信任，總覺得有造謠生事的意味。固然這個意見，也有過度的地方，而事實上也有發生這個意味的處所。北大新聞記者信用，自然宜於高一些，既然有團體的結合可以互相勉勵，所以我以為本會宗旨，除研究學識，促進新聞事業之外，應該加以互相勉勵，提高人格的意思。〔註23〕

徐寶璜之後，胡適教授登臺演說。全文如下：

　　今天都覺得這個集會是非常重要的，本來北京大學從事於新聞界的雖然很多，但是自有中國歷史以來，沒有如今日之多者。一個學校的同學在一國一時代從事於一種事業，這是社會上所必重要的。但是北大同學近來從事於新聞事業的，老實說大半替人家作充篇幅的事情，因為既然是大學校的學生，自然有充篇幅的能力。我們現在有無論哪一個報紙上面，無論他的社論、主張如何的劣，但見他的附張，必求於「新」。我們同學大多數的做這種充篇幅的事情，這個固然也是一個好機會，同時卻給我們一個很大的責任。因為專替馬克斯、克魯泡脫金、契訶夫、莫泊三翻譯幾篇著作，充充篇幅，這個並不是我

〔註23〕　《徐寶璜演說詞》，《北大新聞記者同志會成立》，《晨報》1922 年 2 月 14 日。

們應當負的責任。我以為北大同學不作新聞事業則已，否則不應當專做充篇幅的事情，應當討論社會上種種的問題，因為在新的篇幅上面，把捧八大胡同姑娘，捧劉喜奎、鮮靈芝的文字拋棄，換過來捧克魯泡勝金、馬克斯、契訶夫、莫泊三，自然比較上也算是有進步，也算是歷史上的變遷，可是這個還是不夠。最痛心的，就是替曹錕、張作霖、葉恭綽、薛大可辦的報，做充篇幅的事業，這也是很可恥的事情。再〔者〕社會上活的問題，真的問題，應該大家來討論，發為有力的主張，這個對於社會才算有貢獻。如果把活的問題與真的問題拋開，專門來捧馬克斯……談淡贏餘價值，或者棒棒契訶夫、莫泊三，對於社會上事業，一點影響也沒有，結果一點也沒有。即算作了千篇萬篇的文章，社會上一個人也不曾懂得！所謂討論活的問題是什麼？比如此次反對直接交涉，平心說來，在國內直交，因為不信任政府，所以反對，還有理由可言，但是此係外交問題，既不可作為懸案，自然應該交涉。因為不信任腐敗政府、小幡公使，而反對直交，但是連在華盛頓公開的交涉也一併反對可就錯了。試問此項代表曾費去一百多萬元，而代表也比較在外交上好些兒，既然到會，決不可不行交涉。我們又沒有兵力打到東京，哪能夠不行交涉之理，而大家糊裏糊塗，只知道反對直接交涉，而在此以外的問題，一概無人過問。不然，應該知道，一個獨立國與他一個獨立國中間所發生的事，自然應該交涉，為避免雙方的衝突，才請他國來作仲裁，這也算是很公道。而各報紙都盲從的反對，平時所信仰的幾個報紙，也盲從的反對。如果由消極的反對到積極的討論，效力心較大些，而大家那個時候都不注意及此，如果注意將來結果或者還要好些。這是一個例子。最可笑的，即是上次學生遊街的時候，有一個外國朋友問我道：「中國學生要的到底是什麼？」我當時也不知道，我也問過好些新聞記者，也都不知道，說來……不知道要什麼，本來可恥，而知道了又不知道如何要法，更為可恥，所以我個人希望北大新聞記者趕快離開替人家充篇幅的事情，拋去死的問題，對於活的真的問題來討論。而個人的研究，當然不及團體的討論，固然我們各人有各人性，對外主張不必一致，兩個人的主張，經過團體的討論，總比較好些，至少也可以多得些材料。不研究活的問題，專門研究死的問題，社會上也看慣了，自然也沒有

什麼危險，也不致封報館，坐囚牢，被槍斃。如果討論活的問題，如總統問題，國會問題，那可就發生問題了，甚至於封報館，坐監禁，受槍斃，但是寧可為討論活的問題被封，坐監禁，受槍斃，不可拿馬克斯……來替曹錕、張作霖、葉恭綽、薛大可的報紙充篇幅！〔註24〕

胡適教授演說完畢，李大釗接著演講。全文如下：

我今對於我們北大同學，發起這個北大新聞記者同志會，抱著很大的希望。我以為新聞事業，是一種活的社會事業。剛才胡先生說新聞事業，是要研究「活的問題」、「真的問題」，不希望諸位替人家做那充篇幅的事情。我現在更希望諸位對於新聞事業，是社會的事業，這一點也特別注意。因為社會是複雜的、多方面的關係，要想把這不斷的發生的、多方面的社會現象描寫出來，而加了批評或指導，非有相當的學問和知識不可。以前新聞界，所以有很多缺點，就是因為從事新聞業者的眼光不能映注到全社會的生活上的緣故。現在我們北大同學從事新聞事業的如此之多，將來必能「改造」、「提高」新聞界。因為大學是一個最高學府，所研究的學問，是多方面的，故由大學出身的人，必有比較的多方面的知識，或有與多方面的知識界接近的機會。希望諸位同學出其所學，把新聞界在社會上的地位提高，給新聞界開一個新紀元。

新聞記者的責任，於紀述事實以外，還應該利用活的問題，輸入些知識。胡先生說，新聞宜注意活的問題，不應單講克魯泡特金、馬克思等等死的學說。這話誠然不錯，但是材料雖是死的，若是用當也未嘗不可把他變成活的。譬如平日登些克魯泡特金的學說，人便全不注意，若當接到克魯泡特金逝世的消息，那一天，把他的歷史，他的學說，寫出來貢獻在社會上，便可以引起社會一般人的注意了。又如但丁的歷史和他的文學，在平日登出來，充充篇幅，實在於一般看報的人，沒有多大的意味，若在去年，有為他作六百年紀念的事實那一天登出，便可以引起社會一般人的興味事。又如今天高師為達爾文一百十三週年誕辰紀念，開博物展覽會，並講演會，北京的報館，若有在今天把達爾文的歷史、肖像和他的學說的概要登出來的，豈不是格外有趣嗎？又如一八七一年三月的巴黎自治

〔註24〕 《胡適演說詞》，《北大新聞記者同志會成立》，《晨報》1922 年 2 月 14 日。

團，在平時寫出來，人並不十分注意，若在去年三月十八九日恰恰是五十週年的紀念日，把這一段歷史記載出來，登在報上，豈不是絕好的材料嗎？可見死的材料，若是隨著活的事實表現出來，便是活的、有趣味的材料。最好的材料，若作平時充滿篇幅之用，因為他與現實的生活不相關聯，於閱者亦絲毫不發生興趣。照這樣子做去，一切的科學知識，都可以覓得機會，利用一種活的事實，輸入給大家。例如新疆、甘肅發生地震，我們便去訪問地質學家。太陽忽然現出紅光，我們便去訪問天文學家。某種政治問題發生，我們便去訪問政治學家。請他就此事實為學理上的說明。此外如有各國學者來華，亦當隨時訪問，叩其意見，以轉為介紹於社會。這是新聞界對社會灌輸知識的職分與方法，這點諸位要注意的。

　　新聞是現在新的，活的，社會狀況的寫真。歷史是過去，舊的，社會狀況的寫真。現在的新聞紙，就是將來的歷史。歷史不應是專給一姓一家作起居注，或專記一方面的事情，應當是注重社會上多方面的記載，新聞紙更應當如此。但是現在新聞界，遇著「督軍的舉動」，或「闊人的一言一行」，都是用大字，排在前幾版，那窮人因窮自盡，或其他種種因為受環境壓迫發生不幸的結果，乃社會上狠大的變故，反用小字，排在報的末幾版不注意的地方。這是舊習慣未退盡的一個最大的表現，也就是新聞界的一個大缺點。這一點也希望諸位同學注意。

　　我們北大同學，在新聞界的人，發生這樣一個團體，是一件很有關係的事。胡先生說，不希望主張必定一致，希望人人能發揮個性固然不錯。但是有了這個團體，總可以藉此情誼，立在同一的、知識的水平線上，常有機會來交換個人不同的意見。遇有國民的運動發生時，我們總可以定一大目標，共同進行，以盡指導群眾，而為國民的宣傳的責任。

　　敬祝北大新聞同志會的進展無涯！〔註25〕

　李大釗接著胡適的話題，提出了「新聞是現在的新的活的社會狀況的寫真」、「新聞事業是一種活的社會事業」等精彩論斷。李大釗這時已是剛成立

〔註25〕　《李大釗演說詞》，《北大新聞記者同志會成立》，《晨報》1922年2月14日。

半年的中國共產黨的領導人之一，他並沒有因胡適反對新聞紙上發表馬克思的死材料而否定胡適的新聞學觀點，而是在肯定胡適觀點的基礎上，巧妙地維護了對馬克思主義的宣傳。他指出，胡適講的「誠然不錯」，但可以在適當時候把死材料變成適合新聞紙特點的活材料。比如名人逝世、誕辰紀念日發表有關的紀念性活動新聞，這時介紹他們的生平與學說，就不是單純地充篇幅了。「死的材料，若是隨著活的事情表現出來，便是活的有趣的材料。」用現在的話說，即把它們變成新聞背景材料。〔註26〕

此後，黃右昌、徐一摩、張煊等先後發言，並通過簡章，選舉職員。結果為：（一）會務書記顧名、張煊當選；候補者為鄢祥疆、費覺天；（二）講演書記羅敦偉、費覺天當選，候補者為徐一摩、顧名；（三）會計書記汪翰、謝紹敏當選，候補者為張煊、陳顧遠。最後，與會者共同攝影留念，盡歡而散。

徐寶璜、胡適、李大釗等三教授都贊同成立記者同志會之類的新聞職業團體，以維護新聞記者的整體權益，同時又賦予這樣的團體以職業和學術以外的政治上的意義：與強權抗爭。這是五四時期新聞學轉向為政治服務的先兆。〔註27〕

三、北京大學新聞教育的再嘗試

早在1920年1月，北京大學新聞學研究會開展新聞教育和新聞學研究活動之時，北京大學曾在中國文學系開設新聞學選修課（前已論述，子不贅述）。在北京大學新聞學研究會停止活動後，開展新聞教育成為北京大學的一些有識之士的共識，曾在1920年代也曾多次嘗試新聞教育，但均沒有取得重大突破。

1923年，北京英文《導報》（*Peking Leader*）由美國記者柯樂文（*Grover Clark*）購得，並親任主筆（*Managing Editor*）。同時，他以北大兼職教師的身份在英文學系開設過「報紙練習」課程，供有志新聞事業者實習。「學生須定閱一份英文日報，上課時進行討論，評判事實，並隨時試作新聞記載。」〔註28〕在1923年的《國立北京大學概略》中，英文學系課程中有「報紙練習」，但在中國文學系、經濟學系中均無新聞學課程。

〔註26〕 陳力丹：《關於北大新聞記者同志會上三教授的演說詞》，《新聞與傳播研究》，1989年第3期，第73頁。

〔註27〕 陳力丹：《關於北大新聞記者同志會上三教授的演說詞》，《新聞與傳播研究》，1989年第3期，第72頁。

〔註28〕 《英文學系指導書》，《北京大學日刊》，1923－09－14。

　　1924年9月，徐寶璜在北京大學再次開設「新聞學」選修課，只不過不是以前的中國文學系，而是在政治學系。在《北京大學日刊》上的《政治學系教授會布告》內容爲：「本年度第四年級添設「新聞學」作爲選修課，每周授課兩小時，由徐寶璜擔任。」〔註29〕此「新聞學」選修課程連續在1924～1925、1925～1926學年開設，成效明顯。據1926年戈公振先生記載：「國立北京大學之有報學課程，已五六年於茲，爲政治系四年級選修課之一。該校學生之有報學興味者不少，故最近選修是科者，竟達七十人，文科、法科均有之。每周授課兩小時，教授爲徐寶璜。去年曾新編講義，但未幾即改用其所著之《新聞學》以爲課本。參考書指定爲 Harrington and Trankenberv 著之 Essentials in Journalism, Given 著 Tbe Making of a Newspaper，邵振青著之《新聞學總論》等。」〔註30〕

　　1929年9月，新聞教育在北京大學又提上議事日程。在是年北大學生會制定的《發展北大計劃大綱》中，先後兩次提到在北京大學開設新聞學繫事宜。第一次提出在法學院開設「新聞學系」，並注明：「於十九年添設，但在本學期內，須添設新聞學課程，任各系學生選修。〔註31〕第二次提及了開辦新聞學系的經費，「添設新聞學系，每月一千元。」〔註32〕

　　據著名新聞學者黃天鵬記載：1930年5月，他和北大經濟系主任徐寶璜商量著北大新聞教育的計劃。但是，天有不測風雲。5月29日，徐寶璜正在給北大學生上課，腦溢血突發，中風「暈厥」，倒在了講臺上；經北京協和醫院多方搶救，醫治無效，於6月1日溘然長逝。他悲憤地寫到：「一個『平生風義兼師友』的人，上月才商量著北大新聞教育的計劃，不幾時就人神異路了。……近方籌備北大增設新聞學繫事，不意倏爾奄逝，後學遽失良師，此誠新聞界之大不幸也。」〔註33〕北大新聞教育計劃再次就此擱淺。

　　1952年，全國院系大調整，燕京大學新聞學系師生併入北京大學中文系新聞與編輯專業，北大新聞教育和新聞學研究活動再次啓動。該專業主要任

〔註29〕《政治學系教授會布告》，《北京大學日刊》，1924－09－23。
〔註30〕戈公振：《中國報學史》，中國新聞出版社，1985年，第210頁。
〔註31〕北京大學學生會：《發展北大計劃大綱》，北京：北京大學，1929年，第4頁。
〔註32〕北京大學學生會：《發展北大計劃大綱》，北京：北京大學，1929年，第15頁。
〔註33〕徐寶璜著，蕭東發、鄧紹根編：《徐寶璜新聞學論集》，北京：北京大學出版社2008年，第176頁。

務是：「爲黨和人民的新聞事業訓練具有相當的馬克思列寧主義理論水平、豐富的語言文學知識、較高的寫作能力、足夠的基本業務理論知識的記者和編輯人才」〔註34〕。但是，隨著 1958 年在「鼓足幹勁，力爭上游，多快好省地建設社會主義」總路線的指引下，「爲集中師資力量搞好新聞學研究和多快好省地培養又紅又專的新聞戰士，新聞專業召開躍進大會決定，北大新聞專業和人大新聞系合併」〔註35〕寥寥數語，便割斷了北大新聞學教育的持續發展。

　　1970 年，北大的新聞學教育活動在沉寂了 12 年之後再次恢復起來。是年，北大招收了第一屆工農兵學員，此後陸續招收、培養了 5 屆工農兵學員。在正規的本科教育之外，北大新聞專業還辦了幾期學制爲 1 年的新聞學專業進修班，增加了學員的人數和新聞教育的規模。1971 年人民大學被迫關閉後，人大新聞系的師資調到北大，充實了北大新聞學的教育隊伍。從 1970 年到 1976 年，北大中文系新聞專業共招收了 5 屆 3 年制的工農兵學員，包括一年制進修班和專題研究進修班，畢業學生總計 361 人。〔註36〕1977 年，高考制度得以恢復，北京大學中文系新聞專業通過考試招收學生，但只招收了兩屆。1978 年，人民大學新聞系恢復招生後，北大新聞學專業再次併入人大，北京大學在 1978 年招收的學生也直接併入人大。因此，北京大學的新聞學教育在「文革」結束後只培養了一屆學生便又一次被打斷了。〔註37〕2001 年 5 月 28 日，北京大學依託日益增強的新聞學和傳播學學科基礎，整合全校資源成立了新聞與傳播學院，繼承光榮傳統，再次燃起北大新聞學教育的「薪火」。

　　2008 年 4 月 15 日，北京大學新聞學研究會正式恢復成立，聘任首批 10 位海內外知名學者擔任研究會導師。北京大學新聞學研究會恢復成立後，秉承歷史傳統，在開展新聞史論研究的同時，努力關照社會現實，以學術研究服務於新聞人才的培養。每年開辦「新聞史論師資特訓班」，召開「新聞史論青年論壇」和「北京大學新聞學研究會年會」，定期開展「北大新聞學茶座」，在海內外產生了較大的反響。從 90 多年前蔡元培校長、徐寶璜和邵飄萍導師

〔註34〕 馬越：《北京大學中文系簡史（1910～1998）》，北京：北京大學出版社 1998 年，第 51 頁。
〔註35〕 蕭東發、鄧紹根：《新聞學在北大》，北京：北京大學出版社 2011 年，第 244 頁。
〔註36〕 蕭東發、鄧紹根：《新聞學在北大》，北京：北京大學出版社 2011 年，第 250 頁。
〔註37〕 蕭東發、鄧紹根：《新聞學在北大》，北京：北京大學出版社 2011 年，第 254 頁。

親手點燃的北京大學新聞學研究會留下的火種，經歷幾代人的手，一路迎風冒雨燃燒到今天，伴隨過高亢的號角，亦曾有低徊的離歌，北大新聞學研究與新聞學教育薪火相傳、歷 90 年而終不衰！大師們已去，而新聞學在北大的靈魂與風骨仍在！〔註38〕北京大學新聞學研究會開創的新聞教育傳統隨著歷史車輪的慣性滾滾向前，通向光明的康莊大道。

〔註38〕 蕭東發、鄧紹根：《新聞學在北大》，北京：北京大學出版社 2011 年，第 416 頁。

第九章　北京大學新聞學研究會的
　　　　歷史地位

　　以往新聞學研究者在論述北京大學新聞學研究會的歷史地位時，大致如下：北京大學新聞學研究會「是中國第一個系統講授新聞課程，並集體研究新聞學的新聞學術團體」〔註1〕，被中國報學史專家戈公振先生稱之爲中國「報業教育之發端」〔註2〕。這已經是新聞學界的共識。但是，這僅從時間縱向先後順序的角度來確定，「中國第一個系統講授新聞課程，並集體研究新聞學的新聞學術團體」，標誌著中國新聞教育的開端。這種歷史地位的建構，似乎有點缺乏科學合理性之嫌，難以讓人信服，需要借用知識社會學的理論視角重新梳理和論證，恰如其分地闡述其在中國新聞學興起過程的篳路藍縷以啓山林的歷史地位以及對中國新聞學以及新聞教育的深遠影響。

第一節　北京大學新聞學研究會歷史地位的建構過程

　　北京大學新聞學研究會作爲中國第一個系統講授新聞課程並集體研究新聞學的新聞學術團體，成爲中國新聞教育開端的標誌。該種歷史地位的建構經歷過逐步認定、形成共識的過程。其始作俑者，是徐寶璜先生本人。

　　1923 年 8 月 18 日，徐寶璜欣然答應爲邵飄萍先生新聞採訪學專著《實際應用新聞學》作序。他在序言中記敘邵飄萍先生對北京大學新聞學研究會成

〔註 1〕　方漢奇、李矗等主編：《中國新聞學之最》，北京：新華出版社，2005 年，第
　　　　109 頁。
〔註 2〕　戈公振：《中國報學史》，北京：中國新聞出版社，1985 年，第 210 頁。

立過程中的貢獻時寫道：「吾國新聞教育，實濫觴於民七北大所立之新聞學研究會。」〔註3〕

1926 年 3 月，中國著名的報學史專家戈公振先生在發表於《國聞周報》第 3 卷第 10 期的文章《中國報業教育之近況》中寫道：「民國七年，北京國立大學，設立新聞學研究會，請文科教授徐寶璜爲主任，是爲報業教育之發端。」〔註4〕該論斷也直接收錄了 1927 年 11 月由上海商務印書館出版的中國第一本新聞史專著《中國報學史》。

1927 年 2 月，黃天鵬創辦《新聞學刊》，特意介紹徐寶璜爲新聞界著名人物，「民國七年，北大新設新聞學研究會，即徐氏倡主其事。」〔註5〕

同年 7 月 19 日，徐寶璜在位《新聞學刊全集》序言時，再次記載說：「自民國七年北京大學創設新聞學研究會以來，國人對於斯學，漸加注意，近年以來，新聞界之各項改革，如採訪之注重，編輯之改良，印刷進步等等，與當日該會所倡導者，均不無若干關係。該會本有《新聞周刊》之發行，惜僅出數期，即因五四運動停刊。」〔註6〕

1930 年 6 月，徐寶璜逝世後，對其創辦北京大學新聞學研究會開創中國新聞教育的功績給予高度頌揚。6 月 22 日，黃天鵬在上海《新聞記者》發表文章緬懷徐寶璜先生，「民國七年，於北大設新聞學研究會，並添新聞學一門爲選修科，啓我國新聞教育之端。複本其研究與經驗，著《新聞學》一書行世。蔡元培先生推爲新聞學破天荒之著述，其價值可知。故後之言新聞學者，每遵崇先生之說。」〔註7〕該段後來收錄進黃天鵬於 8 月出版《新聞學綱要》序言。黃天鵬稱讚徐寶璜先生時，說道：「我曾和戈公振先生說過，蓋棺定論，先生是新聞教育第一位的大師，新聞學界最初的開山祖，《新聞學》在新聞學史上應居最高峰的位置。」〔註8〕

〔註 3〕 蕭東發、鄧紹根：《徐寶璜新聞學論集》，北京：北京大學出版社，2008 年，第 167 頁。

〔註 4〕 戈公振：《中國報學史》，北京：中國新聞出版社，1985 年，第 210 頁。

〔註 5〕 蕭東發、鄧紹根：《徐寶璜新聞學論集》，北京：北京大學出版社，2008 年，第 168 頁。

〔註 6〕 蕭東發、鄧紹根：《徐寶璜新聞學論集》，北京：北京大學出版社，2008 年，第 173 頁。

〔註 7〕 蕭東發、鄧紹根：《徐寶璜新聞學論集》，北京：北京大學出版社，2008 年，第 176 頁。

〔註 8〕 蕭東發、鄧紹根：《徐寶璜新聞學論集》，北京：北京大學出版社，2008 年，第 178 頁。

1934 年 10 月，張君良在《報學季刊》創刊號上發表《新聞教育機關與報業協作》一文，寫到：「民國七年，國立北京大學設新聞學研究會，新聞教育開始萌芽。」〔註9〕

1935 年 2 月，郭步陶在《新聞學期刊》發表《造就新聞人才和辦理新聞事業有徹底合作的必要》一文。他說：「我們看民元以後，革命有功的新聞記者，都去做了官，報紙的精神便一天不如一天，豈不是一個顯然的證據？這就和中國政局的『人存政舉，人已政息』，犯了同一的毛病。要對症發藥，先須注意眞正地新聞人才。蔡元培長北大的時候，邵飄萍、徐寶璜一班人組織新聞學會，開班講習，『新聞學』三字才漸漸爲中國人所認識。南北各大學，隨著開辦新聞學科的，在最近十餘年中，頗有幾處，所造就出來的人才，大多有相當地位；但閒散沒有去處的，也大有人在。」〔註10〕

同年 3 月，潘覺在《怎樣普及新聞教育》一文中記載說：「民國七年，國立北京大學設立新聞學研究會，我國才算開始正式有新聞教育。」〔註11〕

1936 年 5 月 9 日，燕京大學新聞學系梁士純先生在《大公報》撰文《中國新聞教育之現在與將來》時，寫到：「整整的二十五前，全國報業促進會曾提議設立新聞學校，實可謂中國知有新聞教育之始。七年之後。這點〔自〕覺才變成事實。因爲在那年——民國七年，國立北京大學的學生會同教員組織了一個新聞學研究會，這可以說是中國新聞教育的開端。」〔註12〕

1940 年 5 月，徐寶璜逝世十週年之際，黃天鵬先生在《新聞學報》第 3 期發表《記徐寶璜先生》，記錄道：「民國七年於北大設新聞學研究會，並添新聞學一門爲選修科，啓我國新聞教育之端。複本其研究與經驗，著《新聞學》一書行世（初名《新聞學大意》）。蔡元培先生推爲新聞學破天荒之著述，其價值可知。」〔註13〕李大哲先生則緬懷道：「徐先生是我國最早注意新聞學的一人，他的《新聞學》著作，亦是開國第一部的新聞學書。並且徐先生對

〔註9〕　張君良《新聞教育機關與報業協作》，《報學季刊》，第 1 卷第 1 期，1934 年
　　　　10 月。
〔註10〕　郭步陶：《造就新聞人才和辦理新聞事業有徹底合作的必要》，《新聞學期刊》
　　　　第 1 期，1935 年 2 月。
〔註11〕　潘覺：《怎樣普及新聞教育》，《報學季刊》第 1 卷第 2 期，1935 年 3 月。
〔註12〕　梁士純：《中國新聞教育之現在與將來》，《大公報》，1936 年 5 月 9 日。
〔註13〕　蕭東發、鄧紹根：《徐寶璜新聞學論集》，北京：北京大學出版社，2008 年，
　　　　第 179 頁。

於新聞學的貢獻不僅止此，他還是中國新聞教育的創始者！」〔註14〕

　　1942 年，黃天鵬在《新學生》雜誌發表文章《新聞記者之教育》中記載說：「本來我國知道有新聞教育有起頭，最初是全國報界俱進會提議設立新聞學校，那時是民國剛剛成立的時候，大家還不甚注意，所以不見實行。到了七年國立北京大學才設了新聞學研究會，課程中增加了新聞學這一門。」〔註15〕同年 9 月，黃天鵬撰寫文章《四十年來中國新聞學之演進》說：「民國七年（一九一八）國立北京大學添設新聞學一課，延教授徐寶璜氏主講，並設立「新聞學研究會」，徐氏早年留美兼治新聞學。對於新聞學的造詣極深，後來集其演講稿輯爲《新聞學大意》一書，才奠定中國新聞學理論的基礎。」〔註16〕

　　1944 年 4 月，卜少夫先生在《新中華》上發表《談新聞教育》一文，記載道：「至於新聞教育的歷史爲短促。從民國七年徐寶璜先生在北京大學創設新聞學研究會，並添設新聞學課程，作爲選修科目計算起，到現在也不過二十五年。」他冠北京大學新聞學研究會以「北京大學新聞講座」之名，「中國最早注意新聞學術機關」。〔註17〕

　　1947 年，陳錫會在《中國新聞教育與新聞事業》一文中寫道：「民七北大設『新聞研究全』，是我國第一個新聞教育機構。」〔註18〕

　　1948 年，施志剛在《讀書通訊》第 152 期發表《論中國新聞教育》一文。他宣稱：「民國七年，北京大學設「新聞研究會」，由徐寶璜主持，是中國第一次有新聞教育機構」。〔註19〕同年，留美歸國的新聞學者袁昶超先生在《報學雜誌》第 1 卷第 5 期發表的《中國的報學教育》一文中，寫道：「民國七年，北京大學政治系開設『新聞學』一科，請北平晨報主筆徐寶璜擔任講授：而

〔註14〕 蕭東發、鄧紹根：《徐寶璜新聞學論集》，北京：北京大學出版社，2008 年，第 179 頁。

〔註15〕 黃天鵬：《新聞記者之教育》，《新學生》第 1 卷第 51 期，1942 年。

〔註16〕 黃天鵬：《四十年來中國新聞學之演進》，《民國新聞教育史料選輯》，北京：北京大學出版社，2010 年，第 157 頁。

〔註17〕 卜少夫：《談新聞教育》，《民國新聞教育史料選輯》，北京：北京大學出版社，2010 年，第 168 頁。

〔註18〕 陳錫會：《中國新聞教育與新聞事業》，《民國新聞教育史料選輯》，北京：北京大學出版社，2010 年，第 208 頁。

〔註19〕 施志剛：《論中國新聞教育》，《民國新聞教育史料選輯》，北京：北京大學出版社，2010 年，第 226 頁。

選修這門科的學生，同時組織了一個「新聞學研究會」，這可以說是中國報學教育的正式開端。徐氏曾在美國密歇根大學研究報學，當時編著《新聞學大意》為教本，成為中國第一部報學著作。徐氏也可以說是中國報學教育的拓荒者。」〔註20〕

　　解放後，新聞研究者繼承了民國學者建構的北京大學新聞學研究會歷史地位的，並不斷發揚光大。如 1980 年 8 月，陸彬良和蕭超然在《我國第一個新聞學研究團體——「北京大學新聞學研究會」始末》中，評價說：「『北京大學新聞學研究會』是中國第一個有組織的新聞學研究團體。」〔註21〕「1918年 10 月 14 日「北京大學新聞學研究會」的成立，是我國將新聞作為一門科學進行研究的開端。」〔註22〕

　　1981 年，方漢奇先生出版五十萬字篇幅的新聞史專著《中國近代報刊史》記載說：「1918 年起，北京大學增設新聞學課程，聘徐寶璜主講，供文科各系學生選修，開我國大學開設新聞學課程之先河。在社會上重視新聞學研究的空氣影響下，出現了中國歷史上的第一個新聞學研究團體：新聞學研究會。」〔註23〕「它創刊了一份會刊《新聞周刊》，這是中國歷史上的第一個新聞學刊物。1920 年以後，會務逐漸停頓。」〔註24〕「新聞學研究會存在的時間不到兩年，但對我國的新聞學研究活動起了很好的倡導作用。兩位導師根據他們在會上演講的講稿整理出來的兩部著作——徐寶璜的《新聞學綱要》和邵飄萍的《實際應用新聞學》，後來都公開出版，和 1917 年出版的姚公鶴韻《上海報紙小史》一起，是我國人自己編寫出版的最早的一批新聞學和新聞史方面的著作。」〔註25〕

〔註20〕　袁昶超：《中國的報學教育》，《民國新聞教育史料選輯》，北京：北京大學出版社，2010 年，第 226 頁。

〔註21〕　陸彬良、蕭超然：《我國第一個新聞學研究團體——「北京大學新聞學研究會」始末》，《北京大學與近代中國》，北京：中國社會科學出版社，2005 年，第376 頁。

〔註22〕　陸彬良、蕭超然：《我國第一個新聞學研究團體——「北京大學新聞學研究會」始末》，《北京大學與近代中國》，北京：中國社會科學出版社，2005 年，第380 頁。

〔註23〕　方漢奇：《中國近代報刊史》（下），太原：山西人民出版社，1981 年，第 747頁。

〔註24〕　方漢奇：《中國近代報刊史》（下），太原：山西人民出版社，1981 年，第 748頁。

〔註25〕　方漢奇：《中國近代報刊史》（下），太原：山西人民出版社，1981 年，第 749頁。

　　1996 年，中國新聞史研究的集大成者《中國新聞事業通史》出版第二卷，闡述了北京大學新聞學研究會的重大影響：「第一，北京大學新聞學研究會是中國新聞研究團體和新聞教育的開端。」「第二，新聞學研究會的重大學術成果，彙集成《新聞學》（徐寶璜）和《實際應用新聞學》（邵飄萍）兩書，後來多次重版，是中國報人自己編寫出版的最早的一批新聞學專著。長期成為中國新聞業務和新聞業務的重要參考資料。」〔註 26〕「第三，新聞學研究會為中國新聞事業培育了一批優秀的新聞人才。」「第四，北京大學新聞學研究會的創設，影響促進了新聞事業的改革發展。」〔註 27〕

　　1999 年，新聞史學者吳廷俊先生在著作《中國新聞傳播史稿》中評價說：「北京大學新聞學研究會」雖然只有兩年多的歷史，但它的成立及其活動，使新聞學開始在中國成為一門科學而存在並獲得發展，因此，「北京大學新聞學研究會」是中國新聞學研究的開始，也是中國新聞教育的發端。」〔註 28〕

　　綜上所述，諸多新聞學研究者對北京大學新聞學研究會的歷史地位不斷迭加。從「吾國新聞教育」的「濫觴」到「報業教育之發端」，從「啓我國新聞教育之端」到「新聞教育開始萌芽」，從「開始正式有新聞教育」到「中國新聞教育的開端」，從「中國報學教育的正式開端」到「中國新聞教育的發端」，闡述的都是北京大學新聞學研究會在中國新聞教育的開創性貢獻；從「中國最早注意新聞學術機關」到「我國第一個新聞教育機構」再到「中國第一個有組織的新聞學研究團體」，界定了北京大學新聞學研究會新聞學術和新聞教育團體的組織性貢獻；從《新聞學》一書被蔡元培推薦為「新聞學破天荒之著述」到《新聞學》「是開國第一部的新聞學書」再到《新聞學大意》「奠定中國新聞學理論的基礎」，建構起徐寶璜《新聞學》著作在中國新聞學的學術地位。從該會「有《新聞周刊》之發行」到《新聞周刊》「是中國歷史上的第一個新聞學刊物」，闡述了北京大學新聞學研究會在新聞學術研究與實踐相結合的首創之功。從徐寶璜是「新聞教育的第一位的大師」到「新聞學界最初的開山祖」再到「中國新聞教育的創始者」和「中國報學教育的拓荒者」，確立了徐寶璜先生在中國新聞教育和新聞學研究上的歷史地位。

〔註 26〕　方漢奇等主編：《中國新聞事業通史》（第二卷），北京：中國人民大學出版社，1996 年，第 102 頁。

〔註 27〕　方漢奇等主編：《中國新聞事業通史》（第二卷），北京：中國人民大學出版社，1996 年，第 103 頁。

〔註 28〕　吳廷俊：《中國新聞傳播史稿》，武漢：華中理工大學出版社，1999 年，第 166 頁。

第二節　篳路藍縷：北京大學新聞學研究會與中國 新聞學艱辛創業

　　北京大學新聞學研究會在中國新聞教育和新聞學的開創性貢獻的歷史地位，在歷史的梳理過程中不斷累加擴展，已經得到了非常充分的闡述。但是這種歷史地位的缺乏理論的深度，難以讓人信服。因此，筆者借鑒知識社會學理論，重新闡述北京大學新聞學研究會在中國新聞學興起過程的開創性貢獻，重塑其歷史地位。美國社會學大師伊曼紐‧華勒斯坦（*Immanuel Wallerstein*，1930年～）認為：「學科是歷史的產物，並以一定的措辭建構起來。」〔註29〕他在知識社會學著作《開放社會科學》中，通過考察 1850～1945 年期間社會科學的發展歷程，發現學科是借由一系列步驟得以實現的。「人們對一系列的學科進行了界定，這些學科共同構成了一個可以『社會科學』名之的知識領域。實現這一點的步驟是，首先在主要大學裏設立一些首席講座職位，然後再建立一些系來開設有關的課程，學生在完成課業後可以取得該學科的學位。訓練的制度化伴隨著研究的制度化——創辦各種學科專業期刊，按學科建立各種學會（現時全國性的，然後是國際性的），建立按學科分類的圖書收藏制度。」〔註30〕按照該理論重新闡述北京大學新聞學研究會在中國新聞教育和新聞學興起過程的「篳路藍縷」的創業艱苦歷程清晰地彰顯出來。確實。中國新聞學學科的形成和建立，也是由一系列的步驟建立起來的。

　　華勒斯坦說：學科的建立首先在主要大學裏設立一些首席講座職位。在北京大學，當時沒有設立首席講座職位。1918 年 7 月，北京大學新聞研究會籌備成立時，只是首先聘請徐寶璜教授為該會導師，設立北京大學日刊處為辦事機關。1918 年 10 月 14 日，北京大學新聞研究會成立，徐寶璜先生作為該會導師第一次向會員講演新聞學，10 月底，再聘請邵飄萍先生為該會導師。所以，當時在北京大學並沒有設立首席講座的職位，僅是聘請了北京大學新聞研究會的新聞學導師而已，而且北京大學離設立首席講座的職位還很遠。

　　華勒斯坦說：設立首席講座職位之後再建立一些系來開設有關的課程。北京大學從 1918 年 10 月 14 日新聞研究會成立後，每周由徐寶璜和邵飄萍兩

〔註29〕〔美〕華勒斯坦等著，劉健芝麻等譯：《學科‧知識‧權力》，北京：牛津大學出版社，1999 年，第 34 頁。

〔註30〕〔美〕華勒斯坦等：《開放社會科學》，北京：生活‧讀書‧新知三聯書店，1997 年，第 31 頁。

導師進行新聞學講演。至 1920 年 1 月「新聞學」課程真正走進了大學的課堂。是月開始，徐寶璜教授在中國文學系開設了一門供各系選修的「新聞學」課程，每星期六中午 1：00～3：00 授課。1924 年，徐寶璜又在北京大學政治學系四年級開設了「新聞學」修選課。但是北京大學並沒有成立新聞學系來開設新聞學課程（一直到建國後才實現），而是由徐寶璜先生個人在北大原有的一些學系（如中國文學系和政治學系）來開設新聞學選修課開展新聞學教育。

華勒斯坦說：學生在完成課業後可以取得該學科的學位。北京大學也沒有實現。北京大學新聞學研究會會員在聽完新聞學導師講演新聞學課程並參加完新聞實踐後，按照參加學會研究活動的半年或一年時間，分別頒發「聽講半年」證書或「聽講一年」證書。該證書不是學科的學位，僅是證明會員參加了新聞學研究會的學習和實踐活動。

華勒斯坦說：訓練的制度化伴隨著研究的制度化，如創辦各種學科專業期刊。這一點北京大學新聞學研究會做到了。會員們在新聞學導師的指導下從 1919 年 2 月開始籌備，至 4 月 20 日出版了該會會刊《新聞周刊》，並連續出版三期，成為中國新聞史上第一份學生進行新聞實踐（新聞報導和時事評論）的新聞實習周刊；或是中國新聞史上第一份傳播新聞學知識的新聞學專業刊物；或是中國新聞史上第一份關於新聞界問題進行意見交流的新聞學業務刊物；或是中國新聞史上最早橫排報紙之一。只可惜，由於五四運動的爆發，《新聞周刊》被停刊。

華勒斯坦說：訓練的制度化伴隨著研究的制度化，如學科建立各種學會（現時全國性的，然後是國際性的）。北京大學成立了新聞學研究會，開展新聞教育和新聞學研究活動。該會籌備後，歷經創立、發展、繁榮和結束四個階段，存世二年多時間。其學會雖然僅是北京大學校內的師生學會組織，但是會員來自全國各地，他們畢業後分赴全國各地建功立業。當然，北京大學新聞學研究會離建立各種（全國或國際）學會的目標還是比較遠。

華勒斯坦說：訓練的制度化伴隨著研究的制度化，如建立按學科分類的圖書收藏制度。北京大學新聞學研究會並沒有建立按照學科分類的圖書館收藏制度。該會教學相長的研究成果是徐寶璜的《新聞學》以及邵飄萍為會員講演準備的新聞學講義與後來在平民大學講授新聞學而彙集出版的《實際應用新聞學》。雖然北京大學新聞學研究會並沒有立按照學科分類建圖書館收藏制度到 1930 年代在中國才實現，但是此前僅有日本松本君平《新聞學》漢譯本和美國記者休曼《實用新聞學》漢譯本在中國圖書館中收藏，徐寶璜的《新

聞學》和邵飄萍《實際應用新聞學》卻爲中國圖書收藏增多了新聞學書籍的品種，且預示著更多中國人自撰的新聞學著作的出現。

雖然按照華勒斯坦敘述的學科建立發展的步驟，中國新聞學在北京大學新聞學研究會開展新聞教育和新聞學研究會動期間並沒有建立起來。但是在中國新聞學的每個方面都有些或多或少的建設，如北京大學新聞學研究會成爲來自全國各地來北京求學的北大學子或校外人員的學會組織，但嚴格說不是全國性更不是國際性的學會組織。它雖然沒有設立首席講座職位，但聘請了徐寶璜和邵飄萍兩位新聞學導師，組織成立了由蔡元培任會長，徐寶璜任副會長兼導師，邵飄萍任新聞學導師，並由學生選舉骨幹組成運行有效的組織機構，保證了學會的正常有序運轉，開展新聞教育和新聞學研究活動；它雖然沒有成立新聞學系，但卻在兩個系先後開設了「新聞學」選修課程，供各系學生選修，開展新聞教育；它雖然沒有頒發學位，卻授以會員聽講證書；它創辦了學會會刊《新聞周刊》，成爲學生新聞實踐和研究的實習園地，只是時間不太長久；它雖然沒有建立學科分類的圖書收藏制度，卻爲新聞學貢獻了兩本新聞學著作。中國新聞學雖然在北京大學新聞學研究會沒有建立起來，嚴格說它僅僅意味著中國新聞教育和中國新聞學系統建設開始起航，但先天不足，遭遇種種困難，如時局動亂（導致蔡元培校長離校，徐寶璜代理蔡元培出任民國大學校長，邵飄萍被政府通緝流亡日本）、人才缺少（沒有一個接受過新聞學系統教育的師資），資料缺乏（在國內僅翻譯出版過兩本新聞學書籍），資金短缺（學會靠會員繳納會費維持）等等。這充分反映出中國新聞教育和中國新聞學初創時期艱辛創業的「篳路藍縷」過程。

第三節　以啓山林：北京大學新聞學研究會與中國新聞學興起

中國新聞學的建立由特定的措辭（首席講座職位、有關課程、學位、學科專業期刊、學會、學科分類的圖書收藏制度等）構建起來的。華勒斯坦指出：「學科的制度化進程的一個基本方面就是，每一千學科都試圖對它與其他學科之間的差異進行界定，尤其是要說明它與那些在社會現實研究方面內容最相近的學科之間究竟有何分別。」〔註31〕一般認爲：一門獨立學科的建立

〔註31〕〔美〕華勒斯坦等：《開放社會科學》，北京：生活‧讀書‧新知三聯書店，1997年，第32頁。

有諸多標誌，如大學講堂將其列為講授的內容；獨立的學科理論體系的建立；學科意識的明確。而由北京大學新聞學研究會開始，逐漸具備了搭建獨立學科的基礎和條件。

從 19 世紀末期到 1911 年辛亥革命以後的一段時間，是中國新聞學研究的萌芽期，歷經了從報業活動到報業理論的學術開拓和學術初立的衍變〔註32〕，卻為中國新聞學研究的新階段——由術入學的真正意義上的學科研究打下了良好的基礎。〔註33〕20 世紀的第一個 20 年，人們基本上是從報業認識到報業理論的研究開始進入新聞科學的殿堂的，新聞學研究有了總體水平的提升，即由術入學，開始了較為全面、系統和深層次的研討。〔註34〕在五四新文化運動的推動下，中國新聞事業進入了一個嶄新的發展階段，社會對專門的新聞人才的需求日益增加，客觀上推動了中國新聞學研究的開展和新聞教育的產生；特別隨著各種新文化新思潮的湧入，新聞學同其他新興學科一樣，擁有了較為寬鬆的文化氛圍，中國新聞學者開始進入職業化、專業化的新聞學著述活動，從 1918 年 10 月 14 日北京大學新聞學研究會成立為開端，至 1927 年戈公振出版《中國報學史》為結束，完成了中國資產階級新聞學的的創建階段。〔註35〕在這一過程中，北京大學新聞學研究會開啟了建立中國新聞學獨立學科體系的大門。

「北京大學新聞學研究會」是第一個冠以「新聞學」名稱的新聞學學術團體。1919 年 2 月 19 日，改組大會上，「北京大學新聞研究會」改名為「北京大學新聞學研究會」。一字之差，反映出該會創辦者對「新聞學」認識的深化——新聞學學科觀念的形成，折射出他們研究理念的變化。這種態度變化不僅體現在稱謂改變上，更體現於宗旨、研究內容之中。據筆者初步統計，在《北京大學日刊》中，包含有「新聞學」一詞的「新聞學研究會」在文章題目中就出現了 90 次之多。除此之外，該會出版的中國第一份新聞學刊物《新聞周刊》，成為會員們學以致用、理論聯繫實際的實習園地。

〔註32〕 童兵、林涵著：《20 世紀中國新聞學與傳播學理論新聞學卷》，上海：復旦大學出版社，2001 年，第 98 頁。

〔註33〕 童兵、林涵著：《20 世紀中國新聞學與傳播學理論新聞學卷》，上海：復旦大學出版社，2001 年，第 106 頁。

〔註34〕 童兵、林涵著：《20 世紀中國新聞學與傳播學理論新聞學卷》，上海：復旦大學出版社，2001 年，第 108 頁。

〔註35〕 徐培汀、裘正義著：《中國新聞傳播學說史》，重慶：重慶出版社，1994 年，第 280 頁。

　　徐寶璜的《新聞學》是第一本冠以「新聞學」名稱的新聞學著作。徐寶璜的《新聞學》，成為中國人自撰的第一本新聞學著作，被蔡元培譽為是我國新聞界的「『破天荒』之作」。而邵飄萍以新聞學研究會的講稿為最初研究基礎，後來撰寫出中國第一本新聞採訪學專著《實際應用新聞學》。由寫文章到寫書，顯示出一種重要的傾向，即要把原來的那些論述提升為一門學科對待了，內容也比原來全面、系統化了。

　　1920 年 1 月，第一門冠以「新聞學」名稱的新聞學課程由研究會走進了北京大學高等學府的神聖殿堂，使得「新聞學」在高等教育的神聖殿堂裏佔據一席之地，不僅越來越多的人知道新聞有「學」，而且越來越多的人開始學習新聞學，並將專門化的新聞學知識帶入新聞實踐當中。

　　當時的蔡元培、徐寶璜等都已經具有了明確的新聞學學科意識。徐寶璜在《新聞學》中，闡述了新聞學是一門獨立學科，指明了新聞學研究對象，並給「新聞學」進行了明確的定義，這也是中國新聞學破天荒的第一次。「嘗考各科學之歷史，其成立無不在其對象特別發展以後，有數前年之種植事業，然後有農學林學。新聞紙之濫觴既遲，而其特別發展，又不過近百年事，故待至近數十年，方有人以為對象而特別研究之者；研究結果，頗多所得，已足構成一種科學，不過尚在青年發育時期耳，此學名新聞學，亦名新聞紙學。既在發育時期，本難以下定義，故曰：「新聞學者，研究新聞紙之各問題而求得以正當解決之學也。」〔註36〕蔡元培在為《新聞學》作序時，指出：「凡學之起，常在其對象特別發展以後。……以此例推，則我國新聞之發起（昔之邸報，與新聞性質不同），不過數十年，至今日而始有新聞學之端倪，未為晚也。」〔註37〕有學者指出：「蔡元培長北大的時候，邵飄萍、徐寶璜一班人組織新聞學會，開班講習，『新聞學』三字才漸漸為中國人所認識。南北各大學，隨著開辦新聞學科的，在最近十餘年中，頗有幾處，所造就出來的人才，大多有相當地位。」〔註38〕

　　北京大學新聞學研究會作為中國新聞教育和新聞學研究的開端，在中國

〔註36〕徐寶璜著，蕭東發、鄧紹根編：《徐寶璜新聞學論集》，北京：北京大學出版
　　　　社，2008 年，第 46 頁。

〔註37〕徐寶璜著，蕭東發、鄧紹根編：《徐寶璜新聞學論集》，北京：北京大學出版
　　　　社，2008 年，第 41 頁。

〔註38〕郭步陶：《造就新聞人才和辦理新聞事業有徹底合作的必要》，《新聞學期刊》
　　　　第 1 期，1935 年 2 月。

新聞學學科建立上具有重要的意義。有學者認為：「北京大學新聞學研究會作為早期的新聞學術組織，其成立標誌著新聞學的學科「建制化」，……對學科的建構具有示範意義。……新聞研究會」改為「新聞學研究會」時，就已經標誌著新聞學由「術」轉為「學」的「學科」體系的初步搭建。」〔註39〕確實，北京大學新聞學研究會開啟了中國新聞學系統研究的山林，標誌著建立中國獨立新聞學學科體系的開端，特別是北京大學新聞學研究會著作《新聞學》的出版標誌著中國新聞學「由術入學」的轉變過程進入實質性階段。北京大學新聞學研究會促進了中國新聞學的興起。進入 20 世紀 20 年代以後，「新聞學」一詞已是大行其道。

隨著中國新聞學研究的不斷開展，以「新聞學」命名的新聞學術團體紛紛成立。如平民大學新聞學會（1923 年）、北京新聞學會（1927 年），天津新聞學會（1927 年）、燕京大學新聞學會（1928 年），中國新聞學研究會（1931）年、北平民國學院新聞學會（1933 年）、復旦大學新聞學會（1935 年）、國民黨中央政治學校新聞學系新聞學會（1935 年）、南京新聞學會（1936 年）、平津新聞學會（1936 年）、金陵大學新聞學會（1936 年）、浙江戰時新聞學會（1937 年）、中國新聞學會（1941 年）等。

同時，隨著中國新聞教育事業的發展，以「新聞學」命名的新聞教育機構不斷建立。如廈門大學新聞學部（1921 年）、平民大學新聞學系（1923 年）、大夏大學新聞系（1923 年）、燕京大學新聞學系（1924 年）、國立法政大學新聞學系（1924 年）、上海南方大學新聞學系及新聞專修班（1925 年）、上海光華大學新聞學系（1926 年）、上海國民大學新聞學系及新聞專修班（1926 年）、復旦大學新聞學系（1929 年）等。

另外，隨著中國新聞教育和新聞學研究的開展，以「新聞學」命名的新聞學著作大量問世。如在 1989 年由林海德主編的《中國新聞學書目大全》有關解放前「新聞學」專著、教材部分，所收錄的書共有 52 種，其中以「新聞學命名的占 43 種。」如《應用新聞學》（任白濤，1922 年）、《實際應用新聞學》（邵飄萍，1923 年）、《新聞學總論》（邵飄萍，1924 年）、《新聞學大綱》（伍超，1925 年）、《新聞學撮要》（戈公振，1925 年）、《新聞學說略》（1926 年）、《最新實用新聞學》（周孝庵，1928 年）、《新聞學概論》（杉村廣太郎著，

〔註39〕 姜紅：《現代中國新聞學「知識共同體」的初成——北京大學新聞學研究會》，《國際新聞界》2008 年第 8 期，第 86 頁。

王文萱譯，1930 年）、《最新應用新聞學》（陶良鶴，1930 年）、《現代新聞學》
（黃天鵬，1930 年）、《基礎新聞學》（李公凡，1931 年）……

　　此外，隨著中國新聞學研究的建立和深化，以「新聞學」命名的的新聞
學術期刊不斷創刊發行。如《新聞學刊》（1927 年）、《新聞學研究》（1932 年）、
《新聞學期刊》（1935 年）、《平津新聞學會會刊》（1936 年），《新聞學季刊》
（1940 年）、《中國新聞學會年刊》（1941 年）等。甚至還出現了冠以「新聞
學」的出版社和新聞學討論會（周），如中國新聞學社（1922 年），燕京大學
新聞學討論會（1931～1937 年）。

　　總之，在西學東漸大潮影響下，在近代中國新聞業經歷政論本位向新聞
本位的轉型過程中，在北京大學蔡元培校長、徐寶璜教授和邵飄萍先生的篳
路藍縷的艱辛創業之下，他們創立了中國第一個系統講授新聞課程並集體研
究新聞學的新聞學術團體——北京大學新聞學研究會，成為中國新聞教育和
新聞學研究的開端；它出版了中國歷史上第一份新聞學刊物——北京大學新
聞學研究會會刊《新聞周刊》；它出版了反映北京大學新聞學研究會教學內容
和新聞學研究成果——北京大學新聞學研究會著作《新聞學》（徐寶璜），成
為中國國人自撰的第一本新聞學著作，成為五四時期新聞學的最好啟蒙課本
和必讀書目，「在初學新聞學的人最適宜的，也是學校最好的課本」，被認為
「《新聞學》在新聞學史上應居最高峰的位置」〔註40〕；北京大學新聞學研究
會促使「新聞學」課程走進了北京大學高等教育的殿堂，成為中國歷史上開
設的第一門新聞學大學課程；它培養了中國第一批新聞人才。不僅北京大學
蔡元培校長、徐寶璜教授和邵飄萍先生走上了新聞學研究道路，成為「中國
新聞教育的創始者」，而且培養了一百名左右的北京大學新聞學研究會會員，
成為中國第一批受過專門新聞教育的人才。

　　富有新聞實踐經驗的蔡元培先生不僅為北京大學新聞研究會籌備成立披
荊斬棘，保駕護航，推動了該會活動的順利有序開展，而且開展新聞學研究，
他作為北京大學新聞學研究會會長先後發表的兩次新聞學演說成為早期中國
新聞學的經典著述。徐寶璜則借鑒密歇根大學新聞教育模式並引進北京大學新
聞學研究會，奠定了民國時期各大新聞院校借鑒美國教育模式（實用，注重新
聞技能訓練）的新聞教育傳統，正如黃天鵬所言：「徐氏本來是個留美的學生，

〔註40〕徐寶璜著，蕭東發、鄧紹根編：《徐寶璜新聞學論集》，北京：北京大學出版
　　　社，2008 年，第 178 頁。

在美國受新聞教授的影響影很大，這才立下了新聞教育的基礎」〔註41〕；他與北京大學新聞學研究會會員們理論聯繫實際，出版會刊《新聞周刊》，成為新聞師生新聞理論聯繫實踐的實習園地，開創了中國新聞教育和新聞學研究理論聯繫實際的傳統，並一直影響至今（許多新聞院校創辦報刊共學生實習訓練）；他查閱和借鑒歐美日新聞學著述與理論，與會員們教學相長，互相切磋，撰寫出中國人第一本新聞學著作《新聞學》，建構起中國新聞學學科的基本框架，為民國新聞學的興起提供了理論示範作用，奠定了中國新聞教育和新聞學研究注重教材建設和新聞學術著作出版的傳統。在北京大學新聞學研究會停止活動後，徐寶璜繼續從事新聞學研究活動，先後撰寫了《新聞學概論》、《新聞紙與社會之需要》、《新聞事業之將來》、《論新聞學》、《新聞學英文書目百種》等新聞學論文。北京大學新聞學研究會造就了徐寶璜，成為「新聞教育的第一位的大師」到「新聞學界最初的開山祖」〔註42〕。北京大學新聞學研究會造就了也造就了名滿京城的大記者邵飄萍先生，使他成為該會新聞學導師，促使他走上了新聞學研究之路，後來在北京大學新聞學研究會講義的基礎上擴充發展撰寫出《實際應用新聞學》和《新聞學總論》等新聞學著作，在新聞學術之林佔有突出位置。北京大學新聞學研究會培養的一百名左右會員畢業後，雖然沒有一人將新聞職業作為自己奉獻一生的終身職業，但他們在北京大學新聞學研究會學習的新聞學知識和鍛鍊的新聞業務技能並沒有白費，在人生的某一階段他們從事過新聞工作，或創辦或主編報刊成為宣傳其政治思想和展示人生抱負的工具；尤其難能可貴的是，北京大學新聞學研究會無意中為中國革命事業培養了第一批無產階級新聞工作者，如毛澤東、高君宇、羅章龍等人，為即將到來的國民革命高潮準備了新聞人才。

綜上所述，北京大學新聞學研究會開啓了中國新聞教育和新聞學研究的艱辛創業歷程，完成了中國新聞學由術入學的轉變，促進了民國新聞教育和新聞學的興起。「篳路藍縷，以啓山林」恰如其分地反映出北京大學新聞學研究會在中國新聞教育開端和中國新聞學興起過程中的歷史地位。

〔註41〕 黃天鵬：《新聞記者之教育》，《新學生》第 1 卷第 51 期，1942 年。
〔註42〕 徐寶璜著，蕭東發、鄧紹根編：《徐寶璜新聞學論集》，北京：北京大學出版社，2008 年，第 178 頁。

附錄一：《北京大學日刊》關於北京大學新聞學研究會資料彙編

第二冊 167 號（1918 年 7 月 2 日）～279 號（1918 年 12 月 24 日）

1. 1918 年 7 月 4 日　第 177 號，第三版，本校將設新聞研究會
2. 7 月 6 日　第 178 號，第三班，新聞研究會之簡章
3. 9 月 14 日，第 207 號，第 2 版，本校布告
4. 9 月 17 日，第 208 號，第一版，本校布告
5. 9 月 21 日，第 209 號，第二版，本校布告
6. 9 月 24 日，第 211 號，第 2 版，本校布告
7. 9 月 25 日，第 212 號，第二版，本校布告
8. 9 月 27 日，第 214 號，第一版，本校布告
9. 10 月 9 日，第 223 號，第二版，本校布告
10. 10 月 11 日，第 224 號，第二版，本校布告
11. 10 月 16 日，第 228 號，第二版，本校布告
12. 10 月 16 日，第 228 號，第二三版，本校紀事　新聞研究會成立記
13. 10 月 17 日，第 229 號，第二三版，本校紀事　新聞研究會成立記（續）
    徐寶璜教授講演「新聞紙之職務及盡職之方法」
14. 10 月 19 日，第 231 號，第二三版，雜錄　新聞之定義
    徐寶璜教授在新聞研究會之演說
15. 10 月 26 日，第 237 號，第二三版，雜錄
    新聞之精彩——徐寶璜教授在新聞研究會之演說
16. 10 月 28 日，第 238 號，第二三版，雜錄
    新聞之精彩（續）——徐寶璜教授在新聞研究會之演說

17. 10 月 31 日，第 241 號，第二版　本校布告　新聞研究會啓事

18. 11 月 2 日，第 243 號，第三版，雜錄
　　新聞之價值——徐寶璜教授在新聞研究會之演說

19. 11 月 4 日，第 244 號，第三版，雜錄
　　新聞之價值（續）——徐寶璜教授在新聞研究會之演說

20. 11 月 5 日，第 245 號，第三版，雜錄
　　邵振青導師在新聞研究會之演講

21. 11 月 7 日，第 246 號，第三版，本校布告，新聞研究會啓事

22. 11 月 8 日，第 247 號，第三版，本校布告

23. 11 月 9 日，第 248 號，第三版，本校布告，新聞研究會每事

24. 11 月 25 日，第 258 號，第三版，雜錄
　　新聞之採集——徐寶璜教授在新聞研究會之演講

25. 11 月 26 日，第 259 號，第三版，雜錄
　　新聞之採集（續）——徐寶璜教授在新聞研究會之演講

26. 12 月 2 日，第 261 號，第三版，雜錄
　　新聞之編輯——徐寶璜教授在新聞研究會之演講

27. 12 月 3 日，第 262 號，第三版，雜錄
　　新聞之編輯（續）——徐寶璜教授在新聞研究會之演講

28. 12 月 4 日，第 263 號，第四版，雜錄
　　新聞之編輯（續）——徐寶璜教授在新聞研究會之演講

29. 12 月 5 日，第 264 號，第四版，雜錄
　　新聞之編輯（續）——徐寶璜教授在新聞研究會之演講

30. 12 月 6 日，第 265 號，第五版，雜錄
　　新聞之編輯（續）——徐寶璜教授在新聞研究會之演講

31. 12 月 11 日，第三版，第 269 號，本校布告　新聞研究會啓事

32. 12 月 17 日，第 274 號，第三版，本校布告　新聞研究會緊要啓事

33. 12 月 19 日，第 275 號，第三版，本校布告　新聞研究會緊要啓事

第三冊 280 號（1919 年 1 月 7 日）～416 號（1919 年 6 月 28 日）

34. 1919 年 1 月 11 日，第 284 號，本校布告　新聞學研究會徵求新會員啓事

35. 1919 年 1 月 11 日，第 284 號，本校布告　新聞學研究會通告舊會員啓

36. 1919 年 1 月 13 日，第 285 號，本校布告　新聞學研究會徵求新會員啓事

37. 1919 年 1 月 13 日，第 285 號，本校布告　新聞學研究會通告舊會員啓

38. 1919 年 1 月 14 日，第 286 號，本校布告　新聞學研究會徵求新會員啓事

39. 1919 年 1 月 14 日，第 286 號，本校布告　新聞學研究會通告舊會員啓

40. 1919 年 1 月 15 日，第 287 號，本校布告　新聞學研究會徵求新會員啓事

41. 1919 年 1 月 15 日，第 287 號，本校布告　新聞學研究會通告舊會員啓

42. 1919 年 1 月 16 日，第 288 號，本校布告　新聞學研究會徵求新會員啓事

43. 1919 年 1 月 16 日，第 288 號，本校布告　新聞學研究會通告舊會員啓

44. 1919 年 1 月 27 日，第 297 號，第一版本校布告　新聞學研究會啓事

45. 1919 年 1 月 28 日，第 298 號，第一版本校布告　新聞學研究會啓事

46. 1919 年 2 月 5 日，第 301 號，第二版本校布告　新聞研究會致會員函

47. 1919 年 2 月 7 日，第 303 號，第二版本校布告　新聞研究會啓事

48. 2 月 10 日，第 305 號，第二、三版本校布告　新聞研究會開大會啓事

49. 2 月 10 日，第 305 號，第三、四版本校紀事　新聞研究會改組紀事

50. 2 月 11 日，第 306 號，第二版，本校布告　新聞研究會開大會啓事

51. 2 月 14 日，第 308 號，第二版，本校布告　新聞研究會今日開大會啓事

52. 2 月 20 日，第 313 號，第三、四版，本校紀事　新聞研究會之改組紀事

53. 2 月 26 日，第 318 號，本校布告，第三、四版　新聞學研究會啓事

54. 3 月 7 日，第 326 號，第三版本校布告

55. 3 月 10 日，第 328 號，第三版，本校布告　新聞學研究會啓事

56. 3 月 11 日，第 329 號，第二、三版，本校布告　新聞學研究會啓事

57. 3 月 17 日，第 334 號，第三版，本校布告　新聞學研究會啓事

58. 3 月 22 日，第 339 號，第三版，本校布告　新聞學研究會啓事

59. 3 月 24 日，第 340 號，第三版，本校布告　新聞學研究會啓事

60. 3 月 25 日，第 340 號，第三版，《徐寶璜致學餘俱樂部函》

61. 4 月 12 日，第 350 號，第四版，本校布告　新聞研究會啓事

62. 4 月 16 日，第 353 號，第四版，本校布告　新聞學研究會啓事

63. 4 月 18 日，第 355 號，第四版，本校布告　新聞學研究會啓事

64. 4 月 19 日，第 356 號，第一版，廣告　新聞周刊出版預告

65. 4 月 19 日，第 356 號，第二版，本校布告　新聞學研究會啓事

66. 4 月 21 日，第 357 號，第一版，廣告　新聞周刊已出版

67. 4 月 21 日，第 357 號，第二版，本校布告　新聞學研究會啓事

68. 4 月 21 日，第 357 號，第三版，本校紀事　新聞周刊發刊之目的

69. 4 月 22 日，第 358 號，第一版，廣告　新聞周刊已出版

70. 4 月 22 日，第 358 號，第二、三版，本校布告　新聞學研究會啓事

71. 4 月 23 日，第 359 號，第一版，廣告　新聞周刊已出版

72. 4 月 24 日，第 359 號，第一版，廣告　新聞周刊已出版

73. 4 月 24 日，第 360 號，第二、三版，本校布告　新聞學研究會啓事

74. 4 月 25 日，第 361 號，第一版，廣告　新聞周刊已出版

75. 4 月 29 日，第 364 號，第一版，廣告　新聞周刊已出二期

76. 4 月 29 日，第 364 號，第二版，本校布告　新聞學研究會啓事

77. 4 月 30 日，第 365 號，第一版，廣告　新聞周刊已出二期

78. 5 月 1 日，第 366 號，第一版，廣告　新聞周刊已出二期

79. 5 月 2 日，第 367 號，第一版，廣告　新聞周刊已出二期

80. 5 月 5 日，第 369 號，第一版，廣告　新聞周刊已出三期

81. 5 月 6 日，第 370 號，第一版，廣告　新聞周刊已出三期

82. 5 月 8 日，第 369 號，第一版，廣告　新聞周刊已出三期

83. 5 月 9 日，第 369 號，第一版，廣告　新聞周刊已出三期

第四冊 417 號（1919 年 7 月 5 日）～520 號（12 月 15 日）

84. 1919 年 9 月 30 日，第 450 號，第一版，本校布告　新聞學研究會徵求新會員啓事

85. 1919 年 10 月 1 日，第 451 號，第一版，本校布告　新聞學研究會徵求新會員啓事

86. 1919 年 10 月 2 日，第 452 號，第一版，本校布告　新聞學研究會徵求新會員啓事

87. 1919 年 10 月 4 日，第 454 號，第一版，本校布告　新聞學研究會徵求新會員啓事

88. 1919 年 10 月 6 日，第 455 號，第一版，本校布告　新聞學研究會徵求新會員啓事

89. 1919 年 10 月 9 日，第 457 號，第一版，本校布告　新聞學研究會徵求新會員啓事

90. 1919 年 10 月 11 日，第 458 號，第一版，本校布告　新聞學研究會啓事

91. 1919 年 10 月 13 日，第 459 號，第一版，本校布告　新聞學研究會啓事

92. 1919 年 10 月 14 日，第 460 號，第二版，本校布告　新聞學研究會致舊會員函

93. 1919 年 10 月 14 日，第 460 號，第二版，本校布告　新聞學研究會啓事

94. 1919 年 10 月 16 日，第 462 號，第二版，本校布告　新聞學研究會致舊會員函

95. 1919 年 10 月 16 日，第 462 號，第二版，本校布告　新聞學研究會啓事

96. 1919 年 10 月 17 日，第 463 號，第二版，本校布告　新聞學研究會致舊會員函

97. 1919 年 10 月 17 日，第 463 號，第二版，本校布告　新聞學研究會啓事

98. 10 月 18 日，第 464 號，第二版，本校布告　新聞學研究會本星期日開會啓事

99. 10 月 21 日，第 465，第二版，本校紀事　新聞學研究會發給證書紀事

100. 10 月 23 日，第 467 號，第二版，本校布告　新聞學研究會啓事

101. 10 月 24 日，第 468 號，第二版，本校布告　新聞學研究會啓事

102. 10 月 25 日，第 469 號，第二版，本校布告　新聞學研究會啓事

103. 11 月 5 日，第 478 號，第二版，本校布告　新聞學研究會啓事

104. 11 月 15 日，第 487 號，頭版廣告，新聞學下月一號出版預告

105. 11 月 17 日，第 488 號，新聞學下月一號出版預告　中縫

106. 11 月 18 日，第 489 號，新聞學下月一號出版預告　中縫

107. 11 月 19 日，第 490 號，新聞學下月一號出版預告　中縫

108. 11 月 20 日，第 491 號，新聞學下月一號出版預告　中縫

109. 11 月 21 日，第 492 號，新聞學下月一號出版預告　中縫

110. 11 月 22 日，第 493 號，新聞學下月一號出版預告　中縫

111. 11 月 24 日，第 494 號，新聞學下月一號出版預告　中縫

112. 11 月 25 日，第 495 號，新聞學下月一號出版預告　中縫

113. 11 月 26 日，第 496 號，新聞學下月一號出版預告　中縫
114. 11 月 28 日，第 498 號，新聞學下月一號出版預告　中縫
115. 11 月 29 日，第 499 號，新聞學下月一號出版預告　中縫
116. 12 月 1 日，第 500 號，新聞學下月一號出版預告　中縫
117. 12 月 3 日，第 502 號，本校布告，第一版，學生會幹事部出版股啓事
118. 12 月 4 日，第 503 號，本校布告，第一版，學生會幹事部出版股啓事
119. 12 月 4 日，第 503 號，廣告，第一版，新聞學準於六日出版
120. 12 月 6 日，第 505 號，第一版，廣告　新聞學本日午後出版
121. 12 月 8 日，第 506 號，第一版，廣告　新聞學已出版
122. 12 月 9 日，第 507 號，第一版，廣告　新聞學已出版
123. 12 月 9 日，第 507 號，本校布告，第一版　新聞學研究會啓事

第五冊 513 號（1920 年 1 月 13 日）～647 號（190 年 6 月 30 日）

124. 1920 年 1 月 17 日，第 517 號，第一版，本校布告　第一院教務處布告
125. 1920 年 1 月 19 日，第 518 號，第一版，本校布告　第一院教務處布告
126. 1920 年 1 月 21 日，第 520 號，第二版，本校布告　新聞學研究會啓事
127. 1920 年 1 月 22 日，第 521 號，第二版，本校布告　新聞學研究會啓事
128. 1920 年 1 月 23 日，第 522 號，第二版，本校布告　新聞學研究會啓事
129. 1920 年 3 月 17 日，第 564 號，第二版，本校布告　新聞學研究會啓事
130. 1920 年 3 月 18 日，第 565 號，第二版，本校布告　新聞學研究會啓事
131. 1920 年 3 月 19 日，第 566 號，第二版，本校布告　新聞學研究會啓事
132. 1920 年 3 月 20 日，第 567 號，第二版，本校布告　新聞學研究會啓事
133. 1920 年 3 月 22 日，第 568 號，第二版，本校布告　新聞學研究會啓事
134. 1920 年 4 月 15 日，第 582 號，第一版，本校布告　新聞學研究會啓事
135. 1920 年 4 月 17 日，第 584 號，第二版，本校布告　新聞學研究會啓事
136. 1920 年 5 月 1 日，第 596 號，第一版，本校布告　新聞學研究會啓事
137. 1920 年 5 月 3 日，第 597 號，第二版，本校布告　新聞學研究會啓事
138. 1920 年 5 月 12 日，第 605 號，第一版，本校布告　新聞學研究會啓事
139. 1920 年 5 月 13 日，第 606 號，第二版，本校布告　新聞學研究會啓事
140. 1920 年 5 月 14 日，第 607 號，第二版，本校布告　新聞學研究會啓事
141. 1920 年 6 月 23 日，第 641 號，第一版，本校布告　新聞學研究會啓事
142. 1920 年 6 月 24 日，第 642 號，第二版，本校布告　新聞學研究會啓事

143. 1920 年 6 月 25 日,第 643 號,第二版,本校布告　新聞學研究會啓事
144. 1920 年 6 月 26 日,第 644 號,第二版,本校布告　新聞學研究會啓事
145. 1920 年 6 月 28 日,第 645 號,第二版,本校布告　新聞學研究會啓事
146. 1920 年 6 月 29 日,第 646 號,第二版,本校布告　新聞學研究會啓事
147. 1920 年 6 月 30 日,第 647 號,第二版,本校布告　新聞學研究會啓事

第六冊 648 號(1920 年 7 月 1 日)～778 號(12 月 28 日)

148. 1920 年 7 月 1 日,648 號,第二版,本校布告　新聞學研究會啓事
149. 1920 年 9 月 9 日,第 689 號,第一版,新聞學研究會緊要啓事
150. 1920 年 9 月 11 日,第 690 號,第一版,新聞學研究會緊要啓事
151. 1920 年 12 月 17 日,《國立北京大學略史》

附錄二：北京大學新聞學研究會大事記

1916 年 12 月 26 日

　　蔡元培先生被任命爲北京大學校長。

1917 年 1 月

　　陳獨秀受邀擔任北大文科學長，《新青年》隨之遷往北京出版。

1917 年 7 月

　　徐寶璜被聘爲北大文科教授，出任校長室秘書。

1917 年 11 月 16 日

　　蔡元培創辦《北京大學日刊》，後來徐寶璜出任該刊編輯部主任。

1918 年 2 月

　　蔡元培、徐寶璜商談籌辦新聞研究會，但無具體計劃；邵飄萍致信倡議和催促。

1918 年 7 月 4 日

　　《北京大學日刊》刊登通告《本校將設新聞研究會》，宣布新學期將設立新聞研究會，聘請徐寶璜爲導師。

1918 年 7 月 6 日

　　蔡元培校長在《北京大學日刊》發表《新聞研究會之簡章》。

1918 年 8 月

　　徐寶璜撰寫完《新聞學》初稿，並請蔡元培和符鼎升作序。

1918 年 9 月

新聞研究會開始招收新會員。

《新聞學》初稿以《新聞學大意》之名發表於《東方雜誌》。

1918 年 9 月底

毛澤東擔任北京大學圖書館助理員。

1918 年 10 月 5 日

邵飄萍創辦《京報》。

1918 年 10 月 14 日

北京大學新聞研究會在理科第十六教室舉行了成立大會，蔡元培校長親臨會場，發表重要演講；徐寶璜開始講演《新聞紙之職務及盡職之方法》。徐寶璜開始撰寫修改《新聞學》第二稿。

1918 年 10 月 20 日

蔡元培、徐寶璜、邵飄萍出席國民雜誌社討論會，蔡元培和徐寶璜力邀邵飄萍出任北京大學新聞研究會導師。

1918 年 10 月底

邵飄萍受聘為新聞研究會導師。

1918 年 11 月 3 日

邵飄萍第一次在新聞研究會講演《新聞社之組織》。

1918 年 12 月中旬，

北京大學新聞研究會鑒於會員期末考試臨近，研究會暫時宣佈停止開會。

1919 年 1 月

北京大學新聞研究會進行第二次新會員招生工作。但因不滿 30 人，新會員與舊會員合班聽講。

1919 年 2 月 5 日

北京大學新聞研究會在理科第十六教室舉行了新學期的第一次常會。

1919 年 2 月 10 日，

《北京大學日刊》刊登《新聞研究會改組紀事》一文，正式宣佈研究會將改組為「北京大學新聞學研究會」。

1919 年 2 月 19 日

　　北京大學新聞學研究會改組大會在文科第三十四教室召開。蔡元培當選爲會長，徐寶璜爲副會長，曹傑和陳公博出任幹事，通過《北京大學新聞學研究會簡章》。

1919 年 2 月 26 日

　　新聞學研究會在理科第十六教室召開大會，選舉各部主幹。

1919 年 3 月 10 日

　　新聞學研究會邀請到北大圖書館主任李大釗先生在理科十六教室給會員演講。

1919 年 3 月 14 日

　　新聞學研究會召開主幹談話會，決定於春假後出版周刊，並宣佈了組織人員分工情況：周刊主任徐寶璜、新聞部主幹陳公博、評論部主幹黃欣、翻譯部主幹嚴顯揚、通信部主幹曹傑。

1919 年 3 月 24 日

　　北大教授高一涵先生在文科第三十四教室向新聞學研究會會員演講。

1919 年 4 月

　　徐寶璜開始撰寫《新聞學》第三稿，並請邵飄萍作序。

1919 年 4 月 20 日

　　北京大學新聞學研究會會刊《新聞周刊》正式出版發行。

1919 年 4 月 27 日

　　《新聞周刊》第二期出版。

1919 年 5 月 4 日

　　《新聞周刊》第三期出版。五四運動爆發，《新聞周刊》停刊。

1919 年 8 月 22 日

　　邵飄萍隨因《京報》被段祺瑞政府查封而逃亡日本

1919 年 10 月

　　北京大學新聞學研究會第三次招收新會員，10 天就超過 40 餘人。

1919 年 10 月 16 日

　　北京大學新聞學研究會在文科事務室舉行了「第一次研究期滿式」。大會首先由幹事曹傑發言，報告了開會的原因以及過去一年會員研究的情形。接著，會長蔡元培宣讀了獲得聽講證書的同學名單。二十三人獲聽講一年證書，三十二人獲聽講半年證書。徐寶璜講演《中國報紙之將來》。

1919 年 10 月 26 日

　　新聞學研究會舊會員在北大文科樓前拍照存念。

1919 年 12 月 6 日

　　北京大學新聞學研究會著作《新聞學》第四稿正式出版發行。

1920 年 1 月

　　北大中國文學系開設新聞學選修課程新增，任課老師徐寶璜教授，每周兩小時課程。

1920 年 3 月 6 日

　　徐寶璜辭去了《北京大學日刊》編輯部主任職務。

1920 年 3 月 22 日

　　北京大學新聞學研究會在第一院第二層新聞學研究會事務所召開了一次茶話會，討論該學期研究會活動的進行辦法。

1920 年 4 月 19 日

　　北京大學新聞學研究會召開了一次研究會。

1920 年 5 月 3 日

　　新聞學研究會召開了該學期的第三次常會。

1920 年 5 月 15 日

　　會員赴財政部印刷局參觀學習。

1920 年 6 月 23 日

　　第二屆會員研究期滿，證書辦就。

1920 年 9 月 9 日、11 日

　　《北京大學日刊》刊登《新聞學研究會緊要啟事》。

1920 年 10 月

北京大學新聞學研究會停止活動。

1920 年 10 月 11 日

徐寶璜辭去北大校長辦公室秘書一職，並受蔡元培委託出任北京國民大學校長。

1920 年 10 月 21 日

蔡元培離開北京南下，準備前往歐美考察教育。

1920 年 11 月 18 日

徐寶璜由於母親去世於，離京返鄉奔喪。

1921 年 12 月 4 日

美國密蘇里新聞學院首任新聞學院院長威廉博士訪問北大，並講演《世界的新聞事業》。

1922 年 2 月 12 日

北大新聞記者同志會成立。徐寶璜、胡適和李大釗分別發表演講。

2008 年 4 月 15 日

北京大學新聞學研究會正式恢復成立。

參考文獻

一、參考著作

1. 〔美〕埃德伽・斯諾：《西行漫記》，三聯書店，1979 年。

2. 北京大學學生會：《發展北大計劃大綱》，北京大學 1929 年。

3. 陳昌鳳：《中美新聞教育傳承與流變》，中國廣播電視出版社，2006 年。

4. 丁淦林：《中國新聞事業史》，高等教育出版社，2002 年。

5. 董顯光著，曾虛白譯：《董顯光自傳———一個中國農夫的自述》，臺灣新生報社，1973 年。

6. 方漢奇：《中國近代報刊史》，山西人民出版社，1983 年。

7. 方漢奇、張之華：《中國新聞事業簡史》，北京：中國人民大學出版社，1995 年。

8. 方漢奇：《新聞史的奇情壯彩》，華文出版社，2000 年。

9. 方漢奇：《中國新聞事業通史》第一、二卷，中國人民出版社，1992、1996 年。

10. 方漢奇：《中國新聞事業編年史》，福建人民出版社，2000 年。

11. 方漢奇、李矗主編：《中國新聞學之最》，新華出版社，2005 年。

12. 方漢奇：《方漢奇自選集》，中國人民大學出版社，2007 年。

13. 戈公振：《中國報學史》，三聯書店，1955 年。

14. 戈公振：《中國報學史》，中國新聞出版社，1985 年。

15. 高平叔編：《蔡元培全集》，中華書局，1984 年。

16. 黃瑚：《中國新聞事業發展史》第 2 版，復旦大學出版社，2009 年。

17. 黃天鵬：《新聞學論文集》，光華書局，1930 年。

18. 黃天鵬編：《新聞學名論集》，上海聯合書店，1930 年。

19. 黃天鵬：《新聞學刊全集》，光新書局，1930 年。

20. 〔美〕華勒斯坦等：《開放社會科學》，生活・讀書・新知三聯書店，1997 年。

21. 〔美〕華勒斯坦等著，劉健芝麻等譯：《學科・知識・權力》，牛津大學出版社，1999 年。

22. 金沖及：《二十世紀中國史綱》第一卷，社會科學文獻出版社，2009 年。

23. 李彬：《中國新聞社會史》，北京：清華大學出版社，2008 年。

24. 李建新著：《中國新聞教育史論》，新華出版社，2003 年。

25. 李秀云：《中國新聞學術史（1834～1949)》，新華出版社，2004 年。

26. 李金銓主編：《文人論政：知識分子與報刊》，廣西師範大學出版社，2008 年。

27. 林海德主編：《中國新聞學書目大全》，新華出版社，1989 年。

28. 劉國銘主編：《中國國民黨百年人物全書》（下冊），團結出版社，2005 年。

29. 劉聖清：《中國新聞紀錄大全》，廣州出版社，1998 年。

30. 龍偉等編：《民國新聞教育資料選輯》，北京大學出版社，2010 年。

31. 羅章龍：《羅章龍回憶錄》溪流出版社，2005 年。

32. 馬光仁：《上海新聞史 1850～1949》，復旦人民出版社，1996 年。

33. 馬越：《北京大學中文系簡史（1910～1998)》，北京大學出版社，1998 年。

34. 寧樹藩：《寧樹藩文集》，汕頭大學出版社，2003 年。

35. 任白濤：《應用新聞學》，上海商務印書館，1922 年。

36. 邵飄萍著，蕭東發、鄧紹根：《邵飄萍新聞學論集》，北京大學出版社，2008 年。

37. 童兵、林涵：《20 世紀中國新聞學與傳播學理論新聞學卷》，復旦大學出版社，2001 年。

38. 王躍：《變遷中的心態——五四時期的社會心理變遷》，湖南教育出版社，2000 年。

39. 王洪祥：《中國新聞史》，中央民族大學出版社，1988 年。

40. 吳廷俊：《中國新聞史新修》，上海：復旦大學出版社，2008 年。

41. 蕭東發：《新聞學在北大》，北京大學出版社，2006 年。

42. 蕭東發、鄧紹根主編：《新聞學在北大》，北京大學出版社，2011 年。

43. 徐寶璜著：《新聞學》國立北京大學新聞學研究會，1919 年。

44. 徐寶璜、胡愈之著：《新聞事業》，東方雜誌社，1924 年。

45. 徐寶璜著：《新聞學綱要》，上海聯合書店，1930 年。

46. 余家宏等編：《新聞文庫》，中國新聞出版社，1987 年。

47. 徐寶璜著：《新聞學》，中國人民大學出版社，1994 年。

48. 徐寶璜著，蕭東發、鄧紹根編：《徐寶璜新聞學論集》，北京大學出版社，2008 年。

49. 徐培汀、裘正義著：《中國新聞傳播學說史》，重慶出版社，1994 年。

50. 徐培汀等：《二十世紀中國的新聞學與傳播學叢書》，上海：復旦大學出版社，2002 年。

51. 徐耀魁：《西方新聞理論評析》，新華出版社，1998 年。

52. 易鑫頂編：《梁啓超選集》，中國文聯出版社，2006 年。

53. 楊亮功著：《早期三十年的教學生活、五四》，黃山書社，2008 年。

54. 楊元輝：《中國近代報刊發展概況》，新華出版社，1986 年。

55. 趙建國：《分解與重構：清季民初的報界團體》，三聯書店，2008 年。

56. 趙凱、丁法章等主編：《二十世紀中國社會科學新聞學卷》，上海人民出版，2005 年。

57. 張海鵬：《中國近代通史》，江蘇人民出版社，2006 年。

58. 鄭貞銘：《世界百年報人》，復旦大學出版社，2006 年。

59. 鄭貞銘：《百年報人——報業的拿破侖》，臺灣遠流出版社，2000 年。

60. 朱溫儒敏主編：《北京大學中文系百年圖史 1910～2010》，北京大學出版社，2010 年。

61. The Chinese Students' Directory, Jan, 1914.

62. The University of Michigan. Catalogue of the University of Michigan, 1879～1880.

63. The University of Michigan. Calendar of the University of Michigan, 1904～05.

64. The University of Michigan. Calendar of the University of Michigan, 1907～08.

65. The University of Michigan. Calendar of the University of Michigan, 1910～11.

66. The University of Michigan. Calendar of the University of Michigan, 1913～14.

67. The University of Michigan. Calendar of the University of Michigan, 1916～17.

68. The University of Michigan. Michigancisian, 1916.

69. University of Michigan. Proceedings of the Board of Regents, 1914～1917.

二、參考論文

1. 鄧紹根：《從〈北京大學日刊〉看北京大學新聞學研究會的發展始末》，《北大新聞與傳播評論 第 4 輯》2009 年。

2. 鄧紹根：《北京大學新聞學研究會《新聞周刊》初探》，《福建師範大學學報》（哲學社會科學版），2009 年第 1 期。

3. 鄧紹根：《北京大學學子的一次新聞學盛宴——1921 年世界新聞教育之父威廉博士北大訪問記》，《新聞與寫作》2008 年第 11 期。

4. 鄧紹根：《從「新聞學」一詞的源流演變看中國新聞學學科的興起和發展》，《新時期中國新聞學學科建設 30 年》，經濟日報出版，2008 年。

5. 鄧紹根：《邵飄萍與北京大學新聞學研究會》，《新聞愛好者》，2008 年第 12 期。

6. 鄧紹根：《師型自足高當世，新聞佳作破天荒——紀念中國新聞學開山鼻祖徐寶璜先生逝世 80 週年》，《新聞與寫作》，2010 年第 12 期。

7. 鄧紹根：《徐寶璜與北京大學新聞學研究會》，《北大新聞與傳播評論 第 6 輯》2010 年。

8. 鄧紹根：《論徐寶璜〈新聞學〉的成書出版過程和歷史地位》，《新聞春秋》第 12 輯，2010 年。

9. 鄧濤：《毛澤東與北京大學新聞學研究會》，《中國出版》，2013 年第 1 期。

10. 方漢奇：《新聞學研究會》，《新聞戰線》，1979 年第 1 期。

11. 方漢奇：《紀念徐寶璜先生》，《新聞春秋》1994 年第 2 期。

12. 方漢奇：《中國新聞界的「開山祖」——徐寶璜》，《中國記者》，1994 年第 5 期。

13. 方漢奇：《中國新聞學和新聞教育的搖籃——寫在北京大學 100 週年校慶之際》，《中國記者》，1998 年第 5 期。

14. 傅雨貴：《毛澤東同志與「五四」時期的新聞學研究會》，《四川大學學報》（哲學社會科學版），1979 年第 5 期。

15. 姜紅：《現代中國新聞學「知識共同體」的初成——北京大學新聞學研究會回眸》，《國際新聞界》，2008 年第 7 期。

16. 陸彬良、蕭超然：《我國第一個新聞學研究團體——北京大學新聞學研究會始末》，《新聞研究資料》1980 年第 2 期。

17. 羅章龍：《憶北京大學新聞學研究會與邵振青》，《新聞研究資料》，1980 年第 2 期。

18. 穆家珩：《北京大學新聞學研究會的成立及影響》，《江漢大學學報》，1991 年第 3 期。

20. 王穎吉：《徐寶璜〈新聞學〉成書過程及版本的若干問題的考析》,《新聞與傳播研究》, 2006 第 2 期。

21. 王穎吉：《析徐寶璜發表於《北京大學月刊》的三篇新聞學佚文》,《新聞大學》2004 年第 1 期。

22. 王展：《多重視野中的北京大學新聞學研究會》, 安徽大學 2007 年碩士論文未刊稿。

23. 魏定熙：《蔡元培與現代中國新聞學的發展》,《北京大學教育評論》第 3 期。

24. 蕭東發：《篳路藍縷 開基立業——紀念北京大學新聞學研究會成立九十年》,《新聞與寫作》2008 年第 5 期。

25. 蕭東發：《蔡元培與北京大學新聞學研究會》,《新聞愛好者》, 2008 年第 12 期。

26. 周婷婷：《中國新聞教育的初曙》, 復旦大學 2008 年博士論文未刊稿。

27. 周婷婷：《徐寶璜留學美國學習新聞學考證》,《國際新聞界》, 2008 年第 3 期。

28. 章玉梅：《北京大學新聞學研究會》,《新聞大學》, 1985 年第 3 期。

三、參考報刊

1. 《北京大學日刊》
2. 《北京大學月刊》
3. 《報學季刊》
4. 《晨鐘報》
5. 《晨報》
6. 《東方雜誌》
7. 《公言報》
8. 《清華周刊》
9. 《申報》
10. 《新潮》
11. 《新青年》
12. 《新聞學刊》
13. 《新中國》
14. 《益世報》
15. 《萬國公報》